Katie M. Bennett ist das Pseudonym einer deutschen Autorin, die mit ihrer Familie küstennah im Norden Deutschlands lebt. Schon früh war sie von Büchern fasziniert. Im zarten Alter von 10 Jahren schrieb sie ihren ersten Pferderoman, der allerdings seinen Weg aus ihrem Kopf nicht aufs Papier fand. Der Wunsch, Schriftstellerin zu werden, verlor sich zunächst zwischen Schule und Berufsausbildung, flammte jedoch einige Jahre später erneut auf. Dieses Mal wurde er dann in die Tat umgesetzt. Dabei herausgekommen sind zahlreiche Kurzgeschichten und Romane, die in unterschiedlichen Verlagen veröffentlicht wurden. Heute schreibt Katie M. Bennett in verschiedenen Genres. Die Autorin wird seit 2019 von der Agentur Ashera vertreten.

KATIE M. BENNETT

Glücksmomente im HOTEL AM Meer

Erstausgabe Juni 2025

Copyright © 2024 dp Verlag, ein Imprint der
dp DIGITAL PUBLISHERS GmbH
Made in Stuttgart with ♥
Alle Rechte vorbehalten

Glücksmomente im Hotel am Meer

ISBN 978-3-98998-988-7
E-Book-ISBN 978-3-98998-360-1

Covergestaltung: Anne Gebhardt
Umschlaggestaltung: ARTC.ore Design
Unter Verwendung von Abbildungen von
stock.adobe.com: © haiqiang, © Custom Media, © Eliane, © Africa
Studio, © Irina Schmidt, © Weiming, © ArtDingo, © oraziopuccio,
© Sheremetio
elements.envato.com: © PixelSquid360
Lektorat: Manuela Tengler
Satz: dp DIGITAL PUBLISHERS GmbH
Druck und Bindung: Books on Demand GmbH, Norderstedt

Für Andreas

I

Fassungslos starrte Mona auf das Handy, das in ihrer Hand im Schoß lag. Das Licht, mit dem die kurze WhatsApp leuchtete, bildete einen fast absurden Kontrast zur nächtlichen Dunkelheit der Stadt.

Es tut mir leid ...

Ein unkontrolliertes Zittern überkam sie, und das lag nicht daran, dass die Juninacht empfindlich kühl war. *Es tut mir leid*, spulte es in Dauerschleife in ihrem Kopf. Eine schmerzhafte, endlose Wiederholung, die sich kratzend in ihr Herz bohrte. Tränenblind hob sie den Blick. Das nächtliche Hamburg mit seiner in Eimsbüttel fast beschaulichen Gemütlichkeit wirkte seltsam unwirklich auf sie. Als böte es die Kulisse in einem surrealen Film. Ein Film, in dem sie nicht mitspielen wollte. Und doch schien sie keine Wahl zu haben. Es dauerte, bis sie es schließlich schaffte, mit steifen Beinen aufzustehen und in die Küche zu wanken. Sie ging, als sei sie betrunken, dabei hatte sie noch keinen einzigen Tropfen Alkohol intus.

Zigarette! Wo sind die verdammten Kippen?, fragte sie sich, als sie in die Küche stolperte. Sie rauchte selten, hatte es sich in den letzten Monaten eigentlich gänzlich abgewöhnt. Chris mochte es nicht ... Vielleicht war das der Grund, warum der Wunsch nach Nikotin plötzlich derart heftig in ihr aufwallte. Mit zusammengebissenen Zähnen durchwühlte sie die Schubladen in ihrer großzügigen Altbau-Küche mit den stilvollen alten Kacheln an den Wänden. Endlich fand sie ein zerdrücktes Päckchen in der Schublade, in der sie all jene Dinge sammelte, die bislang keinen angestammten Platz in der Wohnung gefunden hatten.

Das Zittern ihrer Hände endete, als sie die Zigarette angezündet hatte. Gierig sog sie den Rauch tief in die Lungen und ließ ihn langsam wieder entweichen. Die Rauchschwaden, die durch die Küche waberten, lösten eine eigenartige Genugtuung in ihr aus. Sie sah Chris` Gesicht vor sich, das er angewidert verzog. In der Wohnung zu rauchen, gehörte zu seinen absoluten No-Gos.

Für mich ist ab sofort ein Tut-mir-Leid, das es nicht geben müsste, das stärkste No-Go!, beschloss Mona wütend. Aber Nikotin allein reichte nicht. Sie nahm eine Flasche Bier aus dem Kühlschrank, öffnete sie und trank einen großen Schluck.

Mit der Zigarette in der einen und dem Bier in der anderen Hand ging sie auf den Balkon zurück und ließ sich auf den Eisenstuhl vom Sperrmüll fallen. Was sollte sie denn jetzt bloß machen? Die Zukunft ohne Chris lag wie ein Abgrund vor ihr. Verdammt! Sie war immer unabhängig gewesen. Noch nie hatte sie ihr Glück von dem Handeln oder Nichthandeln eines Mannes bestimmen lassen. Jetzt wusste sie wieder, warum das so wichtig war. Nur änderte diese Tatsache nichts daran, dass sie in genau diese Falle getappt war. Und – schlimmer noch – seit über zwei Jahren darin zappelte. Zwei Jahre! Trauer und Verzweiflung schwappten wie eine riesige Welle in ihr auf, die ihr für einen Moment den Atem nahm.

Als sie schließlich wieder Luft holen konnte, drängte sich ein anderer Gedanke in ihr Bewusstsein. Sie musste die Stimme von Nila, ihrer besten Freundin, hören! Nichts brauchte Mona gerade dringender als Trost. Das und ein paar aufmunternde Worte, aber vor allem die Gewissheit, nicht ganz allein vor dem Abgrund zu stehen.

Sie hatte das Handy schon in der Hand, als ihr wieder einfiel, dass Nila gerade selbst genug Sorgen hatte. Und vor allem überhaupt keine Zeit. Die Abendstunden waren mit die anstrengendsten im Hotelgeschäft, und gerade in der Anfangszeit des jungen Betriebes durfte nichts schiefgehen.

Mona stellte das kaum angerührte Bier auf den Tisch, nahm noch einen Zug von ihrer Zigarette und stand auf.

Ein Telefonat würde ohnehin nichts wirklich ändern. Sie musste andere Maßnahmen ergreifen, wenn sie nicht wahnsinnig werden wollte.

Zwei Jahre zuvor

Mit weichen Knien ging Mona den endlos scheinenden Krankenhausflur entlang. Sie hasste den typischen Geruch nach Desinfektionsmittel, Krankheit und Angst. Noch mehr hasste sie ihre Verzweiflung und Ohnmacht, die sie seit jenem Moment fest im Griff hatte, als der Verdacht im Raum stand, dass die Schwäche und Abgeschlagenheit ihrer Mutter vielleicht doch nicht mit ihrer Grippe zusammenhingen, die sie vor einigen Wochen geplagt hatte. *Leukämie.* Dieses Wort schwebte seit Mams Zusammenbruch vor zwei Tagen wie ein Damoklesschwert über ihren Köpfen.

Heute waren weitere Tests gemacht worden, deren Ergebnis gleich mit dem Arzt besprochen werden sollte.

Mona blinzelte die aufsteigenden Tränen weg, bevor sie die Hand auf die Türklinke des Krankenzimmers legte, in dem ihre Mutter auf die Diagnose des Arztes wartete. Urteil trifft es eher, dachte Mona, und ihr Herz zog sich schmerzhaft zusammen. Sie konnte sich nicht erinnern, jemals so eine verdammte Angst gehabt zu haben. Mam war doch erst zweiundfünfzig. Viel zu jung, um eine tödliche Prognose zu erhalten! Natürlich wusste Mona, dass der Gedanke Quatsch war. Als Physiotherapeutin hatte sie selbst schon so viele Schwerstkranke betreut, die deutlich jünger als ihre Mutter waren. Dennoch hatte sie sich bisher in dem menschlichen Irrglauben befunden, solche Schicksale träfen nur die anderen.

Mona holte tief Luft, versuchte ein Lächeln auf ihre zusammengepressten Lippen zu zaubern und öffnete nach einem kurzen Klopfen die Tür.

Ihre Mutter lag in einem Zweibett-Zimmer, aber die Bettnachbarin war nicht im Raum. Mona war dankbar, dass sie beide unter sich und ungestört waren.

„Hey Mam, ich hoffe, ich bin nicht zu spät. War der Arzt schon hier?" Mona trat ans Bett und gab ihrer Mutter einen Kuss auf die blasse Wange, die sich kühl anfühlte.

„Schön, dass du hier bist, Schatz." Simone Frankenthal lächelte matt und richtete sich im Bett auf. „Nein, du bist absolut pünktlich. Wir werden sehen, ob Dr.

Weingärtner es ebenfalls ist, die haben hier ziemlich viel zu tun."

„Ich habe dir etwas mitgebracht." Mona öffnete ihren Rucksack und holte eine Schachtel mit den Lieblingspralinen ihrer Mutter heraus.

„Ach, das sollst du doch nicht!" Das kurze Leuchten in den Augen ihrer Mutter bewies Mona allerdings, dass es richtig gewesen war, eben den Umweg zu der kleineren Chocolaterie zu machen und die köstlichen belgischen Nougatpralinen zu besorgen.

„Soll ich nicht, will ich aber!" Jetzt war Monas Lächeln echt. Es gefror allerdings auf ihren Lippen, als ein forsches Klopfen an der Tür den jungen Arzt ankündigte, der kurz darauf ins Zimmer trat.

Mona sah den blonden Mediziner zum ersten Mal. Gebannt starrte sie ihm entgegen. Er wirkte sympathisch, aber schrecklich jung ... Kaum älter als sie selbst mit ihren dreißig Jahren. Natürlich konnte man in diesem Alter bereits einen Doktortitel haben, aber Mona war unsicher, ob er erfahren genug war, tödliche Diagnosen zu stellen.

„Dr. Chris Weingärtner, Sie sind die Tochter?" Der Arzt kam mit ausgestreckter Hand auf Mona zu.

Mona nickte stumm. Sein Händedruck war kurz und fest.

„Frau Frankenthal ..." Der Arzt wandte sich an seine Patientin, die ihn mit ängstlich geweiteten Augen ansah. „Wir haben jetzt endlich den Befund. Leider hat es etwas gedauert mit dem Labor und wir mussten noch einige Ungereimtheiten klären." Er lächelte entschuldigend.

Sag es schon!, dachte Mona mit aufkeimender Ungeduld. Ein willkommenes Gefühl, das sie für einen Moment von ihrer Verzweiflung ablenkte.

„Zunächst einmal habe ich gute Nachrichten: Der Verdacht, dass wir es mit einem leukämischen Geschehen zu tun haben, hat sich nicht bestätigt."

Mona hielt für einen Moment die Luft an. Hatte er das gerade wirklich gesagt oder war es nur Wunschdenken?

„Aber wir haben etwas anderes gefunden, das Ihre Beschwerden auslöst. Sie haben eine Herzmuskelentzündung, die zwar ernst genommen werden muss, aber aller Voraussicht nach ohne Spätfolgen ausheilen wird." Der junge Arzt lächelte Mutter und Tochter an.

Mona wurde schwindelig. Ein Seufzen stieg aus den Tiefen ihrer Brust auf. Am liebsten hätte sie Dr. Weingärtner umarmt. Erst jetzt fiel ihr auf, wie attraktiv er eigentlich war.

„Danke, Doktor", murmelte Mona und hätte ihn am liebsten geküsst.

„Sie sind ein Engel", sagte Simone Frankenthal. Ihre Erleichterung war fast greifbar, und Mona spürte, dass auch ihre Mutter ihn am liebsten drücken würde.

„So etwas wie mit dir habe ich noch nie erlebt!" Chris streckte sich seufzend im Bett aus und zog Mona dichter zu sich heran.

„Hm", murmelte Mona träge und genoss den Moment nach dem Sex, in dem ihr Verstand noch nicht wieder das Kommando übernommen hatte.

Manchmal konnte sie die Entwicklung der letzten Wochen kaum fassen. Drei Tage, nachdem Dr. Chris Weingärtner von ihrer Mutter als Engel bezeichnet worden war, war Mona dem jungen Arzt beim Joggen im Park begegnet. Sie waren eine Weile gemeinsam gelaufen und danach schien es nur natürlich, dass er sie zu einem Kaffee einlud. Schon in diesem Moment konnte sich Mona nicht länger einreden, dass es ein harmloses Treffen war, das nur dazu diente, den Gesundheitszustand ihrer Mutter zu besprechen. Mam war ohnehin auf einem guten Weg und stand kurz vor der Entlassung aus dem Krankenhaus.

Als Einstieg in die Verlängerung des zufälligen Treffens hingegen war der Grund perfekt. Dr. Chris Weingärtner schien das ähnlich zu sehen. Das charmante Funkeln in seinen blauen Augen und die scheinbar zufällige Berührung von Monas Arm, die einen Schauer über ihren gesamten Körper schickte, sendeten deutliche Signale.

Während des Kaffeetrinkens wurde das Knistern zwischen ihnen stärker. Simone Frankenthal und ihr körperlicher Zustand waren schnell abgehakt und sie landeten bei privaten Themen. Musik, Filme, Hobbys. Sie sprangen von einem Thema zum nächsten, während Chris es immer wieder schaffte, Mona zum Lachen zu bringen. Sie hatte schon immer eine Schwäche für Männer mit Humor gehabt, aber bei keinem hatte sie bislang diese Mischung aus Intellekt, Humor und gegenseitiger Anziehung erlebt. Es schien, als vereinte Chris alle Wünsche, die sie jemals in Bezug auf Männer gehabt hatte.

Als das Café schließlich schloss, gingen sie wie selbstverständlich in Monas Wohnung. Noch nie war Mona mit einem Mann im Bett gelandet, mit dem sie zuvor lediglich Kaffee getrunken hatte.

In der nächsten Zeit trafen sie sich, so oft es Chris`
Schichtplan zuließ. Beide konnten nicht genug voneinander kriegen, und zunächst fiel es Mona nicht auf,
dass sie sich immer nur in ihrer Wohnung trafen. In
den letzten Tagen allerdings war ihr das immer bewusster geworden. Regelmäßig tauchte seitdem das
ungute Gefühl in ihr auf, dass etwas in der Verbindung,
die sie so schnell und vorbehaltlos mit Chris eingegangen war, nicht stimmte. Sie wusste, dass sie der Sache
auf den Grund gehen musste. Besser früher als später.

„Wollen wir später zum Italiener gehen?", fragte
Mona und sah Chris erwartungsvoll an. Sie war niemand, der wichtige Dinge aufschob. Manchmal handelte sie sogar erst und dachte anschließend nach. Davon konnte hier allerdings nicht die Rede sein. Sie hatte
darüber nachgedacht. Eigentlich schon viel zu lange.

Als sich Chris` Augen bei der einfachen Frage kurz
verengten, wurde Mona klar, dass sie sich nicht irrte.
Etwas stimmte hier ganz und gar nicht.

„Ich habe Bereitschaftsdienst. Was hältst du davon,
wenn wir lieber eine Pizza bestellen?"

„Aber ich würde gerne auch einmal etwas außerhalb
dieser Wohnung unternehmen", beharrte Mona und
ließ ihn nicht aus den Augen.

Mit einer müden Handbewegung wischte sich Chris
über das Gesicht. „Das machen wir auch", versprach er
und ließ seinen Blick über ihren nackten Oberkörper
wandern. Zum ersten Mal war ihr das unangenehm.
Nicht, weil er ihren Körper betrachtete, sondern weil
sie gemerkt hatte, dass er ihr nicht in die Augen sehen
konnte. „Sobald es in der Klinik ruhiger wird. Wenn die
Krankenstände sich bessern …"

Mona stieß ein kleines Lachen aus. „Oh ja, also nie."

„Vertrau mir, bald werden wir mehr Zeit zusammen verbringen können." Er sah sie bittend an.

Sie nickte. Tu ich das? Vertraue ich dir?, fragte sie sich zögernd. Ich bin verrückt nach dir und – so irre es sich anhören mag – ich kann mir jetzt schon vorstellen, den Rest meines Lebens mit dir zu verbringen. Aber mein Vertrauen hast du gerade eben verloren.

Nichts von alldem sprach sie laut aus. Vielleicht irrte sie sich ja tatsächlich, nichts wünschte sie sich mehr. Deshalb musste sie zunächst herausfinden, ob das, was sie vermutete, der Wahrheit entsprach.

„Lass uns Pizza bestellen! Ich habe Hunger!", sagte sie munter und strahlte ihn an. Im Zweifel für den Angeklagten. Zunächst.

Noch am selben Abend wusste Mona Bescheid: Der charismatische Dr. Chris Weingärtner, der ihr Herz und ihre Seele in dieser kurzen Zeit tiefer berührt hatte, als sie sich jemals hätte vorstellen können, lebte mit einer anderen Frau zusammen. Lena Schlottkes und Christopher Weingärtners Namen waren auf dem schlichten Klingelschild mit einem Herz verbunden. Das Herz schloss damit gleich aus, dass es sich um eine Wohngemeinschaft handeln könnte. Am ganzen Körper zitternd stieg Mona wieder in ihr Auto. Klarheit zu bekommen, war so erschreckend einfach gewesen. Und so verdammt schwer zu ertragen.

Chris hatte nicht einmal gemerkt, dass sie ihm gefolgt war. Vermutlich lag der Gedanke außerhalb seiner Vorstellungskraft, dass sie so etwas tun könnte. Nach dem angeblichen Notruf aus der Klinik, mit dem er zum sofortigen Dienst beordert wurde, hatte er Monas

Wohnung im Eiltempo und natürlich mit Bedauern verlassen. Als die Tür hinter ihm ins Schloss gefallen war, hatte Mona keine Sekunde gezögert, sich eine Jogginghose und ein T-Shirt überzuwerfen und ihm zu folgen. Ihr Auto parkte nur wenige Meter von seinem entfernt, sodass sie ohne Mühe die Verfolgung aufnehmen konnte. Er hatte keinen einzigen Blick in den Rückspiegel geworfen.

Nun kannte sie den wahren Grund, warum sie sich ausschließlich in ihrer Wohnung trafen.

Monas Hände krampften sich ums Lenkrad, während sie ihr Auto mit starrem Blick nach Hause lenkte.

Eine Stunde später hatte sie sich so weit gefasst, dass sie endlich die wütende WhatsApp schreiben konnte, mit der sie die junge Beziehung – Affäre traf es eher, wie sie inzwischen wusste – beendete.

Seine Antwort: *Lass uns reden!*, ließ sie vorerst unbeantwortet.

Les Issambres

Nila

Auf Zehenspitzen schlich Nila zur Tür des Kinderzimmers. Nach unzähligen Strophen bunt gewürfelter deutscher und französischer Kinderlieder fühlte sich ihr Mund trocken an. Normalerweise schlief Jeanne mit ihren fünf Monaten nachts schon sehr gut. Bis auf ein, zwei Unterbrechungen kamen sie inzwischen besser durch die Nacht, als Nila je zu hoffen gewagt hatte. So viele Mütter kannte sie inzwischen, die ihre Seele verkaufen würden, um ein einziges Mal länger als zwei

Stunden am Stück schlafen zu dürfen. Und sie hatten Babys, die viel älter waren als Jeanne.

Nila war also darauf gefasst gewesen, noch für einige Monate auf einen geregelten Schlaf zu verzichten. Dass es dann doch anders gekommen war, empfand sie als großes Zusatzgeschenk.

Das Hauptgeschenk war ihre wunderschöne kleine Tochter, die sie seit dem ersten Moment mit einer Innigkeit liebte, die sie anfangs fast erschreckte.

Vincent ging es nicht anders. Er vergötterte sein kleines Mädchen, das nur auf die Welt gekommen zu schien, um jeden zu verzaubern, der es erblickte. Das Strahlen ihrer blauen Augen entzückte selbst Menschen, die von sich behaupteten, mit dem Charme von Babys nicht viel anfangen zu können. Mehr als einmal hatte Nila in Augen, die schon zu viel in ihrem Leben gesehen hatten, sodass ihr eigenes Leuchten unwiederbringlich verloren schien, ein Aufglimmen erkannt. Als hätte Jeanne ihnen in einem einzigen Augenblick gezeigt, dass das Glück auch für sie wieder greifbar sein könnte.

Nila atmete noch einmal tief den Babyduft ihrer Tochter ein und schloss leise die Kinderzimmertür hinter sich.

Während sie nach unten schlich, wanderten ihre Gedanken zurück zu ihrer Hochzeit vor fast einem Jahr. Da war sie schon schwanger gewesen, ohne es zu ahnen. Wie so oft genoss sie die kostbare Erinnerung an das rauschende Fest, bei dem sie endlich wieder alle ihre Lieben um sich versammeln konnte.

Ihre Eltern, ihre Schwester Hannah mit Kindern und natürlich Mona, ihre beste Freundin – sie alle waren aus Deutschland angereist und eine Woche in der Provence geblieben. Damals war das Hotel noch nicht eröffnet und so gab es genug freie Zimmer für alle. Für Nila war es eine wundervolle Zeit, dafür verschob sie ihre Flitterwochen gern. Selbst wenn sie damals schon gewusst hätte, dass es ein Verschieben auf unbestimmte Zeit sein würde.

Ihre Hochzeit war tatsächlich einer der glücklichsten Tage in ihrem Leben. Danach aber begann das richtige Leben mit all seinen Facetten von Liebe und Glück, aber auch von Schicksalsschlägen und Sorgen.

Jetzt, ein Jahr später, kam es ihr manchmal unwirklich vor, als wären schon viele Jahre vergangen und nicht erst zwei, seit sie ihrem Leben in Hamburg den Rücken gekehrt hatte.

Nila schüttelte die Gedanken ab und stieß die Küchentür auf. Sie musste sich auf das Hier und Jetzt konzentrieren.

Wie erwartet strömte ihr sofort ein köstlicher Duft entgegen. Laurence, ihr Koch, stand mit dem Rücken zu ihr am Herd.

Als er sie hörte, wandte er sich um. Ein Lächeln erschien auf seinem konzentrierten Gesicht. Sie kannte den Ausdruck nur zu gut. Wenn Laurence kochte, vergaß er alles um sich herum. Dann tauchte er in seine eigene Welt ein und gab sich völlig dem Gelingen raffinierter Rezepte hin, die neben Nila und Vincent auch die Gäste in immer neues Entzücken versetzte.

Laurence ist auch ein Geschenk, dachte Nila dankbar und nicht zum ersten Mal. Ohne ihn wäre der Erfolg des kleinen Hotelbetriebes nicht denkbar. Den tragischen Grund, der ihn aus Paris zurück in seinen Geburtsort Les Issambres geführt hatte, verdrängte Nila wie immer schnell. Laurence sprach nicht darüber. Vincent und sie respektierten seinen offensichtlichen Wunsch, die Vergangenheit ruhen zu lassen.

„Schläft die Kleine?", fragte Laurence, während er den Topf, in dem er rührte, nicht aus den Augen ließ.

„Tief und fest." Nila seufzte leise. Zu gerne hätte sie sich zu ihrem Kind gelegt. Trotz der halbwegs geregelten Nächte fühlte sie sich abends erschöpft. Seitdem Vincent nicht mehr hier war, wuchs der Druck, den die Verantwortung für das kleine Hotel mit sich brachte. Auch Jeanne spürte die Veränderung. Seitdem ihr Vater nicht mehr bei ihnen war, wachte sie nachts wieder häufiger auf. So klein wie sie war, schien sie trotzdem schon sehr feine Antennen für ihre Umgebung zu haben.

„Hast du etwas Neues von deiner Schwiegermutter gehört?" Laurence sah für einen Moment von der Herdplatte auf.

„Leider nein." Nila seufzte erneut. Renée hatte vor einer Woche einen Schlaganfall erlitten und lag seitdem in einer Klinik in Italien, wo sie gerade Urlaub mit Giuseppe, ihrem Lebensgefährten, gemacht hatte. Nila fiel es noch immer schwer, sich vorzustellen, dass ihre lebensfrohe, jung gebliebene Schwiegermutter jetzt an Schläuchen angeschlossen in einem Krankenhausbett liegen sollte. Gern hätte sie Vincent in die Toskana begleitet, aber ihnen war klar, dass es für die Führung des Hotels schwierig genug werden würde, wenn einer von ihnen fehlte. Wenn sie zusammen reisten, wäre das eine Katastrophe. Nila wusste so schon kaum, wie sie die ganze Arbeit schaffen sollte. Gutes Personal zu bekommen, ähnelte momentan einem Hauptgewinn im Lotto. Vincent und sie waren schon froh gewesen, in Alice ein engagiertes Zimmermädchen gefunden zu haben. Diese konnte eigentlich nur wenige Stunden am Morgen arbeiten, bis ihre drei Kinder aus der Schule kamen. Seit Vincents Abreise half sie Nila noch beim Servieren des Abendessens. Aber das sollte eine absolute und möglichst kurz währende Ausnahme sein. Nila hatte schon jetzt ein schlechtes Gewissen, weil sie noch gar nicht abschätzen konnte, wie lange sie weiterhin auf Alice` Hilfe angewiesen sein würde.

Laurence war mit dem kulinarischen Verwöhnen der Gäste ausgelastet, sodass alles Weitere an Nila hing. Von der Buchung bis zur Gästebetreuung lag das Gelingen des jungen Betriebes vorübergehend gänzlich in ihren Händen.

„Du wärst gerne bei Renée, richtig?" Laurence warf ihr einen kurzen Blick zu, bevor er ein zartes Rindermedaillon behutsam in das zischende Fett der Pfanne legte.

„Ja, das stimmt. Daran ist momentan aber leider nicht zu denken. Es sei denn, es taucht noch einmal ein Glücksfall wie du auf, der anstatt der Aufgaben in der Küche meine im Service übernimmt. Dann säße ich sofort im Flieger." Nila lächelte matt und wandte sich zum Gehen. In der Küche lief wie gewohnt alles wie am Schnürchen. Sie musste Alice ablösen und heim zu ihren Kindern schicken.

„Das Menü ist gleich fertig." Laurence öffnete die Backofentür, aus der ein herrlicher Duft nach Knoblauch und Thymian stieg.

„Wunderbar", sagte Nila. Sie wusste, dass der Speiseraum und die Terrasse wie üblich voll besetzt waren. Wie jeden Abend konnte sie nur hoffen, dass das Babyfon still blieb und sie nicht zwischen Gästebetreuung und dem Beruhigen ihrer kleinen Tochter hin und her wechseln musste.

Sie straffte sich und verließ die Küche.

2.

„Ich weiß, dass du die Praxis eine Weile allein führen kannst", sagte Mona mit Nachdruck zu Marc Leneweit, ihrem besten Mitarbeiter, und schaute ihn ermutigend an. Marc erinnerte sie sehr an sich selbst vor einigen Jahren. Genau wie sie damals plante auch er seit seiner bestandenen Prüfung zum Physiotherapeuten, so schnell wie möglich in die Selbstständigkeit zu starten. Bis dahin musste er Praxiserfahrungen sammeln. Mona würde seinen Weggang bedauern, konnte ihn aber bestens verstehen.

„Aber ich habe erst vor einem halben Jahr bei dir angefangen!", wandte Marc ein und raufte sich die rotblonden Locken, die trotz ihrer Kürze stets ein interessantes Eigenleben führten. Die Geste brachte seine ohnehin nicht besonders ordentliche Frisur weiter durcheinander. Mona verkniff sich ein Grinsen. Das Erschrecken in seinen blauen Augen war echt. Aber Mona konnte daneben auch ein erfreutes Aufglimmen erkennen, das sie innerlich frohlocken ließ.

„Aber erstens bist du mein bester Mitarbeiter. Und zweitens der einzige, der in Vollzeit arbeitet", ergänzte sie ihre Argumente. „Ich weiß, dass du den Laden rockst!"

Er nickte zögernd, während er unschlüssig seine Hände knetete.

„Außerdem wird das die wichtigste und beste Erfahrung sein, die du machen kannst, um für deine eigene Praxis gerüstet zu sein." Sie lächelte ihn aufmunternd an und versuchte, ihre Ungeduld zu zügeln. Ein bisschen Zeit musste sie ihm für diese wichtige Entscheidung wohl lassen ...

„Wann würdest du denn in die Provence reisen?", fragte er schließlich zögernd.

Sie hatte gewonnen! Der leise Zweifel, ob sie es tatsächlich schaffen würde, ihn zu überzeugen, löste sich auf. Erleichterung durchströmte sie. Der Wunsch, aus Hamburg wegzugehen, war in der letzten Nacht so übermächtig geworden, dass ihr Plan, Marc die Leitung der Praxis zu übergeben, einfach aufgehen musste. Nun hatte sie es geschafft! Flucht schien ihr momentan die einzige Lösung, um dem schier endlos anmutenden Kreislauf ihres Beziehungsdramas zu entkommen. Es konnte nicht ewig so weitergehen wie in den letzten beiden Jahren. Mona konnte nicht mehr sagen, wie oft sich Chris inzwischen von Lena getrennt hatte, weil er Mona liebte und mit ihr zusammen sein wollte. Aber jedes Mal war er zu Lena zurückgegangen. Er liebte sie zwar nicht, aber sie brauchte ihn angeblich, weil sie zu labil war, um ohne ihn zu leben. Es war noch zu früh ... Es brauchte Zeit, um alles in die richtigen Bahnen zu lenken ... Wieder und wieder war Mona mit Bauchschmerzen darauf eingegangen. Sie wiederum liebte Chris, aber sie hasste seine Wankelmütigkeit. Sein vermeintliches Mitgefühl für Lena, die ohne ihn verloren schien. Es fühlte sich für Mona absolut richtig an, diese vertrackte Situation endgültig zu lösen, indem sie zunächst einmal eine größtmögliche Distanz zwischen

Chris und sich brachte. Was lag da näher, als zu Nila zu fahren? Warum war sie nicht viel eher darauf gekommen? Vielleicht war es die enge Verbindung zu ihrer Praxis, die sie mit so viel Herzblut aufgebaut hatte. Die Patienten, die sie brauchten. Aber nun gab es Marc, ihren engagiertesten Mitarbeiter. An ihn als Vertretung hätte sie längst denken können! Und sie würde ja nicht ewig fortbleiben. Nur so lange, bis sie ihr Herz wieder unter Kontrolle hatte.

„Also, wann würdest du fahren?", wiederholte Marc seine Frage geduldig.

Mona hatte sich in ihren Gedanken verloren, anstatt ihm zu antworten. „Oh, entschuldige! In drei Stunden geht mein Flieger!" Sie strahlte ihn an.

„In drei Stunden?", rief er entsetzt.

„Meine Taschen sind gepackt und zu Hause ist alles erledigt. Bis mein Taxi kommt, können wir alles noch in Ruhe besprechen."

„Na, dann ist ja alles in Ordnung", sagte er ironisch und schüttelte den Kopf. „Jetzt weiß ich wieder, warum ich so bald wie möglich mein eigener Chef sein will!"

Sie mussten beide lachen. Mona befreit, bei Marc klang es eher nach Galgenhumor.

3.

Am frühen Abend bezahlte Mona den Taxifahrer, schulterte ihren Rucksack und ging auf das kleine Hotel ihrer Freundin zu. Trotz der langen Reise fühlte sie sich nicht erschöpft, sondern spürte noch immer diese kribbelige Aufgeregtheit, die sie seit Besteigen des Flugzeugs nicht mehr verlassen wollte. Es fühlte sich an, als hätte sie Brausepulver in Champagner aufgelöst und getrunken.

Bewusst hatte sie Nila nicht von ihrem Kommen informiert. Nicht nur deshalb, weil Mona Überraschungen liebte und Nilas Gesicht sehen wollte, wenn sie plötzlich vor ihr stand. Mona hatten schlicht die Worte gefehlt, mit denen sie ihrer Freundin das Gefühl beschreiben sollte, dass sie so dringend aus Hamburg vertrieb. Im persönlichen Gespräch würde das anders sein, das wusste Mona.

Bei dem Gedanken hielt sie kurz inne und verlangsamte ihren Schritt. Der Abgrund ... Seit Beginn ihrer Reise war er in den Hintergrund getreten, lag nicht mehr bedrohlich direkt zu ihren Füßen, sondern war in wohltuende, sichere Ferne gewandert. Nicht verschwunden, natürlich nicht. Er blieb sichtbar, aber sie verspürte keine Angst, jeden Augenblick hineinzufallen. Und jetzt, da sie vor dem alten Steinhaus stand, das Nila und Vincent so liebevoll zu einer Herberge für

Gäste umfunktioniert hatten, schien der Abgrund in noch weitere Ferne gerückt zu sein. Mona holte tief Luft. Die Rosenbeete, die den Weg zum Haus säumten, verströmte einen betörenden Duft. Sie schloss für einen Moment die Augen. Nur einen Augenblick noch, dann konnte sie endlich Nila wieder in die Arme schließen. Seit deren Hochzeit hatte sie ihre beste Freundin nicht mehr gesehen. Freude verdrängte alle anderen Gefühle, als sie die Augen öffnete, sich wieder in Bewegung setzte und schließlich die schwere Eingangstür aufstieß.

Die große Halle mit den gefliesten Natursteinen war angenehm kühl und menschenleer. Die Rezeption war ebenfalls nicht besetzt, aber Mona konnte Stimmengewirr aus einem angrenzenden Raum vernehmen. Es musste sich um das Speisezimmer handeln, das bei ihrem letzten Besuch noch in Planung war.

Mona ließ ihren Rucksack von den Schultern gleiten und stürmte los. Dem Stimmengewirr folgend öffnete sie schwungvoll die Tür. Wie erwartet fand sie das frühere große Wohnzimmer vor, dessen gemütlicher Charme trotz des Umbaus erhalten geblieben war. Sowohl der gemauerte Kamin als auch das Klavier waren unverändert Blickfang und Mona vertraut. Suchend schweifte ihr Blick umher. Alle Tische waren besetzt von gut gekleideten Paaren und einigen Familien. Die Frauen trugen überwiegend leichte Kleider und die Männer sommerliche Anzüge. Mona war froh, zumindest einen jungen Mann in Jeans und T-Shirt zu erblicken. Kurz wanderte ihr Blick an sich und ihrer schlichten Reisegarderobe hinab. Weißes T-Shirt und weiße Jeans. Ihre Privatklamotten unterschieden sich meist kaum von ihrer Praxisgarderobe. Ein Umstand, der sie sonst nicht störte. Anders als ihre Freundin Nila machte sich Mona nicht besonders viel aus Mode. Trotzdem war sie in diesem Moment froh, ihre beiden einzigen Sommerkleider nach kurzem Zögern doch noch in den Rucksack gestopft zu haben. Noch lieber wäre ihr allerdings, wenn sie eins davon jetzt auch tragen würde. Obwohl die Blicke der Anwesenden freundlich auf ihr ruhten und einige Gäste ihr zur Begrüßung zunickten, fühlte sie sich für einen Moment fehl am Platz. Das ungewohnte Gefühl abschüttelnd, wandte sie sich wieder zum Gehen. Vielleicht war Nila in der Küche, Mona würde dort nach ihr suchen. Gerade als sie nach der Türklinke des Speisezimmers greifen wollte, kam ihr jemand zuvor. Die Tür schwang auf und Nila, die in der einen Hand einen gefüllten Teller trug und im anderen Arm ihr Baby balancierte, erstarrte mitten in der Bewegung. Mit großen Augen starrte sie Mona an. Während Monas Gesicht sich zu einem breiten Lächeln verzog, schien Nila zur Salzsäule erstarrt. Schließlich öffnete sie ihren Mund und bewegte die Lippen, über die aber kein Ton kam.

„Überraschung!" Mona legte eine Hand auf den Rücken des Babys, das leise, quengelnde Laute ausstieß. Gerne hätte sie Nila fest in den Arm genommen, was aber vor allem wegen des vollen Tellers unmöglich war.

„Das gibt es doch nicht!", brachte Nila hervor, als sie schließlich ihre Sprache wiederfand. „Wie ... Was machst du ... Warum weiß ich nicht ..." Sie verstummte, stellte den Teller auf einem Beistelltisch ab und zog Mona fest in ihre Arme. Das Baby war augenblicklich still.

„Es wird höchste Zeit, dass ich Jeanne kennenlerne“, sagte Mona schnell in Nilas Ohr.

„Aber du wolltest doch erst im August bei uns Urlaub machen.“ Nila löste sich aus der Umarmung und betrachtete Mona eingehend. „Es ist natürlich großartig, dass du jetzt schon da bist. Allerdings ...“ Ein Schatten glitt über ihr Gesicht, in dem sich die Wiedersehensfreude spiegelte.

„Allerdings?“, wiederholte Mona zögernd.

„Hier ist gerade die Hölle los. Warte, ich serviere eben das letzte Abendessen, dann haben wir einen Moment Ruhe.“ Sie drückte der perplexen Mona ihr Baby in den Arm, schnappte sich den Teller vom Beistelltisch und ging zu dem Mann in Jeans und T-Shirt, der als Einziger noch kein Essen vor sich stehen hatte. Als sie zurückkam, legte sie den Arm um Mona und zog sie aus dem Speiseraum Richtung Terrassentür. Erst jetzt bemerkte Mona, dass die Tische unter den riesigen Sonnenschirmen im großzügigen Außenbereich ebenfalls vollständig besetzt waren.

Nila ging voraus, warf dabei prüfende Blicke auf jeden Tisch und jeden Gast.

„Du hast hier alles bestens im Griff“, stellte Mona fest. Sie hatte auch nichts anderes erwartet, denn von Anfang an hatte ihre Freundin all ihr Herzblut in das kleine Hotel – ihren großen Traum – gesteckt. Da wunderte es sie nun nicht, dass alles wie am Schnürchen zu klappen schien.

Nila drehte sich halb zu ihr um und lächelte schief. „Wenn das mal nicht täuscht.“

„Also, ich sehe überall zufriedene Gäste. Mir scheint die Gästebetreuung ziemlich perfekt zu sein. Wo steckt eigentlich dein Mann?"

Nilas Lächeln verschwand. Stumm lief sie weiter, bis sie schließlich in einem ruhigen Teil des weitläufigen Gartens angekommen waren. Mit einem Seufzen ließ Nila sich auf einer der weiß lackierten Holzbänke nieder und klopfte einladend neben sich.

Mona setzte sich und legte das Baby behutsam so zurecht, dass sie zum ersten Mal einen ausgiebigen Blick auf das kleine Gesicht mit den strahlend blauen Augen werfen konnte. Die Kleine sah sie aufmerksam und etwas skeptisch an, wie Mona fand.

„Mona – Jeanne, Jeanne Mona", stellte Nila übertrieben ernst die beiden einander vor.

Mona lachte. „Sie ist in Natur ja noch viel entzückender als auf den Fotos!"

„Das finden wir auch", stimmte Nila stolz zu.

„Und sie riecht so gut." Mona drückte ihre Nase an den Hals des Babys, das daraufhin begeistert gluckste.

„Und wo ist nun der Vater des Wonneproppens?" Mona hob den Blick und sah Nila fragend. Hier stimmte doch etwas nicht.

„Vincent ... Er ist in der Toskana." Nilas Stimme klang plötzlich ernst.

„Oh nein! Sag nicht, dass ihr euch getrennt habt!" Mit aufgerissenen Augen starrte Mona ihre Freundin an.

„Was? Nein, Quatsch!" Nila lachte kurz auf und schüttelte den Kopf.

„Puh, das hätte mich jetzt auch aus den Latschen gehauen." Mona wiegte erleichtert das Baby. Nila und Vincent zählten zu den wenigen Paaren in ihrem

Freundeskreis, die den Glauben an die Liebe in ihr aufrecht hielten.

„Aber es ist trotzdem ernst." Nila verstummte kurz und schluckte. Schließlich sprach sie weiter. „Renée ist in der Klinik, sie hatte vor einer Woche einen Schlaganfall."

„Oh, mein Gott, wie schrecklich!", rief Mona aus. „Warum hast du denn nichts gesagt? Und wie geht es deiner Schwiegermutter? Ist sie stabil?" Sie fröstelte trotz des warmen südfranzösischen Abends plötzlich.

„Ja, vorerst schon, aber es geht ihr vor allem psychisch sehr schlecht. Vincent wollte erst nicht fahren, uns hier nicht allein lassen." Nila macht eine Geste Richtung Haus, das nun ein kleines Hotel war. „Aber ich habe ihm keine Wahl gelassen. So froh wir beide über ihre Versöhnung damals waren, gehört er jetzt einfach an ihre Seite. Ich wollte dich längst anrufen, aber ich bin einfach noch nicht dazu gekommen."

Mona nickte langsam. „Das heißt, dass du hier jetzt mit allem allein bist?"

„Nun ja, ich habe Laurence, unseren fantastischen Koch, und Alice, das Zimmermädchen. Beide arbeiten jetzt deutlich mehr, als sie eigentlich müssten. Und nicht zu vergessen natürlich unseren alten Jacques. Auch er springt nach wie vor überall ein, wo Not am Mann ist. Ich habe also tolle Menschen um mich herum, aber vieles bleibt nun natürlich an mir hängen. Dabei wäre ich eigentlich lieber bei Vincent und der Familie." Nila seufzte und rieb sich müde über die Augen.

„Mist." Monas Gedanken fuhren Karussell. Ihre eigenen Sorgen kamen ihr plötzlich schrecklich banal vor.

„Und nun sag mir endlich, warum du jetzt schon gekommen bist anstatt im August.“

„Ich kann dir nichts vormachen.“ Mona atmete aus.

„Nein, das weißt du doch.“ Nila sah Mona auffordernd an. „Also?“

„Ich musste aus Hamburg flüchten“, sagte Mona leise und mit rauer Stimme, während sie Nilas Blick auswich. Es war auch im persönlichen Gespräch nicht einfach, über Chris zu sprechen, wie ihr nun klar wurde.

„Flüchten?“, wiederholte Nila verwirrt. „Wovor?“

„Vor Chris.“ Monas Stimme war nur noch ein Murmeln. Ihr Blick saugte sich am türkisblauen Meer fest, das durch den dichten Bewuchs am Ende des Gartens verführerisch hindurch blitzte.

„Stalkt er dich etwa?“, rief Nila entsetzt. „Ich dachte, ihr habt eine lockere ... Beziehung.“

Mona verstand gut, warum Nila gestockt hatte. Sie selbst hatte es die letzten zwei Jahre so dargestellt, als wäre das, was sie mit Chris verband, kaum mehr als eine Bettgeschichte. Allerdings hatte Mona auch immer das Gefühl gehabt, als wenn ihre Freundin ihr das nicht ganz abnahm. Sie kannte Mona einfach zu gut.

„Das war lediglich die halbe Wahrheit“, gestand Mona nach einer Pause, atmete tief durch und sah Nila endlich wieder an. Ihre Freundin wartete geduldig und mit gerunzelter Stirn darauf, dass Mona weitersprach.

„Er lebt mit Lena zusammen“, presste Mona kaum hörbar hervor. „Und ich habe aufgehört zu zählen, wie oft er sich inzwischen von ihr getrennt hat ...“ Sie schluckte mühsam. „Und zurückgegangen ist ...“

„Dann hat es dich also doch richtig erwischt. Irgendwie hatte ich das immer vermutet. Auch wenn du hartnäckig das Gegenteil beteuert hast." Nila lächelte traurig.

Mona schossen nun doch die Tränen in die Augen. Sie
senkte den Blick und biss sich auf die Lippe.

Als Nila behutsam eine Hand auf ihren Arm legte, sah
Mona zögernd wieder auf. Die Anteilnahme in Nilas
Augen überwältigte sie beinahe. Sie schluckte an dem
Knoten in ihrem Hals vorbei. Von der kribbeligen Aufgeregtheit bei ihrer Ankunft war nichts mehr übrig, der
Abgrund breitete sich wieder genau vor ihren Füßen
aus. „Schlimmer geht nicht", gab sie kleinlaut zu und
grinste kläglich. „Verstehst du jetzt, warum nur eine
Flucht aus Hamburg mich retten konnte?" Hier stand
sie zumindest nicht allein vor dem riesigen Nichts, in
das sie jederzeit stürzen konnte. Den letzten Gedanken
sprach sie lieber nicht aus. Nila hatte schon genug Sorgen. Sie sollte sich nicht auch noch Gedanken um ihre
liebeskranke Freundin machen müssen.

Nila nickte verständnisvoll, in ihrem Gesicht arbeitete es. „Und deine Praxis?"

„Habe ich in Marcs beste Hände gelegt. Er ist darauf
eingestellt, dass ich einige Zeit hierbleibe. Also, falls das
okay ist."

„Natürlich! Du weißt doch, dass wir immer einen
Platz für dich haben. Warum hast du es mir nicht viel
früher gesagt?" In Nilas Stimme klang kein Vorwurf,
nur tiefes Mitgefühl mit.

Mona konnte nicht antworten, sie zuckte hilflos die
Schultern.

„Ach, Liebes." Nila streichelte sanft ihre Wange.

„Hör auf, sonst heule ich gleich so laut los, dass Jeanne den Schock ihres Lebens bekommt." Mona zog eine Grimasse und ließ den Blick über das Grundstück schweifen, bis er am Horizont hängen blieb, wo das Meer langsam dunkler wurde. Schließlich gab sie sich einen Ruck und straffte die Schultern. „Egal, jetzt bin ich hier und schüttele den ganzen Kram früher oder später sowieso ab." Sie hoffte, dass sie wieder klang wie die alte Mona. Nur dumm, dass sie sich nicht so fühlte. Aber diese Strategie hatte ihr bisher stets beim Überleben geholfen. Warum nicht auch dieses Mal?

„Schließt sich eine Tür, öffnen sich drei neue – dein Lebensmotto, wenn ich daran erinnern darf." Ein leichtes Lächeln umspielte Nilas Lippen. „Und ich glaube, ich habe die perfekte Idee, wie wir das beschleunigen können."

4.

Noch im wohligen Zustand zwischen Schlaf und langsamen Erwachen drehte Mona sich auf die andere Seite des Betts und kuschelte ihr Gesicht in das weiche, duftende Kopfkissen. Jede Faser ihres Körpers wollte zurück in die Traumwelt, aus der sie gerade vertrieben werden sollte. Der sanfte Prozess war schlagartig gestört, als sich ein Klopfen in ihr Bewusstsein bohrte. Sie brummte missmutig und öffnete unwillig die Augen. Prompt war sie hellwach, als ihr klar wurde, wo sie sich befand. Die Sonnenstrahlen, die durch die geöffneten Vorhänge ins Zimmer fielen, erhellten keinen Hamburger Morgen, sondern verbreiteten ihren typischen goldenen Glanz in der Provence. Mona war sich nicht sicher, ob es an ihrer Wahrnehmung lag oder ob die Lichtverhältnisse in Südfrankreich tatsächlich andere waren. Alles schien hier intensiver zu leuchten. Sie seufzte mit Wohlbehagen und leichter Angst, nachdem ihr wieder eingefallen war, auf was sie sich gestern Abend eingelassen hatte.

Nila steckte den Kopf ins Zimmer. „Bonjour, Chérie! Die Arbeit wartet." Mit Jeanne im Arm und einem munteren Lächeln im Gesicht trat ihre Freundin ein.

„Guten Morgen", antwortete Mona auf Deutsch. Sie würde früh genug ihre frisch aufpolierten Französischkenntnisse hervorkramen müssen. „Wie kann man nur so früh am Tag schon dermaßen gut aussehen?" Sie rappelte sich im Bett auf, schwankte bei Nilas Anblick zwischen Fassungslosigkeit und Bewunderung.

Die junge Mutter trug ein cremeweißes, wadenlanges Kleid aus einem weich fließenden Stoff, das die zarte Bräune ihrer Haut unterstrich. Ihre roten Locken hatte Nila zu einem lockeren Knoten im Nacken zusammengefasst. Ihre blauen Augen strahlten Nila an. Das erleichterte Funkeln darin konnte Mona problemlos zuordnen.

„Du bist in Reisestimmung", stellte sie fest und setzte sich aufrechter hin.

Nila nickte glücklich. „Mein Flug geht am Nachmittag."

„Na, dann haben wir ja noch jede Menge Zeit, mich einzuarbeiten." Mona rollte mit den Augen. Schlagartig wurde ihr bewusst, dass sie dem armen Marc auch nicht mehr Zeit gelassen hatte, um die Verantwortung zu übernehmen. Aber immerhin kannte er seinen Arbeitsbereich bestens. Im Gegensatz zu ihr ... Ab jetzt sollte sie also ein Hotel führen. Als Physiotherapeutin bringe ich bestimmt beste Voraussetzungen mit, dachte sie mit einem Anflug von Galgenhumor. Durch gelegentliches Kellnern in jungen Jahren bin ich praktisch eine Fachkraft ... Ihr Magen zog sich bei dem ohnehin ironischen Gedanken erschrocken zusammen.

„Du bist dir wirklich sicher, dass ich den Laden hier am Laufen halten kann?" Mona zog die Beine an und umschlang sie mit beiden Armen. Sie brauchte Halt angesichts der Herausforderung, die vor ihr lag.

„Ich habe nicht den geringsten Zweifel." Nila trat näher ans Bett und legte Jeanne behutsam auf die Bettdecke.

„Hey Kleine, guten Morgen." Monas Tonfall wurde prompt weich. Das winzige Geschöpf sah interessiert zu ihr auf.

„Vielleicht solltest du Jeanne bei mir lassen. Unzufriedenen Gästen lege ich sie einfach in den Arm, das vertreibt garantiert sofort schlechte Laune."

Nila lachte. „Unsere Gäste haben sowieso meistens gute Laune. Glaub mir, du bist ohne den entzückenden Quälgeist besser dran."

„Noch haben sie gute Laune ...", murmelte Mona düster. Dabei merkte sie, dass es bereits einen kleinen Teil in ihr gab, der sich auf die vor ihr liegende Aufgabe freute.

„Komm, spring unter die Dusche, Laurence hat unser Frühstück fertig!"

„Ay ay, Chefin!" Mona salutierte und nahm dann Jeanne vorsichtig auf den Schoß. „Noch mal kurz eine Prise Babyduft zur Stärkung." Sie vergrub ihr Gesicht in dem zarten Hals, was Jeanne begeistert glucksen ließ.

Im Speisezimmer empfing Mona der Duft nach köstlichem Kaffee und frisch gebackenen Croissants. Sie blieb kurz in der Tür stehen und ließ den Raum auf sich wirken. Bei strahlendem Sonnenschein und nur einem besetzten Tisch sah er ganz anders als gestern Abend, wo jeder Platz besetzt gewesen war.

Nila winkte, stand auf und ging Mona entgegen. „Beeil dich, noch sind die Croissants warm." Sie hakte ihre Freundin unter und nahm sie mit zum Tisch.

„Darf ich vorstellen? Laurence, unser begnadeter Koch und Alice, das fleißigste Zimmermädchen der Welt." Nila lächelte stolz. „Und das hier ist meine beste Freundin Mona, die sich spontan zu einem Besuch bei uns entschlossen hat." Nila legte Mona einen Arm um die Schulter, als würde sie Monas flüchtige Unsicherheit spüren. „Mona spricht hervorragend Französisch, aber am Anfang ist sie etwas schüchtern."

„Bonjour!" Mona klang fast trotzig, als sie den beiden Mitarbeitern zunickte. Beide erwiderten den Gruß mit freundlichem Lächeln und einem offenen, interessierten Blick. Mona lächelte etwas verhalten zurück. Sie fühlte sich seltsam unsicher. Lag es daran, dass Nila den beiden gleich eröffnen würde, dass sie ab sofort die stellvertretende Chefin des Familienunternehmens sein würde? Obwohl sie keine Ahnung von der Führung eines Hotelbetriebes hatte ... Ein Umstand, der vermutlich binnen Minuten entlarvt werden würde ... Oder machte sie der zwar freundliche, aber merkwürdig intensive Blick aus den dunklen Augen des Kochs nervös?

Mona hatte keine Zeit, diesen Fragen nachzugehen, denn Nila begann umgehend zu erläutern, dass sie bereits heute zu ihrem Mann in die Toskana fliegen werde.

Mona bemerkte ein gewisses Erschrecken in den Augen der jungen, blonden Frau mit dem fransigen Kurzhaarschnitt, die nervös auf ihrer Lippe kaute. Ein Blick zu Laurence brachte Mona hingegen keine Erkenntnis, ob die Eröffnung seiner Chefin bei ihm etwas auslöste. Er hatte sich leicht vorgebeugt und hörte Nila aufmerksam zu. Ein gelegentliches Nicken wirkte verstehend, aber offenbar brachte es ihn nicht aus der Ruhe, die er unverkennbar ausstrahlte.

„Tja, und ihr könnt euch vorstellen, dass es uns ursprünglich unmöglich erschienen ist, dass ich Vincent zu Renée begleite, aber nun, da mir der Himmel Mona geschickt hat, ist uns gestern Abend die rettende Idee gekommen: Mona übernimmt meinen Part im Hotel!" Nila strahlte erst Mona und dann ihre Mitarbeiter an.

„Okay, das kriegen wir schon hin", murmelte Laurence und nickte Mona zu.

„Ich habe früher viel gekellnert", erklärte Mona und wünschte im selben Moment, sich unsichtbar machen zu können. Was redete sie denn da? Als ob das vergleichbar wäre mit der Führung eines Hotels ... Im Übrigen bedeutete viel, dass sie sich ungefähr ein halbes Jahr lang am Wochenende etwas dazu verdient hatte.

Nila wusste das natürlich, stimmte ihrer Freundin aber mit einem Lächeln zu. „Außerdem leitet Mona seit einigen Jahren erfolgreich ihre eigene Physiotherapiepraxis. Sie kennt sich also in der Führung eines Unternehmens aus. Ich bin sicher, dass ihr für einige Tage wunderbar ohne mich zurechtkommt!"

„Ich kann vorerst bei meinen erhöhten Stunden bleiben, aber noch mehr ist leider wirklich nicht drin." Alice fuhr sich durch die kurzen Haare und wirkte wie ein schuldbewusster kleiner Junge.

„Das wäre großartig!" Nila lächelte ihre Mitarbeiterin dankbar an. „Du leistest im Moment extrem viel. Noch mehr Stunden würde ich dir auch gar nicht erlauben, denn ich will weder für eine Scheidung noch für die Vernachlässigung deiner Kinder verantwortlich sein!"

Sie lachte, klang dabei aber etwas schuldbewusst, fand Mona.

„Ich hoffe, dass es Renée schnell besser geht und ich euer aller Gutmütigkeit nicht allzu lang ausnutzen muss", fuhr Nila ernster fort.

„Ach wo." Laurence winkte ab. „Wir drei schmeißen den Laden schon und Jacques haben wir ja auch noch."

„Der reizende alte Nachbar ist tatsächlich immer noch einsatzbereit?", warf Mona ein. Sie hatte den alten Herrn auf der Hochzeit von Nila und Vincent kennengelernt und ihn wie ihre Freundin umgehend ins Herz geschlossen.

„Oh ja!" Nila lächelte. „Es geht zwar alles etwas langsamer, aber er lässt es sich nach wie vor nicht nehmen, uns an allen Ecken und Kanten tatkräftig zu unterstützen. In der Regel kommt er frühestens zum Mittagessen, manchmal auch erst am Nachmittag. Man muss jedoch ein wachsames Auge auf ihn haben, damit er sich nicht übernimmt. Jacques schont sich trotz seines Alters nicht."

„Ich achte auf ihn", versprach Mona und spürte ihre frühere Furchtlosigkeit angesichts neuer Herausforderungen zurückkehren. Zum ersten Mal überwog die Freude auf ihre neuen Aufgaben. Wird schon schiefgehen, dachte sie mit der ihr typischen pragmatischen Art.

Das andere schmerzliche Gefühl namens Chris in ihrem Bauch schickte sie vorerst entschlossen ins Nirgendwo. Es hatte bei ihrer neuen Herausforderung keinen Platz.

5.

Mona schwirrte der Kopf angesichts der vielen Informationen, die Nila ihr vor der Abreise gegeben hatte, nachdem das Frühstück beendet und Laurence und Alice an die Arbeit gegangen waren.

„Neue Buchungen nehme ich erst wieder für das nächste Jahr an, richtig?"

„Genau, ab März. Wir hätten uns selbst nicht träumen lassen, dass wir so schnell bis zur Winterpause ausgebucht sein werden. Na ja, vielleicht liegt es auch daran, dass wir ja nur fünf Doppel und ein Einzelzimmer im Angebot haben." Nila kicherte und schäkerte mit Jeanne herum, die auf ihrem Schoß saß und fröhlich zu ihr aufsah.

„Das glaube ich nicht. Ich denke eher, dass sich der Service in eurem wundervollen Haus in Windeseile herumgesprochen hat. Hoffentlich ruiniere ich euch das nicht", sagte Mona mit Grabesstimme, musste dabei aber grinsen.

„Ach, ich bin sicher, dass wir uns darüber keine Sorgen machen müssen", sagte Nila gelassen. „Du lernst alles blitzschnell, das war schon immer so. Und mit Menschen kannst du sowieso großartig umgehen. Das ist alles, was es fürs Erste braucht. Alles andere wird sich finden, und vielleicht muss ich dich auch gar nicht allzu lange für den Job missbrauchen. Wobei ..." Nila seufzte und Sorge verdunkelte ihren Blick. „Vincent klang heute Morgen am Telefon gar nicht gut. Renée weigert sich, Giuseppe zu empfangen. Für sie ist die Beziehung beendet. Dabei könnte er gerade jetzt ihre wichtigste Stütze sein.“

„Vielleicht ist das noch der erste Schock nach dem Schlaganfall. Renée muss sich ja erst einmal mit der neuen Situation auseinandersetzen. Wie ist denn ihr aktueller Zustand?“

„Sie hat wohl ziemliches Glück gehabt. Die Schäden sind laut Vincent eigentlich überschaubar. Ihre Sprache ist leicht verwaschen und sie hat noch Einschränkungen in der Bewegung, aber auch die sollen nicht allzu schwerwiegend sein.“

„Das wird eine gute Physiotherapie und etwas Logopädie schon richten“, sagte Mona zuversichtlich. Damit kannte sie sich schließlich aus. Sollten die Beeinträchtigungen nicht besonders schwer sein, könnte Renée in kurzer Zeit gute Erfolge erreichen.

„Sofern Renée das zulassen würde, sicherlich. Aber sie weigert sich nicht nur, Giuseppe zu sehen, sondern lehnt auch jede Form der Behandlung ab.“ Nilas biss sich auf die Lippe.

„Oh nein! Es wäre wichtig, dass schnell begonnen wird ...“ Mona sah ihre Freundin erschrocken an.

„Ich weiß. Deshalb ist unsere Hoffnung, dass sie auf mich mehr hört als auf ihren Sohn. So von Frau zu Frau, du verstehst?“

„Und du hast schließlich auch deine Geheimwaffe dabei.“ Mona deutete auf Jeanne, die gerade hingebungsvoll die silberne Kette am Hals ihrer Mama in ihren

kleinen Fingern drehte und mit großen Augen be-
staunte.

„Das stimmt. Jeanne braucht schließlich ihre Großmutter. Und Renée hängt sehr an ihr. Also ja, ich hoffe
sehr, dass sich alles zum Guten wendet."

„Ganz sicher", sagte Mona aufmunternd, ohne ihre inneren Zweifel durchklingen zu lassen. Die Genesung
von Nilas Schwiegermutter stand und fiel mit deren eigener Entscheidung. Mona hatte schon schwere Fälle
miterlebt, die durch eisernen Willen Erstaunliches vo-
rangebracht hatten, aber es gab auch jene, wo die Prognose eigentlich gut aussah, die Behandlung aber dennoch kaum Fortschritte machte.

„Ja, wir hoffen einfach das Beste!" Nila setzte sich aufrechter hin und entwand ihrer Tochter sanft die Kette,
die sich durch das Ziehen der kleinen Hände um ihren
Hals schnürte. „Süße, du erwürgst mich sonst", sagte
sie entschuldigend, als sie Jeannes vorwurfsvollen
Blick auffing. „Außerdem müssen wir uns langsam
startklar machen." Sie warf einen Blick auf ihre Armbanduhr. „In einer halben Stunde kommt unser Taxi."

„Ich würde dich ja fahren, aber ich glaube, ich mache
mich besser an die Arbeit. Meine Chefin ist ziemlich
streng." Mona grinste und fing sich von Nila einen
Klaps auf den Arm ein.

„Wenn du nicht vorsichtig bist, dann werde ich gleich
streng", drohte Nila scherzhaft.

„Um die Einkäufe muss ich mich nicht kümmern,
aber um die Weinbestellungen. Und die müssen heute
noch raus, richtig?" Mona hatte folgsam in den Arbeitsmodus gewechselt.

„Richtig. Falls du Probleme mit der Bestellung haben solltest, kann dir Laurence auf jeden Fall helfen. Er weiß in dem Bereich auch Bescheid. Normalerweise gehört es zu Vincents Aufgaben, die eigentlich ich nach seiner Abreise übernommen habe. Schließlich fehlt seine Unterstützung in der Küche schon."

„Also kochen Laurence und Vincent eigentlich gemeinsam?"

„Meistens hilft Vincent beim Abendessen. Gelegentlich übernimmt er auch das Frühstück, wenn Laurence zum Markt fahren muss oder andere Besorgungen erledigt. Die beiden waren ein eingespieltes Team, aber nun hängt alles an Laurence allein. Ich zweifele zwar nicht daran, dass er das schafft, aber natürlich ist es entspannter, wenn man Hand in Hand arbeitet."

„Auf jeden Fall." Mona nickte. „Na, wenn meine Sachen gerade erledigt sind, kann ich ja in der Küche mit Hand anlegen."

Nila sah sie zweifelnd an. „Wenn du das zusätzlich noch schaffst, gerne! Aber du solltest auch nicht versuchen, uns beide gleichzeitig zu ersetzen. Das will ich dir nun wirklich nicht aufbürden!"

Mona lachte. „Ihr beide seid sowieso unersetzbar, aber ich kann es zumindest versuchen. Außerdem bleibt mir dann garantiert keine Zeit mehr, an Chris zu denken. Ich werde tagsüber durchgehend beschäftigt sein und abends todmüde ins Bett fallen. Perfekt!"

Nila nickte langsam und sah sie eindringlich an. „Mach, wie du meinst, aber wenn du ein Ohr zum Reden brauchst, weil die Beschäftigungstherapie allein nicht reicht, um den Liebeskummer zu überwinden, ruf mich jederzeit an!"

„Ich werde mich hüten", widersprach Mona sofort. „Du kümmerst dich schön um Renée und dass deine Familie wieder ins Lot kommt. Ein Idiot wie Chris sollte dich nicht von den wirklich wichtigen Dingen ablenken!"

Nila sah ihre Freundin nachdenklich an. „Es geht mir nicht um irgendwelche Idioten. Ich will, dass es dir wieder gut geht!"

„Ach, jetzt sieh zu, dass du mit Jeanne startklar bist, wenn das Taxi kommt. Bevor ich doch noch anfange zu heulen ..." Mona straffte sich und zauberte ein strahlendes Lächeln auf ihr Gesicht.

Mona stand auf der Terrasse und genoss den Ausblick auf das im Sonnenlicht funkelnde türkisblaue Meer. Langsam wanderte ihr Blick weiter über die sanft abfallenden Hügel des Grundstücks, die an die Steilküste grenzten, und den üppigen Bewuchs des Gartens mit seinen in bunten Farben blühenden Blumen. Träge flogen zwei Hummeln in der warmen Mittagssonne weiter zur nächsten süßen Pracht. Ein Lächeln schlich sich auf Monas Lippen. Die Anspannung der letzten Stunden wich wie von Zauberhand von ihr. Binnen Sekunden spürte sie einen Frieden, den sie lange vermisst hatte. Die ungewohnte Arbeit hatte all ihre Aufmerksamkeit gefordert, sodass ihr keine Zeit geblieben war, weiter darüber nachzudenken, ob sie den Anforderungen, welche die Leitung des kleinen Hotels erforderte, auch wirklich gewachsen war. Oder über Chris ... Ärgerlich versuchte sie, den Gedanken sofort wieder zu verscheuchen. Zu spät. Das verlegene Lächeln in seinem hübschen Gesicht mit den tiefblauen Augen, die sie anflehten, ihm bitte nur noch dieses eine Mal zu verzeihen, wollte vor ihrem inneren Auge nicht weichen. Viel zu deutlich sah sie die Grübchen um seine Mundwinkel, die Lippen, die sie so gerne küsste … „Hau ab", zischte sie entnervt. Die wundervolle Szenerie um sie herum verblasste plötzlich, die beruhigende Wirkung und der Zauber waren dahin. Schnell rief sie sich ins Gedächtnis, was sie als Nächstes zu tun hatte: alle Gästezimmer kontrollieren. Im ersten Moment hatte Mona Nila entsetzt angesehen, als dieser tägliche Arbeitspunkt zur Sprache gekommen war. Zu abwegig war ihr erschienen, das tüchtige Zimmermädchen Alice zu kontrollieren. Aber Nila hatte gelacht und Mona die Gründe erklärt. Es ging dabei nicht um die Kontrolle der Mitarbeiterin, sondern um den makellosen Service, den sich das kleine Familienunternehmen auf die Fahne geschrieben hatte. Und vier Augen sehen mehr als zwei, hatte Nila gesagt. Die Zimmer sollten nicht nur sauber, sondern perfekt sein. Und es gab immer Kleinigkeiten, die es noch zu verbessern galt. Ein winziger Fleck am Spiegel, eine nicht komplett aufgefüllte Minibar oder gar ein zu leeren vergessener Mülleimer. Alice mache ihre Arbeit wunderbar, aber selbst die Besten seien nicht gefeit, Kleinigkeiten zu übersehen. Diese Gründe hatten Mona schließlich überzeugt. Sie seufzte, als sie einen letzten Blick Richtung Meer warf. Vielleicht würde sie es heute Abend schaffen, ihr erstes Bad dort zu nehmen, auf das sie sich schon so sehr freute. Für besonders wahrscheinlich hielt sie es allerdings nicht, dass sie heute die Zeit dafür finden würde.

Als sie sich umdrehte, trat gerade Laurence aus der Terrassentür. In seinen Händen hielt er ein Tablett, auf dem ein Glaskrug und zwei Gläser standen.

„Selbst gemachte Zitronenlimonade?" Fragend sah er zu ihr hinüber, bevor er auf einen der Tische zuschritt und das Tablett abstellte.

„Oh ja, sehr gerne", sagte Mona erfreut. Sie merkte erst jetzt, wie durstig sie war. Am Vormittag war sie von einer Aufgabe zur nächsten gehetzt und hatte nur selten einen Schluck aus ihrer Mineralwasserflasche genommen. Die meiste Zeit hatte sie schlicht vergessen zu trinken, was sie normalerweise regelmäßig beachtete.

„Alles in Ordnung bei dir?" Laurence warf ihr einen prüfenden Blick zu, während er Limonade in die Gläser goss.

„Oh ja", versicherte Mona hastig und knipste ihr Strahlelächeln an. „Ich habe die Weinbestellung hingekriegt, meinen ersten Check-out erledigt, mit den Gästen geplaudert und mich mit der Buchführung beschäftigt."

„Lass es ruhig angehen. Du musst nicht alles am ersten Tag lernen. Unsere Gäste sind sehr entspannt, mach dir keinen unnötigen Stress." Er sah sie freundlich an und reichte ihr ein hohes Glas mit dem leicht gelblich schimmernden Inhalt.

Mona nahm die Limonade entgegen und nickte. Wie konnte der Koch wissen, dass das genau ihr Anspruch an sich selbst war? Mona wollte tatsächlich alles sofort lernen. Die Vorstellung, sich dabei Zeit zu lassen, erschien ihr geradezu absurd. Sie hatte eine Aufgabe angenommen, und die galt es bestmöglich zu erfüllen. Jetzt, nicht irgendwann …

„Du bist hier in Südfrankreich, unsere Gäste sind im Urlaub und solange sie ihr Essen bekommen, sind die meisten entspannt. Und fürs Kulinarische bin ja ich zuständig." Laurence grinste und prostete Mona zu.

„Na dann, auf die südfranzösische Entspannung", antwortete sie, war aber weit davon entfernt, ihren eigenen Anspruch sofort über Bord zu werfen. Sie nippte an ihrer Limonade.

„Wow", entfuhr es ihr prompt. „Die beste Zitronenlimonade, die ich jemals getrunken habe!"

Laurence nahm das Kompliment gelassen hin. „Falls du hungrig bist, kannst du gleich einen kleinen Eindruck von meiner Küche bekommen. Ich habe ein kleines Mittagessen vorbereitet. Wenn du magst?" Er sah sie fragend an.

„Sehr gerne! Ich sterbe vor Hunger!" Mona war tatsächlich sehr hungrig. Bis zu diesem Moment hatte sie es allerdings nicht bemerkt.

6.

Mit einem leisen Stöhnen schob Mona ihren Teller auf dem großen Holztisch in der Küche von sich. Zufrieden rieb sie sich den Bauch, der sich nach der riesigen Portion Ratatouille zwar angenehm gesättigt anfühlte, aber sie wusste jetzt schon, dass sie mit keinem langen Völlegefühl kämpfen musste.

„Satt?“ Laurence sah sie lächelnd an.

„Einigermaßen“, scherzte Mona und grinste.

„Oh, ich habe auch noch mehr.“ Er machte Anstalten aufzustehen, behielt sie dabei aber belustigt im Auge.

„Gott bewahre!“ Mona hob abwehrend die Hände.

„Du sprichst genauso gut französisch wie Nila“, wechselte Laurence das Thema.

„Oh nein“, wehrte Mona ab. „Seitdem Nila nach Frankreich gegangen ist, habe ich zwar angefangen, einige Kurse zu belegen, um mein Schulfranzösisch aufzubessern, aber so gut wie sie bin ich lange nicht. Aber ich wollte vorbereitet sein, wenn ich sie häufiger besuche.“

„Entschuldige, aber das solltest du den Franzosen beurteilen lassen.“ Laurence wies mit beiden Daumen auf seine Brust, seine Mundwinkel zuckten amüsiert.

„Okay“, gab Mona sich geschlagen. „Vielen Dank!“

„Und du wolltest eigentlich einen kleinen Spontanurlaub hier einlegen und hast dich stattdessen direkt in einem Job wiedergefunden?" Laurences Blick ruhte interessiert auf Mona.

„Nicht ganz", gestand sie. „Ich brauchte Abstand zu …" Sie stockte kurz. „… meinem Ex-Freund", fuhr sie schließlich fort. Das Wort kam ihr nur schwer über die Lippen. Allerdings war Chris genau das: ihr Ex-Freund. Genauer gesagt, ihr Ex-Lover. Aber diese Bezeichnung fand sie noch viel schlimmer, denn für sie war Chris von Anfang an mehr gewesen.

„Manchmal hilft eine größere räumliche Trennung. Wie lange wart ihr zusammen?"

„Zwei Jahre", murmelte sie. „Mit einigen Pausen …" Mona wartete, ob sich der Abgrund zu ihren Füßen zeigte. Verwundert stellte sie fest, dass ihr im Moment keine Gefahr drohte.

Laurence sagte nichts, nickte aber verstehend.

„Er hat mit einer anderen Frau zusammengelebt", schob sie dumpf hinterher, während sie sich kurz fragte, ob es eine gute Idee war, ihrem Kollegen direkt nach dem Kennenlernen von ihren persönlichsten Problemen zu erzählen.

„Verstehe", sagte Laurence. Seine Miene blieb neutral.

Für eine Weile schwiegen beide. Mona kam zu dem Schluss, dass sie ihren Privatkram vielleicht besser für sich behalten sollte.

„Na, ist jetzt auch nicht so wichtig. Ich sollte mich besser um meine neuen Aufgaben kümmern", sagte sie schließlich, straffte sich und stand auf.

Laurence erhob sich ebenfalls. „Es ist gut, wenn man sich Kummer von der Seele redet. Da Nila ja momentan leider nicht zur Verfügung steht, kannst du gerne mich für den Job benutzen. Ich bin ganz gut im Zuhören." Er

grinste leicht, aber in seinen Augen las Mona überrascht Verständnis und Mitgefühl.

Plötzlich hatte sie einen Kloß im Hals. Sie nickte ihm
kurz zu und verließ beinahe fluchtartig die Küche.

„Wir werden heute Abend leider nicht zum Abendessen hier sein", sagte Mr. Clarke mit seinem typisch eng-
lischen Akzent bedauernd. „Die hiesige Küche ist exqui-
sit, aber wir starten gleich zu einem Ausflug nach
Nizza, und meine Frau ist nicht davon abzubringen, in
einem der Sternerestaurants zu dinieren." Er verzog
das von der Sonne rot verbrannte Gesicht mit Resigna-
tion und Sorge. Mona ahnte, was den Engländer umtrieb. Sie hatte bereits das Vergnügen gehabt, die beiden Kinder Colin und Eileen beim Frühstück zu erle-
ben. Die fünfjährigen Zwillinge wirbelten jeden gastronomischen Betrieb im Handumdrehen durcheinander.
Hier fiel es nicht besonders auf, zumal der weitläufige
Garten eine willkommene Abwechslung bot und jederzeit zum Energieabbau genutzt werden konnte. Aber
ein Dinner in einem Sternerestaurant in Nizza? Mona
konnte den Mann gut verstehen, dass ihm bei dem Gedanken nicht wohl war.

„Morgen nach dem Frühstück reisen wir ja ab", fuhr
er fort. „Aber meine Frau hat sich für den letzten Abend
etwas Besonderes gewünscht. Ich hoffe, es ist noch
nicht zu spät für Ihre Planung?"

„Nein, das ist kein Problem", versicherte Mona mit einem Lächeln. Vermutlich war es für Laurence schon zu
spät, das Fehlen der vierköpfigen Familie zu berück-
sichtigen. Aber Nila hatte ihr beigebracht, dass die erste
Regel lautet: Hauptsache, die Gäste sind glücklich! Und

eine verspätete Stornierung des Abendessens war sicher kein Grund, den Gästen ein schlechtes Gewissen zu vermitteln.

„Dann wünsche ich Ihnen viel Spaß in Nizza und hoffe, dass Sie dort fürstlich bewirtet werden!" Mona notierte sich schnell die Absage, nickte dem Gast noch einmal freundlich zu und griff dann zum Telefon. Sie musste dringend die Firma kontaktieren, die für die Swimmingpool-Reinigung zuständig war. Nila hatte bereits angemerkt, dass eine Reinigung zeitnah anstehen würde, und Mona hatte vorhin bei einem Garten-Kontrollgang befunden, dass das Wasser nicht mehr so klar aussah, wie es vermutlich gehörte. Allmählich bekam sie ein Gefühl dafür, wie vielfältig ihre Aufgaben in dem kleinen Hotel tatsächlich waren. Sobald sie diesen Punkt auf der Liste abgearbeitet hatte, würde sie in die Küche zu Laurence springen und ihm Bericht erstatten. Während sie dem Freizeichen lauschte, ging ihr durch den Kopf, dass diese Art der Arbeitstherapie genau das war, was sie jetzt brauchte. Als die Dame am anderen Ende das Gespräch annahm, nahm Mona sich gerade vor, am Abend endlich den längst fälligen Anruf bei ihrer Mutter zu machen. Schnell schaltete Mona innerlich zurück in den Geschäftsmodus und erklärte ihr Anliegen.

7.

Es war bereits 23 Uhr, als Mona sich mit einem leisen Stöhnen auf die Bank im Garten plumpsen ließ, von der sie einen wundervollen Blick hatte auf das dunkel schimmernde Meer, das unter einem sternenklaren Himmel lag. Ihre Füße fühlten sich wie kleine, schmerzhafte Klumpen an, und ihr Körper war so müde, dass er wehtat. Rasch zog sie Turnschuhe und Socken aus und stellte ihre nackten Füße auf den noch immer warmen Rasen. Erleichtert lehnte sie sich zurück, während ihre Gedanken langsam zur Ruhe kamen und sie den ersten Schluck aus der eiskalten Feierabend-Bierflasche trank. Das tat gut!

Sie seufzte befreit. Der erste Tag als stellvertretende Hotelchefin lag hinter ihr, und sie war überraschend zufrieden mit sich. Die ungewohnten Herausforderungen, die gefühlt im Minutentakt an sie gestellt wurden, hatte sie besser als selbst erwartet gelöst. Zumindest war sie nicht weinend zusammengebrochen und hatte Nila am Telefon um Rückkehr angefleht. Die kurze Nachricht ihrer Freundin, dass sie mit Jeanne gut in der Toskana gelandet waren, hatte Mona mit einem knappen *Super!* beantwortet. Für mehr reichte offenbar weder Nilas noch ihre Zeit. Mona fragte sich, wie ihre Freundin die Arbeit im Hotel und die Versorgung ihres

Babys bloß unter einen Hut bekam. Ihr reichte das Pensum auch ohne sich um die zwar bezaubernde, aber bestimmt dennoch fordernde Jeanne kümmern zu müssen. Obwohl Nila von Anfang an geschwärmt hatte, was für ein unkompliziertes Baby ihre Tochter war, Zuwendung und Versorgung brauchte Jeanne schließlich trotzdem.

Der Gedanke zog weiter, und für eine Weile dachte Mona gar nichts mehr, sondern atmete nur bewusst die samtig weiche Luft der Mittelmeernacht langsam ein und wieder aus. Kurz bevor ihr die Augen zufielen, schreckte sie hoch. Sie konnte unmöglich hier draußen im Sitzen auf der Bank einschlafen, falls sie sich morgen schmerzfrei bewegen wollte. Und darauf war sie bestimmt angewiesen. Dann fiel ihr siedend heiß ein, was sie sich eigentlich für den Feierabend vorgenommen hatte: endlich ihre Mutter anrufen und auf den neuesten Stand bringen. Simone hatte keine Ahnung, dass ihre Tochter gerade auf unbestimmte Zeit in Südfrankreich weilte. Unschlüssig zog Mona das Handy aus der Hosentasche. Viertel nach elf. Früher hätte ihre Mutter um diese Zeit längst geschlafen, doch seitdem sie vor zwei Jahren das Krankenhaus verlassen hatte, war eine grundlegende Veränderung in ihr vorgegangen. Diese vollzog sich allerdings nicht mit einem großen Knall, sondern in leisen, kleinen Schritten. Mona – gerade frisch verliebt in Chris – hatte lange gebraucht, um zu merken, dass ihre Mutter bald nicht mehr dieselbe war. Zunächst war es nur eine neue Frisur gewesen, andere buntere Kleidung und ein neues Hobby in Form von Kräuterwanderungen. All das registrierte Mona zwar am Rande, maß dem aber nicht allzu viel

Bedeutung bei. Deshalb war es vor einem halben Jahr ein verständlicher Schock, als Simone verkündete, nach Ibiza gehen zu wollen. Ihre stets innige Mutter-Tochter-Beziehung wurde das Auswandern zwar nicht getrübt, aber es hatte ihre Gewohnheiten zwangsläufig verändert. Die sonst täglichen Telefonate und die mehrmaligen wöchentlichen Besuche wichen schnell getippten Nachrichten und gelegentlichen Telefonaten, in denen Simone von all den neuen Eindrücken schwärmte, die sie täglich im fremden Land gewann – oder besser gesagt in sich aufsog. Mona hörte zu, verschwieg aber, was sie gerade in ihrer On-off-Beziehung umtrieb. Das allerdings war ihr normales Muster. Sie hatte schon immer nach dem Motto gelebt, ihre Mutter nicht mit ihren eigenen Sorgen zu belasten. Mona sah ihre Aufgabe darin, das oft schwierige Leben von Simone zu erleichtern, anstatt es noch zusätzlich zu erschweren.

Auch jetzt wollte sie ihrer Mutter nicht verraten, warum sie tatsächlich nach Südfrankreich gereist war. Sie hatte sich bereits überlegt, welche Gründe sie vorschieben würde.

Mona seufzte und begann, eine Nachricht zu schreiben.

Schläfst du schon, oder wollen wir telefonieren?

Minuten vergingen, ohne dass blaue Häkchen verkündeten, dass ihre WhatsApp gelesen worden war. Gerade wollte Mona das Handy wieder einstecken und ihr Vorhaben auf morgen verschieben, als das Telefon klingelte. Sie sah auf das lachende Profilbild ihrer Mutter, als sie das Gespräch annahm.

„Liebes, wie schön von dir zu hören!", rief Simone, bevor Mona sich melden konnte.

„Du hast wirklich noch nicht geschlafen?", vergewisserte Mona sich.

„Ach wo, die Nacht ist doch noch jung!" Simone kicherte.

Erst jetzt fiel Mona auf, dass ihre Mutter atemlos klang.

„Bist du auf einer Party?", fragte Mona, beantwortete sich die Frage allerdings gleich selbst. Im Hintergrund hörte sie keine Geräusche, die auf eine Feier hindeuteten.

„Nein, ich sitze gerade mit einem Freund auf der Terrasse und genieße mit Blick aufs Meer einen herrlichen Landwein." Simone lachte und wüsste Mona es nicht besser, hätte sie es als verlegen eingestuft. Aber das Thema Männer war für ihre Mutter seit fünfzehn Jahren abgeschlossen, und das würde sich in diesem Leben auch nicht mehr ändern. Georg hatte ganze Arbeit geleistet.

„Nach Ibiza zu gehen, war die beste Entscheidung meines Lebens. Habe ich dir das schon gesagt?" Simone lachte wieder und klang dabei wie ein junges Mädchen.

„Ungefähr hundert Mal", antwortete Mona schmunzelnd. „Das ist schön, dass du noch immer glücklich mit deiner Entscheidung bist." Sie holte tief Luft, bevor sie fortfuhr. „Ich habe übrigens auch das Land gewechselt."

„Oh, wo bist du, Liebling?"

„Bei Nila in Südfrankreich."

„Wolltest du nicht erst im August fahren?“

„Ja, eigentlich schon. Aber Nila musste zu ihrer Schwiegermutter in die Toskana. Renée hatte einen Schlaganfall, und die Familie steht jetzt natürlich an erster Stelle. Na ja, und für die Zeit kümmere ich mich um das Hotel.“ Die Notlüge, die ja streng genommen gar keine war, war Nila gerade erst eingefallen. Obwohl das nicht der Grund gewesen war, hierherzukommen, entsprach es sonst den Tatsachen. Mona strich ihren ursprünglichen Plan, von Arbeitsüberlastung und dringender Pause zu berichten.

„Oje, die arme Renée“, sagte Simone betroffen. Schlagartig waren die Freude und Leichtigkeit aus ihrer Stimme verschwunden. „Wie geht es ihr denn?“

„Eigentlich hat sie wohl Glück gehabt, aber sie weigert sich, an Rehamaßnahmen teilzunehmen. Nila hofft, mehr Einfluss auf sie zu haben als Vincent.“

„Verstehe. Dass du sofort einspringst, wenn Nila in Not ist, finde ich großartig, aber so war das ja schon immer bei euch beiden. Aber was ist mit deiner Praxis, hast du sie solange geschlossen?“

„Nein, der Betrieb läuft normal weiter. Marc probiert sich schon mal in der Praxisführung. Immerhin möchte er möglichst rasch seine eigene eröffnen. Nun ist es eine gute Gelegenheit für ihn zu üben.“ Mona fiel ein, dass ihr Mitarbeiter sich noch nicht gemeldet hatte. Sie hielt es für ein gutes Zeichen. Es sei denn, er traute sich nicht, sie mit seinen Problemen zu behelligen. Schnell verscheuchte sie den beunruhigenden Gedanken, nahm sich aber fest vor, ihn morgen früh anzurufen. Nur weil sie gerade mehr als ausgelastet war mit ihrer neuen Herausforderung, war ihr die eigene

Praxis und ihre Patienten trotzdem wichtig wie immer. Bei all dem Trubel heute hatte sie es jedoch vorübergehend verdrängt.

„Und wie kommst du klar mit dem Hotel?“, fragte Simone interessiert.

„Ach, für den ersten Tag habe ich mich ganz tapfer geschlagen, glaube ich. Ich muss natürlich viel lernen und es wird seine Zeit dauern, bis es Routine wird. Wobei, vielleicht ist Nila bis dahin längst zurück.“

„Und dann fliegst du gleich weiter nach Ibiza“, schlug Simone freudig vor. „Wenn du es schon mal über dich gebracht hast, deinen Laden fremden Händen anzuvertrauen, kannst du auch noch etwas Zeit dranhängen!“

„Ich überlege es mir!“, versprach Mona, wusste aber bereits, dass sie das nicht tun würde. Ihre Mutter war die Letzte, die sie in der Trennungsphase von Chris um sich haben wollte. „Und wie läuft es auf der Insel?“, wechselte Mona rasch das Thema.

„Wunderbar! Deshalb wünsche ich mir ja so, dass du mich bald besuchen kommst. Es gibt auch jede Menge Neuigkeiten, die ich dir lieber zeigen würde, als nur darüber zu berichten.“

Etwas im Tonfall ihrer Mutter ließ Mona aufhorchen. „Nein“, sagte sie resolut. „Jetzt hast du mich zu neugierig gemacht. Ich werde nicht schlafen können, wenn du mir nicht wenigstens einen Hinweis gibst! Oder willst du, dass ich die Nacht schlaflos verbringe, um darüber zu grübeln? Ich wäre morgen nicht ausgeschlafen, könnte mich nicht konzentrieren und würde Nilas schöne Hotel nicht angemessen betreuen können.“

„Schon gut“, fiel Simone ihr lachend ins Wort. Nach einem Moment des Zögerns sagte sie schließlich: „Ich überlege, den Bungalow zu kaufen. Mein Vermieter will verkaufen und bevor mich der neue Eigentümer womöglich rauswirft, habe ich mir überlegt, ihn lieber selbst zu nehmen."

„Oh, das ist ja großartig!" Mona wusste, dass Simone eine größere Summe von einer Lebensversicherung ausgezahlt bekommen hatte. Warum nicht in eine eigene Immobilie investieren? Auch wenn das vor Simones Wandlung eine absurde Vorstellung gewesen wäre, überraschte es Mona inzwischen nicht mehr. Ihre Mutter ließ sich neuerdings auf viele Wagnisse ein, da wäre der Kauf eines eigenen Hauses nur eine weitere Variante.

„Na ja, das Haus ist nichts Besonderes und mit seinen drei Zimmern recht klein, aber es reicht. Und ich würde mich so freuen, wenn ich es dir zeigen kann."

„Ich werde bald kommen", versprach Mona, auch wenn ihr nicht wohl dabei war. Solange sie die Sache mit Chris für sich nicht abschließend geklärt hatte, wollte sie ihrer Mutter nicht gegenübertreten.

„Das wäre toll! Sag einfach Bescheid, wenn du es einrichten kannst, ich bin ja hier. Pass auf dich auf, Liebes. Und halt mich auf dem Laufenden, wie du dich als Hotelmanagerin machst!"

„Das werde ich, Mam. Pass auch auf dich auf!" Mona merkte, dass es sich noch immer seltsam anfühlte, dass es nicht mehr ihre Aufgabe war, sich darum zu kümmern. Aber so leicht gab man Gewohnheiten nicht auf, die das ganze Leben geprägt hatten. Trotzdem wurde es Zeit, dass ihre Mutter die Verantwortung für ihr Leben endlich selbst übernahm. Und Ibiza schien dafür ein guter Start gewesen zu sein.

„Gute Nacht, Schatz!“

„Gute Nacht, Mam!“

Mona hatte das Telefon bereits zur Seite gelegt, als ihr etwas klar wurde. Die Sache mit dem Haus war nicht die einzige Neuigkeit, die es im Leben ihrer Mutter gab. Aber was das war, würde sie vermutlich erst erfahren, wenn sie sich auf den Weg nach Ibiza machen würde.

Frisch geduscht und in Anbetracht des hochsommerlichen Wetters, das scheinbar noch immer nicht seinen Höhepunkt erreicht hatte, betrat Mona in einem ihrer leichten Sommerkleider die Küche. Seit ihrem Gespräch mit Laurence, bei dem sie viel zu viel von sich preisgegeben hatte, war sie ihm gestern nur noch kurz und immer in Zusammenhang mit der Arbeit begegnet. Ihren Hinweis, dass die englische Familie nicht am Abendessen teilnehmen würde, hatte er mit einem gutmütigen Nicken beantwortet. Entweder brachte das seine Planung nicht durcheinander oder er reagierte auch auf Unvorhergesehenes mit beeindruckender Geduld. So gut vermochte Mona den Koch noch nicht einzuschätzen. Jetzt war ihr etwas mulmig, ihm gegenüberzutreten. Es entsprach sonst nicht ihrer Art, praktisch Fremde direkt mit eigenen Sorgen zu überfallen, und deshalb hatte sie ihre Offenherzigkeit schnell bedauert.

Wie am Tag zuvor duftete es in der Küche verführerisch nach frisch gebackenen Croissants. Laurence stand am Herd und drehte sich zu Mona um.

„Bonjour, liebe Mona!“ Er lächelte sie an, bevor er die Backofentür öffnete und geschickt eine Ladung Croissants auf ein Holzbrett beförderte.

„Bonjour! Machst du tatsächlich jeden Morgen solch ein leckeres Frühstück für die Angestellten?" Sie sah, dass der Tisch bereits fertig für drei Personen gedeckt war und sie somit keine Hilfe anbieten konnte. Das ungute Gefühl wegen ihres gestrigen ungewollten Preisgebens ihrer privaten Situation verflog angesichts seines lockeren Auftretens, und sie setzte sich auf einen der Stühle.

„Im Moment schon. Sonst hat Vincent es meistens übernommen. Aber jetzt müssen wir eben alle etwas mehr ran, das finde ich nicht schlimm. Und ein gemeinsames Frühstück mit den Kollegen erleichtert den Start in den Tag." Er zuckte leicht die Achseln und trug das Holzbrett zum Tisch, wo er es in die Mitte stellte. „Greif ruhig schon zu, Alice kommt ja heute wahrscheinlich später wegen des Gesprächstermins in der Schule. Bon appetit!"

Mona überlegte kurz, dann fiel es ihr wieder ein. Laurence hatte recht, Alice hatte sie gestern auf ihren Termin angesprochen. Aber sie hatte es vergessen. Mona hoffte, es war das Einzige, das ihr gestern an Infos durchgerutscht war. Einmal mehr fragte sie sich, wie Nila das alles schaffte. Und wie es Mona schien, gelang ihrer Freundin das auch noch mühelos. Die leichte Anspannung, die sie bei Nila wahrgenommen hatte, deutete lediglich auf die belastende Situation mit ihrer Schwiegermutter, aber nicht auf eine Überforderung aufgrund des Hotelbetriebs hin.

„Okay, und ich stehe gleich bereit, um zu helfen, das Frühstück für die Gäste vorzubereiten." Mona griff nach einem ofenwarmen Croissant.

„Kaffee?" Laurence nahm die Kaffeekanne in die Hand und sah Mona fragend an.

„Gerne", sagte sie.

Er schenkte ihr ein. „Das Frühstück für die Gäste ist so gut wie fertig. Aber beim Tisch decken ist mir jede Hilfe willkommen!"

Florenz

Nila

Mit einem flauen Gefühl im Magen eilte Nila den Gang der Privatklinik entlang. Der herrschaftliche Bau im Jugendstil erinnerte schon von draußen eher an ein feudales Hotel als ein Krankenhaus. Auch im Innern des geschmackvoll und in warmen Farben eingerichteten Gebäudes deutete lediglich ein leichter Geruch nach Desinfektionsmitteln darauf hin, dass hier Kranke behandelt und keine Hotelgäste bedient wurden.

Je näher Nila der Zimmernummer kam, die Vincent ihr genannt hatte, desto langsamer ging sie. Wenn nur nicht so viel davon abhinge, dass es ihr gelingen musste, die starre Haltung der Patientin zu verändern. Nilas Hand krampfte sich um den Blumenstrauß in ihrer Hand. Das zarte Seidenpapier, das die Gladiolen – Renées Lieblingsblumen - umschloss, war bereits ganz zerknittert.

Nila wünschte, ihr Mann könnte jetzt bei ihr sein. Aber Vincent und sie hatten beschlossen, dass es besser sei, wenn sie zunächst allein mit seiner Mutter sprechen würde. Die Anwesenheit ihres Sohnes hatte Renée bislang mehr ertragen als genossen, wie er niedergeschlagen berichtet hatte. Das hatte Spuren in Vincent hinterlassen und die Wiedersehensfreude ungewollt gedämpft. Wie Nila erfahren hatte, war Giuseppe untröstlich darüber, dass Renée ihn weiterhin nicht zu empfangen gedachte. Er jammerte unentwegt, was er bloß falsch gemacht haben könnte. Weder Nila noch Vincent war es gelungen, ihm verständlich zu machen, dass es nichts mit ihm und etwaigen Fehlern in seinem Verhalten zu tun hatte, weswegen Renée ihn nicht sehen wollte. Für ihn blieb es unbegreiflich. Auch darüber wollte Nila mit ihrer Schwiegermutter sprechen.

Mit einem Kloß im Hals klopfte Nila an die Krankenhaustür.

„Entréz." Es war eindeutig die Stimme ihrer Schwiegermutter, aber sie klang völlig anders als sonst. Alles Resolute, Kraftvolle darin schien tiefer Gleichgültigkeit gewichen.

Der Kloß in ihrem Hals dehnte sich aus, als Nila zaghaft die Tür öffnete. Das luxuriöse Zimmer der Privatklinik lag durch die heruntergelassenen Jalousien im Halbdunkel, nur spärliches Sonnenlicht fiel durch die geöffneten Lamellen. Aus dem Bett an der linken Wand sah ihr Renée mit reserviertem Blick entgegen. Das Kopfteil des Betts war hochgestellt, sodass die Patientin mehr saß als lag. Vincent hatte Nila gesagt, dass er seine Mutter nicht über ihr Kommen informiert hatte. Er meinte, dass es vielleicht gar nicht schlecht sei, wenn Nila das Überraschungsmoment nutzen könnte. Renée wirkte nur kurz verwundert. Freudige Überraschung konnte Nila nicht erkennen.

„Maman." Nila trat ans Bett und legte eine Hand auf Renées, die sich kühl anfühlte. Sie trug keine Ringe, was Nila noch nie vorher erlebt hatte. Es hatte lange gedauert, bis Nila ihre Schwiegermutter nicht mehr mit ihrem Vornamen angesprochen hatte. Und ganz selbstverständlich kam *Maman* erst über ihre Lippen, seitdem Jeanne auf der Welt war. Jetzt musste Nila sich zusammenreißen, um ihr Erschrecken zu verbergen. Es hing weniger damit zusammen, dass sie Renée zum ersten Mal ohne Make-up und sorgfältig frisiert sah, als mit dem Ausdruck der völligen Aufgabe in ihrem blassen Gesicht. Ihre einst strahlenden dunklen Augen hatten den Glanz und jeden Lebensmut verloren. Falten, die Nila zuvor nie wahrgenommen hatte, zeichneten sich auf der Stirn und um den Mund ab. Sie schluckte mühsam. Gerne hätte sie Renée in den Arm genommen, traute sich aber nicht angesichts der Abwehr, die ihre Schwiegermutter mit jeder Pore ausstrahlte. Diese galt nicht ihr persönlich, wie Nila instinktiv spürte, sondern der plötzlichen tragischen Veränderung des Lebens. Sie galt dem Schlaganfall, der Renée aus allem Gewohnten hinauskatapultiert hatte. Vermutlich dem Krankenhaus, so luxuriös es auch sein mochte, dem Personal, der Familie. Es war letztlich eine Abwehr gegen das jetzige Leben.

„Wie geht es dir?", frage Nila leise.

Renée stieß einen kleinen Laut der Verachtung aus, bevor sie nach einer kurzen Pause antwortete. „Wie soll es mir schon gehen? Meine Zeit ist abgelaufen. Bist du gekommen, um dich zu verabschieden?"

Renée war schon immer bekannt für ihre klaren Worte, aber in diesem Zusammenhang zuckte Nila zusammen. Ein schmerzhafter Knoten bildete sich in ihrem Magen. „Maman, ich bin überzeugt, dass dir noch viel Zeit bleibt, in der du uns in den Wahnsinn treiben kannst." Sie hatte sich für einen frechen Ton entschieden, damit konnte Renée umgehen. Normalerweise sprach sie respektvoll mit ihrer Schwiegermutter. Freche Neckereien nahm sich sonst nur Vincent heraus, was ihm als Sohn aber gutmütig durchgewunken wurde. Renée hob leicht eine Augenbraue und musterte Nila skeptisch. Nila wartete auf eine Erwiderung, die aber ausblieb.

„Schau", sagte sie schließlich. „Ein Strauß deiner Lieblingsblumen. Ich mache mich mal auf die Suche nach einer Vase."

Renée nickte stumm und schloss die Augen.

8.

Es war bereits später Nachmittag, als Mona zum ersten Mal an diesem Tag einen Moment für sich hatte. Ihren ursprünglichen Plan, Marc gleich morgens anzurufen, war zwischen den unterschiedlichsten Anforderungen, die gefühlt im Minutentakt an sie gestellt worden waren, aus ihrem Bewusstsein gerutscht. Nun saß sie auf der leeren Terrasse, eine Tasse Kaffee vor sich und atmete tief die warme, samtige Luft. Dankbar ließ sie eine leichte Brise, die vom Meer herauf wehte, über ihre nackten Arme streichen. Es war heiß, aber durch den Wind erträglich. Die gleiche Hitze in Hamburg hätte das Leben längst in einen Backofen verwandelt, der Mona zu schaffen gemacht hätte. Nur in ihren Praxisräumen war es an den heißen Tagen des Jahres dank des alten Gebäudes mit seinen dicken Mauern einigermaßen auszuhalten. Ähnlich ging es ihr hier in Nilas und Vincents kleinem Hotel, das mit seiner ebenfalls uralten Bauweise einen guten Teil der Wärme abschirmte.

Beim Gedanken an ihre Praxis fiel es ihr endlich wieder ein. Sie musste Marc anrufen! Ihr Handy hatte sie heute Morgen in ihrem Zimmer gelassen. Sie hatte anderes zu tun, als auf etwaige Nachrichten zu reagieren. Ein bisschen stolz war sie darauf, dass sie kaum einen

Gedanken daran verschwendete, ob Chris sich womöglich melden würde. Wäre sie in Hamburg geblieben, hätte sie garantiert nach jedem Patienten mit einem kurzen Blick gecheckt, ob er ihr geschrieben hatte. Rasch stand sie auf und lief hinüber in das kleine Nachbarhaus, das ursprünglich als Gästehaus konzipiert worden war. Seit dem Umbau des Haupthauses zum Hotelbetrieb war es das Zuhause für Nilas kleine Familie geworden. Zwei Gästezimmer waren geblieben. Eins davon diente als fester Rückzugsort für Renée und Giuseppe, wenn sie in Frankreich waren, und das andere bot Platz für sonstige Besucher – meist Familienmitglieder oder Freunde von Nila, gelegentlich Freunde von Vincent. Wie Mona von Nila wusste, pflegte ihr Mann allerdings nur noch wenige Kontakte aus seiner früheren Zeit als Star-Pianist. Die meisten seien viel zu oberflächlich gewesen, als dass sich daraus echte Freundschaften entwickelt hätten.

Nun durfte Mona es sich in dem großzügigen, liebevoll eingerichteten Zimmer gemütlich machen. Bisher hatte es ihr an Zeit gefehlt, den Raum überhaupt richtig in Augenschein zu nehmen. In den beiden Nächten, die sie hier geschlafen hatte, war sie nur noch ins Bett gefallen und hatte die Ausstattung kaum wahrgenommen. Als sie das Zimmer jetzt betrat, sah sie sich um, als sähe sie es zum ersten Mal. Die Wände waren in einem sanften Gelb gestrichen, die weißen Gardinen bewegten sich leicht durch den Luftzug, der durch das geöffnete Fenster strömte. Auf dem geölten Holzparkett lagen Teppiche in Pastelltönen, welche die sommerliche Frische der Wandfarbe verstärkten. Das große, bequeme Bett hatte Mona heute Morgen ungemacht hinterlassen. Sie zog eine Grimasse und richtete schnell die Kissen. Auch wenn außer ihr momentan niemand hereinkam, schien es ihr schon in Fleisch und Blut übergegangen zu sein, jeden Bereich in tadelloser Ordnung zu halten. Sie war von sich selbst überrascht. Chris hatte mehr als einmal den Kopf geschüttelt angesichts ihrer heimischen Unordnung. Schnell verscheuchte sie die ungewollte Erinnerung.

Auf dem antiken Nachttisch aus Kupfer lag ihr dunkles Handy, das sich mangels Nutzung in den Ruhemodus geschaltet hatte. Nachrichten gab es keine. Sie ignorierte den winzigen Stich in ihrem Herzen und nahm das Gerät an sich. Im Vorbeigehen ließ sie schnell die Außenrollladen hinunter, was sie heute Morgen natürlich vergessen hatte, und lief dann zurück zur Terrasse. Der Kaffee war inzwischen nur noch lauwarm. Sie trank ihn in einem Zug aus, bevor er weiter abkühlen konnte, und öffnete endlich im Handy den Kontakt von Marc. Beinahe erwartete sie, die Mailbox zu erwischen, weil er mitten in einer Behandlung war. Doch er nahm das Gespräch gleich nach dem ersten Klingeln an. „Hey Chefin, wie läuft`s bei dir?"

Mona schmunzelte. „Gut, aber das wollte ich eigentlich dich fragen."

„Oh, überraschend bestens", antwortete er fröhlich und mit deutlichem Stolz. Von seiner Aufregung, als sie ihm die Praxisleitung übertragen hatte, war nichts mehr zu spüren. „Du kannst in aller Ruhe deinen Urlaub genießen, wir kommen gut klar", fügte er hinzu.

„Urlaub genießen? Schön wär`s! Ich habe die Leitung des Hotels meiner Freundin übernommen. Nila ist wegen einer Familienangelegenheit in die Toskana gereist. Mir geht es also nicht anders als dir. Von Faulenzen leider keine Spur." Mona seufzte theatralisch und musste lachen.

Marc stimmte mit ein. „Karma is a bitch! Dann fühlst du dich tatsächlich genauso überrumpelt wie ich?"

Seine diebische Freude angesichts dieser Entwicklung konnte Mona über die Entfernung hinweg hören, und sein breites Grinsen sah sie deutlich vor sich. „Das habe ich wohl nicht anders verdient. Allerdings muss ich gestehen, dass es Spaß macht, mal etwas ganz anderes auszuprobieren.

„Du kommst schon demnächst zurück nach Hamburg?" Eine gewisse Sorge fegte das Unbeschwerte aus Marcs Stimme.

„Natürlich", versprach Mona hastig. „Ich halte nur die Stellung, bis Nila wieder da ist. Also sei unbesorgt, der Chef-Posten wird dir schneller wieder entzogen, als dir lieb ist!" Sie lachte. „Wie geht es eigentlich Herrn Sternberger, macht er Fortschritte?"

„Ja, die macht er. Zwar nur kleine, aber immerhin. Und er hat nach dir gefragt. Ich glaube, ich bin nur ein sehr mäßiger Ersatz in seinen Augen." Marc klang erleichtert angesichts ihres Interesses an den Patienten. Es schien ihm eine Versicherung zu sein, dass sie tatsächlich zurückkommen würde. Und natürlich würde sie das.

„Sag ihm liebe Grüße, und er soll artig die Übungen machen, die du ihm zeigst. Ich werde das kontrollieren, sobald ich wieder in Hamburg bin." Der scherzhaft drohende Ton war derselbe, mit dem sie Herrn Sternberger zum Lächeln bringen würde. Ihre Patienten lagen Mona alle am Herzen, das war schon immer so gewesen. Aber dann gab es die Besonderen, denen ihre Aufmerksamkeit noch stärker galt. Wie Herrn Sternberger. Der alte Mann hatte bereits eine lange Leidensgeschichte hinter sich, als er vor einigen Wochen auch noch einen Schlaganfall erlitt. Aber wie bei all den Krankheiten vorher war er auch mit diesem Schicksalsschlag fast demütig umgegangen. Nach seiner mehrwöchigen Reha hatte er sofort neue Termine bei Mona vereinbart und arbeitete wie gewohnt fleißig und diszipliniert mit, seine Gesundheit und somit seine Alltagstauglichkeit zu verbessern. Es sah nicht danach aus, dass er seine alte Beweglichkeit wiedererlangen würde, aber er war fest entschlossen, das Bestmögliche zu erreichen. Hätte Renée einen ähnlichen Genesungswillen, fände sie vermutlich rasch zu ihrer früheren Verfassung zurück. Kurz wünschte Mona sich, sie könnte Renée und Herrn Sternberger zusammenführen. Vielleicht hätte er als Betroffener mehr Einfluss auf sie als ihre Familie.

„Was meinst du?"

„Wozu?" Mona wurde bewusst, dass sie mit ihren Gedanken abgeschweift war und Marc nicht mehr zugehört hatte.

„Ob wir unseren Betriebsausflug lieber rechtzeitig verschieben wollen", wiederholte er gutmütig.

„Aber der ist doch erst in vier Wochen", sagte sie irritiert.

„Na ja, noch können wir kostenlos stornieren. Das geht nur noch diese Woche, danach ist der volle Preis fällig, auch wenn wir nicht fahren sollten.“

„Hm.“ Mona überlegte und zwirbelte abwesend eine Haarsträhne um ihre Finger. „Ich denke schon, dass ich bis dahin zurück bin und wir alle nach Rügen starten können. Aber genau weiß ich es noch nicht. Und ich habe keine Ahnung, wann das genau sein wird.“ Der Gedanke, schon bald nach Hamburg zurückzukehren, löste ein ungutes Gefühl in ihr aus. Im Grunde war es ihr egal, ob sie das Hotel noch länger führte oder Nila zurückkam und sie ihr noch zur Hand ging. Aber in ihr altes Leben zurück, in dem unausweichlich Chris eine wesentlich größere Rolle spielte als hier in sicherer Entfernung, wollte sie auf keinen Fall zu bald. Sie war doch gerade erst angekommen ... Ob vier Wochen Chris-Abstinenz reichten, damit die Sache mit ihm endgültig abgeschlossen sein würde?

„Okay, dann behalte ich das Stornodatum im Blick und wir tauschen uns kurz vorher noch mal aus“, sagte Marc entschieden.

„Hey, du machst das alles sehr gut. Weiter so!“

„Danke“, murmelte er.

Mona wusste, dass seine Wangen jetzt einen leichten Rotton annahmen. Unwillkürlich musste sie grinsen. Ihr Mitarbeiter war noch so jung, aber er machte seine Sache souverän und professionell. Wie es aussah, sogar besser, als sie gehofft hatte.

„Gut, genug Komplimente für heute. An die Arbeit“, sagte sie forsch.

„In Ordnung, Chefin! Genieß deine Zeit in Südfrankreich, aber komm bald zurück!“

Mona hatte das Gespräch mit ihrem Mitarbeiter gerade beendet und überlegte, ob sie sich noch einen weiteren Kaffee gönnen sollte, bevor das Abendgeschäft Fahrt aufnahm, als sie Jacques auf sich zukommen sah. Der alte Nachbar hielt langsam, aber zielstrebig auf sie zu. Auf seinem wettergegerbten, braun gebrannten Gesicht lag ein freudiges Strahlen. „Mona, wie schön Sie wiederzusehen!" Seine Arme waren ausgebreitet, als er näherkam. Mona erhob sich schnell, damit er sie in eine herzliche Umarmung ziehen konnte. Der leichte Hauch eines herben Aftershaves kitzelte ihre Nase. Nach den obligatorischen angedeuteten Wangenküssen hielt er sie für einen Moment weiter sanft an den Oberarmen fest und betrachtete sie mit dem ihm eigenen Wohlwollen. Dabei strahlten seine wässrigen blauen Augen, als hätte er seine verlorene Tochter wiedergefunden. Allerdings wusste Mona, dass sie sich darauf nichts einbilden konnte. Er behandelte jeden gleich herzlich, was ihn nur noch sympathischer machte. Genau wie Nila damals war auch sie sofort hingerissen von dem alten Franzosen, der wie immer seine Baskenmütze auf dem schlohweißen Haupthaar trug.

„Lässt mich mein Gedächtnis im Stich oder erwähnte Nila, dass Sie erst im August erwartet werden?"

„Nein, Ihr Gedächtnis funktioniert wunderbar! Ich habe mich tatsächlich spontan entschlossen, früher anzureisen." Mona überlegte nicht lange, schon platzte der wahre Grund aus ihr heraus. „Ich bin geflüchtet, um eine Trennung besser zu verkraften." Ihr gelang ein kleines Grinsen. Anders als bei Laurence würde sie ihre Offenheit bei Jacques nicht bereuen, das wusste sie.

„Oje, immer die Männer." Seine Miene verzog sich mitfühlend. Einen Moment sah er sie nachdenklich an, dann sagte er: „Vielleicht finden Sie das Glück auch in Frankreich wie Ihre Freundin!" Er grinste verschmitzt.

Mona runzelte die Stirn und schüttelte dann den Kopf. Diese Möglichkeit schloss sie aus. Bislang war sie nicht einmal auf die Idee gekommen, dass das passieren könnte. Dieses Mal würde sie nicht direkt in eine neue Beziehung flüchten wie sonst.

„Ich glaube nicht. Dieses Glück war Nila vorbehalten", sagte sie deshalb entschieden.

„Aber Sie sind genauso entzückend wie Ihre Freundin. Warten wir es ab!"

„Wie geht es Ihnen denn?", wechselte Mona das Thema. „Sie sehen ja noch jünger aus als das letzte Mal!"

Jacques kicherte. „Na, flirten können Sie ja noch. Das ist ein gutes Zeichen!"

Mona lachte. „Nein, im Ernst. Nila erzählte, dass Sie heute einen Termin in der Klinik haben." Sie wurde ernst und blickte ihn aufmerksam an.

„Ach das." Er machte eine wegwerfende Handbewegung. „Das war nur der jährliche TÜV für mein altes Herz. Alles in Ordnung. Ich soll brav meine neu eingestellten Tabletten nehmen, dann schaffe ich es wohl noch ein paar Jahre."

„Das klingt gut! Möchten Sie vielleicht etwas trinken? Einen Kaffee oder Laurence` köstliche Zitronenlimonade?" Sie hatte das Angebot kaum ausgesprochen, da wurde ihr bewusst, dass sie gar nicht wusste, ob noch Limonade im Kühlschrank war.

„Bevor ich überhaupt mit der Arbeit begonnen habe, gleich eine Pause?", fragte er grinsend. „Die Katze ist aus dem Haus, da tanzen die Mäuse auf dem Tisch! Bei Laurence` Zitronenlimonade konnte ich allerdings noch nie Nein sagen." Jacques prustete los und Mona stimmte mit ein. Besser als hier mit diesen wundervollen Menschen konnte sie ihren Kummer gar nicht vergessen.

„Ich eile! Nehmen Sie Platz!"

9.

„Ihr Telefon hat Geräusche gemacht." Jacques deutete auf das Handy, das Mona auf dem Tisch liegen gelassen hatte.

Sie stellte die Karaffe mit der Limonade und die Gläser ab. Zunächst schenkte sie die kühle Erfrischung ein, bevor sie einen abwesenden Blick auf das Telefon warf. Sie erwartete einen nachträglichen Kommentar von Marc oder eine neue Info von Nila. Als sie sah, von wem die Nachricht gekommen war, erstarrte sie kurz. Ihr Herz schlug schmerzhaft gegen die Brust. Die Entfernung zu Chris hatte nur eine trügerische Sicherheit für ihr Seelenleben vorgetäuscht.

„Schlechte Nachrichten?", fragte Jacques leise.

„Wie man`s nimmt. Mein Ex möchte mit mir reden."

„Und das ist nicht gut ...?"

Mona schüttelte stumm den Kopf und bemerkte, dass ihre Hände zitterten, als sie zu ihrem Glas griff.

„Möchten Sie darüber reden?", fragte der alte Franzose vorsichtig.

Die aufsteigenden Tränen wegblinzelnd, schüttelte sie zunächst den Kopf und nahm einen Schluck Limonade, die ihren wunderbar frischen Geschmack jäh verloren hatte und nur noch sauer schmeckte. Mona schwieg eine Weile, dann fing sie an zu erzählen.

Vor fünfzehn Jahren

Das leise Weinen ihrer Mutter drang durch die dünnen Wände der Drei-Zimmer-Wohnung. Seit vier Wochen fand Mona wegen der greifbaren Verzweiflung, die Simones Tränen nicht versiegen ließen, kaum Schlaf. Gestern war sie in der Schule sogar kurz eingeschlafen. Erst Nilas Anstupsen hatte sie in die Wirklichkeit zurückgeholt. Außer ihrer Freundin hatte glücklicherweise niemand sonst etwas mitbekommen. In der Pause hatte Nila sie zur Seite genommen und gefragt, warum sie so müde war. Dem Energiebündel, das Mona sonst war, wäre so etwas nie passiert.

„Seit Georgs Auszug ist es zu Hause etwas schwierig", war Monas ausweichende Antwort gewesen. Sie mochte nicht darüber sprechen. Nicht einmal mit Nila, mit der sie sonst alles teilte.

Mona wollte nicht länger vergeblich darüber grübeln, was Simone in ihrem Kummer, den sie niemals benannte, helfen könnte. Mona wusste nur eins: Der Wein, den ihre Mutter neuerdings zum Abendessen trank, verhalf lediglich zu einer weiteren Nacht voller Tränen. Vielleicht war es sogar erst der Alkohol, der den Seelenschmerz nach draußen spülte.

Auch wenn Mona ihre Mutter bisher nie betrunken erlebt hatte, wusste sie, dass die Weinflasche leer war, bevor Simone ins Bett ging. Im Kühlschrank standen nie geöffnete Flaschen, was früher oft der Fall gewesen war. Allerdings dauerte es dann auch Tage, wenn nicht Wochen, bevor die Weinflasche leer war. In der Kammer ihrer Wohnung standen nie mehr als zwei oder drei Weinflaschen, die auf den Abtransport zum Container warteten. Mona ahnte, dass Simone regelmäßig aufräumte, um die Spuren ihres Trinkens zu beseitigen.

Aber damit war jetzt Schluss! Mona war am Ende ihrer Kräfte und würde ihrer Mutter ein Ultimatum stellen: Entweder der Wein verschwand aus ihrer beider Leben, oder sie würde zum Jugendamt gehen und darum bitten, einen Platz in einer entsprechenden Wohngruppe zu bekommen. Natürlich würde sie das nicht tun – auf keinen Fall wollte sie von zu Hause weg! - , aber sie hoffte, dass es ihre Mutter zur Besinnung brächte. Mona konnte nur beten, dass es dafür noch nicht zu spät war. Sie wusste, wie schnell sich die Abwärtsspirale bei Alkoholismus drehen konnte, wenn sie erst einmal in Gang gesetzt war. Vor zwei Jahren hatte sie es fast hautnah miterlebt. Eine Nachbarin aus ihrem Block, alleinerziehende Mutter von zwei Kindern, hatte nach ihrer Scheidung auch im Wein Trost gesucht. Es hatte kaum ein Jahr gedauert, bis das Jugendamt die Kinder mitnahm und auf Pflegestellen brachte. Die junge Frau, Alina Schmitz, hatte sich danach selbst in die Klinik eingewiesen. Nach dem Aufenthalt dort hatte Mona sie nur noch einmal zu Gesicht bekommen, als sie die Wohnung ausräumte. Frau Schmitz wollte in einer anderen Stadt neu anfangen. Sich einen Job suchen und natürlich ihre Kinder wiederbekommen. Ob es geklappt und die junge Frau ihr Leben wieder in den Griff bekommen hatte, wusste weder Simone noch Mona, da sie nie wieder von der Nachbarin hörten. Allerdings war der Kontakt nie sehr eng gewesen und beschränkte sich auf kurze Wortwechsel im Treppenhaus. Dennoch war Mona das Schicksal der

Familie Schmitz nahegegangen und sie musste noch oft
an sie denken.

So sollte ihre eigene kleine Familie nicht enden,
so viel war klar! Nicht wegen Georg, dem Verräter.

10.

Jacques hatte Mona ruhig und aufmerksam zugehört, während sie sich alles von der Seele redete. Sie ließ kaum etwas aus und beschönigte nichts an der zweijährigen Beziehung zu Chris, dem charmanten Arzt. Vom überwältigenden Anfang ihrer gemeinsamen Zeit, der sich wie Schicksal angefühlt hatte. Es klang so schrecklich abgedroschen. Früher hatte sich Mona bei dieser Theorie, wenn andere mit leuchtenden Augen davon berichteten, stets nur mit Mühe ein mitleidig spöttisches Lächeln verkniffen. Bis Chris in ihr Leben trat. Von ihrem ersten Absturz aus höchster Höhe, als sie von Lena erfuhr. Von ihrer sofort ausgesprochenen Trennung. Die in der ersten Versöhnung endete. Bis zur nächsten Katastrophe, als Chris ein weiteres Versprechen brach und es erneut nicht schaffte, sich von seiner Dauer-Freundin zu trennen. Von seinem wiederholten Flehen, ihm noch etwas Zeit einzuräumen. Er liebte Lena nicht und werde es schaffen, sich von ihr zu lösen. Eines Tages. Bald. Wie müde und immer verzweifelter Mona angesichts seiner Wankelmütigkeit wurde. Und wie sie dennoch überall den Anschein erweckte, als würde sie seine Wankelmütigkeit kalt lassen. Schließlich verband sie mit ihm nur eine lockere Affäre. Dann die vermeintlich letzte Chance, die sie ihm gab. Die er wieder ungenutzt verstreichen ließ. Und wie sie keinen anderen Ausweg gesehen hatte, als Hamburg zu verlassen. Zu sich kommen, Chris endlich loszulassen und neu anzufangen. Hier in Frankreich. Sie musste endlich wieder klarsehen können. Was sie eigentlich ohnehin tat. Wenn ihr die Gefühle nicht wieder und wieder einen Strich durch die Rechnung machen würden. Diesen ganzen verdammten, elenden Kreislauf hatte sie ohne Scham vor dem alten Mann ausgebreitet.

Mit Tränen in den Augen blinzelte Mona jetzt zu ihm rüber. Jacques sah sie nachdenklich an und schwieg. Sie wartete darauf, dass er etwas sagte. Zum ersten Mal spürte sie einen Hauch von Unsicherheit, ob es richtig gewesen war, den alten Nachbarn mit ihren Problemen zu überfallen. Aber er hatte so eine herzliche Art an sich, dass sie nicht anders gekonnt hatte. Und er hatte schließlich gefragt, ob sie darüber reden wollte.

„Manchmal spielt uns die Liebe auch Streiche", sagte er nach einer Weile.

Mona sah ihn fragend an.

„Manchmal laufen wir etwas hinterher, das wie Liebe aussieht, in Wirklichkeit aber nur verführerische Illusion ist. Vielleicht sind diese Verwirrspiele Aufgaben, die wir zu lösen haben." Der alte Mann bedachte sie mit einem mitfühlenden Blick.

Mona lauschte seinen Worten, konnte ihm aber nicht ganz folgen. Was für eine Aufgabe sollte Chris denn sein? Bevor sie jedoch nachfragen konnte, sprach er weiter.

„Ich mag mich irren, aber für mich scheint es so, als wenn das, was Sie mit Chris verbindet, nicht viel mit echter Liebe zu tun hat. Und bei einem bin ich mir sicher: Sie haben wahre Liebe verdient, geben Sie sich nicht mit weniger zufrieden." Er lächelte sie aufmunternd an.

Sie schluckte und kaute auf ihrer Lippe. „Ich war wirklich überzeugt, dass es Liebe ist." Ihr fiel auf, dass sie in der Vergangenheit gesprochen hatte. War Chris schon Geschichte? Bei all den anderen lockeren Beziehungen, die sie im Leben schon gehabt hatte, war es so gewesen. Wenn es vorbei war, hatte sie keinem einzigen dieser Männer lange nachgeweint. Dafür war das Leben zu kostbar, und es entsprach gänzlich ihrem Lebensmotto: Schließt sich eine Tür, öffnen sich drei neue. Mehr noch – sie hatte sich geschworen, ihr Glück nicht von einem Mann abhängen zu machen. Diesen Fehler hatte ihre Mutter gemacht, und Mona wollte ihn nicht wiederholen.

Jacques nickte langsam. „Die wahre Liebe wird noch kommen, Sie werden sehen."

Sie wurden unterbrochen, als Laurence auf die Terrasse trat.

„Was sehen meine müden Augen? Personal, das faul in der Sonne sitzt! Wenn das die Chefin wüsste!", rief er theatralisch und stemmte die Hände in die Hüften. Sein breites Grinsen strafte die strengen Worte lügen, während seine dunklen Augen vergnügt blitzten.

„Ich bin die Chefin!", rief Mona gespielt ebenso empört.

„Ach so." Laurence kratzte sich ratlos am Kinn, das von einem leichten Drei-Tage-Bart umschattet wurde. Seine Augen funkelten. „Und jetzt?"

„Jetzt ordnet die Chefin an, dass alle an die Arbeit gehen!" Das Gespräch mit Jacques, das sie berührt und eine verdrängte Traurigkeit an die Oberfläche geholt hatte, wich einem leichteren Gefühl, das der aufkeimenden fröhlichen Arbeitsatmosphäre entsprach, wie sie es mit ihren Mitarbeitern in der Praxis kannte. Ihr Kummer und all die Fragen wegen Chris verzogen sich. Für den Moment. Mona wusste, dass das nicht von Dauer sein würde, aber sie war froh, ihm zunächst entkommen zu sein. Sie warf Jacques noch ein dankbares Lächeln zu, bevor sie aufstand.

„Sind spontane Absagen zum Abendessen wie bei den Clarkes gestern eigentlich kein Problem für dich?" Mona lehnte an einem der Küchenschränke und sah Laurence dabei zu, wie er die letzten Handgriffe für das abendliche Menü erledigte. Ihre Hilfe hatte er dankend abgelehnt.

Der Duft, der sie schon beim Eintreten in die Küche beinahe umgehauen hatte, ließ Mona das Wasser im Mund zusammenlaufen. Sie freute sich schon jetzt darauf, später selbst wieder in den Genuss zu kommen, sobald die Gäste versorgt waren. Wenn sie an die Köstlichkeiten von gestern Abend dachte, wurde sie gleich noch viel hungriger.

Sorgfältig bestrich Laurence durch die geöffnete Ofentür weiter das Hühnchen, das im Backofen vor sich hin brutzelte, mit dem Sud, der sich aus der Marinade aus Olivenöl, Zitronen und Kräutern in der Backform gebildet hatte. Ohne seine Tätigkeit zu unterbrechen, antwortete er: „Nein, da bin ich andere Probleme gewöhnt. Ich habe noch nie so entspannt arbeiten können wie hier." Er schloss den Backofen wieder und drehte sich zu Mona um. „Bevor ich hier angefangen habe, war ich Küchenchef in einem Pariser 5-Sterne-Hotel mit mehr als einhundert Plätzen. Die Ansprüche der Gäste dort kann ich bei unseren Gästen glücklicherweise nicht im Ansatz feststellen." Er grinste. „Das hier ist dagegen das Paradies."

Mona begriff, dass seine Worte ernst gemeint waren. „Paris!", rief sie. „Aber ist das nicht ein ziemlicher Kulturschock, jetzt in dieser beschaulichen Umgebung zu arbeiten?"

„Nein, es ist paradiesisch", wiederholte er und seine dunklen Augen enthielten keinerlei Spott. „Es war schon immer mein Traum, wieder nach Les Issambres zurückzukehren."

„Also kommst du auch von hier?", fragte Mona interessiert.

„Ja, ich bin seit meiner Kindheit mit Vincent befreundet. Wir hatten uns einige Jahre aus den Augen verloren, dann aber glücklicherweise wiedergetroffen."

„Dann habt ihr es also beide in der jeweiligen Branche bis ganz nach oben geschafft", fasste Mona anerkennend zusammen.

„Wenn du es so nennen willst. Meine Erfolge im gastronomischen Bereich kann man allerdings nur schwerlich mit Vincents Weltkarriere vergleichen." Er zuckte gleichgültig die Achseln und begann, einen Fisch zu filetieren.

„Das klingt fast, als sei dir deine Karriere gar nicht so wichtig." Mona runzelte überrascht die Stirn. Laurence schien seinen Job mit Leib und Seele zu machen. Gerade dann wollte man doch auch den bestmöglichen Erfolg erreichen. Aber vermutlich traf das nicht auf jeden Menschen zu, auch wenn es bei den meisten in ihrem Bekanntenkreis so war.

Laurence zuckte wieder die Schultern, hob dabei den Blick nicht von seiner Arbeit.

Mit einem Mal hatte Mona das Gefühl, zu weit gegangen zu sein. Sie räusperte sich und wechselte das Thema. „Mr. Clarke schien sehr froh zu sein über die heutige Abreise. Ich glaube, seine beiden Mädels haben ihm gestern in Nizza den letzten Nerv geraubt." Sie lachte.

Jetzt sah Laurence auf. Ein feines Lächeln zeichnete sich in seinen Mundwinkeln ab. „Tolle Kinder, aber ich glaube, ich würde auch nur ungern mit ihnen in Nizza speisen."

Mona lächelte zustimmend und wurde das Gefühl nicht los, unabsichtlich in ein Fettnäpfchen getreten zu sein. Die Frage, ob Laurence in seiner alten Heimat Familie hatte, lag ihr auf der Zunge, aber sie verkniff sie sich fürs Erste lieber.

II.

Mona hatte das Gefühl, als würden ihre Füße glühen, obwohl sie in offenen Latschen steckten. Einige Flecken zierten ihr weißes Sommerkleid und sie hatte keine Ahnung, woher sie stammten. Sie hatte es ja befürchtet, dass sie am Abend nicht mehr so adrett aussehen würde wie Nila nach einem harten Arbeitstag.

Sie wusste auch nicht, wie viele Kilometer sie heute schon zurückgelegt hatte. Faszinierend, was für eine Strecke man innerhalb eines Hauses und einer Terrasse schaffen kann, dachte sie. Bei Nila hatte es so mühelos ausgesehen, wie sie zwischen den Tischen und Gästen hin und her geschwebt war. Es schien ihr nicht das Geringste auszumachen, trotz Baby im Schlepptau. Verdammt, ich bin auch erst dreißig und eigentlich fit!

Dieser Gedanke half Mona im Moment allerdings wenig. Seufzend kickte sie die Schuhe von ihren Füßen und genoss den warmen Rasen unter ihren nackten Sohlen. Sie verschränkte die Hände im Nacken und lehnte sich zurück.

Die Dämmerung hatte den Himmel in ein spektakuläres Violett mit orangen Tupfern getaucht. Die Sonne ähnelte einem glühenden Feuerball, der kurz davor war, im Meer zu versinken. So schön Mona es auch fand, dass sie wenig Zeit hatte, sich hier mit ihren Problemen zu beschäftigen, so schade war es, dass sie vermutlich viele atemberaubende Momente in diesem zauberhaften Landstrich verpasste.

Noch ganz versunken in den Ausblick merkte sie erst, dass Laurence aus der Terrassentür getreten war, als er direkt neben ihr stand. In seinen Händen hielt er eine Flasche Bier und eine Flasche mit Mineralwasser.

„Feierabendschluck?", fragte er und hielt Mona die Bierflasche hin.

„Gerne." Sie nickte dankbar und streckte die Hand aus.

Nachdem sie sich zugeprostet hatten, trank Mona hastig. Ihre Kehle war wie ausgedörrt. Sie sah Laurence, der sich auf den Stuhl neben ihr fallen gelassen hatte, an. „Kein Alkohol, wenn du Vespa fährst? Sehr löblich!" Sie hatte ihn gestern auf einem schwarzen Motorroller davonbrausen sehen. Bei dem Anblick war ihr einen Moment schwer ums Herz geworden. Sie vermisste ihre eigene Maschine, eine alte 750er BMW, die sie in Hamburg zurückgelassen hatte. Nicht nur, weil ihr der weite Weg nach Südfrankreich auf dem Motorrad in ihrer derzeitigen Verfassung zu anstrengend gewesen wäre, sondern weil sich die Frage ohnehin nicht gestellt hatte. Ihr *Baby* befand sich aufgrund eines ordentlichen Reparaturstaus in den Händen eines befreundeten Mechanikers. Tom hatte ihr ohnehin wenig Hoffnung gemacht, dass sie diesen Sommer noch viel fahren könnte. In Les Issambres war sie jetzt trotzdem motorisiert, weil Nila ihr vor ihrem Abflug die Schlüssel für ihren kirschroten Fiat 500 in die Hand gedrückt hatte. Ob sie jemals die Zeit finden würde, den kleinen Flitzer auch zu benutzen, bezweifelte Mona inzwischen allerdings. Es schien, als würde sie rund um die Uhr im Hotel gebraucht werden. Irgendjemand wollte immer etwas von ihr.

„Ich trinke keinen Alkohol", sagte Laurence, während sein Blick auf die Bucht unterhalb des Grundstücks gerichtet blieb.

„Überhaupt keinen?", fragte Mona verblüfft.

„Nein."

Das schlichte *Nein* ließ Mona aufhorchen. Sie rechnete mit irgendeiner Erklärung. Vielleicht ein einfaches „Schmeckt mir nicht" oder „Ich habe eine angeborene Leberschwäche, deshalb vertrage ich keinen Alkohol." Aber Laurence sagte nichts mehr.

Bevor Mona nachfragen konnte, biss sie sich auf die Lippe. Gerade noch rechtzeitig fiel ihr ein, dass sie heute schon einmal das Gefühl gehabt hatte, zu weit gegangen zu sein. So freundlich Laurence auch war, etwas Verschlossenes umgab ihn dennoch. Zumindest, wenn es um Persönliches ging.

„Wie geht es dir denn inzwischen?" Laurence sah sie aufmerksam an.

Täuschte sie sich, oder war das gerade ein geschickter Themenwechsel?

„Ich finde keine Zeit, darüber nachzudenken", antwortete Mona zögernd. „Eigentlich geht es mir wohl ganz gut. Ich habe sogar komplett verdrängt, dass mein Ex mir heute Nachmittag geschrieben hat und mit mir telefonieren möchte." Das wäre ihr in Hamburg nicht passiert, stellte sie verblüfft fest, aber es fühlte sich gut an.

„Und?"

„Und was?", entgegnete sie abwesend.

„Na, ob du mit ihm reden möchtest." Laurence sah sie gespannt an.

„Ach so." Sie strich sich die Haare aus der Stirn, während sie kurz nachdachte. „Ich denke nicht", sagte sie schließlich. „Es ist alles gesagt. Wenn ich jetzt wieder mit ihm spreche, dreht sich nur wieder die Endlosschleife. Dann hätte ich gleich in Hamburg bleiben können."

„Stimmt, dann hättest du dir deine Flucht in die Provence vermutlich sparen können." Er trank einen Schluck aus seiner Mineralwasserflasche und ließ sie dabei nicht aus den Augen.

„Eben."

Für eine Weile schwiegen sie und sahen hinunter auf das Mittelmeer, das dunkel in der Bucht schimmerte.

„Ich glaube, ich gehe gleich noch schwimmen. Wenn ich darauf warte, tagsüber einen ruhigen Moment zu erwischen, würde ich meinen Badeanzug vermutlich ungetragen wieder mit nach Hamburg nehmen", sagte Mona schließlich einer Eingebung folgend.

„Warst du überhaupt schon mal unten am Strand?"

„Ja, bei Nila und Vincents Hochzeit."

„Der Abstieg ist ziemlich steil und unübersichtlich", gab Laurence zu bedenken. Sorge blitzte für einen Moment in seinen Augen auf.

„Wird schon schief gehen. Ich kann ja eine Taschenlampe mitnehmen", sagte sie achselzuckend.

„Oder ich begleite dich?" Laurence wirkte für einen Moment unsicher, als er sie fragend ansah.

„Das musst du nicht. Bestimmt freust du dich, endlich Feierabend zu haben und nach Hause zu kommen." Sie wollte seine Freundlichkeit auf keinen Fall ausnutzen.

Sein Arbeitstag war definitiv wieder lang und hart gewesen.

„Feierabend habe ich schon, und mal wieder im Meer zu schwimmen, ist ja keine Qual. Meine Wohnung ist übrigens genügsam, die wartet gern noch ein Stündchen länger." Er lächelte Mona fast schüchtern an. „Aber ich möchte mich nicht aufdrängen."

„Nein, nein, von mir aus gern", sagte sie schnell. Ist das irgendwie unangemessen, wenn ich nachts mit meinem neuen Kollegen im Meer schwimmen gehe, fragte sie sich flüchtig und verwarf den Gedanken gleich wieder. Laurence wollte nur nett sein, und er hatte recht. Eine Strafe war das Schwimmen sicher nicht. Und bei einem war sie sicher: Sie würde es nicht wie üblich machen und sich nach einer beendeten Beziehung sofort in die nächste stürzen. Das mochte früher in Ordnung gewesen sein, aber sie spürte, dass sie die Sache mit Chris für sich erst aufarbeiten musste. Und ihr Herz war momentan sowieso tabu.

„Auf geht`s", sagte sie munter. „Ich laufe nur schnell und hole meinen Badeanzug."

In Flip-Flops lief Mona hinter Laurence den Abhang zum Meer hinunter. Sie trug ihren schwarzen Badeanzug, darüber ein langes T-Shirt und über der Schulter ein großes Badehandtuch. Sie fand die Idee des nächtlichen Schwimmens inzwischen sehr reizvoll. Zum ersten Mal, seit sie die Leitung des kleinen Hotels übernommen hatte, spürte sie nicht mehr vorrangig die Verantwortung für ihre Aufgabe, sondern fühlte sich plötzlich, als sei sie im Urlaub. Die Auszeit würde schnell genug vergehen. Umso mehr wollte Mona sie genießen.

Gras kitzelte ihre Waden, während sie auf den schwachen Schein von Laurences Taschenlampe achtete. Irgendwie war sie jetzt froh, dass er sie begleitete. Normalerweise war sie nicht ängstlich. Da sie schon in der Jugend mit Judo angefangen hatte, bewegte sie sich auch im Dunkeln sicher. Egal, ob in der Großstadt von Hamburg oder einem kleinen Ort in der Provence. Dass sie den Abhang nicht unbeschadet allein überstehen würde, glaubte sie ebenfalls nicht. Aber zu zweit macht es einfach mehr Spaß, nachts im Meer zu baden, fand sie.

„Schön, dass du mitkommst!", rief sie nach vorn.

Laurence murmelte etwas, das sie nicht verstand. Sie fragte nicht nach, atmete lieber tief die klare, warme Luft und genoss die Aussicht auf die funkelnden Lichter rund um die Küste. Herrlich! Einmal mehr war sie sicher, dass es die richtige Entscheidung gewesen war, hierher zu kommen.

Am fast menschenleeren Strand angekommen, rannte Mona sofort Richtung Meer. Etwas entfernt saß eine Gruppe junger Leute rund um ein kleines Feuer. Gelächter und leises Gitarrenspiel drang herüber. Mona lächelte, an keinem anderen Ort der Welt würde sie gerade lieber sein.

Kurz bevor sie das Wasser erreichte, ließ sie das Handtuch fallen und zog sich das T-Shirt über den Kopf. Sekunden später sprintete sie in die Fluten. Mit kräftigen Zügen schwamm sie durch das immer noch angenehm warme Mittelmeer. Mit Blick auf den dunklen Horizont genoss sie es, in Bewegung zu sein. Als sie etwas am Bein packte, schrie sie überrascht auf und strampelte heftig. Für einen Moment hatte sie tatsächlich Angst gespürt. Immerhin konnte sie im dunklen Wasser nichts erkennen. Gleich darauf tauchte Laurence neben ihr auf. Im Schein des Mondes konnte sie sein lachendes Gesicht erkennen, dessen Ausdruck sie an einen kleinen schelmischen Jungen erinnerte.

„Na, warte!", kreischte Mona und versuchte, ihn zu packen. Zu spät! Er schwamm bereits eilig von ihr weg. Ihr Ehrgeiz war gepackt. Mit einem Schrei nahm sie die Verfolgung auf.

Nila

Dieses Mal hatte Nila keine Blumen dabei, sondern trug stattdessen Jeanne auf dem Arm, die erstaunlich ruhig und mit großen Augen beobachtete, was um sie herum geschah. Die Privatklinik mit ihren fremden Gerüchen, dem medizinischen Personal, den Patienten und Besuchern schien sie nachhaltig zu beeindrucken. Seit dem Betreten des Gebäudes hatte sie noch keinen einzigen Laut von sich gegeben, sondern alles nur stumm und staunend betrachtet.

Vincent ging schweigend neben ihnen. Schon seit der kurzen Autofahrt von Giuseppes Finca war er auffallend wortkarg. Nila kannte ihn inzwischen gut genug, um zu wissen, dass er mit seinen Gefühlen kämpfte und das zunächst am besten allein konnte. Dennoch war sie sicher, dass es ihm half, Jeanne und sie nun bei sich zu haben.

Vor Renées Zimmertür drückte Nila nur kurz Vincents Arm. Er verstand die Geste und mühte sich ein kleines Lächeln ab.

„Mal sehen, ob Geheimwaffe Jeanne etwas ausrichten kann." Sein Blick streifte liebevoll, aber skeptisch seine Tochter, die strahlend zu ihm aufblickte.

Nila nickte stumm. Plötzlich spürte sie einen harten Klumpen im Magen. Was würde passieren, wenn sie drei tatsächlich nichts bewirken konnten? Gänsehaut bildete sich auf ihren nackten Armen. Natürlich würde Vincent eines Tages damit zurechtkommen müssen, seine Mutter zu verlieren. Aber Nila spürte, dass dieser Zeitpunkt eigentlich noch nicht gekommen war. Es lag an Renée selbst, ob sie sich ins Leben zurückkämpfen oder aufgeben wollte.

Nila versuchte, den beunruhigenden Gedanken abzustreifen, straffte sich und klopfte an die Zimmertür. Wieder ertönte Renées „Entrez!"

Nach einem Blickwechsel zwischen Nila und Vincent, der eine stumme gegenseitige Aufmunterung versprach, öffnete Vincent die Tür.

Wie am Tag zuvor lag Renée reglos im Bett und sah ihren Besuchern teilnahmslos entgegen.

„Bonjour, Maman!" Vincent trat langsam auf das Bett zu und küsste seine Mutter auf die Wange. „Schau, wen wir dabeihaben!"

Nila legte ihre Tochter vorsichtig auf dem Bett ab. „Salut, Maman!"

„Was soll denn das arme Baby in einem Krankenhaus?", fragte Renée unwirsch und rührte sich nicht. „Sie hat an diesem Ort des Todes nichts verloren!"

„Maman …“, begann Nila hilflos, während sie ihre Schwiegermutter fassungslos anstarrte. Von wegen Geheimwaffe! Jeanne löste bei der alten Dame noch mehr Abwehr aus als Nilas gestriger Besuch allein. Renées blasses Gesicht wirkte wie in Stein gemeißelt, die Lippen waren zu einem dünnen Strich zusammengepresst. Mit den wirren, offenen Haaren und dem ungeschminkten Gesicht hatte sie nichts mehr mit der Renée gemein, die Nila inzwischen so gut kannte. Oder zu kennen geglaubt hatte …

„Maman, deine Enkelin braucht dich. Giuseppe ist untröstlich, dass er dich nicht besuchen darf und Nilas und meine Sorge um dich wird täglich größer. Warum hörst du nicht auf die Ärzte und konzentrierst dich auf deine Heilung?“, mischte Vincent sich mit fester Stimme ein.

„Weil es keinen Sinn mehr hat!“ Aus Renées Stimme klangen Schmerz und Starrsinn zugleich.

Mutter und Sohn trugen ein stummes Gefecht mit Blicken aus, bei dem sich Nila kurz in die Zeit zurückversetzt fühlte, als sie Vincent kennengelernt hatte. Sie merkte bald, dass sein eiserner Wille dem seiner Mutter in nichts nachstand. Der Star-Pianist und die Operndiva waren sich ebenbürtig. Obwohl man Renée zumindest im Moment ihre 75 Jahre ansah, hatte sie nichts von ihrer Entschlossenheit verloren. Wenn sie diese doch nur für die Reha einsetzen würde, dachte Nila mit zunehmender Verzweiflung. Inzwischen wurde sie das Gefühl nicht los, dass es erneut ihre Aufgabe war, zwischen ihrer Schwiegermutter und ihrem Mann zu vermitteln.

„Maman", versuchte sie es betont munter. „Was hältst du davon, wenn du mit uns und Jeanne in den Park mit hinunterkommst?"

Renée sah Nila ungläubig an. „Im Nachthemd?"

„Nein, ich denke, es ist besser, wenn wir dir vorher etwas anziehen", sagte Nila sanft.

Renées Blick schoss zu Vincent. Er verstand sofort.

„Ich gehe so lange raus. Vielleicht spreche ich sowieso lieber vorher mit der behandelnden Ärztin und hole mir ihre Erlaubnis ein."

Renée stieß einen unwilligen Laut aus. „Das entscheide ich immer noch selbst, ob ich in den Park will. Raus mit dir! Nila und ich kommen schon klar!"

Vincents zufriedener Blick streifte Nila kurz, als er rasch zur Tür ging. Sein Plan war aufgegangen. Nila verkniff sich ein Grinsen. Ihr Mann und sie waren ein gutes Team, wie sich immer wieder zeigte. Auch wenn es nur ein kleiner Schritt auf dem Weg war, hoffte sie, dass dieser entscheidend war. Immerhin willigte Renée seit ihrer Einlieferung das erste Mal ein, das Zimmer zu verlassen.

Laurence

Sein Kiefer schmerzte, so fest biss Laurence die Zähne aufeinander. Er war auf dem kurzen Rückweg vom Hotel zu seiner Wohnung, die in einer kleinen Seitenstraße unweit des Marktplatzes von Les Issambres lag.

Er musste sich regelrecht zwingen, das Gas zu reduzieren, als die Einfahrt zum Hinterhof des Hauses, in dem er lebte, in Sicht kam. Am liebsten wäre er ungebremst um die Ecke geschossen. Was ihm auch immer dabei drohen könnte, war ihm egal. Aber natürlich würde er andere mit seinem Fahrverhalten nicht gefährden.

Wenn er nur nicht so verdammt wütend auf sich wäre! Was hatte er sich dabei gedacht, mit Mona nachts im Meer schwimmen zu gehen? Wie dumm kann man sein? Alles, was irgendwie einem Date gleichkam, hatte er seit jenem Tag mühelos von sich ferngehalten, und daran wollte er nichts ändern. Denn das konnte, durfte und würde nicht passieren. Keine Sekunde vergaß er seinen Schwur.

Der Hinterhof war wie erwartet leer. Der im Parterre des Hauses ansässige Imbiss hatte längst geschlossen. Aus der geöffneten Tür hörte er Stimmen, die erschöpft klangen.

Die Angestellten erledigten die letzten Handgriffe, bevor sie den Laden bis morgen schließen konnten. Vermutlich waren alle froh, Feierabend zu haben. Kurz wallte Neid in Laurence auf. Ihn zog nichts aus seiner Hotelküche, denn nur dort war sein Leben auszuhalten.

Die Mülltonnen quollen wie gewohnt über. Es erstaunte Laurence unverändert, dass ihm noch nie eine Ratte über den Weg gelaufen war, wenn er die Vespa neben der Hauswand abstellte. Seine Wut schwand langsam, als er den Zündschlüssel herumdrehte und von seinem Motorroller abstieg. Ihm war ein Fehler unterlaufen, das musste er akzeptieren. In diesem Fall war es einer, aus dem er lernen konnte. Als er die steile

Treppe zum Dachgeschoss hinaufstieg, fühlte er plötzlich eine bleischwere Müdigkeit. Als hätte jemand den Stecker gezogen. Mit schleppenden Schritten erreichte er seine Wohnungstür, die zerkratzt und mit abgeblätterter Farbe eine Ahnung auf den Zustand dahinter verhieß. Laurence war das egal. Als er in seinen Heimatort zurückgekehrt war, hatte er sich keinen glücklichen Neustart in einem schönen Umfeld versprochen. Es war die einzige Möglichkeit, überhaupt weiterzumachen. Mit allem Schluss zu machen, wäre die Alternative gewesen. Verlockend, aber sie schied zu seinem Bedauern aus.

Laurence warf die Tür hinter sich ins Schloss, das unwillig knirschte. Die aufgestaute Hitze des Tages in der Ein-Zimmer-Mansarde legte sich prompt wie eine schwere, enge Decke um seinen Körper. Der Sauerstoffgehalt war auf ein Minimum geschrumpft. Seufzend öffnete er die beiden Dachfenster, obwohl das nicht viel ändern würde. Der helle Mond leuchtete die Umrisse der Möbel so weit aus, dass er auch ohne das Licht einzuschalten, sein verschlissenes Sofa erkennen und sich darauf fallen lassen konnte. Das Foto von Amélie gegenüber auf einer Anrichte war schemenhaft zu erkennen, aber Laurence kannte auch so jede Einzelheit ihres Gesichts.

Den vorwurfsvollen Ausdruck in ihren grünen Augen, die von dichten Wimpern umgeben wurden. Die kleine, gerade Nase mit den Sommersprossen. Die Grübchen an ihren Mundwinkeln, die sich vertieften, wenn sie herzhaft lachte. Daran hatte er allerdings nur noch eine schemenhafte Erinnerung, zu selten hatte sie in ihrer letzten gemeinsamen Zeit gelacht. Die vollen

Lippen, die ohne jede chemische Behandlung prall und schön waren. Lippen, über die zuletzt Worte gekommen waren, die sein Inneres zerrissen hätten, wenn er gewusst hätte, dass niemals weitere folgen würden. Wenn er gewusst hätte, was an jedem Abend passieren würde, wäre alles anders gekommen. Das tat am meisten weh. Gequält schloss er die Augen, was Amélies Bild vor seinem Innern nicht vertrieb. Seine Schuld würde ewig bestehen bleiben.

12.

Mona hatte das Frühstücksgeschäft gerade erfolgreich bewältigt und war in ihr Zimmer im Nachbarhaus geeilt, um ihre Turnschuhe gegen leichteres Schuhwerk auszutauschen, als ihr Handy klingelte. Sie hob die Augenbrauen und ging zögernd auf das Telefon zu, das auf dem Nachttisch lag. Chris!, war ihr erster mulmiger Gedanke. Ein kleiner Teil hoffte genau darauf, während der Rest von ihr sich davor fürchtete, weil sie keineswegs sicher war, dass sie konsequent bliebe. Nicht, wenn sie seine Stimme hörte mit diesem für sie so gefährlichen Timbre. Bislang hatte er es immer geschafft, dass sie ihm erneut verzieh. Inzwischen war sie fest davon überzeugt, dass ihre bröckelnde Entschlossenheit nach jeder Trennung hauptsächlich dieser Stimme geschuldet war. Aber genau das durfte nicht wieder geschehen! Schließlich war sie deshalb in die Provence geflüchtet.

Letzte Nacht hatte Chris noch zwei weitere flehende Nachrichten geschickt. Was lag näher, als es nun telefonisch zu versuchen? Sie würde einfach nicht drangehen, versuchte sie sich zu beruhigen. Sie wollte keinen Kontakt mehr! Außerdem war alles gesagt. Wenn es nur nicht so verdammt schwierig wäre, sich an ihre getroffene Entscheidung zu halten. In Hamburg hätte sie den Kampf bereits verloren. Aber nicht hier, beschwor sie sich mantraartig. Mit ihrer neuen Aufgabe. Ihren neuen, netten Kollegen. Und inmitten dieser traumhaften Umgebung mit Blick aufs Mittelmeer würde sie nicht einknicken. Nein, und noch mal nein!

Überrascht stellte Mona fest, dass sie sich vollkommen umsonst Gedanken gemacht hatte. Es war Nila, die anrief. Hastig drückte sie auf *Gespräch annehmen*.

„Süße! Schön von dir zu hören. Wie geht es euch?"

Nilas Antwort war ein tiefes Seufzen.

„So schlimm?"

„Es geht so. Eigentlich haben wir heute einen kleinen Fortschritt erzielt. Wir waren mit Renée unten im Park." Nila klang trotz der positiven Info bedrückt.

„Das ist gut. Aber ...?"

Nila seufzte erneut. „Zunächst mussten wir sie überlisten, sonst wäre sie kaum mitgekommen. Als wir dann mit ihr draußen waren, hat Renée alles nur über sich ergehen lassen. Ihre Abwehr konnten wir keinen Zentimeter durchbrechen."

„War Jeanne nicht bei euch?"

„Doch, das ist ja das Schlimme", sagte Nila leise. „Renée fand es unmöglich, dass wir ein Baby mit an den Ort des Todes nehmen."

„Oh." Mona sog scharf Luft ein. „Und die kleine Maus konnte tatsächlich nichts an Renées Haltung ändern?"

„Leider nein. Wie läuft es denn bei dir? Steht unser Hotel noch?"

„He he, sehr witzig! Bislang gibt es jedenfalls noch keine Gäste, die fluchtartig das Weite gesucht haben!"

„Und wie geht es dir?"

Mona hörte die unterschwellige Sorge in Nilas Stimme. Sie wusste, dass ihre Freundin sich nicht nur um ihre kleine Familie, allen voran ihrer Schwiegermutter, sorgte, sondern auch um sie. Aber ihre Probleme erschienen Mona nichtig im Angesicht dessen, was die Familie Durand derzeit erschütterte.

„Ach, mir geht es schon viel besser", sagte sie deshalb betont fröhlich. „Die Arbeitstherapie bekommt mir bestens. Abends falle ich todmüde ins Bett, und meine Tage sind mehr als ausgefüllt. Aber wem sage ich das …" Mona beschrieb ihren Seelenzustand geschönt, aber sie wollte verhindern, dass Nila sich auch noch um sie Gedanken machte.

„Das ist schön! Dann muss ich also kein schlechtes Gewissen haben, dir unser Hotel aufgehalst zu haben?"

„Ach wo." Gerade wollte Mona von ihrem nächtlichen Schwimmen mit Laurence berichten, als Nila sie mit Bedauern in der Stimme unterbrach.

„Es tut mir leid, Liebes, aber wir müssen ein anderes Mal weitersprechen. Die Kleine hat Hunger!"

Mona hörte Jeanne im Hintergrund weinen. „Na klar, ich muss auch weiter, habe schließlich ein Hotel zu führen!"

Sie verabschiedeten sich.

Gedankenverloren verließ Mona kurz darauf ihr Zimmer – unverändert in Turnschuhen. Der Gedanke, ihre offenen Latschen anzuziehen, war ihr komplett entfallen. Stattdessen geisterte ihr das seltsame Ende ihres kleinen Badeausflugs mit Laurence im Kopf herum. So lustig und unbeschwert es zunächst gewesen war, so abrupt hatte ihr Kollege das Ende eingeläutet. Es war ihr fast so vorgekommen, als hätte Laurence mit einem Mal Angst davor, mit ihr so vertraut herumzualbern. Beinahe fluchtartig war er plötzlich zurück an den

Strand geschwommen, nachdem er verkündet hatte, dass es nun reiche und er ins Bett müsse. Nur warum? Diese Frage wollte sie eigentlich Nila stellen, die den Koch schließlich deutlich länger und besser kannte. Zudem war er mit Vincent befreundet und da lag es nahe, dass Nila durch ihren Mann mehr Infos zu Laurence besaß. Flüchtig fragte Mona sich, ob diese Gedanken um Laurence vor allem dazu dienten, weniger an Chris zu denken. Egal, dachte sie dann. Hauptsache, ich schaffe es hier, Chris aus meinem Kopf zu kriegen.

Im Haupthaus angekommen, ging sie direkt an die Rezeption, einen ihrer Hauptarbeitsplätze. Das Telefon klingelte. Professionell freundlich ging sie dran. Es war die Poolreinigung, die sich wie versprochen zurückmeldete und ihr Kommen für den nächsten Tag ankündigte. Die Gedanken an Laurence und an ihre verflossene Liebe gerieten in den Hintergrund. Rasch vermerkte Mona den Termin im Kalender. Sie war beschäftigt, und das war gut so.

Vor 15 Jahren

Seit einer Woche gab es keine Weinflaschen mehr in der Wohnung. Mona war immer noch überrascht, wie ruhig und erwachsen sie ihre Forderungen durchgesetzt hatte. Innerlich bebend hatte sie ihrer Mutter ein Ultimatum gestellt: Kein Alkohol mehr oder ich bin weg! Simone war leichenblass geworden, hatte vergeblich um Worte gerungen und schließlich nur stumm genickt. Die Scham in den Augen ihrer Mutter zu sehen, tat Mona körperlich weh, aber sie wusste, dass sie hart bleiben musste, um Schlimmeres zu verhindern.

Inzwischen ging Mona davon aus, dass sie gerade noch rechtzeitig vor dem Zeitpunkt eingegriffen hatte, wo ihrer Mutter nur noch Entgiftung und Therapie gegen die Sucht helfen würden. Simone stand an dem Punkt, wo sie zwar den Alkohol als Trostmittel missbraucht hatte, sie aber zumindest noch einen Schritt von der Alkoholikerin entfernt war. Als solche würde sie auch nicht enden! Das war für Mona erst einmal das Wichtigste. Nur war damit die Erschütterung, die Georg verursacht hatte, leider kein bisschen kleiner geworden. Das konnte sie weiter jeden Tag im Blick ihrer Mutter sehen. Das Entsetzen, das sich tief in ihre Mimik eingegraben hatte. Es saß in den kleinen Falten ihrer Mundwinkel, trübte das Blau in den Augen und beugte ihre Schultern leicht nach vorn. All das nahmen fremde Menschen vermutlich kaum wahr. Simone bewältigte ihren Alltag beinahe so gut wie vor jenem Tag, als alles aus den Fugen geraten war. Sie lud sogar wieder ihre beiden besten Freundinnen Lydia und Gaby zu den obligatorischen monatlichen Mädelsabenden ein. Die einzigen Kontakte, die Simone seit Jahren pflegte. Für mehr war ihr zwischen Mona, Job in der Anwaltskanzlei und Georg nie geblieben.

Der Frage, was Georgs Auszug mit ihr selbst gemacht hatte, ging Mona konsequent aus dem Weg. Ihn zu vermissen war keine Option. Für sie existierte er nicht mehr. Jemand, der zu solch einem Verrat fähig war, durfte keine Rolle mehr für sie spielen. Auch wenn er die einzige Vaterfigur war, die sie je gehabt hatte. Ihr richtiger Vater Rainer war an einer Hirnblutung gestorben, kurz bevor sie geboren wurde. Wie schlimm das für ihre Mutter gewesen sein musste, konnte Mona nur ahnen. Sie selbst vermisste ihn manchmal, allerdings waren diese Momente selten. Konnte man überhaupt jemanden vermissen, den man nie kennenlernen durfte? Mona wusste es nicht, spürte aber dennoch beim Ansehen von alten Fotos eine unbestimmte Sehnsucht und Traurigkeit in sich, die sie immer schnell zu verscheuchen suchte. Es half ja nichts. Der große Mann mit den breiten Händen und dem herzlichen Lachen war für sie unerreichbar. Sie musste von Anfang an mit Georg vorliebnehmen. Mit ihm als Stiefvater hätte sie es schlechter treffen können, das war ihr klar. Immerhin war er freundlich, auch wenn er nicht allzu viel mit ihr anfangen konnte. Manchmal waren sie gemeinsam ins Schwimmbad gefahren, als sie klein war, und er hatte ihr dort ein Eis oder Pommes spendiert. Seine schlechte Laune, die häufig in cholerischen Ausbrüchen mündete, ließ er ausschließlich an Simone aus. Mona hatte sich schon früh angewöhnt, dann in ihr Zimmer zu flüchten und ihre Musik laut anzumachen. Ihre Mutter konnte durchaus ebenfalls laut werden. Mona hasste die Streitereien und summte trotzig ihre Lieblingslieder mit. Sie wollte das Gezeter nicht hören. Meistens zeterte Georg. Seine Stimme wurde dabei unnatürlich hoch und er klang wie eine zickige, verbitterte Frau. Mal ging ihm das Kochen nicht schnell genug, weil er Hunger hatte, mal war es etwas anderes. Die Anlässe waren meist banal, jedenfalls in Monas Augen. Böse konnte er vor allem werden, wenn er etwas nicht schnell genug fand, das er selbst verlegt hatte. Simone half ihm eifrig beim Suchen, wurde aber dennoch beschimpft, wenn das Gesuchte nicht schnell genug gefunden wurde. *Kein Wunder in diesem Saustall!*

Gelegentlich entschuldigte er sich anschließend, aber diese Momente wurden im Laufe der Jahre seltener. Es wirkte immer mehr so, als glaubte Georg ein Recht auf seine schlechte Laune zu haben. Mona schwor sich, sich niemals von einem Mann so behandeln zu lassen. Nicht wegen Kleinigkeiten und vor allem nicht bei dem bevorzugten Reizthema ihres Stiefvaters: Simones Kleiderwahl. Mona fand ihre Mutter immer hübsch, auch wenn sie sich eher unauffällig kleidete und kaum Make-up benutzte. Georg suchte trotzdem einen Grund, ihre Aufmachung als zu sexy zu deklarieren. Simone gehörte ihm, und das sollte sich gefälligst in ihrem Äußeren spiegeln. Zu kurze Röcke, ein No-Go. Mindestens so schlimm wie nicht ganz hochgeschlossene Blusen. Roter Nagellack – eindeutiger Beweis, dass Simone dem neuen Kollegen signalisieren wollte, Interesse an ihm zu haben. Hohe Absätze, die schlimmste aller Sünden. Was Georg und die Schuhwahl ihrer Mutter anging, konnte Mona sich allerdings manches Mal kaum das Lachen verkneifen. Hier ging es offensichtlich nur am Rande um die schändliche Wirkung auf Männer im Allgemeinen, sondern vor allem darum, dass er ab einem Fünf-Zentimeter-Absatz kleiner als Simone war.

Mona sollte sich sehr lange fragen, wie es sein konnte, dass ein Mann wie Georg es geschafft hatte, ihre tolle Mutter so nachhaltig zu erschüttern.

13.

Mona kontrollierte gerade sorgfältig das letzte Hotelzimmer –bis auf einen winzigen Fingerabdruck am Badezimmerspiegel hatte Alice allerdings einwandfrei gearbeitet –, als Laurence an die Tür klopfte und den Kopf ins Zimmer streckte.

„Hier bist du also." Er lächelte flüchtig und strich sich eine dunkle Haarsträhne aus dem Gesicht. Noch immer wirkte er ähnlich angespannt wie beim Frühstück.

„Zimmerkontrolle. Leichte Aufgabe. Alice hat wieder wunderbare Arbeit geleistet." Sie lächelte etwas unsicher zurück. Das Leichte im Umgang mit ihrem Kollegen, das sie sonst so genossen hatte, war noch nicht zu ihnen zurückgekehrt, wie sie bedauernd feststellte. Dabei hatte es sich mit Laurence schon ähnlich unkompliziert angefühlt wie mit Marc.

Auch beim Frühstück war Laurence schweigsam und mit seinen Gedanken weit weg gewesen. Was war nur während ihres kleinen Schwimmausflugs passiert? Mona verstand nur Bahnhof, traute sich aber nicht, ihn darauf anzusprechen. Womöglich wollte er einfach Beruf und Privates strikter trennen. Gemeinsames Schwimmen, noch dazu am späten Abend, ging ihm vielleicht zu sehr in Richtung Freundschaft. Vielleicht war ihm das erst währenddessen aufgefallen. Richtig überzeugend fand Mona diese Theorie zwar nicht, aber wenn doch etwas ganz anderes dahintersteckte, ging es vermutlich tief ins Private. So oder so könnte es ihm unangenehm sein, wenn sie ihn darauf ansprach. So offen wie Mona sonst auch war, in diesem Fall wollte sie auf deutliche Worte lieber verzichten.

„Gleich Mittagspause?", fragte sie stattdessen leichthin.

„Deshalb bin ich hier." Laurence räusperte sich. „Heute schaffe ich es leider nicht, etwas Schnelles zu zaubern. Ich fahre gleich in die Stadt, weil ich noch einiges besorgen muss. Brauchst du irgendwas?"

Mona gab sich Mühe, ihre Überraschung nicht zu zeigen. Sie hätte wetten können, dass es kein Zufall war, dass Laurence ausgerechnet heute kein Mittagessen zubereiten wollte. In der Regel aßen nur sie beide zusammen. Bis jetzt hatte Nila es erst einmal erlebt, dass Alice teilgenommen hatte. Jacques hatte gestern versprochen, bald mal wieder dabei zu sein, ohne es genauer zu formulieren. Die Absage galt also vor allem ihr, davon ging Mona zumindest aus.

„Nein, danke, aber nett, dass du fragst. Dann werde ich mir ein schnelles Käsebrot machen. Dafür reichen meine Kochkünste immerhin!" Sie lachte und musterte ihn unauffällig.

„Okay, dann bis später." Laurence schien erleichtert, dass sie so locker reagierte. Vor allem wohl darüber, dass sie bis jetzt mit keinem Wort den gestrigen Abend erwähnt hatte.

Die Andeutung eines Lächelns lag auf seinem Gesicht, als er die Tür wieder schloss.

Nachdenklich sah Mona ihm hinterher. Natürlich war es übertrieben, dass sie plötzlich Wehmut verspürte. In seiner Gegenwart hatte sie sich vom ersten Moment an wohlgefühlt. Im Umgang mit ihm war alles so leicht und unbeschwert gewesen. Chris und der Abgrund waren dann nur noch eine vage Erinnerung und kehrten erst wieder, wenn sie allein war. Sie wollte nicht, dass das vorbei war. Aber vielleicht interpretierte sie in Laurence` Verhalten zu viel hinein. Womöglich war er gestern einfach nur müde gewesen und musste jetzt wirklich Einkäufe erledigen. Sie würde aufhören, sich darüber Gedanken zu machen. Aber Nila bei erster Gelegenheit ausquetschen, was sie über Laurence wusste, konnte trotzdem nicht schaden.

Florenz

Nila

„Hast du irgendwo Jeannes Schnuller gesehen?", rief Nila Richtung Badezimmer, wo Vincent gerade das Wasser der Dusche abgestellt hatte.

Noch sah ihre Tochter friedlich aus, aber am beginnenden Schmatzen der Lippen und dem speziellen Ausdruck ihrer blauen Kulleraugen wusste Nila, dass es ratsam war, das heiß geliebte Gummiteil demnächst griffbereit zu haben.

„Zuletzt habe ich ihn im Kinderzimmer gesehen. Ich glaube auf dem kleinen Tisch!", rief Vincent zurück.

„Okay, ich sehe mal nach." Nila streichelte beruhigend Jeannes Köpfchen und setzte sich in Bewegung.

Die ersten Quengellaute kamen bereits über die Lippen ihrer Tochter.

Im Kinderzimmer angekommen, hielt Nila für einen Moment inne, um kurz den intensiven Baby-Geruch zu genießen, der sich hier besonders konzentriert hielt. Das Quengeln wurde lauter, und sie sah sich rasch um. Auf dem kleinen Tisch lagen zwar einige Utensilien wie Rassel, kleiner Plüschball und Feuchttücher, aber der Schnuller war nicht dabei.

„Zut alors", murmelte Nila und sah sich suchend um. Inzwischen war es für sie ganz natürlich, auf Französisch zu fluchen. Selbst dann, wenn sie allein oder nur ihr Baby dabei war. Sie träumte inzwischen in beiden Sprachen. Trotzdem hatte sie die kurze Zeit mit Mona genossen, in der sie sich mal wieder in ihrer Muttersprache unterhalten konnte. Beim Gedanken an ihre Freundin überfiel sie kurz das gewohnte schlechte Gewissen, weil sie Mona in ihrem Liebeskummer gleich wieder allein gelassen hatte. Nila konnte nur hoffen, dass die unfreiwillige Arbeitstherapie tatsächlich im Moment das Beste für Mona war.

Der Schnuller war nicht im Kinderzimmer, und Jeanne holte Luft, um Anlauf für ihren lautstarken Unmut zu nehmen.

„Scht, meine Kleine, Maman findet ihn gleich!", versprach Nila ihrer Tochter sanft, die sie mit großen Augen misstrauisch anblickte.

Offenbar glaubte Jeanne ihr nicht, denn im selben Moment kam ein wütender Schwall undefinierbarer Laute aus dem kleinen Mund.

Beruhigende, aber sinnlose Worte murmelnd, ging Nila zurück auf den Flur. Sie war noch gelegentlich überrascht, was für gellende, schrille Töne aus diesem zarten Persönchen kommen konnten.

Vincent kam ihnen, nur mit einem Handtuch um die Hüfte geschlungen, entgegen. Seine schwarzen Haare glänzten feucht. Beim Anblick der beiden konnte er sich ein leises Lachen nicht verkneifen. „Kein Schnuller?"

„Negativ!" Nilas sah ihn leicht panisch an.

„Gib mir unsere Prinzessin mal und schau im Wohnzimmer nach. Vielleicht haben wir ihn heute Morgen beim Kuscheln nach dem Frühstück auf dem Sofa verloren." Er streckte die Arme aus.

Nila drückte ihm das inzwischen brüllende Baby nur zu gern in die Hände.

Kurz über den Wechsel irritiert, verstummte Jeanne. Allerdings nur, um tief Luft zu holen und ihren Protest diesmal ihrem Vater entgegenzuschreien.

Nila warf ihrem Mann eine Kusshand und einen amüsierten Blick zu, bevor sie Richtung Treppe lief.

Sie hatte sich schnell in Giuseppes Landhaus eingelebt. Vieles hier erinnerte Nila an ihr eigenes Zuhause. Das mediterrane Flair in der Toskana unterschied sich kaum von dem ihr vertrauten in Südfrankreich. Wäre der Anlass ihrer überstürzten Reise kein so trauriger, könnte sie den Aufenthalt hier genießen. Aber wie die Dinge nun mal standen, stand anderes im Vordergrund. Die Sorge um Renée, die offenbar mit ihrem Leben abgeschlossen hatte und die daraus resultierende Sorge um Vincent vereinnahmte sie. So hatte Nila das wunderschöne Landhaus mit seinen weiß gekalkten Wänden, den dunklen Balken und seinen stilvollen alten Möbeln, die Giuseppe in langen Jahren zusammengetragen hatte, bei ihrer Ankunft bislang nur am Rande zur Kenntnis genommen.

Heute hatte Vincent den Hausherrn regelrecht gezwungen, mit ihm in dessen kleinen Weinberg zu gehen und nach dem Rechten zu sehen. Obwohl der alte Herr längst Helfer eingestellt hatte, die sich um alles kümmerten, während er in seiner zweiten Heimat Südfrankreich weilte, bestand Vincent darauf, dass Giuseppe mit ihm dort hinging. Allen Beteiligten war klar, was der Sinn war: Giuseppe sollte wenigstens für kurze Zeit den Kopf von seinen Sorgen um Renée freibekommen. Murrend war der Italiener Vincent schließlich gefolgt. Schmutzig und verschwitzt waren sie zwei Stunden später zurückgekehrt. Nila war sich nicht sicher, ob der Plan ihres Mannes aufgegangen war. Sie fand Giuseppe zusammengesunken auf einem der ausladenden Sofas. Er starrte teilnahmslos vor sich hin und trug noch seine hochgekrempelte, fleckige Jeans sowie das ebenso wenig frisch wirkende Sommerhemd. Normalerweise wäre es undenkbar, dass er unnötig lange in Arbeitskleidung blieb. Giuseppe legte großen Wert auf eine tadellose Kleidung. Darin stand er Renée sonst in nichts nach. Bei seinem Anblick zog sich Nilas Herz schmerzhaft zusammen. Wo war bloß der italienische Gentleman hin, den sie kannte? Der alte Mann, der vor ihr saß, erinnerte mehr an einen abgerissenen Landarbeiter, der jede Hoffnung auf ein besseres Leben aufgegeben hatte.

„Giuseppe?", fragte Nila sanft und blieb in der Tür stehen. Er hob langsam den Kopf und sah sie mit seinen dunklen, fast schwarzen Augen an. Der zutiefst traurige Ausdruck darin versetzte Nila einen weiteren Stich.

„Hast du zufällig Jeannes Schnuller gesehen?" Sie schluckte, und der Anflug eines schlechten Gewissens durchfuhr sie. Giuseppe schien krank vor Sorge und sie behelligte ihn mit etwas so Banalem.

Er schüttelte langsam den Kopf und strich müde eine Strähne seines vollen, weißen Haars aus der Stirn, in dem sich Reste von Blättern verfangen hatten. „Fahrt ihr gleich zu Renée?" Seine Miene blieb unbewegt, aber seine Stimme zitterte.

„Ja, und bitte gib die Hoffnung nicht auf. Renée wird ihre Meinung ändern und dich wieder empfangen", versprach Nila und klang dabei überzeugter, als sie war.

„Sie hat mit mir Schluss gemacht!", rief er theatralisch und breitete die Hände aus.

„Aber sie liebt dich. Gib ihr Zeit!", beschwor Nila ihn. Sie trat näher an Giuseppe heran und legte ihm eine Hand auf die Schulter.

„Ohne mia *cara* ist alles sinnlos!" Er vergrub das Gesicht in den Händen. Seine Schultern bebten. „Am liebsten würde ich einfach in ihr Krankenzimmer marschieren und sie in die Arme nehmen!", klang es dumpf hinter seinen Händen hervor.

„Vielleicht ist das keine schlechte Idee", murmelte Nila. Vielleicht musste sie ihre Schwiegermutter einfach zu ihrem Glück zwingen.

„Nein, das könnte ich nie tun!" Er ließ die Hände sinken und sah Nila empört an. „Unsere Beziehung war immer von Respekt geprägt und wir haben die Wünsche des anderen respektiert. Wenn sie mich nicht sehen will, dann ist das ihre Entscheidung. Und ich muss mich daran halten! So schwer es auch ist." Seine Unterlippe zitterte, aber seine Augen funkelten immer noch empört.

Nila wusste, dass er es nicht böse meinte. „Ach, Giuseppe, es tut mir so leid." Sie fühlte sich entsetzlich hilflos. Wenn nur Jeanne etwas hätte ausrichten können. Vielleicht könnte Giuseppe dann den nächsten Schritt machen.

„Ich gehe duschen", sagte er resigniert. „Falls Renée ihre Meinung doch ändern sollte, wäre ich wenigstens vorbereitet. So könnte ich mich bei ihr nämlich nicht sehen lassen." Er grinste schief und erhob sich umständlich vom Sofa.

Es war keine echte Zuversicht, die ihn zur Körperpflege trieb, das spürte Nila. Eher ein letzter Funken von Hoffnung, die beinahe verloschen war.

Traurig sah sie ihm zu, wie er mit schleppenden Schritten zur Tür ging. Dann fiel ihr wieder die eigentliche Mission ein, die sie ins Wohnzimmer geführt hatte. Jetzt, da Giuseppe den Platz freigemacht hatte, konnte sie einen Zipfel des so sehnsüchtig vermissten Objekts in der Ecke des Sofas ausmachen. Erleichtert ging sie zielstrebig gerade darauf zu, als sie ein Geräusch herumfahren ließ. Giuseppe war wie ein gefällter alter Baum umgefallen und lag nun mit geschlossenen Augen auf dem Steinboden. Sein Atem ging röchelnd.

Nila schrie entsetzt auf.

14.

Laurence

Laurence stellte die Papiertüten mit den Lebensmitteln auf die Rückbank von Vincents BMW-SUV und setzte sich auf den Fahrersitz. Statt den Wagen zu starten, blieb er reglos sitzen. Die Fahrt zum Supermarkt war völlig überflüssig gewesen. Den Einkauf für das heutige Abendmenü hatte er bereits in der Früh auf dem Großmarkt erledigt, aber natürlich musste er bei Mona den Anschein wahren und durfte nicht mit leeren Händen ins Hotel zurückkommen.

„Idiot!", beschimpfte Laurence sich selbst und schüttelte den Kopf. Er mochte Nilas Freundin wirklich gern. Ihr frisches, unkompliziertes Wesen, die Art, wie sie Dinge anpackte. Er empfand ihre Anwesenheit als angenehm, vor allem, weil er Schlimmeres erwartet hatte. Die Leitung eines Hotels einfach einer Branchenfremden anzuvertrauen, war schlicht waghalsig. Auch wenn er Nila unter den gegebenen Umständen gut verstand, war es dennoch ein Risiko gewesen. Aber wie es aussah, hatte seine Chefin ihre Freundin richtig eingeschätzt. Unter anderen Umständen könnte Laurence sich durchaus vorstellen, mit Mona Freundschaft zu schließen. Aber da das für ihn ausgeschlossen war, könnte er sich ohrfeigen, dass er sich auf den nächtlichen Badeausflug überhaupt eingelassen hatte.

Es machte nicht nur keinen Sinn, es war viel schlimmer: Sie hatte solch ein Verhalten nicht verdient! Schließlich konnte sie nicht ahnen, was mit ihm los war. Er konnte kein normales Leben mehr führen. Freundschaften schließen, Spaß haben: All das, was früher einmal sein Leben bestimmt hatte, war für ihn nicht mehr möglich. Er wusste das. Warum also hielt er sich nicht an seine eigenen Regeln? Die Gedanken fuhren Karussell in seinem Kopf. Bilder aus der Vergangenheit mischten sich mit der Gegenwart. Er sah Monas strahlendes Gesicht vor sich. Ihre braunen Augen, die offen und freundlich in die Welt blickten, selbst wenn sie traurig über ihre verflossene Liebe sprach. Dennoch, darunter lag etwas, das Laurence nur zu gut kannte. Unter Monas fröhlicher Fassade schimmerte etwas anderes durch. Alte Schmerzen, gut getarnt, erkannte er sofort. Und das war nicht erst so, seit Amélie ... Prompt schob sich ihr Gesicht vor sein inneres Auge. Er sah den vorwurfsvollen Ausdruck darin, den er die letzten Monate ihres Lebens viel zu oft gesehen hatte. Sie wäre frei gewesen für das Leben, das sie sich gewünscht hatte. Wenn nicht ... wenn der verdammte Alkohol nicht gewesen wäre ... Er dachte den Gedanken wie gewohnt nicht zu Ende. Zu schmerzhaft ... Diesen Teil musste er auslassen, wenn er weiterleben wollte. Im Rahmen seiner Möglichkeiten versuchte er, Wiedergutmachung zu leisten. Dazu gehörte ganz sicher nicht, ein glückliches Leben anzustreben. Allerdings tauchte nun ein anderer neuer Gedanke in all dem

Durcheinander auf. Monas Last ein wenig zu schmälern, könnte er vielleicht trotzdem versuchen. Was er
sich nicht verboten hatte, war, andere Menschen glücklich zu machen. Immerhin der einzige Grund, weiterhin als Koch zu arbeiten.

Nachdenklich startete er Vincents Auto, das er wie
abgesprochen grundsätzlich für Einkäufe, die das Hotel betrafen, benutzte. Diese mit seiner Vespa zu erledigen, wäre auch undenkbar gewesen, daher war er damals dankbar auf das Angebot eingegangen. Sein eigenes Auto, der bei dem Unfall Totalschaden erlitten
hatte, hatte er nie ersetzt. Und er plante auch nicht, das
zu tun. Am Anfang war auch das Fahren mit Vincents
BMW eine Herausforderung gewesen. Die ersten Fahrten zitterte er wie Espenlaub, aber irgendwann gab sich
das wieder und er machte seinen Frieden mit diesem
Arrangement. Solange er nicht mit einem eigenen Wagen fuhr, konnte sein angekratztes Nervenkostüm damit scheinbar klarkommen.

Langsam und sorgfältig wie immer lenkte er den Wagen durch die Straßen von Les Issambres, nahm die
sommerlich gekleideten Menschen, Einheimische wie
Touristen, nur am Rande und als Verkehrsteilnehmer
wahr. Als er am Hotel ankam, hatte er eine Entscheidung getroffen.

Luc, der junge Mann, der Mona gleich am ersten
Abend positiv aufgefallen war, weil er der einzige in
lässiger Kleidung gewesen war, stand braun gebrannt
und in Shorts und T-Shirt, bereit zur Abreise, vor ihr an
der Rezeption. Seinen großen Rucksack hatte er

schwungvoll auf den Boden neben sich gepfeffert. Inzwischen geübt darin machte Mona die Rechnung fertig und ließ sich seine Kreditkarte geben.

„Der Aufenthalt bei uns hat dir gefallen?", fragte sie freundlich und sah ihn prüfend an. Normalerweise strahlte er eine fröhliche Unbekümmertheit aus, aber jetzt war seine Stirn gekraust und der Blick aus grauen Augen wirkte abwesend. Die Art, wie er auf seiner Unterlippe kaute, bestätigte Monas Eindruck, dass hier jemand nur ungern den Urlaub beendete oder ganz andere Probleme hatte. Darauf hatte allerdings nichts hingewiesen, wenn sie Luc die letzten Tage kurz gesehen hatte. Er war stets auf dem Sprung. Morgens gleich nach dem Frühstück Richtung Strand zum Surfen und abends, nach einer Dusche und einem schnellen Abendessen, erneut Richtung Strand zum Feiern. Seine Augen hatten vor Unternehmungslust geleuchtet, und er hatte nie den Eindruck gemacht, irgendwelche Sorgen mit in den Urlaub genommen zu haben. Für kurze, lockere Sprüche hatte es bei ihm immer gereicht, aber für ein richtiges Gespräch fehlte ihm die Zeit. Mona mochte den jungen Mann, auch wenn sie ihn eigentlich kaum kannte.

„Viel zu gut, aber wenn es am schönsten ist, soll man ja gehen", sagte Luc dumpf und hörte auf, seine Lippe zu malträtieren.

Mona verkniff sich ein Lachen. Seine Worte klangen fast schon altklug, wenn man sein Alter berücksichtigte. Mona warf einen unauffälligen Blick auf das Geburtsdatum in seinen Anreisedaten. Luc war neunzehn, und die Angabe deckte sich mit ihrer Schätzung.

Viel älter als zwanzig hätte sie ihn auch nicht eingeordnet.

„Dann dürfen wir dich vielleicht bald wieder bei uns begrüßen?" Mein Gott, klinge ich schon professionell, dachte sie belustigt.

Er hob die Schultern. „Von mir aus sofort! Ach, am liebsten würde ich gleich dableiben! Aber leider ... Ab jetzt muss ich jobben und bald geht mein Studium los. Finanziell wird es auf jeden Fall eng. Wann wieder ein Urlaub drin sein wird ... keine Ahnung!" Er seufzte abgrundtief und sah Mona mit traurigem Dackelblick an. „Der Surfurlaub hier war sozusagen das Abschiedsgeschenk meiner Eltern zum erfolgreichen Abschluss meiner Kindheit. Ab jetzt gibt es nur noch einen kleinen Mietzuschuss, und für den Rest bin ich ab sofort selbst zuständig. Sie haben mir sogar eine Wohnung besorgt. Ob ich will oder nicht, ich muss ausziehen! Dabei sind meine Eltern finanziell bestens aufgestellt!" Mit echter Empörung sah er Mona an.

Sie musste sich Mühe geben, ernst zu bleiben. „Das ist doch super! Volle Freiheit, volle Verantwortung!" Sie strahlte ihn aufmunternd an.

Er verzog das Gesicht. „Ich weiß nicht. Ich hätte lieber einfach weiter gesurft und den lieben Gott einen guten Mann sein lassen."

Jetzt konnte Mona sich ein Lachen nicht mehr verkneifen. „Was studierst du denn?", fragte sie dann und gab ihm seine Kreditkarte zurück.

„Meeresbiologie, das wollte ich immer schon. Ich liebe das Meer, nicht nur zum Surfen. Es gibt viel Arbeit in den nächsten Jahren, was den Meeresschutz angeht.

Da möchte ich gerne dabei sein. Quasi dem Meer etwas zurückgeben."

„Aber das klingt doch toll! Warum höre ich dann so wenig Begeisterung? Deine Zukunftsplanung scheint doch Hand und Fuß zu haben."

„Weil es alles so schnell geht! Der Ernst des Lebens hat mich sozusagen überrollt. Schlimmer als eine haushohe Welle! Gestern hat mein Leben aus Surfen und Kicken bestanden, am Wochenende dann Party. Und heute soll ich auf einmal erwachsen sein, mit allem Drum und Dran!" Er sah sie verzweifelt an und wirkte in dem Moment tatsächlich, als sei er nicht reif dafür, für sich selbst zu sorgen. Geschweige denn, die Welt zu retten. Allerdings hatte Mona das Gefühl, dass seine Eltern sehr genau wussten, was sie taten. Der niedliche Luc würde den Absprung vermutlich nicht ohne Hilfe schaffen und wenn man ihn ließe, auch noch mit Mitte zwanzig daheim wohnen und sich durchs Leben treiben lassen.

„Ich glaube, du wirst das super hinkriegen", sagte Mona aufmunternd und meinte es auch so. „Manchmal muss man eben ins kalte Wasser geschubst werden. Und damit kennst du dich doch aus!" Sie lächelte ihn verschwörerisch an.

„Glaubst du wirklich?", fragte er zögernd.

Plötzlich kam sich Mona fast mütterlich und ziemlich alt vor. „Na klar, du bist jemand, der alles schaffen kann, was er will."

Sekundenlang forschte er in ihrem Gesicht, ob sie sich über ihn lustig machte. Aber Mona hatte ihre Worte genau so gemeint, wie sie es gesagt hatte. Sie schickte ein zuversichtliches Nicken hinterher.

„Okay, wenn du das sagst, dann glaube ich dir. Ich habe mitbekommen, dass du die Hotelleitung nur zufällig übernommen hast. Und wie toll du alles managst. Chapeau! Vielleicht ist es bei mir mit neuen Herausforderungen ja wirklich ähnlich." Das Grau seiner Augen belebte sich wieder etwas.

Mona spürte, dass sie errötete. Das unerwartete Kompliment von diesem jungen Bengel machte sie stolzer, als sie zugeben würde.

„Wann bist du von zu Hause ausgezogen?", fragte er plötzlich.

„Mit achtzehn." Ihr Lächeln war mühsam. „Ganz freiwillig." Der letzte Satz war glatt gelogen.

15.

„Salut!" Laurence lächelte in Monas Richtung, als er die Eingangshalle durchquerte. Eine leichte Unsicherheit flackerte in seinem Blick. In seinen Armen balancierte er einige Papiertüten, aus denen Lebensmittel ragten.

Mona hob den Blick vom Kalender auf dem Bildschirm des Laptops. Sie hatte sich gerade vergewissert, dass das frei gewordene Zimmer von Luc erst in zwei Tagen wieder vermietet war. Somit blieb Alice genug Zeit für die Grundreinigung, die bei jedem Gastwechsel anstand. Und die sie selbst wie üblich noch einmal überprüfen würde. Inzwischen war das für Mona Routine geworden. Das Unbehagen, Alice damit zu kontrollieren, war schnell dem Gefühl gewichen, mit Sorgfalt das Bestmögliche für die Gäste zu gewährleisten.

„Salut", grüßte Mona zurück und erwiderte Laurence` Lächeln zurückhaltend. Sein seltsames Verhalten seit dem Badeausflug warf bei ihr weiterhin Fragen auf.

Kurz bevor er die Küchentür erreichte, drehte Laurence sich noch einmal um. Mona war sicher, dass er noch etwas zu ihrem Badeausflug sagen wollte. Aber stattdessen sagte er leichthin: „Viel Stress bei dir heute?"

„Nicht mehr als sonst“, antwortete sie und kämpfte mit sich, ob sie ihn direkt auf die gewechselte Stimmung zwischen ihnen ansprechen sollte.

„Du machst das wirklich super, ich kann es gar nicht oft genug sagen. Nila hat verdammtes Glück, eine so toughe Freundin zu haben.“ Eine der Tüten in seinen Armen geriet ins Rutschen. Mit einem kleinen Lachen richtete er sie wieder.

Bevor Mona sich entscheiden konnte, ob sie trotz seiner nun wieder lockeren Art nachhaken sollte, klingelte ihr Handy, das in der Gesäßtasche der Jeans steckte. Sie zog es heraus. Nila. Nachhaken sollte offenbar nicht sein. Sie gab sich geschlagen.

„Chefin ist dran“, sagte sie zu Laurence, der mit einem verstehenden Nicken durch die Küchentür aus ihrem Blickfeld verschwand. Wenn Mona sich nicht irrte, schien er froh über die Störung zu sein.

„Noch mal Glück gehabt“, murmelte sie ihm hinterher, bevor sie das Gespräch schnell annahm. „Süße, wie ist es bei euch?“ Mona lauschte Nilas Worten, während sich ihr Gesicht sorgenvoll verzog. „Oh nein, das ist ja furchtbar!“, rief sie, nachdem sie über das jüngste Familiendrama informiert war.

„Wir warten noch auf den Arzt. Bis jetzt konnte uns noch niemand sagen, ob Giuseppe es schaffen wird. Klar ist nur, dass er einige Schutzengel brauchen wird.“ Nila holte tief Luft, ihre Stimme hatte gezittert.

„Der ganze Kummer mit Renée war wohl zu viel für ihn ...“, murmelte Mona mehr zu sich selbst.

„Broken heart ... im wahrsten Sinne“, stimmte Nila leise zu.

„Weiß deine Schwiegermutter schon Bescheid?“

„Nein. Wir waren uns sofort einig, zunächst abzuwarten. Sobald Giuseppe stabil ist, werden wir Renée natürlich informieren, aber solange das noch nicht der Fall ist, wollen wir sie nicht unnötig aufregen. Ich glaube, das könnte sie im Moment nicht auch noch ertragen.“

„Er wird es schaffen, ich bin sicher!“ Mona klang zuversichtlich, obwohl eine Gänsehaut ihre Arme überzog. Langsam reichte es mit den Schicksalsschlägen in der Durand-Familie, fand sie.

„Woher willst du das wissen?“, fragte Nila prompt.

„Ich weiß es einfach.“ Weil alles andere nicht fair wäre, ergänzte Mona in Gedanken. Dabei wusste sie ganz genau, dass das Leben viel zu oft nicht fair war. Aber sie verspürte das dringende Bedürfnis, ihrer Freundin zumindest für den Moment etwas zu geben, an dem sie sich festhalten konnte.

„Okay, dann will ich dir glauben. Ich melde mich, sobald es Neuigkeiten gibt.“

Mona schluckte trocken. Hoffentlich hatte sie nicht zu viel versprochen. Die Gänsehaut auf ihren Armen verstärkte sich.

Vor vierzehn Jahren

Stöhnend rappelte Mona sich im Bett auf. Ihr ganzer Körper schmerzte, als hätte sie in der Nacht ein Zug überfahren. Als sie schließlich aufrecht saß, konnte sie den Schmerz besser lokalisieren. Ihr Kopf schien in einem Schraubstock zu stecken, und die bohrenden Schmerzen zogen von dort in alle Körperteile. Sie konnte sich nicht erinnern, sich jemals so elend gefühlt zu haben. Doch, es ging schlimmer. Das wusste sie in dem Moment, als die Erinnerung an letzte Nacht langsam einsetzte. Erst nur bruchstückhaft, was schlimm genug, aber nichts dagegen war, als die Ereignisse mit Wucht komplett wieder präsent wurden. Übelkeit stieg in ihr auf und sie presste entsetzt eine Hand vor den Mund.

Seit gestern war sie sechzehn. Ihr Geburtstag, der so anders geplant gewesen war. Statt einer fröhlichen Feier mit ihren Freunden hatte sie mit Sönke Schluss gemacht. Sönke – ihre erste große Liebe, von der sie glaubte, dass sie für ein Leben halten würde. Zum krönenden Abschluss des Abends wollte sie zum ersten Mal bei ihm übernachten. Aber das war, bevor sie ihn knutschend mit Laura, der Schlange, erwischt hatte. Die Erinnerung daran zerriss mit lautem Getöse erneut Monas Herz und betäubte für einen Moment sogar dem Schmerz in ihrem restlichen Körper.

Tränen schossen ihr in Augen, die sie mit aller Macht zurückdrängte. Sie würde diesem Idioten keine Träne nachweinen! Das hatte sie sich in derselben Sekunde geschworen, als sie ihn in den Armen der anderen gesehen hatte. Sie würde ihr Glück nicht von einem Mann abhängig machen! Es reichte, dass ihre Mutter diesen Fehler machte. Immer noch. Nach mehr als einem Jahr war es unverändert Georg, der für den Schmerz in ihren Augen verantwortlich war. Seit Monas Ultimatum trank Simone nicht mehr. Jedenfalls nicht mehr, als gut für sie war. Bei den monatlichen Treffen mit ihren Freundinnen erlaubte sie sich ein, zwei Gläser Sekt, ansonsten konsumierte sie Alkohol nur noch wie früher zu besonderen Anlässen wie Geburtstagen und Silvester. Aber auch dann überschritt sie nie die Grenze von zwei Gläsern. Simone meisterte wieder ihren Alltag, aber die Trauer blieb, auch wenn sie nicht darüber sprach. Mona konnte nichts dagegen tun, das wusste sie. Ihre Aufgabe war es, für Fröhlichkeit und Leichtigkeit im Leben ihrer kleinen Familie zu sorgen. Und das tat sie. Mit gewissem Erfolg. Sie schaffte es oft, dass ihre Mutter lächelte, wenn Mona sie an ihrem ausgefüllten Leben teilhaben ließ. Mehr konnte sie nicht tun.

Zwar mit Sorge im Blick, aber nachgiebig wie immer, hatte Simone ihr Einverständnis erteilt, dass Mona zum ersten Mal bei Sönke übernachten durfte. Mona hatte nichts anderes erwartet. Ihre Mutter hielt sie für verantwortungsbewusst und klug genug, die richtigen Entscheidungen im Leben zu treffen. Über Verhütung hatten sie gesprochen. Kurz. Mona hätte nicht sagen können, wer von ihnen erleichterter war, als das Gespräch beendet war.

Verhütung! Sie lachte bitter auf, was sie sofort bereute. Ihr Kopf quittierte die Bewegung mit einem stechenden Schmerz, der sie zusammenzucken ließ. Sie hatte ihren Plan umgesetzt, mit sechzehn in ein erwachsenes Leben zu starten. Und dazu gehörte, ihrer Unschuld adieu zu sagen. Beim Gedanken daran wallte erneut Übelkeit in ihr auf. Sie sah das verzerrte Gesicht von Malte vor sich. Ausgerechnet Malte, der Aufschneider. Nila und sie hatten sich immer lustig über ihn gemacht. Er sah gut aus, das mussten sie ihm lassen, aber ansonsten hatte er nicht viel zu bieten. Wenig Hirn, dafür ordentlich Muskeln. Mona schüttelte sich. Was sich in der alkoholumnebelten Nacht so wunderbar zu fü-

gen schien, fand sie im Licht des Tages einfach nur entsetzlich. Einzig der Blick von Sönke, in dem unverkennbar Eifersucht aufgeblitzt war, als sie mit Malte abgezo-
gen war, hatte sich gelohnt. Aber war es das wert gewesen? Die Antwort war ein lautes Nein, das durch ihren
schmerzenden Kopf gellte. Lektion Nummer zwei: Niemals wieder Sex, wenn sie zu betrunken war, um ver-
nünftige Entscheidungen zu treffen.

16.

Mit weichen Knien ging Mona hinüber in die Küche. Sie musste mit irgendjemand reden, und Laurence war ihre erste Wahl. Nicht nur deshalb, weil im Moment ohnehin niemand sonst infrage käme. Sie schätzte seine ruhige, besonnene Art, und genau das brauchte sie im Moment. Außerdem interessierte es ihn sicher auch, was in der Familie seines Freundes passiert war.

Als Mona die Küchentür öffnete, wehte ihr sofort ein köstlicher Duft entgegen, den sie aber nur am Rande wahrnahm. Kulinarische Köstlichkeiten interessierten sie im Moment nicht, dafür war ihr Kopf zu voll mit den dramatischen Neuigkeiten.

Laurence sah kurz von dem Topf auf, in dem er rührte, und lächelte ansatzweise.

„Schlechte Nachrichten von Nila", platzte Mona umgehend raus und ließ sich auf einen der Küchenstühle fallen.

Laurence hielt in der Bewegung inne. Er legte den Kochlöffel beiseite und drehte sich um. „Was ist passiert?"

„Giuseppe hatte einen Herzinfarkt." Sie trommelte mit den Fingerspitzen auf der glatten Holzplatte des massiven Küchentischs.

„Merde!", stöhnte Laurence und schob das Kopftuch, das er immer zum Kochen trug, nach hinten. Langsam kam er zum Tisch und setzte sich Mona gegenüber. Mit gerunzelter Stirn starrte er sie an. „Wie schlimm ist es?"

„Ziemlich ernst, wie es aussieht. Noch ist nicht klar, ob er es schaffen wird." Mona drängte die aufsteigenden Tränen zurück. Sofort wusste sie, dass es sie nicht deshalb so mitnahm, weil ihr Giuseppe besonders nah stand. Sie hatte ihn zwar auf der Hochzeit von Nila und Vincent kennengelernt und direkt ins Herz geschlossen, aber trotzdem verband sie mit dem alten Italiener keine enge Bindung. Seit der Trennung von Chris und ihrer Flucht in die Provence schien sie einfach noch nicht wieder so stabil zu sein wie gewohnt.

„Oh." Laurence sog scharf die Luft ein. „Das ist ja das Letzte, was Renée gerade gebrauchen kann. Weiß sie schon Bescheid?"

Mona schüttelte den Kopf. „Nila und Vincent wollen abwarten, bis Giuseppe über den Berg ist. Und ich habe Nila versprochen, dass er es schaffen wird." Ihre Unterlippe zitterte und sie schüttelte wieder den Kopf. Was hatte sie sich dabei bloß gedacht?

„Dann wird es so sein." In Laurence` dunklen Augen konnte sie keinerlei Spott erkennen, wie sie nach einem prüfenden Blick feststellte.

„Woher willst du das denn wissen? Ich habe es nur gesagt, um Nila zu beruhigen. Hellseherische Fähigkeiten habe ich leider nicht." Sie zog eine Grimasse und stützte ihren Kopf in die Hände.

„Wie lange kennst du Nila?", wollte er wissen.

„Zwanzig Jahre, wieso?", fragte sie irritiert.

Er nickte zufrieden. „Siehst du, dann weiß sie, dass du keine Hellseherin bist."

„Ja, aber ..." Mona brach verwirrt wieder ab.

„Nichts aber. Du hast lediglich versucht, deiner Freundin etwas Halt und Zuversicht in einem Moment zu geben, als sie beides nötig hatte. Was soll daran falsch sein?"

Mona nickte zögernd.

„Solltest du falschliegen – was wir nicht hoffen wollen -, wird Nila dir sicher keine Vorwürfe machen."

Mona seufzte. Sie fühlte sich durch Laurences ruhige Worte tatsächlich etwas erleichtert. Natürlich hatte sie es nicht in der Hand, wie es mit Giuseppe weiterging. Und selbstverständlich wusste Nila das. Sie war gerade wirklich nicht auf der Höhe. Offenbar konnte sie nicht einmal mehr die einfachsten logischen Rückschlüsse ziehen.

„Okay", sagte sie schließlich und atmete tief durch.

„Hattest du eigentlich schon dein Käsebrot?" Ein kleines Grinsen schlich sich auf seine Lippen.

Sie schüttelte stumm den Kopf. Da Laurence heute nicht dafür gesorgt hatte, ihren ausgefüllten Tag mit einer Mittagspause zu strukturieren, hatte sie einfach durchgearbeitet, ohne es zu merken. Hunger hatte sie nicht verspürt und es gab ja immer etwas zu tun. Und spätestens seit Nilas Anruf gab es sowieso Wichtigeres.

„Als hätte ich es nicht geahnt", sagte er tadelnd. „Wie gut, dass ich die besten Eclairs Frankreichs besorgt habe." Er stand auf und holte eine der mitgebrachten Papiertüten von der Anrichte. „Also, ich hätte noch Zeit für einen Kaffee und eines der göttlichen Teilchen, bevor ich mich weiter ums heutige Menü kümmere. Bist du dabei?"

Mona nickte dankbar. Ihr Magen knurrte zustimmend.

„Es gibt Momente im Leben, da hilft nur viel Vanillecreme, Sahne und ein Schokomantel." Mit diesen Worten nahm er Teller und Besteck aus den Küchenschränken.

Das Abendgeschäft war in vollem Gange. Inzwischen kam es Mona vollkommen normal vor, mit gefüllten Tellern in den Händen (sie schaffte sogar wieder, drei zu balancieren wie einst in ihrer kurzen Kellnerinnen-Zeit) und einem strahlenden Lächeln auf den Lippen zwischen den voll besetzten Tischen im Speisezimmer und der Terrasse hin und her zu flitzen. Heute gab es Seehecht mit verschiedenen Gemüsen, zarte Rindsmedaillons auf Kartoffelbett mit grünen Bohnen sowie ein schmackhaft aussehendes Gemüsegratin als vegetarische Variante. Mona hatte sich bereits entschieden, später von dem Fisch und dem Gemüsegratin zu probieren.

Sie schätzte es von Tag zu Tag mehr, ganz selbstverständlich täglich mit besten Köstlichkeiten versorgt zu werden. Zu Hause kochte sie so gut wie nie. Am Herd zu stehen, gehörte einfach nicht zu ihren Talenten. Anders als Nila, die das durchaus gelegentlich gern tat, hatte Mona von jeher die schnelle Küche bevorzugt. Oft nahm sie sich nach Praxisschluss aus den umliegenden Pizzerien oder Restaurants eine Kleinigkeit mit nach Hause. Oder Chris hatte etwas Schnelles gezaubert. Den Gedanken schob sie schnell zur Seite und konzentrierte sich darauf, die Teller auf den Tisch der Barnards zu platzieren. Robert Barnard war Professor für Philosophie und seit zehn Jahren im Ruhestand. Gelegentlich trat er allerdings noch in Talkshows auf, wie seine Gattin Mona mit einem stolzen Lächeln verraten hatte. Die freundliche Frau mit dem eisgrauen Pagenkopf redete gern und viel, während der Professor nachsichtig lächelte und meist nur auf Fragen antwortete.

„Ist schon abzusehen, wann die zauberhaften Durands wieder nach Hause kommen?" Die dunkelblauen Augen von Madame Bernard leuchteten wie Murmeln in ihrem von vielen Falten geprägten Gesicht. Mona hatte sich noch nicht endgültig entschieden, ob sie die Frau des Professors für besonders interessiert an ihren Mitmenschen oder schlicht als neugierig einstufen sollte. Aber trotz oder gerade wegen ihres hohen Alters hatte sie etwas Kindliches an sich, sodass Mona sie einfach mochte.

Sie lächelte daher unbeirrt weiter und schüttelte den Kopf. Gekonnt drapierte sie den Teller mit Seehecht vor Madame und das Gemüsegratin vor den Professor, der sich als Vegetarier geoutet hatte. „Leider gibt es weitere familiäre Probleme, Sie werden weiter mit mir vorliebnehmen müssen." Mona lächelte entschuldigend.

„Das tut uns leid", sagte der Professor ehrlich betroffen. „Wobei wir nichts dagegen haben, weiter von Ihnen bewirtet zu werden. Sie machen das großartig!"

Sein Blick ruhte wohlwollend auf Mona, die rot wurde. Lob von den Gästen anzunehmen, fiel ihr immer noch schwer. In ihrem eigentlichen Beruf hatte sie damit kein Problem. Wenn Patienten mit ihrer Arbeit zufrieden waren, empfand sie das als schöne Bestätigung, schon in ganz jungen Jahren gewusst zu haben, dass die Physiotherapie ihre Lebensaufgabe war. Menschen dabei zu helfen, wieder gesund zu werden oder zumindest ihre Lebensqualität deutlich zu steigern, war genau das, was sie tun wollte. Während ihrer Ausbildung und den vielen Weiterbildungen hatte sie das sorgfältig gelernt. Aber ein Hotel zu führen, war ihr nicht in die Wiege gelegt worden. Sie hatte nicht den Traum gehabt, Gäste zu bewirten wie Nila. Mona versuchte jetzt lediglich, ihr Bestmögliches zu geben. Offenbar gelang ihr das, was sie zwar froh stimmte, aber trotzdem verblüffte.

„Oh ja", stimmte Madame Bernard enthusiastisch zu. „Wir können uns gar nicht beschweren! Nicht wahr, Robert? Du sagst immer, so herzlich wie hier sind wir noch nie bewirtet worden. Und nirgendwo sonst ist das Essen so köstlich! Richten Sie das bitte noch mal Ihrem Koch aus? Und die herrlichen Zimmer, ein Traum!" Madame Barnard unterstrich ihre Begeisterung mit den Händen, sodass die vielen goldenen Armreifen, die sie trug, stimmungsvoll klingelten.

„Das gebe ich gern weiter. Laurence wird sich freuen." Mona musste sich ein Lachen verkneifen. Dieses Lob hatte sie schon mehrmals an ihn weitergegeben, da die Barnards seine Kochkünste bei jeder Gelegenheit in den Himmel lobten. Womit sie zweifelsfrei recht haben, wie Mona still zustimmte.

„Und fragen Sie ihn bitte, ob wir das Rezept für den Seehecht bekommen können? Wenn wir unsere Abendessen für die ehemaligen Kollegen meines Mannes geben, bin ich immer noch auf der Suche nach neuen Gerichten. Sind Sie so lieb?" Madame Barnard sah Mona erwartungsvoll an. Ihre Murmelaugen leuchteten.

„Cécile, du kannst doch nicht ..." Der Professor
schnappte nach Luft und sein Gesicht färbte sich zart-
rosa, während er seine Gattin entsetzt ansah.

Mona lachte. „Ach, warum denn nicht? Ich frage Laurence gerne." Sie war selbst gespannt, wie Laurence darauf reagieren würde.

„Moment!", rief die Frau des Professors. „Ich habe ja
noch gar nicht probiert!" Sie lachte laut und gab dabei
den Blick frei auf schneeweiße Zähne, die sie womöglich einem guten Zahnarzt zu verdanken hatte. Immer
noch lachend schob sie sich einen Happen in den
Mund. Gleich darauf verzog sie genießerisch das Gesicht.

„Es bleibt dabei, ich brauche das Rezept!", entschied
sie und sah Mona verschwörerisch an.

„Ich sehe, was sich machen lässt." Schmunzelnd ging
Mona in die Küche.

„Die Gattin des Professors besteht darauf, das Rezept
für den Seehecht zu bekommen", kam sie gleich zur Sache.

Laurence drehte sich überrascht um. „Der Gast ist Kö-
nig oder in diesem Fall Königin, dann kümmere ich
mich mal darum." Er grinste Mona an und sie konnte
sehen, wie ihn das damit ausgesprochene Kompliment
freute.

„Alle anderen sind wie immer auch zufrieden", infor-
mierte Mona ihn.

„Das ist gut, danke. Sagst du Madame Barnard, dass
sie das Rezept spätestens morgen früh in ihrem Fach
hat?"

„Mach ich. Sie sind ja auch noch eine Woche hier, wenn ich mich nicht irre. Und ich denke, sie braucht es erst zur Abreise."

„Hast du schon etwas von Nila gehört?"

„Leider nein." Mona wurde sofort ernst. Das Servieren des Abendessens hatte sie für eine Weile von ihren Gedanken, die zwangsläufig nach Italien schweiften, abgelenkt.

„Sobald sie sich meldet, sage ich dir Bescheid", versprach Mona, bevor sie sich zum Gehen wandte.

„Nachher noch einen Feierabendschluck?"

„Sehr gerne", sagte sie so unbeteiligt wie möglich. Warum ihr Herzschlag sich plötzlich erhöhte, hätte sie nicht sagen können. Vermutlich ist es nur die Erleichterung darüber, dass zwischen uns als Kollegen alles wieder in Ordnung war, dachte sie. Das Gefühl hatte sie bereits bei ihrem gemeinsamen Kaffeetrinken am Nachmittag gehabt, und nun verstärkte es sich eben. Nichts deutete mehr auf die seltsame Anspannung zwischen ihnen hin, die das abrupte Ende ihres Badeausflugs ausgelöst hatte.

Wahrscheinlich war Laurence wirklich nur müde gewesen, als er so plötzlich nach Hause wollte. Mit einem strahlenden Lächeln, das Mona natürlich ausschließlich wegen der Gäste aufsetzte (das redete sie sich zumindest erfolgreich ein), eilte sie zurück in den Speiseraum.

17.

Mona hatte sich dieses Mal für alkoholfreies Bier entschieden.

„Du musst das nicht tun", sagte Laurence mit einem Blick auf ihre Flasche. Er selbst hatte sich einen Cappuccino als Feierabendgetränk mit auf die Terrasse genommen.

„Was tun? Etwas trinken?", fragte sie unschuldig.

„Du weißt schon, was ich meine", brummte er, ohne sie anzusehen. „Mit ohne Alkohol."

„Mit ohne schmeckt mir aber genauso gut", sagte sie achselzuckend, was der Wahrheit entsprach. Ja, vielleicht hätte sie ein normales Bier genommen, wenn er das auch täte, aber es störte sie nicht, keinen Alkohol zu trinken. „Zu Hause trinke ich das oft, gerade wenn ich noch Motorrad fahren will. Und da ich weiß nie, wann es mich packt, einen kleinen Ausflug zu machen ..."

Laurence nickte, wirkte aber nicht gänzlich überzeugt.

„Außerdem gab es da mal ein Problem in meiner Familie ..." Sie brach ab, unsicher, ob sie ihm etwas so Privates erzählen sollte.

„Wenn du darüber sprechen magst?" Er sah sie mit einem warmen Blick an, in dem sie keine Neugier, wohl aber mitfühlendes Interesse ausmachen konnte.

„Meine Mutter“, sagte sie schließlich. „Es gab einmal eine Zeit, als nicht viel gefehlt hätte, und sie wäre Alkoholikerin geworden.

„Wie alt warst du damals?“

„Fünfzehn.“ Mona räusperte sich. „Es gab eine schwierige Trennung. Danach hat es angefangen, dass sie ihren sonst sehr moderaten Alkoholgenuss drastisch gesteigert hat.“

„Und dann?“, fragte er vorsichtig, als taste er sich an ihre Grenzen heran.

„Dann habe ich ihr ein Ultimatum gestellt. Der Wein oder ich. Wenn sie das Trinken nicht lässt, habe ich mit Auszug in eine Jugendwohngruppe gedroht.“

Er pfiff durch die Zähne. „Respekt, das würden wahrscheinlich nicht viele in dem Alter schaffen.“

„Mir blieb keine Wahl.“ Mona zuckte mit den Schultern. „Ich konnte unmöglich tatenlos zusehen, wie sie sich zugrunde richtet.“

„Hat sie einen Entzug gemacht?“

„Nein, es war gerade noch rechtzeitig, dass sie allein aufhören konnte. Einige Zeit später hat sie sich psychologische Hilfe wegen der Trennung gesucht.“

„Noch mal Glück gehabt.“ Laurence wirkte nachdenklich.

„Und bei dir?“ Die Worte waren heraus, bevor Mona ihnen Einhalt bieten konnte. Entsetzt schlug sie eine Hand vor den Mund. Sie war wieder einmal zu weit gegangen. Verdammt! Sie traute sich nicht, ihn anzusehen. Vermutlich war es jetzt erneut vorbei mit ihrem lockeren Umgang.

„Mit mir?“ Laurence klang völlig verdattert.

Vorsichtig lugte sie hoch. Er sah nicht wütend oder angespannt aus, sondern eher verwirrt.

„Na ja, wie es bei dir mit dem Trinken war?"

„Ach, du meinst, weil ich keinen Alkohol trinke?" Er lachte, als hätte sie einen guten Witz gemacht. „Wie ich schon sagte, mir schmeckt er einfach nicht. Und nichts geht über einen guten Cappuccino." Sein Lächeln war echt. Dennoch meinte Mona ein winziges Flackern, das nicht dazu passte, in seinen Augen aufblitzen zu sehen.

„Immer noch keine Nachricht von Nila?", fragte er unvermittelt, was ihren Eindruck verstärkte.

Froh, dass durch ihre übergriffige Frage zumindest die Stimmung nicht gelitten hatte, nahm sie ihr Telefon in die Hand. „Leider nein." Schlagartig wurde ihr das Herz schwer. Das Bangen, welche Nachrichten als Nächstes aus Italien kämen, war durch die Arbeit in den Hintergrund gerutscht. Vergessen hatte sie die dortigen Umstände trotzdem nicht, und jetzt war die Sorge wieder präsent.

Laurence und Mona schwiegen eine Weile, jeder in seine Gedanken versunken. Beide sahen dabei auf das nächtliche Meer hinaus, das dunkel in der Bucht schimmerte. Funken eines Lagerfeuers waren entfernt auszumachen, und ganz leise klang das Lachen von feiernden Menschen am Strand hinauf.

Als Monas Handy auf dem Tisch vibrierte, starrten beide wie gebannt darauf. Langsam tastete Mona schließlich danach. Als wäre es hochexplosiv, drehte sie das Telefon mit spitzen Fingern so herum, dass sie die Nachricht lesen konnte. *Entwarnung, Giuseppe hat es fürs Erste geschafft!*

Mit einem leisen Schrei sprang sie auf. Erst jetzt wurde ihr bewusst, wie dringend sie auf eine gute Nachricht gewartet hatte. „Er ist über den Berg!", jubelte sie und riss die Arme hoch.

Bevor sie anfangen konnte zu tanzen, erhob Laurence sich ebenfalls. Und ehe sie sich versah, legte er die Arme um sie. Mona roch Kräuter und einen leichten Hauch eines angenehm duftenden Rasierwassers. Für einen Moment legte sie ihren Kopf in seine Halsbeuge, was sich überraschend gut anfühlte. Erschrocken trat sie zur gleichen Zeit zurück wie er. Sekundenlang starrten sie sich an, als würden sie sich zum ersten Mal sehen.

Mona fing sich als Erste wieder. „Ähm, das wurde aber auch Zeit, dass es mal positive Neuigkeiten gibt!" Sie lachte unsicher, setzte sich schnell wieder auf ihren Stuhl und klammerte sich an ihrer Bierflasche fest.

Laurence nahm ebenfalls wieder Platz und rührte gedankenverloren in seinem Cappuccino, der vermutlich längst kalt war. „Das ist wirklich schön, dass Nila und Vincent wenigstens diese Sorge weniger haben. Was meinst du, wird Renée ihre Haltung jetzt ändern und ihn wieder sehen wollen?"

Mona hob die Schultern. „Keine Ahnung, aber ich hoffe das." Wenn Giuseppes Zusammenbruch keine Änderung bewirkt, dann wird vermutlich gar nichts mehr helfen. Sie schob den Gedanken zur Seite. So weit wollte sie lieber nicht denken.

„Und wie geht es dir sonst?" Laurence sah sie aufmerksam an.

„Du meinst meinen Liebeskummer?" Mona lächelte etwas gequält.

„Eigentlich ganz gut, ich habe kaum Zeit, darüber nachzudenken. Nicht einmal, um darüber nachzudenken, ob ich ihm doch antworte." Sie zog eine Grimasse.

„Vielleicht ein letztes Statement?", schlug er vor.

„Meinst du?", fragte sie zweifelnd. „Aber dann ist der Kontakt wieder da. Ich glaube, das könnte zu riskant sein." Und dann höre ich seine Stimme, der ich nicht widerstehen kann. Den letzten Satz sprach sie lieber nicht laut aus.

„Auch wieder wahr", sagte Laurence.

Wie auf Kommando blickten beide hinauf in den sternklaren Himmel und schwiegen.

Nila

Es war noch früh am Morgen, als Nila mit einem Becher Kaffee in der Hand auf der Terrasse von Giuseppes Finca das Schauspiel betrachtete, das die aufgehende Sonne über den Hügeln bot. Die Farbenpracht war so wunderschön und passte hervorragend zu ihrer Erleichterung, die sie seit gestern Abend verspürte, als das Krankenhaus zu später Stunde Entwarnung für Giuseppe gegeben hatte. Die Sorgen, die sie fest im Griff hatten, waren zwar nicht mit einem Schlag weggewischt, aber zumindest deutlich kleiner. Die schlimmste Zeit schien überstanden, und sie spürte neue Zuversicht, Renées Haltung verändern zu können.

Vincent und Jeanne schliefen noch, Nila hatte sich leise hinausgeschlichen. Noch am Abend hatten Vincent und sie beschlossen, gleich nach dem Frühstück ins Krankenhaus zu fahren. Zuerst wollten sie nach Giuseppe sehen und dann Renée behutsam von den neuesten Ereignissen in Kenntnis setzen. Natürlich blieb die Frage, ob Renée sich bereit erklären würde, ihren Lebensgefährten zu besuchen. Nila hatte in der Nacht lange wach gelegen und sich darüber Gedanken gemacht. Bevor sie eingeschlafen war, hatte sie eine Idee gehabt, die vielleicht helfen könnte, ihre Schwiegermutter umzustimmen.

Mit lang vermisster Energie verließ sie die Terrasse und lief in die Küche, um das Frühstück für ihre Familie vorzubereiten. Nachdem sich alle gestärkt hatten, konnten sie zur Klinik fahren. Aber vorher würde Nila in das Schlafzimmer von Giuseppe und Renée gehen und alles einpacken, was sie zur Umsetzung ihres Plans benötigte.

Beschwingt setzte Nila die Kaffeemaschine in Gang und deckte den Tisch.

Laurence

Noch war die Luft in seiner Mansarde auszuhalten. Die Dachfenster waren die ganze Nacht geöffnet gewesen, und jetzt am frühen Morgen strömte etwas von der morgendlichen Frische draußen ins Zimmer hinein. Laurence war wie üblich gegen vier Uhr wach geworden. Früher hatte er gerne ausgeschlafen, aber seit jener Nacht, als Amélie gestorben war, war es vorbei mit seinem gesunden Schlafverhalten. Die ersten Monate hatte er praktisch gar nicht geschlafen, und wenn doch, hatten ihn Albträume schnell wieder hochschrecken lassen. Mit der Zeit und mithilfe von Schlaftabletten war es irgendwann besser geworden, aber er hatte sich längst daran gewöhnt, dass er spätestens um vier Uhr wach wurde. Manchmal machte er dann lange Spaziergänge. Anfangs durch die nicht ganz so verschlafenen Straßen von Paris, seit seiner Rückkehr in den deutlich ruhigeren von Les Issambres. Manchmal ging er inzwischen auch hinunter an den Strand und wanderte dort stundenlang, bevor er sich in seine täglichen Aufgaben flüchten konnte. Wenn er spürte, dass die leichte Bewegung nicht ausreichte, um die quälenden Gedanken in Schach zu halten, zog er Laufschuhe an und ging joggen, bis die Erschöpfung groß genug war, das Gedankenkarussell zu stoppen. Er durfte nur nicht übertreiben, denn sonst fiel es ihm schwer, einen langen Arbeitstag zu überstehen. Seit Vincent nicht mehr da war und Laurence für die Küche allein zuständig war, hatte er deshalb aufs Laufen lieber verzichtet.

An diesem Morgen spürte er zum ersten Mal wieder den Wunsch, nicht nur spazieren zu gehen, sondern sich stärker auszupowern. Während er die Sportsachen anzog, wurde ihm bewusst, dass ihn heute nicht die Gedanken um Amélie dazu trieben, sondern seine Zweifel im Umgang mit Mona. Immer öfter schlich Nilas Freundin sich in seine Gedanken. Das war nicht gut. Für sie beide nicht. Dennoch wusste er nicht, wie er das unterbinden konnte. Seitdem er sich entschieden hatte, Mona als seelentröstender Kollege zur Seite zu stehen, war die Sache einerseits leichter, aber andererseits komplizierter. Das Wort Freund vermied er; er konnte und wollte keine neuen Freundschaften aufbauen. Bis auf Vincent gestattete er sich nicht einmal die alten.

Er schnürte seine Turnschuhe zu und stand vom Bett auf. Sein Blick fiel auf das Foto von Amélie. „Ich gehe jetzt laufen", teilte er seiner verstorbenen Frau mit. Dann hielt er inne. Zum ersten Mal hatte er mit ihrem vor Jahren aufgenommenen Foto direkt gesprochen.

Mona war früher als sonst und ohne Wecker aufgewacht. Noch etwas schlaftrunken rekelte sie sich im Bett, bevor sie sich aufrappelte und in eine sitzende Position wechselte.

Sie spürte eine in letzter Zeit ungewöhnliche Leichtigkeit in sich. Dann fiel es ihr wieder ein: Giuseppe war nicht mehr in Lebensgefahr! Genau das war die gute Nachricht am späten Abend gewesen. Ihr Blick fiel aufs Handy, das auf ihrem Nachttisch lag. Sechs Uhr und zwei eingegangene Nachrichten registrierte ihr gerade erwachter Verstand. Stirnrunzelnd griff sie nach dem Telefon. Beide Nachrichten waren mitten in der Nacht von Chris eingegangen.

Bitte Babe, lass uns reden! Du fehlst mir!

war die erste. Die zweite folgte zehn Minuten später:

Ich habe es jetzt begriffen, Lena ist wirklich Geschichte!

Mona seufzte. Kein *Ich liebe dich!*, dachte sie und spürte einen winzigen Stich der Enttäuschung. Gleichzeitig wurde ihr bewusst, dass genau diese Aussage sie vielleicht ins Wanken gebracht hätte.

Überrascht spürte sie eine gewisse Erleichterung. Offenbar war sie tatsächlich auf einem guten Weg der Chris-Entwöhnung. Zu oft war sie auf genau diese

Worte hereingefallen und hatte ihm geglaubt. Nur um jedes Mal wieder ins offene Messer zu laufen. Kurz wartete sie, ob sich der Abgrund vor ihr auftun würde. Überraschenderweise zeigte er sich nicht.

„Du kannst mich mal, Dr. Weingärtner", murmelte sie, während sie aufstand und die Entscheidung traf, endlich mal wieder laufen zu gehen.

Fünf Minuten später trug sie kurze Shorts, ein Top und Turnschuhe. Die Haare zu einem Pferdeschwanz gebunden, lief sie aufmerksam auf Unebenheiten und Stolperfallen achtend, den Hang zum Meer hinunter. Eine leichte Gänsehaut überzog ihre Arme. Es war kühler, als sie gedacht hatte, aber beim Laufen würde ihr schnell warm werden.

Das Wasser empfing sie mit sanftem Wellengang und einer gerade aufgegangenen Sonne, deren Strahlkraft noch von einem morgendlich milchigen Nebel gebremst wurde.

Mona hatte eigentlich damit gerechnet, den Strand ganz für sich zu haben, aber damit lag sie falsch. Einige Hunde tollten im Wasser herum, deren Besitzer sich scheinbar zur frühen Stunde verabredet hatten. Ein älteres Pärchen schlenderte händchenhaltend in einiger Entfernung dicht am Wasser entlang, und den einen oder anderen Jogger konnte Mona ebenfalls ausmachen.

Ohne zu zögern, rannte sie los. Sie merkte allerdings rasch, dass sie das hohe Tempo nicht lange durchhalten würde. Nicht nur, weil sie ihr regelmäßiges Lauftraining in letzter Zeit sträflich vernachlässigt hatte, sondern weil ihr der Sand das Laufen deutlich erschwerte. Es dauerte erwartungsgemäß nicht lange, da schwand

das Frösteln. Trotz der Anstrengung, die sie ihrem Körper zumutete, fühlte sie sich leicht und beschwingt.
Erst als ihre Oberschenkel zu schmerzen begannen und
ihr einfiel, dass ihre Beine wieder einen langen Arbeitstag vor sich hatten, siegte die Vernunft und sie drosselte ihr Tempo.

Gemütlich trabend lief sie weiter und genoss das freie
Gefühl beim Laufen, das in dieser traumhaften Umgebung noch stärker ausgeprägt schien. Es gab keine störenden Gedanken, keine To-do`s auf ihrer täglichen
Liste, kein Chris, der sich in ihre Gedanken schlich,
kein Grübeln über Laurence und sein teilweise seltsames Verhalten. Mona konzentrierte sich ausschließlich
auf den nächsten Schritt, auf den nächsten Atemzug
der Morgenluft, die frisch und nach Meer schmeckte,
und auf die wunderschöne Umgebung. Das üppige
Grün an den Hängen, die an den Strand grenzten, verstärkte ihre innere Ruhe. Angesichts des immer stärker
schimmernden Blaus des Meeres, das sich im lichtenden Nebel zeigte, fühlte sie sich noch lebendiger. Das
Himmelblau über ihr schien sie wie mit einem schützenden Dach zu versehen. Mona fühlte sich eins mit allem. Sie hätte noch ewig so weiterlaufen können. Dieses wunderbare Gefühl kannte sie nur vom Laufen oder
vom Motorradfahren. Viel zu selten hatte sie es in der
letzten Zeit zugelassen.

Und doch zwang sie schließlich die innere Stimme
der Vernunft zum Umkehren. Irgendwo im Innern
schlummerte ihr Pflichtbewusstsein, das sie an ihre
Aufgaben erinnerte, die sie übernommen hatte. Etwas
unwillig machte sie sich auf den Rückweg. Aber wenn

sie ihre Kräfte vollends verbrauchte, könnte sie den Tag nur schwer durchstehen, das wusste sie.

Sie hatte noch gut die Hälfte des Rückwegs vor sich, als ihr wieder ein Jogger entgegenkam. Als er fast auf ihrer Höhe angekommen war und sie ihm gerade einen Morgengruß zuwerfen wollte, erkannte sie den Läufer. Ihr Herz machte einen Satz. Es war Laurence, der ihr mit abwesendem Gesichtsausdruck entgegenlief. Er trug knielange bequeme Shorts, ein ausgeleiertes T-Shirt und ein Stirnband, das ihm die Haare aus dem Gesicht hielt. Er machte keinen erschöpften, sondern einen hoch konzentrierten Eindruck. Mona überlegte kurz. Laurence wirkte, als würde er an ihr vorbeilaufen, ohne sie zu erkennen. Wenn sie nichts sagte, könnte einfach jeder weiter seinen Weg fortsetzen. Im letzten Moment entschied sie sich anders und rief: „Salut, Kollege!"

Verwirrt blinzelte Laurence in ihre Richtung und stoppte dann abrupt.

„Bonjour", sagte er atemlos. Ein Lächeln zeichnete sich auf seinem Gesicht ab.

„Bonjour." Sie blieb stehen und fühlte sich prompt verlegen, wie sie sich so überraschend und verschwitzt gegenüberstanden. Sie schirmte ihre Augen mit einer Hand vor der Sonne ab. Ihr Atem ging noch schnell.

„Ich wusste gar nicht, dass du auch läufst."

„Eins meiner Geheimnisse." Mona grinste. „In letzter Zeit leider viel zu selten, man hört es an meinem Keuchen."

„Ich war auch schon mal fitter", gestand Laurence freimütig. „Aber es ist die beste Methode für mich, den Kopf freizubekommen."

Sie nickte. „Absolut. Dabei oder beim Motorradfahren.“

„Gibt es etwas Neues?“ Er wurde ernst und sah sie forschend an.

„Du meinst bei Nila? Nein, ich habe noch nichts weiter von ihr gehört.“

„Oder an anderen Fronten?“, schob er zögernd hinterher.

„Na ja, mein Ex hat es mal wieder probiert.“ Sie verzog das Gesicht. „Aber eigentlich hat es mich erstaunlich wenig aufgeregt.“ In ihrer Stimme klang leichter Stolz mit.

Er nickte; zufrieden, wie ihr schien.

„Laufen wir gemeinsam zurück?“

Als er die Frage stellte, zuckte Mona unmerklich zusammen. Eine Erinnerung blitzte in ihr auf. Sie musste an jenen Tag denken, als sie Chris zufällig beim Laufen im Park getroffen hatte. Die schicksalhafte Begegnung, die ihr Leben verändert hatte. Ein Schauer lief über ihren Rücken. Hätte sie damals seinem Charme widerstanden, wäre ihr vieles erspart geblieben. All das, was sie so viele Jahre sorgfältig vermieden hatte. Allem voran den Schmerz, den es bedeutete, jemanden zu lieben, den man nie ganz bekommen konnte. Den ewigen Kreislauf von glücklichen und verzweifelten Stunden. Und doch war sie bei Chris in genau diese Falle getappt. Warum?

Laurence᾽ Räuspern holte sie in die Wirklichkeit zurück.

„Klar, warum nicht“, sagte Mona schnell. Die jetzige Situation hatte nicht das Geringste mit Chris zu tun. Schließlich war Laurence ihr Kollege und niemand, den sie durch das gemeinsame Laufen erst näher kennenlernte.

Eine Weile liefen sie schweigend. Mona hätte nicht sagen können, ob ihr Lauftempo zufällig dasselbe war oder ob Laurence sich ihrem Schritt anpasste.

„Läufst du gleich mit zum Hotel?", fragte Mona schließlich und streifte ihn mit einem Blick. Er wirkte wieder genauso konzentriert wie in dem Moment, als sie ihn erkannt hatte.

Er schüttelte den Kopf. „Ich springe zu Hause lieber kurz unter die Dusche, so kann ich mich niemandem zumuten."

Sie lachte. „Keine schlechte Idee." Mona überlegte kurz, ihm eins der Badezimmer im ehemaligen Gästehaus anzubieten, in dem sie jetzt wohnte. Schließlich entschied sie sich dagegen.

„Außerdem habe ich am Abend lieber meine Vespa für den Rückweg dabei", schob er hinterher und lächelte entschuldigend.

„Klar." Mona nickte.

Kurz bevor sie die Stelle erreichten, an der der Aufstieg zum Anwesen der Durands begann, stoppte Laurence.

„Ich müsste hier hoch." Er wies auf einen kleinen Weg, der vom Strand ins Landesinnere führte.

„Alles klar, dann bis später!" Sie winkte ihm noch einmal locker zu und lief dann rasch zur Abbiegung weiter. Während sie kurz darauf langsam zum Grundstück des Hotels hinaufstieg, fragte sie sich, warum sie sich gleichzeitig sowohl in Laurences Gesellschaft fühlte und andererseits so seltsam gehemmt.

18.

Nila

Mit klopfendem Herzen stand Nila vor der Tür von Renées Krankenzimmer. Vincent und sie tauschten einen besorgten Blick, während er die Hand hob, um anzuklopfen. Beiden war klar, wie viel von dem Gespräch mit Renée gleich abhängen würde. Nilas blickte kurz auf den Schminkkoffer in ihrer Hand. Im hellen Licht des Tages fragte sie sich, ob ihre nächtliche Idee angesichts der tragischen Situation vielleicht doch völliger Blödsinn war.

„Wir kriegen das hin", sagte sie mit fester Stimme zu ihrem Mann, die eigenen Zweifel zurückdrängend.

Vincent murmelte Unverständliches und klopfte sacht an die Tür.

Renées obligatorisches „Entrez!" folgte schnell.

Nila nickte ihrem Mann aufmunternd zu. Er seufzte lautlos.

Als sie in den Raum traten, stieß Jeanne, die auf Vincents Arm saß, ein begeistertes Krähen aus und streckte ihre Speckärmchen in Richtung Bett. Sie freute sich offensichtlich auf ihre Großmutter, auch wenn diese ihr beim letzten Besuch demonstrativ keine Aufmerksamkeit geschenkt hatte.

Vincent gab seiner Mutter einen Kuss auf die Wange, und auch Nila traute sich dieses Mal zu der obligatorischen Geste. Renée roch frisch gewaschen, aber der übliche Parfümduft fehlte.

„Maman, wir müssen dir etwas sagen ..." Vincent nutzte die Zeit, um sich zu sammeln, indem er zwei Stühle an das Bett heranzog.

Renée beobachtete ihn misstrauisch. „Worum geht es? Falls ihr wieder auf die Idee kommt, mir zu sagen, dass ich Giuseppe empfangen soll, vergesst es!"

Vincent setzte sich zunächst, bevor er antwortete. „Maman, bitte reg dich nicht auf. Giuseppe hatte gestern einen schweren Herzinfarkt, aber er ist jetzt außer Lebensgefahr."

„Wie bitte? Giuseppe? Das glaube ich nicht! Niemand ist so gesund wie er." Renée verschränkte die Arme und sah ihren Sohn ungläubig und kampflustig an. „Wenn jemand uns alle überlebt, dann er!"

„Es ist wahr, Maman", sagte Nila sanft und nahm ebenfalls Platz.

Renée öffnete den Mund, aber es kam kein Laut über ihre Lippen. Mit großen Augen starrte sie Nila an, während ihre Miene versteinerte. Falls das möglich war, wurde sie noch blasser und rang vergeblich um Worte. Nila legte vorsichtig eine Hand auf die ihrer Schwiegermutter.

„Er liegt auf der Intensivstation hier im Haus. Wir würden dich gerne gleich zu ihm bringen."

Tränen liefen Renées Wangen hinunter. Hilflos klammerte sie sich an Nilas Hand fest.

„Aber wieso ..." Renée brach ab, wischte sich mit zitternder Hand übers Gesicht. Die andere Hand umklammerte noch immer Nilas. Erst langsam begann sie die Nachricht zu verarbeiten.

Nila warf Vincent einen warnenden Blick zu, aber eigentlich wusste sie, dass er seiner Mutter jetzt keine Vorwürfe machen würde. Zumal niemand mit Sicherheit sagen konnte, ob Giuseppes Herzinfarkt wirklich durch ihre Weigerung, ihn zu sehen, ausgelöst worden war.

„Giuseppe ist doch der gesündeste Mensch, den ich in seinem Alter kenne. Außerdem ist er fünf Jahre jünger als ich!" Beim letzten Satz klang neben Verzweiflung eine gewisse Empörung in Renées Stimme mit.

„Leider kann es jeden treffen, Maman. Giuseppe hat sich sehr große Sorgen um dich gemacht", sagte Vincent vorsichtig.

„Aber genau das sollte er doch nicht! Ich will für niemanden eine Last sein!" Renée ließ Nilas Hand los und barg für einen Moment ihr Gesicht in den Händen.

„Er liebt dich. Da kann man das Sorgenmachen leider nicht vermeiden, wenn es dem anderen schlecht geht. Magst du uns denn gleich zu ihm begleiten? Ich bin sicher, dass ihm das hilft, schnell wieder der Alte zu werden." Vincent sah Nila an.

In seinem Blick las Nila seine stumme Frage, ob er zu deutlich geworden war. Sie schüttelte leicht den Kopf.

„Ich weiß nicht." Unsicherheit klang in Renées Stimme mit, aber die bröckelnde Abwehr war ebenfalls herauszuhören. Sie rang die Hände und sah hilflos von einem zum anderen.

„Schau, Maman. Ich habe dein Make-up mitgebracht.“ Nila zeigte auf den Schminkkoffer.

Renée sah sie überrascht an. „Du bist ein Schatz, du denkst wirklich an alles“, sagte sie nach einer Weile. Ein leichtes Lächeln zeichnete sich in ihren Mundwinkeln ab.

„An dein Lieblingsparfüm habe ich auch gedacht. Ich weiß doch, was für uns Frauen wichtig ist.“ Nila lächelte ihrer Schwiegermutter verschwörerisch zu, öffnete den Schminkkoffer und holte den Flakon heraus.

„Okay, dann machen wir dem alten Mann mal Beine!“ Renée setzte sich aufrecht hin und deutete Vincent mit einer Geste, dass er sich aus dem Zimmer entfernen soll.

Zum heutigen Frühstück hatte sich neben Mona auch Alice in der Küche eingefunden, und überraschend war ebenfalls Jacques bereits mit von der Partie.

„Mein Baguette ist mir ausgegangen“, hatte er seine spontane Teilnahme mit einem entschuldigenden Lächeln begründet und hatte nach einem „Selbstverständlich haben wir genug Croissants für alle!“ von Laurence dankbar am Tisch Platz genommen.

Mona betrachtete Jacques unauffällig. Sie hatte das Gefühl, dass es noch einen anderen Grund für sein frühes Auftauchen gab. Seitdem er im Krankenhaus zur Einstellung seiner Medikamente gewesen war, hatte er sich meist nur kurz bei ihnen sehen lassen. Sie vermutete, dass es ihm doch mehr zu schaffen gemacht hatte, als er zugab. Wie sie den alten Mann einschätzte, plagte ihn jetzt das schlechte Gewissen. Was natürlich Unsinn war, aber hilfsbereit und fleißig, wie es nun einmal seinem Naturell entsprach, wäre es nicht abwegig.

„Leider habe ich mich ja in den letzten Tagen etwas rargemacht“, sagte der alte Franzose prompt. „Um ehrlich zu sein, musste ich mich erst an die neuen Tabletten gewöhnen. Aber jetzt stehe ich wieder voll zur Verfügung!“ Er strahlte sie der Reihe nach an. In seinen Augen zeichnete sich neben Schuldbewusstsein neuer Tatendrang ab. Gerade wollte Mona etwas sagen, als Laurence ihr zuvorkam.

„Das ist schön, Jacques. Aber lass es ruhig angehen. Es sieht vielleicht nicht so aus, aber wir haben hier alles im Griff. Sag es nicht den Durands, sonst bleiben sie womöglich in Italien, aber der Hotelbetrieb läuft dank Mona und Alice bestens!“ Laurence schenkte dem alten Mann ein herzliches Lächeln.

Alice fuhr sich durch die stachelige Kurzhaarfrisur. „Ach was, das ist doch selbstverständlich“, murmelte sie leicht verschämt.

Mona bemerkte eine leichte Röte im Gesicht der engagierten Mitarbeiterin. Zu ihrer eigenen Überraschung spürte Mona, dass sie selbst ebenfalls errötete. Ihr Blick traf sich mit dem von Alice. Sie grinsten sich an. Offenbar fiel es ihnen beiden nicht leicht, Komplimente für ihre Arbeit anzunehmen.

„Gibt es Neuigkeiten aus Italien?“ Jacques nahm einen Schluck von seinem Kaffee und sah Mona über den Rand seiner Tasse aufmerksam an.

„Leider ja“, antwortete sie. „Giuseppe hatte einen Herzinfarkt.“ Nach Jacques erschrockenem Blick fügte sie eilig hinzu: „Aber er ist bereits außer Lebensgefahr. Mehr habe ich noch nicht erfahren von Nila, aber das ist auch zunächst das Wichtigste.“

„Oje, noch ein Schicksalsschlag. Jetzt reicht es aber!“ Jacques wasserblaue Augen trübten sich mitleidig. Traurig schüttelte er den Kopf.

„Da haben Sie recht, es reicht wirklich!“, bestätigte Mona. „Aber Nila und Vincent hoffen, dass Renée dadurch zumindest Jacques wieder sehen möchte.“

„Wieso? Wollte sie das denn bisher nicht?“, fragte Jacques verblüfft und runzelte seine Stirn.

„Nein, sie hat die Beziehung nach ihrem Schlaganfall für beendet erklärt. Ich dachte, Sie wüssten das.“

Er schüttelte stumm den Kopf. „Das kann ich mir kaum vorstellen. Meiner Lisanne wäre ich nie freiwillig von der Seite gewichen“, sagte er nach einer Weile und kratzte sich am Kinn. „Andererseits ...“ Er machte eine weitere kurze Pause. „Andererseits ist Renée nun einmal aus besonderem Holz geschnitzt. Und sie hat viel mitgemacht.“

Mona betrachtete das Gesicht des alten Mannes, dessen Miene tiefes Mitgefühl ausdrückte. Sie wusste von Nila, dass Jacques und Renée eine besondere Beziehung verband. Seit Kindertagen befreundet, hatte er sich stets als ihr großer Bruder gefühlt. Die Dramen, die die Familie Durand heimgesucht hatten, waren auch an Jacques und Lisanne nicht spurlos vorbeigegangen. Durch Missverständnisse rund um den Tod von Jean, Vincents Vater, war es zu einem Zerwürfnis von Renée und Vincent gekommen. Fast zwei Jahrzehnte hatte Funkstille zwischen beiden geherrscht. Und genauso lange hatten Jacques und Lisanne Renée nicht mehr zu Gesicht bekommen. Umso glücklicher war Jacques gewesen, als sich schließlich alles wieder eingerenkt hatte. Lisanne war zu diesem Zeitpunkt schon zu krank gewesen, um davon noch viel mitzubekommen.

„Renée konnte immer schon schlecht Hilfe annehmen. Das war schon so, als sie klein war. Trotzdem. Gerade in dieser Situation könnte Giuseppe ihr eine große Stütze sein. Aber ich glaube, dass sie tatsächlich leichter damit umgehen kann, wenn sie jetzt für ihn da sein kann“, fuhr Jacques fort und seufzte tief.

„Ich denke auch, dass es Renée so leichter fällt.“ Laurence schob sich die Ärmel seiner Kochjacke nach oben und lehnte sich zurück. Sein Croissant lag genauso unberührt vor ihm wie bei den anderen. Die Atmosphäre in der Küche war ernst geworden.

Alice und Mona nickten bedrückt.

„Nila und Vincent sind zuversichtlich, dass sie Renée noch heute zu Giuseppe bringen können. Ich halte euch auf dem Laufenden, sobald Nila sich meldet“, versprach Mona allen.

„Das ist gut. Aber jetzt sollten wir uns erst einmal stärken. Es wartet genug Arbeit auf uns.“ Laurences Ton klang scherzhaft-drohend und vertrieb damit ansatzweise die bedrückte Stimmung, die sich breitgemacht hatte.

„Guter Ansatz findet die Chefin. Bon Appetit!“ Auch Mona fand zu einer gewissen Lockerheit zurück. Sie ging mit gutem Beispiel voran und griff entschlossen zu ihrem Croissant. Prompt meldete sich endlich auch bei ihr Hunger. Sie hatte heute noch nichts gegessen und immerhin eine ordentliche Jogging-Runde hinter sich. Eine Jogging-Runde in netter Begleitung ... Während sie das herrlich weiche, buttrige Croissant verschlang, warf sie einen unauffälligen Blick zu Laurence hinüber.

Genau in dem Moment hob er den Kopf und fing ihren Blick auf. Sie grinste unsicher und griff schnell zu ihrer Kaffeetasse. Sein Lächeln nahm sie noch wahr, bevor sie den Blick in ihren Kaffee versenkte.

Als das Frühstück beendet war und Alice flott die Küche verlassen hatte - Jacques ihr deutlich gemächlicher folgend -, begann Laurence, das Geschirr einzusammeln.

„Es war sehr angenehm, mal nicht allein zu laufen", sagte er zu Mona, die ebenfalls im Begriff war, an die Arbeit zu gehen.

Mona stotterte im Hinausgehen: „Fand ich auch."

„Das können wir gerne wiederholen, wenn du magst!", rief er ihr hinterher.

Sie wusste nicht, ob er ihr Nicken noch gesehen hatte. Eilig lief sie an die Rezeption hinüber, wo bereits das klingelnde Telefon auf sie wartete.

Florenz

Nila

Ein Zittern lief über Renées Unterlippe. Sofort verstärkte Nila den Griff, mit dem sie ihre Schwiegermutter stützte. Vincent hatte sie auf der anderen Seite untergehakt, nachdem Renée vor der Zimmertür von Giuseppe darauf bestanden hatte, ihren Rollstuhl zu verlassen und den Raum selbstständig zu betreten. Jeanne hatten sie glücklicherweise im Schwesternzimmer lassen dürfen. Auf der Intensivstation waren Babys nicht erlaubt. Der Arzt, mit dem sie Rücksprache gehalten hatten, war mit einem Besuch der restlichen Familie einverstanden, solange sie diesen auf eine kurze Zeit beschränkten.

Langsam schritten die Durands gemeinsam auf das Bett zu, in dem Giuseppe mit geschlossenen Augen und sehr blassem Gesicht lag. Nila musste sich zusammenreißen, um ihr Erschrecken angesichts der vielen Apparate und Schläuche, an die der Patient angeschlossen war, nicht zu zeigen. Ihr Blick streifte ihre Schwiegermutter, die wieder erstaunlich Haltung zeigte. Der kleine Schwächemoment lag hinter ihr. Nila war noch immer erstaunt, wie groß die Wandlung war, nachdem sie Renée so geschminkt und frisiert hatte, wie man sie vor ihrem Schlaganfall kannte. Mit jedem Pinselstrich wurde Renées alte Form sichtbarer. Es war erstaunlich, wie mühelos Make-up, dunkelroter Lippenstift und die obligatorische Hochsteckfrisur Renées altes Ich zurückeroberten. Die in Würde gealterte und immer noch wunderschöne Operndiva war zurück. In ihrem schwarzen Kleid war trotz der ungewohnt flachen Schuhe nichts mehr von der Kranken zu sehen, die Nila bei ihrer Ankunft empfangen hatte.

„Du könntest auch ein Kosmetikstudio eröffnen. Grandios!", lautete Renées Kompliment an Nila, als sie sich danach im Spiegel betrachtet hatte.

Wie sie Renée im gewohnten Look und auf ihren eigenen Beinen stehend jetzt sah, kamen Nila die vergangenen Tage, als ihre Schwiegermutter angeschlagen und hilflos im Krankenhausbett gelegen hatte, fast wie ein Albtraum vor. Einer, der nichts Reales beinhaltete, man aber trotzdem froh war, endlich daraus zu erwachen.

Bis auf eine kleine Schwäche ihres rechten Beins, die ein Stützen von Sohn und Schwiegertochter nötig machte, war Renée praktisch wieder die Alte. Ihre Miene war entschlossen wie immer. Verdammt, dachte Nila, das hätte doch auch ohne Giuseppes Herzinfarkt möglich sein können. Gleich darauf bekam sie ein schlechtes Gewissen. Vermutlich war es unfair, Renée die Schuld daran zu geben. Niemand konnte sagen, warum es Giuseppe getroffen hatte. Im Übrigen waren solche Gedanken unnütz. Jetzt ging es einzig um seine Genesung.

Renée machte sich von Nila und Vincent frei und tat den letzten Schritt ans Bett allein. „So, mein Lieber, jetzt wird es Zeit, dass du wieder gesund wirst, damit wir nach Hause gehen können!" Sie blieb stehen. „Kaum lässt man dich mal ein paar Tage allein, machst du solche Sachen. Nicht zu glauben!" Renées Stimme klang gewohnt bestimmt, aber Nila sah, wie unendlich sanft sie jetzt ihre Hand auf die ihres Lebensgefährten legte.

Ganz langsam öffnete Giuseppe seine Augen. Als er Renée erkannte, füllten sich diese prompt mit Tränen.

„Cara", flüsterte er ungläubig. „Cara", wiederholte er mit zitternder Unterlippe ein um andere Mal. Schließlich: „Da muss mir erst das Herz brechen, dass ich dich wieder bei mir haben darf!"

Nila schluckte gerührt und entschied, dass sie kein schlechtes Gewissen zu haben brauchte, weil sie Renée die Schuld für den Herzinfarkt gegeben hatte. Offenbar sah Giuseppe das ähnlich.

Nila tauschte einen Blick mit Vincent, der ihr unauffällig ein Zeichen gab. Gemeinsam schlichen sie zur

Tür. Dieser Moment sollte Giuseppe und Renée allein gehören.

Mona

Vor 12 Jahren

Endlich 18! Endlich frei, endlich die Verantwortung für sich übernehmen! Mit klopfendem Herzen parkte Mona ihr Auto vor der Altbauwohnung in Altona, in die sie gleich einziehen würde. Ihre erstes eigenes WG-Zimmer! Ihre Freude war riesig.

Mona wusste, dass bei vielen ihrer Freunde zwar die eigene Freiheit heiß ersehnt wurde (je nach Verhältnis zu den Eltern). Der Wunsch, die komplette Eigenverantwortung zu übernehmen, war hingegen deutlich schwächer ausgeprägt, auch wenn sie anderes behaupteten. Die meisten liebäugelten eher mit der Aussicht, sich nach grenzenlosen Partys zur Regeneration ins Kinderzimmer zurückziehen zu können. In Ruhe eine Berufsausbildung zu beginnen oder zu studieren, sich aber weniger mit den Unannehmlichkeiten des täglichen Lebens beschäftigen müssen. Die eigene Wohnung finanzieren, sie sauber halten, sich jeden Tag überlegen, welches Essen auf den Tisch kommt – all diese Kleinigkeiten erledigten weiterhin ihre Eltern. Mona konnte das gut verstehen. Wahrscheinlich sähe sie es ähnlich, wenn sie eine normale Kindheit gehabt hätte. Mit Simone hatte Mona aber eine Mutter, von der Mona möglichst viel fernhalten wollte. Vor allem seit Georgs Auszug, der nun schon drei Jahre zurücklag. Dennoch Mona hatte oft das Gefühl, als wäre es gerade erst passiert. Jedenfalls dann, wenn sie in Simones Gesicht blickte, das unverändert diesen Ausdruck der tiefen Erschütterung spiegelte. Inzwischen glaubte Mona nicht mehr daran, dass er jemals wieder verschwinden würde. Es war nicht so, dass Mona sich um alles kümmern musste. Simone ging arbeiten, sie putzte die Wohnung und kochte Abendessen. Ihr Versprechen, sich von ungesunden Mengen Wein fernzuhalten, hielt sie eisern ein, aber ihre Kraft blieb reduziert. Oft übernahm Mona stillschweigend Aufgaben, wenn sie spürte, dass ihre Mutter mal wieder am Limit war. Wäre es nur das gewesen, hätte sie gut damit umgehen können. Das wirklich Anstrengende war etwas anderes. Mona war schon immer der Sonnenschein in ihrer Familie gewesen, das wusste sie. Für sie war es normal, morgens fröhlich aufzuwachen und voller Tatendrang in einen neuen Tag zu starten. Sie musste ihre gute Laune nicht spielen, konnte nur oft nicht verstehen, warum das Leben sowohl für ihre Mutter als auch für Georg oft so schwer zu sein schien. Instinktiv hatte Mona immer gespürt, dass es nichts mit den tatsächlichen Schwierigkeiten zu tun hatte. Beiden fehlte einfach die Leichtigkeit, die in ihr selbst einfach im Überfluss vorhanden war. Solange Georg noch da gewesen war, spürte Mona zwar auch ihre Aufgabe, ein Strahlen in die Familie zu bringen, aber es hatte sie nie überfordert. Simone hatte in Georg ihren Halt gefunden, der ihr die Kraft gab, das Leben zu meistern. Obwohl er oft schlecht gelaunt war, gab es auch die schönen Momente, wenn er Simone kleine Geschenke mitbrachte oder sie liebevoll in den Arm nahm. Dann konnte Mona beinahe ein ähnliches Strahlen im Gesicht ihrer Mutter erkennen, das ihr selbst bei jedem Blick in den Spiegel begegnete. Als Georg gegangen war, hatte er den Schalter mitgenommen. Simone leuchtete nicht mehr. Aber es schien ihr zu helfen, wenn Mona das eigene Leben mit ihrer Mutter teilte. Es war fast, als lebe Simone alles Schöne *durch* ihre Tochter. Anfangs hatte Mona das nicht gestört. Im Gegenteil, war es doch eine Möglichkeit, zumindest etwas Freude in Simones Gesicht zu zaubern. Doch je länger dieser Zustand anhielt, umso anstrengender wurde es für Mona. Sie hatte genug davon, immer ein fröhliches Leben zu führen. Führen zu müssen. Denn natürlich gab es auch in ihrem Leben schmerzhafte Dinge. Aber sobald ihre Mutter etwas davon mitbekam, las Mona in ihrem Gesicht dieses hilflose Erschrecken. Simone hatte keine Ahnung, wie sie mit etwaigen Schmerzen ihrer Tochter umgehen sollte. Aber wer konnte es ihr verdenken, sie schaffte es ja nicht einmal mit ihren eigenen ...

Mit jedem Jahr, das nach Georgs Auszug verging, wurde Monas Wunsch größer, dieser Verantwortung zu entfliehen. Natürlich würde sie mit ihrer Mutter immer eine enge Beziehung haben. Aber sie brauchte Raum für sich. Wollte auch einmal schlecht gelaunt nach Hause kommen, wollte Tage haben, an denen sie nicht strahlte. Sie wollte ihr eigenes Leben führen mit allen Höhen und Tiefen.

Nun war ihre Flucht vorbereitet. Letzten Monat hatte sie ihre Physiotherapie-Ausbildung im Krankenhaus angetreten, sodass sie sich das kleine WG-Zimmer in Altona leisten konnte, ohne dass ihre Mutter sie finanziell unterstützen musste. Von dem Zimmer hatte sie durch eine Kollegin im Krankenhaus erfahren. Nachdem sie die beiden Mitbewohnerinnen Yasmin und Cleo kennengelernt und sich alle drei sofort gut verstanden hatten, war es nur noch eine Formsache, den Mietvertrag zu unterschreiben. Simone hatte tapfer reagiert. Mona wusste, dass ihrer Mutter der Auszug zu schaffen machte. Aber Mona hatte Simone schon seit einiger Zeit darauf vorbereitet, und Simone wollte sich wie immer den Wünschen ihrer Tochter nicht widersetzen.

Monas schlechtes Gewissen wurde einige Zeit nur von ihrem Selbsterhaltungstrieb in Schach gehalten. Sie wusste, dass es richtig war. Für sie und vermutlich auch für ihre Mutter. Obwohl Mona längst die Hoffnung aufgegeben hatte, dass Simone sich noch einmal für einen Mann öffnen könnte, glomm noch ein winziger Funken im Verborgenen. Vielleicht ... eines Tages ... würde die Erschütterung etwas anderem weichen.

Mit grenzenloser Erleichterung begann Mona, die Kartons aus ihrem uralten Renault auf den Bürgersteig auszuladen. Dann klingelte sie. Yasmin und Cleo hatten ihre Hilfe beim Hochschleppen in den dritten Stock zugesichert.

19.

Laurence

In nachdenklicher Stimmung erledigte Laurence die letzten Handgriffe fürs Mittagessen, für das sowohl Mona als auch Jacques zugesagt hatten. Alice hingegen hatte wieder diverse Familien-Termine zu erledigen, wie sie augenrollend verkündet hatte.

Da Laurence für das abendliche Menü eine Pilzrahmsuppe als Vorspeise plante, hatte er die übrig gebliebenen Pilze als Soße für selbst gemachte Spaghetti verwendet. Dazu wollte er einen Salat servieren. Wieder einmal stellte er fest, dass die Zubereitung eines schmackhaften Gerichts die beste Therapie für ihn war. In dem Wissen, mit seinem Essen einen Moment der Freude in das Leben der Menschen zu zaubern, schrumpfte sein schlechtes Gewissen auf ein erträgliches Maß. Gänzlich verschwand es natürlich nicht, aber solange er seiner sinnvollen Tätigkeit nachging, war es auszuhalten. Mehr wollte er ja gar nicht. Gäbe es nicht diesen einen Grund, diesen einen besonderen Menschen, hätte er damals gleich Schluss gemacht. Da er sich dieser Verpflichtung aber niemals entziehen würde, bot das keine Option.

Der klein geschnittene Knoblauch begann in der Pfanne zu zischen. Als er sich goldgelb färbte, fügte Laurence die verschiedenen Pilzsorten hinzu. Er wartete noch immer darauf, dass Mona in die Küche stürmte und Neuigkeiten aus Italien mitbrachte. Mona ... War es in Ordnung, wenn sie jetzt auch noch gemeinsam joggten? Abwesend schob Laurence sich das Kopftuch aus der Stirn, während er langsam die Pilze umrührte. Seit Nilas Freundin das Hotel führte, hatte sich sein Leben unfreiwillig geändert. Dabei hatte er sich so schön eingerichtet in dem kleinen, überschaubaren Kreis von Menschen. Vincent – sein bester Freund, der ihn auch ohne große Worte verstand. Nila, die viel zu beschäftigt mit ihrer kleinen Familie und dem Aufbau des Hotelbetriebs war, um ihm allzu viel Aufmerksamkeit zu schenken. Dazu Jacques, den er seit Kindheitstagen kannte und der ebenfalls respektierte, dass er am liebsten schweigend seiner Arbeit nachging. Alice, freundlich und stets beschäftigt, störte sein Eremitendasein inmitten dieser wenigen Menschen genauso wenig. Aber nun war Mona da ... Und er freundete sich immer mehr mit ihr an. Es fühlte sich gleichermaßen richtig und falsch an. Laurence wollte außer zu Vincent keine Freundschaften pflegen. Und sich mit einer Kollegin – oder genauer Chefin – anzufreunden, passte partout nicht in seine sorgfältig konzipierte Welt. Aber diese Frau hatte etwas an sich, dem er sich nur schwer entziehen konnte. Die Sache mit dem gemeinsamen Laufen zum Beispiel ... Er hatte keine Ahnung, wie es dazu gekommen war, ihr das anzubieten. Er wollte es nicht ... und irgendwie doch. Laurence seufzte frustriert und rührte heftiger in den Pilzen, als nötig gewesen wäre.

Plötzlich ging die Küchentür auf und Mona stürmte hinein.

Sie strahlte mal wieder. In diesem Fall gab das Laurence Anlass zur Hoffnung auf gute Nachrichten aus Italien.

„Geschafft!", rief Mona. „Renée hat Giuseppe besucht! Laut Nila war es eine ergreifende Szene. Giuseppe konnte sich vor Freude kaum wieder einkriegen." Sie warf sich auf einen Stuhl und atmete tief aus.

„Großartig!" Laurence lächelte.

„Und Renée hat sich vorher von Nila schminken und frisieren lassen. Wie es aussieht, hat sie endlich ihren Lebensmut wiedergefunden. Ist das nicht toll?" Mona hob ihren Kopf höher und schnupperte. „Wow, was wird das wieder Leckeres?"

„Spaghetti mit Pilzsoße", antwortete Laurence. „Wenn du meinst, dass das Schminken positiv zu werten ist, hast du wohl recht. Aber ich bin der Falsche, um so etwas zu beurteilen." Er musste schmunzeln.

„Na, ich ja eigentlich auch nicht." Sie wies auf ihr ungeschminktes Gesicht und grinste.

„Ich fahre heute Nachmittag zum *Maison de la Délicatesse*, ich brauche dringend Käse und Honig. Möchtest du mitkommen?" Laurence erschrak bei seinen eigenen Worten, von denen er nicht wusste, warum er sie ausgesprochen hatte. Warum fragte er Mona, ob sie ihn begleiten wollte? Wo er doch gerade noch infrage gestellt hatte, ob ihr gemeinsames Laufen am Morgen richtig gewesen war. Was war nur los mit ihm?

„Oh ja, gerne! Ich habe schon einiges von Nila über den Hof gehört. Ja, sehr gerne würde ich mir das anschauen!“

„Also nur, wenn du das mit deiner Arbeit vereinbaren kannst.“ Zu spät. Aus der Nummer kam er nicht mehr raus. Er unterdrückte ein Seufzen.

„Ach nein, kein Problem. Heute Nachmittag steht tatsächlich nichts Besonderes auf meinem Plan. Starten wir nach dem Mittagessen?“

Nach kurzem Zögern hatte Mona das zweite Sommerkleid angezogen, das sich in ihrer Reisegarderobe befand. Und das einzige, das noch sauber war. Vermutlich musste sie doch Catherine, die Besitzerin von Nilas Lieblingsboutique in Les Issambres, aufsuchen. Nila hatte Mona schon oft von dem Secondhand-Laden vorgeschwärmt und vor allem von deren Chefin, mit der sie inzwischen eine enge Freundschaft verband. Als vorübergehende Hotelleitung brauchte sie andere Dienstkleidung als ihre obligatorischen Jeans und T-Shirts. Und für Ausflüge aufs Land eigneten sich leichte Kleider wie das schwarz-weiß gepunktete mit den Spaghettiträgern, das sie nun trug, auch besser.

Laurence und sie hatten das Hotel gemeinsam verlassen und stiegen jetzt in Vincents SUV.

Mona schnallte sich an und setzte die Sonnenbrille, die sie sich in die Haare geschoben hatte, auf die Nase. Dabei sah sie unternehmungslustig zu Laurence hinüber.

„Es wird aber nur ein kurzer Besuch werden“, warnte er, während er das Auto startete.

„Na klar", sagte sie locker. „Wir können Jacques ja schließlich nicht ewig die ganze Verantwortung aufhalsen."

Ihre gute Stimmung war durch Laurences Einwand plötzlich etwas gedämpft. Sie hatte das Gefühl, als ob er es bereits bereute, sie gefragt zu haben, ihn zu begleiten.

Der erste Teil des Weges führte sie die Küstenstraße entlang. Mona vergaß ihre Bedenken und genoss die Aussicht auf das azurblaue Mittelmeer, das ruhig unter einem fast wolkenlosen Himmel lag. Endlich fühlte sich ihr Aufenthalt wie Urlaub an. Einige Sonderwünsche der Gäste hatte sie vor der Abfahrt noch schnell erledigt. Deshalb war sie entspannt ins Auto gestiegen, ohne das Gefühl zu haben, ihre Pflichten zu vernachlässigen. Alice hatte bereits Feierabend gemacht, aber Jacques schien es nichts auszumachen, einen Notdienst zu verrichten. Nach Möglichkeit würde er jeden, der etwas wollte, auf später vertrösten. Mona traute dem alten Franzosen mit seinem besonderen Charme diese Aufgabe durchaus zu. Laurence würde außerdem dafür sorgen, dass sie rechtzeitig zum Abendgeschäft zurück im Hotel wären.

Mona war jedenfalls wild entschlossen, ihre kleine Auszeit in vollen Zügen zu genießen. „Nila hat mir einiges über die Manôts erzählt. Kennst du die Familie gut?", fragte sie und streifte Laurence mit einem Seitenblick. Er hatte seine Arbeitskleidung gegen Jeans-Shorts und ein langes T-Shirt getauscht. Mona fand, dass sie beide wie Urlauber wirkten.

Mit aufmerksamem Blick behielt Laurence die Straße im Auge, als er antwortete. „Nicht so gut wie Vincent, aber ja, wir kennen uns. Wenn man in Les Issambres aufgewachsen ist, bleibt das nicht aus. Die Alteingesessenen kennen sich hier."

„Wie war deine Kindheit?" Mona erschrak. Sie hatte mal wieder losgeplappert, ohne vorher an die Folgen zu denken. So wie sie Laurence einschätzte, war diese Frage vermutlich zu persönlich. Sie unterdrückte ein Stöhnen. Eine ihrer Schwächen hatte sie kalt erwischt. Vorsichtig lugte sie zu ihm rüber. Seine Miene blieb ausdruckslos.

„Ziemlich normal", antwortete er.

Mona atmete auf, die Frage schien ihn wider Erwarten doch nicht zu stören.

„Ich habe eine geistig behinderte Schwester. Céline. Sie lebt in einer Einrichtung für betreutes Wohnen und ist ein wundervolles Wesen. Was ihr an normalen Fähigkeiten fehlt, macht sie mit ihrem riesengroßen Herzen wett." Laurence schwieg für einen Moment. Mona wartete ab.

„Meine Kindheit war in Ordnung, aber das Hauptaugenmerk lag natürlich auf Céline. Ich bin so nebenbei groß geworden." Er zuckte die Schultern.

„Und das war in Ordnung für dich?", fragte sie behutsam nach. Sie wunderte sich, wie freimütig er plötzlich mit ihr sprach.

„Klar, ich kannte es ja nicht anders. Und meine Eltern haben sich schon Mühe gegeben, dass ich nicht zu sehr ins Abseits gerate."

„Seit wann lebt Céline denn in der Wohngruppe?", tastete Mona sich vorwärts.

„Meine Eltern sind beide vor sechzehn Jahren kurz hintereinander gestorben. Erst hatte mein Vater einen

Herzinfarkt, und gleich darauf erhielt meine Mutter die Diagnose Krebs. Sie hat keine drei Monate mehr geschafft. Maman hat uns Kinder sehr geliebt, aber ich glaube, meinen Vater hat sie noch mehr geliebt. Ohne ihn konnte sie wohl nicht mehr auf dieser Welt bleiben." Laurence' Stimme war immer leiser geworden.

„Oh, das tut mir sehr leid", sagte Mona betroffen. Vermutlich erklärte sich einiges von seiner zurückhaltenden Art durch seine Familiengeschichte.

„Ich hatte lange ein schlechtes Gewissen, weil ich Céline nicht zu mir nehmen konnte. Aber sie braucht Betreuung rund um die Uhr, das konnte ich einfach nicht leisten." Er strich sich über die Augen. „Ich war zwanzig, gerade mitten in meiner Ausbildung in Paris. Nachdem Maman krank wurde, blieb uns nichts anderes übrig, als für Céline die bestmögliche Betreuung in Paris zu suchen. Als ich nach Les Issambres zurückgezogen bin, habe ich ihr einen Platz in Sainte Maxime, einem Ort nicht weit von Les Issambres, gesucht, damit ich sie weiter in meiner Nähe habe."

Mona nickte betreten. Es tat ihr leid, dass sie das Thema angeschnitten hatte. Aber wer hätte ahnen können, dass Laurence eine solch tragische Familiengeschichte hatte?

„Wenn du Lust hast, kannst du mich ja mal zu Céline begleiten", schlug Laurence ihr unerwartet vor.

„Gerne!" Mona war vollkommen verblüfft. Wie passte Laurence` Verschlossenheit zu seinem dann wieder ganz offenen Verhalten? Jetzt bot er ihr sogar an, ihn zu seiner behinderten Schwester zu begleiten. Sie wurde einfach nicht schlau aus ihm.

„Céline ist ein echter Sonnenschein. Wenn ich von ihr komme, fühle ich mich leicht wie nie. Dann macht alles plötzlich einen Sinn.“ Er verstummte für einen Moment, während sein Blick auf die Straße gerichtet blieb, bevor er abrupt das Thema wechselte. „Und bei dir?“, fragte er und sah Mona von der Seite kurz an.

„Na ja“, sagte sie gedehnt. „Im direkten Vergleich war es bei mir sicherlich leichter. Meinen richtigen Vater habe ich nicht kennengelernt, er ist leider viel zu früh gestorben. Irgendwann trat Georg – mein Stiefvater – in unser Leben. Es war okay. Nicht übermäßig toll, aber es hätte schlimmer sein können.“ Sie schnitt eine Grimasse. „Als ich fünfzehn war, haben die beiden sich wieder getrennt. Danach haben meine Mutter und ich allein gelebt.“ Sie dachte nicht im Traum daran, von den Umständen der Trennung zu sprechen. Das tat sie nie. „Vor zwei Jahren gab es einen Krebsverdacht bei meiner Mutter.“ Sie holte tief Luft. „Ich kann mir also in etwa vorstellen, wie es dir damals gegangen sein muss. Allerdings hatten wir das Glück, dass sich die böse Diagnose nicht bestätigte. Inzwischen lebt meine Mutter auf Ibiza und genießt ihr Leben.“ Die Kurzform ihrer Familiengeschichte stimmte soweit. Auch wenn Mona die wichtigsten Details wie immer übersprungen war.

„Dann hast du aber auch einiges mitgekriegt.“ Laurence’ Ton war mitfühlend.

„Na ja …“, sagte Mona und machte eine unbestimmte Handbewegung. Es lag ihr nicht, im Zentrum anteilnehmender Beobachtung zu stehen.

„Siehst du Céline denn regelmäßig?“, fragte sie dann.

„Normalerweise mindestens zwei Mal die Woche. Im Moment seltener, aber das wird sich ja wieder ändern, sobald Nila und Vincent zurück sind." Laurence bog von der Küstenstraße ab und lenkte das Auto ins Landesinnere. „Jetzt wird es gleich lavendelblau", verkündete er.

„Oh, schön!" Mona freute sich darauf, endlich mehr von Land und Leuten zu sehen. Fürs Erste hatten sie als Kollegen auch genug Privates ausgetauscht. Zumindest was ihre eigene Geschichte anging. Die Tragik von Laurence` Familiengeschichte musste sie allerdings auch erst einmal verdauen.

Laurence

Vor sechzehn Jahren

„Wie stellst du dir das vor, Chéri?" Amélie umarmte Laurence von hinten und schmiegte sich zärtlich an ihn. Er stand mit erstarrter Miene am Fenster seiner winzigen Ein-Zimmer-Wohnung in der Nähe des Montmartre, und zum ersten Mal schmolz er nicht dahin, sobald er Amélies Körper spürte. Ohne viel wahrzunehmen, starrte er hinaus in den regnerischen Novemberabend. Die Lichter der Autos wanderten über nassen Asphalt, Menschen hasteten nach Hause. Eine aufheulende Sirene ließ ihn kurz zusammenzucken.

Seit dem plötzlichen Tod seines Vaters stand Laurence` Leben Kopf. Alles, was irgendwie sicher geglaubt schien, hatte sich spätestens seit der Diagnose von Maman gänzlich aufgelöst.

Sein Leben hatte doch gerade erst richtig begonnen! Der Albtraum, in den sich sein Leben verwandelt hatte, fühlte sich nicht nur falsch, sondern auch schrecklich ungerecht an. Dabei hatte alles so gut begonnen. Der Umzug nach Paris, nachdem er die Lehrstelle im *L`e-toile*, einem der angesagtesten Restaurants in ganz Paris bekommen hatte, was einem Sechser im Lotto gleichkam. Das aufregende Leben in Paris, das er bislang nur von kurzen Aufenthalten mit der Familie kannte und wo er fortan leben durfte! Mithilfe seines Chefs fand er schnell eine winzige Wohnung, die ihm voll und ganz genügte. Eigentlich hatte er gedacht, das Füllhorn des Glücks bereits ausgeschöpft zu haben. Er hatte seine Koch-Lehre gerade begonnen, als ihm Amélie im Restaurant über den Weg lief. Er hätte nie gedacht, dass er sich so schnell und so heftig verlieben konnte. So unumkehrbar. Noch verwirrender war für ihn allerdings, dass sie seine Gefühle erwiderte. Manchmal dachte er, vor Glück zerspringen zu müssen. Er hatte sich noch nie so lebendig gefühlt. Wenn so das Erwachsensein war, ließ er Kindheit und Jugend nur zu gern hinter sich. Seine frühen Jahre in Les Issambres waren toll gewesen, allerdings auch sehr ruhig. Zu ruhig, seitdem er ein gewisses Alter erreicht hatte. Und es wurde immer ruhiger, je mehr seiner Freunde sich aufmachten, die Welt zu erkunden. Zu dem Zeitpunkt wusste Laurence noch nicht, wie es sich tatsächlich anfühlen würde, erwachsen zu sein. Diese Erkenntnis gewann er erst jetzt, nachdem das Schicksal wie mit einem Hammer zugeschlagen hatte. Nicht einmal, sondern gleich zwei Mal hintereinander. Erst Papas Tod, dann Mamans Krankheit ... und damit die Frage, was mit Céline geschehen soll.

„Ich weiß es nicht", flüsterte er. „Aber wenn wir Céline nicht zu uns nehmen, dann muss sie in ein Heim."

„Chéri, wir suchen die bestmögliche Einrichtung für sie. Versprochen!" Amélie drehte ihn zu sich herum. „Schau dich doch um. Wie sollte Céline hier leben? Es ist ja kaum genug Platz für dich. Und ich lebe noch bei meinen Eltern." Sanft streichelte sie seine Wange.

Laurence seufzte tief. Amélie hatte ja recht. Es war unmöglich, dass er sich um seine Schwester kümmerte, wie sie es brauchte. Trotzdem hatte er das Gefühl, sein Herz würde entzweigerissen.

20.

Mona war erfüllt von den berauschenden Eindrücken ihrer Fahrt über Land. Jedes lila wogende Lavendelfeld begeisterte sie aufs Neue. Die Pinienwälder, die immer wieder die Straße säumten, verströmten ihren würzigen Duft durch die geöffneten Fenster ins Wageninnere. Noch mehr begeisterte Mona aber, sobald wieder ein lilafarbenes Blütenmeer auftauchte. Ihre entzückten Ausrufe quittierte Laurence mit einem milden Lächeln.

„Schon schön hier bei uns, oder?", fragte er mit einem gewissen Stolz.

„Allerdings! Ich verstehe immer mehr, dass Nila hier nicht mehr wegwill." Oje, dachte Mona plötzlich. Ich darf mich nicht ebenso in diesen Ort verlieben wie Nila. Schließlich wartete auf sie ihr Leben in Hamburg, das sie nicht gedachte aufzugeben. Vor allem nicht ihre Praxis ...

„Ja, Nila wird immer mehr zur Französin. In Les Issambres ist einfach ihr Platz", stimmte er zu und stellte das Radio an. Ein alter französischer Schlager, den Mona nicht kannte, erfüllte das Wageninnere.

Eine Weile fuhren sie schweigend weiter, nur unterbrochen vom gelegentlichen Mitsummen von Laurence zur Musik.

Mona schreckte aus ihren Gedanken auf, als ihr Handy zu klingeln begann. Sie fischte es aus der Ablage der Autotür, wo sie es deponiert hatte.

„Nila!", sagte sie zu Laurence und nahm das Gespräch an.

„Süße, wie sieht`s aus?", rief sie ohne Begrüßung ins Telefon.

„Ziemlich gut. Jetzt, da Renée und Giuseppe wiedervereint sind, ist uns eine große Last genommen." Nilas tiefe Erleichterung war spürbar.

„Das ist wirklich schön! Und wie geht es dem Patienten aktuell?"

„Na ja, den Umständen entsprechend. Es war schon schlimm, ihn so zu sehen, verkabelt und an Schläuche angeschlossen. Aber jetzt, da er seine Liebste wiederhat, ist er wild entschlossen, zur alten Form zurückzukehren."

„Wunderbar!" Mona lächelte und fing Laurences interessierten Blick auf, da er vermutlich kein Wort verstand. Sie nickte ihm vielsagend zu und streckte einen Daumen in die Höhe.

„Ich denke, dass ich bald die Heimreise antreten kann. Vincent bleibt natürlich noch hier, aber ich werde wohl bald entbehrlich sein."

„Oh, mach dir keinen Stress! Ich komme hier gut noch ein Weilchen allein klar", sagte Mona bestimmt.

„Ich weiß nicht. Mein schlechtes Gewissen, dir die ganze Arbeit aufgehalst zu haben, wird täglich größer." Nila klang schuldbewusst.

„Ach wo, hier läuft alles wie am Schnürchen. Wir sind übrigens gerade auf dem Weg zum *Maison de la Délicatesse.* Laurence braucht Käse und Honig-Nachschub."

„Toll! Einen kleinen Ausflug aufs Land hast du dir bestimmt mehr als verdient. Es ist so schön bei Sûzanne und Luc. Genieß die Zeit!"

„Jacques macht so lange Notdienst. Ich hoffe, das überfordert ihn nicht." Kurz spürte Mona Zweifel. Immerhin war der alte Franzose weit über achtzig.

„Mach dir keine Sorgen. Du kennst ja ihn und seine charmante Art, er wird die Gäste ohne Probleme um den Finger wickeln. Außerdem ist die Mittagszeit ja die ruhigste. Aber wem sag ich das?" Nila lachte. „Und wie geht es Laurence? Es tut mir so leid, dass er im Moment auf die gewohnte Unterstützung von Vincent verzichten muss."

„Laurence, die Chefin möchte wissen, wie hoch dein Stresspegel ohne Vincent ist." Mona hielt das Telefon in seine Richtung.

„Alles bestens!", rief Laurence beruhigend.

„Und wie geht es dir?" Nilas Stimme war leiser geworden. Vermutlich wusste sie nicht, wie viel Laurence von dem Gespräch mitbekam.

„Besser", sagte Mona schlicht. Und tatsächlich, dachte sie, es stimmte sogar. Natürlich musste sie immer wieder an Chris denken, aber der Abgrund hatte sich lange nicht gezeigt und sie hatte nicht mehr das Gefühl, ohne Chris verloren zu sein.

„Ich glaube, ich bin über das Gröbste hinweg", schob sie hinterher.

„Das ist großartig! Ich wusste es, in Südfrankreich kann niemand lange unglücklich sein!"

„Du sprichst aus Erfahrung." Mona grinste amüsiert. Laurence warf ihr einen Blick zu, den sie nicht deuten konnte.

„Genau, und am Ende bleibst du auch in Les Issambres", frohlockte Nila.

„Niemals!", widersprach Mona. „Meine Praxis wartet sehnsüchtig auf mich – und Marc auch." Dabei fiel ihr allerdings ein, dass sie seit dem letzten Gespräch nichts mehr von ihm gehört hatte. So viel zum Thema sehnsüchtig warten. Sie selbst war auch immer zu beschäftigt gewesen, ihn anzurufen. Ihre Praxis und die damit verbundenen Anforderungen waren erstaunlich weit in den Hintergrund geraten.

„Du weißt doch: Schließt sich eine Tür, öffnen sich drei neue!" Nila lachte vergnügt.

„Hey, das ist mein Spruch", protestierte Mona. „Außerdem war das bei dir damals etwas völlig anderes!"

„Wir sind da", unterbrach Laurence das Geplänkel der Freundinnen und deutete auf die Hofeinfahrt, die vor ihnen lag.

„Süße, wir sind bei den Manôts angekommen!", verkündete Mona.

„Viel Spaß und liebe Grüße an alle!"

21.

Neugierig sah Mona sich um. Der von Nila so lebhaft beschriebene Hofhund namens Chéri zeigte sich nirgends auf dem weitläufigen Gelände. Versonnen betrachtete sie das alte Hofgebäude, das einen liebevoll restaurierten Eindruck auf sie machte. Sie war zwar nicht ganz so versessen auf Häuser im Allgemeinen wie Nila, die ihre frühere Maklerin-Tätigkeit nie ganz abschütteln konnte, aber solche alten Anwesen erfreuten auch Mona. Die roten Rosen, die sich um die mit Fenstern versehene Eingangstür rankten, blühten in voller Pracht.

Aus der Ferne hörten sie das Meckern von Ziegen. Aber von den Bewohnern fehlte jede Spur.

„Wissen die Manôts Bescheid, dass wir kommen?", fragte Mona zögernd.

„Nicht genau." Laurence zuckte die Achseln. „Ich habe mich nur für diese Woche angekündigt. Aber das macht nichts, die Manôts sind sehr unkompliziert."

Gemeinsam schritten sie auf die Eingangstür zu. „Hoffentlich stört es die Familie nicht, dass du mich dabeihast." Mona fühlte sich plötzlich unwohl, obwohl sie von Nila wusste, wie gastfreundlich die Familie war.

„Mach dir keine Sorgen, Sûzanne und Luc freuen sich über jeden Besuch. Außerdem sind wir ja nicht privat hier, sondern beleben das Geschäft." Laurence klopfte an die Tür.

Es dauerte eine Weile, bis sie Schritte auf der anderen Seite hörten. Gleich darauf erschien eine sehr kleine Frau mit auffallend roten Haaren in ihrem Blickfeld.

In ihren jadegrünen Augen blitzte Überraschung auf, wurde aber gleich von Freude verdrängt. „Laurence, wie schön!"

Monas Kollege begrüßte die kleine Frau mit den obligatorischen angedeuteten Wangenküssen.

„Wen hast du uns da mitgebracht?" Interessiert blickte die Hofbesitzerin zu Mona.

„Darf ich vorstellen? Unsere neue Hotelchefin Mona. Mona, das ist Sûzanne Manôt."

Sûzanne stieß einen überraschten Laut aus. Ihre jadegrünen Augen wurden groß und starrten Mona an.

„Freut mich, Sie kennenzulernen! Aber keine Sorge, ich bin nur vorübergehend im Einsatz", erklärte Mona schnell und lächelte.

Sûzannes Gesichtszüge entspannten sich und sie streckte die Arme aus. Nach der Begrüßung erklärte Mona: „Ich bin Nilas Freundin und gerade auf einen spontanen Besuch angereist. Und ehe ich mich versah, führte ich plötzlich das Hotel." Sie lächelte. Es kam ihr immer noch eigenartig vor, wie sich ihr Leben in wenigen Tagen verwandelt hatte. Und wie normal es ihr inzwischen schien. Mona wurde wieder ernst. „Das Ganze hat leider einen traurigen Hintergrund. Wahrscheinlich wissen Sie das noch nicht, aber Vincents Mutter Rénee hatte einen Schlaganfall und beide mussten dringend nach Florenz reisen."

„Oh nein!" Sûzanne schlug eine Hand vor den Mund und sah Nila erschrocken an. „Aber kommt doch rein! So unhöflich bin ich sonst nicht." Sie trat zurück und machte eine einladende Geste.

Mona und Laurence betraten die große Diele, die sie hell gefliest und mit antiken dunklen Möbeln empfing.

„Möchtet ihr einen Kaffee?", fragte Sûzanne über die Schulter und ging bereits voraus. Mona vermutete in Richtung Küche.

Laurence warf Mona einen fragenden Blick zu, sie nickte unmerklich. Einen Moment Zeit mussten sie sich nehmen, alles andere wäre ihr grob unhöflich erschienen. Und wenn der Rückweg sich ähnlich problemlos gestaltete wie die Hinfahrt, müssten sie noch rechtzeitig zurück sein, bevor das Abendgeschäft losging.

„Gerne", antwortete Mona für sie beide. „Wir dürfen die hungrigen Gäste zwar nicht allzu lange warten lassen, aber für einen Kaffee reicht es allemal."

„Gerne würde ich euch mehr anbieten, aber hier ist im Moment leider auch alles aus den Fugen geraten." Sûzanne stieß ein Seufzen aus, öffnete eine der Türen und winkte sie in die Küche hinein.

„Was ist passiert?", fragte Laurence mit gerunzelter Stirn, während er am großen Küchentisch Platz nahm, an den die Hofbesitzerin beide mit einer Handbewegung scheuchte.

„Beide Kinder liegen oben krank im Bett. Woher sie die Grippe mitten im Sommer haben, ist mir zwar ein Rätsel, aber jetzt sind Wadenwickel und Tee angesagt. Und jede Menge Geschichtenerzählen!" Sûzanne rollte mit den Augen und füllte die Kaffeemaschine mit Wasser. „Aber das ist natürlich noch nicht alles. Luc ruht im Wohnzimmer auf dem Sofa und kuriert seinen verstauchten Knöchel aus! Wenn, dann kommt es ja immer doppelt!“ Sie seufzte und mühte sich ein Lächeln ins Gesicht.

Erst jetzt fiel Mona auf, dass die Französin erschöpft wirkte. Als Mutter und Hofbetreiberin war sie es vermutlich gewohnt, kleine Schwächen geschickt zu überspielen. Aber wenn man genau hinsah, konnte man dunkle Schatten unter ihren Augen erkennen, und ein müder Zug lag um ihre Mundwinkel.

„Ich schaue kurz nach den Kindern und hoffe, dass ich sie noch so schlafend vorfinde, wie ich sie eben verlassen habe. Und dann prüfe ich, ob mein Mann den Weg in die Küche schafft“, sagte sie, als der Kaffee durch die Maschine zu tröpfeln begann.

Mona und Laurence sahen sich ratlos an.

„Ich glaube, wir kommen ungelegen“, murmelte Mona.

„Sieht so aus“, stimmte Laurence ihr zu. „Andererseits sind die Manôts auf den Verkauf ihrer Produkte angewiesen. Das Hotel als Kunde ist zu einer guten Einnahmequelle geworden. Das heißt, wir stören zwar sicherlich, aber es dient immerhin einem guten Zweck.“ Er zuckte die Achseln.

Mona fühlte sich durch seine Worte etwas besser. Sie mochte es nicht, andere Menschen zu belästigen, wenn diese mit ihren eigenen Sorgen beschäftigt waren. Aber in diesem Fall hatte Laurence vermutlich recht.

„Aber wir halten uns nicht unnötig lange auf, ja?“ Mona sah ihn an.

Laurence nickte zustimmend. „Nein, das können wir ohnehin nicht. Das Hotel wartet schließlich auf uns. Bevor Jacques alles durcheinanderbringt, müssen wir zurück sein." Laurence grinste, womit klar war, dass er den letzten Satz nicht ernst gemeint hatte.

Dann schwiegen sie, jeder versank in seinen Gedanken. Mona dachte an Nila und ihre Familie. Mona hoffte einmal mehr, dass sich nun alles zum Guten wenden würde. Kurz horchte sie in sich hinein, ob sie froh wäre, wenn Nila bald zurückkehren könnte. Überrascht stellte sie fest, dass sie sich darüber natürlich freuen würde, sie aber keineswegs sehnsüchtig auf Nila wartete. Ihre neuen Aufgaben waren ihr inzwischen in Fleisch und Blut übergegangen, und ja, sie konnte sich durchaus vorstellen, noch eine Weile die Verantwortung zu tragen. Und die Sehnsucht nach ihrer Praxis und Hamburg im Allgemeinen hielt sich auch überraschend in Grenzen.

Ihre Gedanken wurden unterbrochen, als Sûzanne wieder die Küche betrat. Im Schlepptau hatte sie einen großen bärtigen Mann, der auf Krücken hinter ihr in den Raum hinkte. Als Letzter trottete ein riesiger schwarzer Hund hinein.

Rasch stand Mona auf, Laurence tat es ihr gleich.

Sûzanne stellt Mona ihren Mann vor, der sie mit einem breiten Lächeln begrüßte. Gleich darauf sprang der Hund mit einem Winseln zwischen Mona und Laurence umher. Er schien sich nicht recht entscheiden zu können, wem er seine Aufwartung zuerst machen sollte. Schließlich fiel seine Wahl auf Mona, und ehe sie sich versah, war er an ihr hochgesprungen und hatte seine riesigen Pfoten auf ihre Schultern gelegt. Im selben Moment fuhr eine nasse Hundezunge über ihr Gesicht. Lachend und erfolglos versuchte sie, ihn abzuwehren.

„Chéri, sofort runter!", schimpfte Sûzanne. „Er ist leider im Moment völlig unterfordert. Ihm fehlen die langen Spaziergänge, die Luc sonst mit ihm macht."

Widerwillig gehorchte der schwarze Mischling.

„Seit dem Unfall hütet er zwar mit Hingabe sein Herrchen, bewegt sich aber ansonsten nur kurz in den Garten, um das Nötigste zu erledigen. Daher der Energiestau", erklärte Sûzanne entschuldigend.

„Meine liebe Frau vergisst zu erwähnen, dass unser Hund sich normalerweise auch nicht viel anders benimmt", spottete Luc gutmütig, bevor er sich mit einem Stöhnen auf den nächstbesten Küchenstuhl fallen ließ. Sûzanne gab ihm einen liebevollen Klaps auf den Arm und bat dann die Gäste mit einer Geste, ebenfalls wieder Platz zu nehmen.

„Kann ich etwas helfen?", fragte Mona.

Sûzanne winkte ab. „Gibt leider nur gekaufte Kekse zum Kaffee. Wäre hier nicht gerade die Hölle los, hättet ihr Glück haben können und selbst gebackenen Kuchen bekommen. Aber mit drei Schwerkranken im Haus ..." Sie streckte theatralisch die Hände zur Decke. Gleich darauf wurde sie wieder ernst. „Aber nun erzählt erst einmal, wie es Rénee geht!"

Blitzschnell standen gefüllte Kaffeetassen und eine Schale mit Schokokeksen vor ihnen. Sûzanne setzte sich zu ihnen und blickte Mona und Laurence auffordernd an.

„Rénees Schlaganfall war glücklicherweise kein schwerer, aber das Problem war anschließend, dass sie sich jeder Therapie verweigert hat", begann Mona.

Luc atmete hörbar aus. „Oh nein, und ich jammere wegen meines verstauchten Knöchels."

„Und das nicht zu knapp, mein Lieber!" Sûzanne bedachte ihren Mann mit einem liebevollen Blick. Die enge Verbundenheit war trotz der gegenseitigen Neckereien nicht zu übersehen.

„Hat sich Rénees Haltung denn inzwischen verändert?", fragte Luc besorgt.

Laurence und Mona wechselten einen Blick.

„Leider ja", platzte es aus Laurence heraus.

Beide Manôts starrten ihn verwirrt an.

„Also nein, das ist natürlich gut. Aber wie es dazu kam, ist leider nicht so schön", präzisierte Laurence.

„Renée hatte sich nicht nur jeder Therapie verweigert, sondern auch entschieden, Giuseppe, ihren Lebensgefährten, nicht mehr zu empfangen. Der Arme kam damit verständlicherweise überhaupt nicht klar. Und das führte dann wohl dazu, dass er einen Herzinfarkt bekam", führte Mona weiter aus.

„Ach herrje." Sûzanne pustete auf ihren heißen Kaffee und strich sich eine leuchtend rote Haarsträhne aus dem Gesicht. Das Entsetzen stand ihr ins Gesicht geschrieben.

„Und wie geht es ihm?", fragte sie bang.

„Wir haben vorhin gerade die erlösende Nachricht bekommen, dass er das Schlimmste überstanden hat." Mona fühlte wieder dieselbe Erleichterung in sich aufsteigen, die sie nach der Info empfunden hatte. „Und das Beste ist, dass dieses neue Drama Rénee tatsächlich zum Umdenken bewegt hat. Inzwischen hat sie ihn schon besucht. Praktischerweise liegen sie im selben Krankenhaus."

„Gott sei Dank!" Luc lehnte sich zurück, seine Gesichtszüge entspannten sich. Dann spiegelte sich Schuldbewusstsein in seiner Miene wider. „Hier und jetzt verspreche ich, nicht mehr so viel zu jammern, wenn es um Kleinigkeiten geht." Er formte seine Finger zu einem Schwur und warf einen entschuldigenden Blick zu seiner Frau.

Sûzanne lachte. „Ach was, mein Lieber, dann würde mir auch etwas fehlen! Außerdem weiß ich ja, wie schwer es dir fällt, untätig herumzusitzen."

„Und dass du die ganze Arbeit machen musst", ergänzte er brummend. „Das ist das Schlimmste für mich."

„Ich weiß", sagte sie beruhigend und tätschelte seine Hand.

„Und du hast kurzerhand das Hotel übernommen?", wandte Luc sich an Mona.

„Ja." Sie lächelte und griff zu einem Schokokeks. „Aber das war schon in Ordnung, ich hatte sowieso gerade nichts Besseres zu tun." Während sie in den Keks biss, streifte sie Laurence mit einem Seitenblick. Er nickte unmerklich, was vermutlich heißen sollte, er würde nichts über ihren Liebeskummer verraten, wenn sie es nicht selbst tat. Allerdings hatte sie das nicht vor. Mittlerweile erschien ihr der eigene Kummer immer banaler. In Italien ging es um existenzielle Dinge, und die Mânots kämpften um die tägliche Versorgung ihres Hofes. Auch wenn Luc sich bestimmt bald erholen würde, war es für Sûzanne bestimmt nicht einfach, hier alles allein zu stemmen, inklusive der kranken Kinder. Dagegen empfand Mona ihre eigenen neuen Aufgaben geradezu als Urlaub. Und besonders heute – mit einem netten Ausflug aufs Land. Es gab Schlimmeres!

Ein Jaulen schreckte Mona aus ihren Gedanken auf. Laurence war bereits dabei, mit Luc den heutigen Einkauf zu besprechen.

„Oh, was hat Chéri denn?", fragte Mona erschrocken und sah Sûzanne fragend an.

„Langeweile", antwortete die Französin trocken und trank seelenruhig einen Schluck Kaffee.

„In der Tat", bestätigte Luc bedauernd. „Er würde so gern mal wieder einen langen Spaziergang machen. Mein Unfall ist vor einer Woche passiert, und seitdem bewegt er sich nur noch auf dem Grundstück. Aber das auch nur, wenn es unbedingt nötig ist. Ansonsten weicht er mir nicht von der Seite, weil es ihn verunsichert, dass ich mich nicht mehr normal bewege. Er macht sich große Sorgen um mich." Den letzten Satz hatte er nicht ohne Ironie gesagt.

„Was ist denn überhaupt passiert?", fragte Laurence.

„Er ist von der Leiter gefallen. Weil …"

„Pscht!", unterbrach Luc seine Frau unwirsch.

„Ich darf es also nicht erzählen?" Sûzanne zog einen Schmollmund, während ihre Augen vergnügt blitzten. „Och, bitte …"

„Ach, dann sag es schon. Mach dich ruhig auf meine Kosten lustig." Luc seufzte resigniert.

„Mein Mann ist zu schwer, deshalb ist eine Stufe durchgebrochen." Sûzanne presste die Lippen aufeinander, aber ein glucksender Laut entschlüpfte ihr trotzdem.

„Jaja, lach du nur! Ich hätte mir das Genick brechen können, dann wäre das Geschrei aber groß!", rief er vorwurfsvoll, musste allerdings selbst lachen.

„Das stimmt, Liebling. Aber da du mit einem verstauchten Knöchel davongekommen bist ..." Sie warf ihm eine Kusshand zu.

Mona fand die Manôts entzückend. So ungleich die beiden waren – die winzige Sûzanne und ihr großer, kräftiger Mann – sie schienen perfekt zusammenzupassen.

Plötzlich hatte Mona eine Idee. „Was haltet ihr davon, wenn Laurence und ich noch eine Runde mit Chéri drehen? Ich würde sowieso die Gegend gerne noch etwas erkunden, und dem Hund würde es bestimmt gut gefallen."

„Wenn ihr dafür noch Zeit habt?" Sûzanne war sichtlich erfreut.

„Falls mein Kumpel mit euch mitgeht", dämpfte Luc die Erwartung.

„Das wird er", sagte seine Frau zuversichtlich.

„Eigentlich geht er nur mit einem von uns raus oder mit Vincent. Aber ihr könnt es gerne versuchen."

„Das schaffen wir doch noch, oder?" Mona war bereits aufgesprungen und sah fragend zu Laurence, der einen unauffälligen Blick auf seine Armbanduhr warf.

„Wenn es nicht länger als eine Stunde wird, müssten wir noch rechtzeitig zurück sein", gab er zögernd sein Einverständnis.

„Okay, dann versucht euer Glück! Chéri? Soll`s losge-
hen?"

Der Hund bellte, seine braunen Augen leuchteten.
Aufgeregt sprang er um sein sitzendes Herrchen
herum.

„Nein, du gehst mit den beiden." Luc deutete auf
Mona und Laurence.

Der Hund sah von einem zum anderen. Wie es aussah, wusste er genau, worum es ging. Dann schien er
eine Entscheidung zu treffen und lief zu Mona. Ihre
Hand ableckend, sah er treuherzig zu ihr auf.

„Oh, er scheint wohl mitgehen zu wollen", sagte Luc
und ein Hauch von Enttäuschung schwang in seiner
Stimme mit.

„Wunderbar!" Sûzanne klatschte in die Hände. „Ich
bringe euch nach draußen."

„Es ist schon eigenartig, wie schnell ein Leben durch
ein einziges Ereignis plötzlich durcheinandergewirbelt
werden kann", sagte Mona nachdenklich, nachdem sie
schon eine Weile schweigend neben Laurence gegangen war.

Chéri rannte gerade wieder ein Stück voraus, allerdings nicht ohne immer wieder einen prüfenden Blick
nach hinten zu werfen.

„Was meinst du genau?", fragte Laurence nach.

„Alles", platzte es auf Mona hinaus. „Die Manôts.
Renée, Giuseppe ... Alles, was sicher geglaubt schien ..."
Sie seufzte. Meine Mutter ... Chris ... fügte sie in Gedanken hinzu. Sie wusste selbst nicht, woher dieses seltsame Gefühl von Unsicherheit auf einmal kam. Es ähnelte nicht dem Abgrund, den sie anfangs wegen der
Trennung von Chris bedrohlich vor den Füßen hatte.

Es fühlte sich mehr wie ein schwankender Boden an. So
war es ihr nach der letzten Alster-Rundfahrt gegangen,
nachdem sie wieder an Land getreten war. Eine Weile
hatte sie nach der Bootsfahrt das Gefühl begleitet, noch
immer unruhiges Wasser unter sich zu haben. An irgendetwas erinnerte sie dieses Gefühl. Aber weder
nach der Alster-Rundfahrt noch jetzt vermochte sie zu
sagen, wo das herkam.

„Ja, es kann manchmal schnell gehen.“

Die Art, wie Laurence den Satz gesagt hatte, ließ
Mona aufhorchen. Sie warf ihm einen Seitenblick zu.
Seine Miene war undurchdringlich. Er schien nichts
hinzufügen zu wollen.

„Immerhin wird Luc bald wieder auf dem Damm sein,
schätze ich. Eine Verstauchung wird ihn nicht allzu
lange außer Gefecht setzen. Und wie ich ihn einschätze,
wird er so bald wie möglich wieder seine Arbeit auf
dem Hof aufnehmen.“ Mona blieb stehen und konzentrierte sich für einen Moment auf ihre Umgebung.
Nicht nur, um den Manôts einen Gefallen zu tun, hatte
sie diesen Spaziergang vorgeschlagen, sondern auch,
um die wunderschöne Landschaft nicht nur vom Auto
aus zu genießen. Der Duft der Lavendelfelder war
atemberaubend, und Mona atmete tief die Luft ein, die
so herrlich und intensiv war. Die Beschäftigung mit der
Natur ließ allmählich das Gefühl, keinen festen Boden
unter den Füßen zu haben, verschwinden. Sie fühlte
sich wieder geerdet, wie sie aufatmend feststellte.

„Stimmt, Luc hat von außen betrachtet noch ein über-
schaubares Problem. Obwohl ich mir auch das anstrengend vorstelle. Allein die Verantwortung für den Hof
und somit das Familieneinkommen. Und wenn dann

auf einmal einer ausfällt ..." Laurence war ebenfalls stehen geblieben und betrachtete die Umgebung. „Für dich ist das hier nichts Besonderes mehr, oder?" Mona sah ihn gespannt an. Erlag man diesem Zauber noch, wenn man an diesem Ort aufgewachsen war?

„Nichts Besonderes?", rief er. „Die Provence ist der schönste Ort, den ich mir zum Leben vorstellen kann. Was meinst du, warum ich aus Paris zurückgekommen bin?"

„Keine Ahnung, sag du es mir!" Ihr Tonfall war neckend. Vielleicht erfuhr sie auf diese Weise ja noch mehr Persönliches über ihn. Seine Offenheit vorhin hatte sie mutiger gemacht. Und sie war schon neugierig, warum er Paris verlassen hatte. Oder wie er dort gelebt hatte. Hatte er eine Freundin zurückgelassen? Eine schwere Trennung hinter sich? Oder gar eine Scheidung? Immerhin kannte Laurence auch ihre Chris-Geschichte. Bei Licht betrachtet war das ungerecht! Sie kannte zwar seine tragische Familiengeschichte, aber was sein Liebesleben anging, hielt er sich komplett bedeckt. Als ob er weder jetzt noch früher eines gehabt hatte. Und das erschien Mona völlig abwegig. Sie konnte sich beim besten Willen nicht vorstellen, dass er seinen Lebensweg bis jetzt ohne irgendeine Beziehung gegangen war.

„Zieht es nicht viele an ihren Geburtsort zurück, nachdem sie sich die Welt angesehen haben?", fragte er leichthin.

Mona wusste im selben Moment, dass er mehr nicht preisgeben würde. Es war wie beim Thema Alkohol. Sie spürte, nein, sie *wusste*, dass er nicht die ganze Wahrheit sagte. Das Schweigen über das Wesentliche ragte wie eine Wand zwischen ihnen auf.

„Hast du denn schon viel von der Welt gesehen?", probierte sie es mit einer Gegenfrage.

„Ja", sagte er schlicht.

„Beruflich?"

„Nein, ich war von Anfang an im *L'etoile*."

Laurence war wirklich eine Nummer für sich. Mona kannte niemanden, der auf diese Frage mit einem einfachen Ja geantwortet hätte. Egal, wem man sie stellte: Die meisten Menschen liebten es, von ihren Reiseerfahrungen zu berichten. Gerade, wenn sie viel herumgekommen waren. Sie wartete einen Moment, aber Laurence sagte nichts mehr. Offenbar gehörte er nicht zum Durchschnitt.

„Und wie ist es bei dir beruflich gelaufen?", fragte er stattdessen nach einer Weile. Er klang ehrlich interessiert.

Es gibt sie, die Bereiche, in denen er zwar gern zuhört, aber nicht von sich spricht, dachte Mona. Sie beschloss – mal wieder – das zu respektieren und begann zu erzählen. Von ihrer Ausbildung im Krankenhaus, der kurzen weiteren Anstellung dort, bis sie es endlich ans Ziel geschafft hatte: in ihre eigene Praxis.

22.

Mona hatte noch die Ziegen kennengelernt und gestreichelt, was Chéri überhaupt nicht gefiel. Mehrmals hatte er sich entschlossen dazwischen gedrängt, bis Mona schließlich aufgegeben und ihre Zuneigung auf den großen Hund beschränkt hatte. Sie hatte den kleinen, liebevoll gestalteten Hofladen inspiziert, einige Kostproben von Ziegenkäse und diversen Honigsorten zelebriert und war schließlich herzlich von Sûzanne und ihrem Mann verabschiedet worden.

Den Rückweg zum Hotel legten Laurence und sie überwiegend schweigend zurück. Es war kein angespanntes Schweigen, sondern eines, das Mona sonst nur unter engen Freunden oder Menschen, die ihr nahestanden, gut aushalten konnte.

Jetzt stand sie an der Rezeption im Gespräch mit Jacques, dessen Augen strahlten, als er mit Stolz von den Dingen berichtete, die er während ihres Ausflugs bewältigt hatte.

„Der Gärtner war da, hat aber wie immer das ein oder andere Blatt auf den Wegen übersehen. Ich bin schnell noch mal drüber gegangen." Jacques schob sich die Baskenmütze ein Stück aus der Stirn. „Aber natürlich erst, als er weg war. Ich möchte ja nicht, dass er denkt, ich kontrolliere ihn." Der alte Mann grinste verschmitzt.

„Ja, man muss schon ein Auge aufs Personal haben." Mona grinste zurück.

„Es gibt übrigens sehr gute Nachrichten aus Italien. Renée ist wieder bereit, Giuseppe zu treffen. Die erste Begegnung liegt bereits hinter ihnen. Laut Nila war es eine sehr rührende Szene. Allerdings haben Vincent und sie sich schnell diskret zurückgezogen."

Jacques klatschte in die Hände. „Wunderbar, es geht doch!"

Sein Blick wurde nachdenklich. „Unsere Rénee ist schon etwas Besonderes. Aber das war sie ja immer. Ohne diese Besonderheit hätte sie es wohl nie nach ganz oben in der Opernwelt geschafft. Trotzdem wäre es natürlich schöner gewesen, wenn sie Giuseppe in dieser Situation nicht aus ihrem Leben ausgeschlossen hätte. Aber Hauptsache, es läuft jetzt besser! Wie geht es denn Giuseppe, meinem guten Kumpel?"

„Bislang weiß ich nur, dass er das Schlimmste überstanden hat. Aber ich denke, mit seinem eisernen Willen wird er gute Behandlungserfolge erzielen. Und mit Rénee an seiner Seite dürfte nichts mehr schiefgehen." Mona wusste von Nila, dass die beiden alten Männer sich angefreundet hatten. Sie passten auch gut zusammen, fand Mona. Jeder war auf seine Weise liebenswert und charmant.

„Das klingt gut. Wie war denn euer kleiner Ausflug ins Hinterland?"

„Traumhaft", sagte Mona mit leuchtenden Augen. „Ich bin mir zum ersten Mal wie im Urlaub vorgekommen! Die Landschaft hier ist einfach wundervoll. Ich verstehe Nila immer besser, warum sie Deutschland den Rücken gekehrt hat."

„Bleiben Sie doch auch einfach!" Jacques lächelte vergnügt.

„Wenn es so einfach wäre ..." Mona kaute an ihrer Lippe. Es war schon das zweite Mal an diesem Tag, dass ihr jemand vorschlug, in Frankreich zu bleiben. Aber das konnte sie doch nicht. Ihre Praxis ... Und überhaupt, ihr Leben in Hamburg. Ihre Mutter ... Dann fiel ihr ein, dass ihre Mutter inzwischen in einem anderen Land lebte und dort sogar ein Haus kaufen wollte. Simone würde vermutlich nicht nach Hamburg zurückkehren.

„Oh, wenn man wirklich möchte, wird es gehen. Physiotherapeuten braucht man auch in Les Issambres." Jacques sah sie vielsagend an.

Mona lächelte unsicher. „Ich werde darüber nachdenken", murmelte sie. Würde sie das? Vielleicht in einer stillen Minute, nachdem sie die Hotelleitung wieder an Nila übergeben hatte. Blödsinn, dachte sie dann. Frankreich für immer ist keine Option. Oder doch? Mona war verwirrt. Was waren das auf einmal für Gedanken? In ihr Grübeln hinein klingelte ihr Handy.

„Mein Mitarbeiter", sagte sie entschuldigend zu Jacques. Er nickte verstehend und wandte sich ab.

„Marc, hi! Wie sieht`s aus in Hamburg?", rief sie munter ins Telefon.

„Alles okay, Chefin. Ich wollte mal horchen, wie es nun mit unserem Betriebsausflug aussieht. Du wolltest doch Bescheid sagen ..."

Mona wurde heiß. Das hatte sie komplett vergessen. Wieso glitt ihr die Praxis, die ihr doch so am Herzen lag, immer mehr in den Hintergrund? Sie schüttelte den

Kopf. „Ja, stimmt, ich wollte dich heute sowieso anrufen“, begann sie mit einer Notlüge. „Also die Wahrheit ist, ich kann es immer noch nicht absehen.“

„Zwei Möglichkeiten“, sagte Marc gelassen. „Wir suchen uns ein anderes Datum aus oder ich buche ohne dich.“

„Du weißt, wie schwierig es war, einen Termin zu finden, der für alle passt“, murmelte sie zögernd. Die zweite Option gefiel ihr allerdings auch nicht. Immerhin war sie die Chefin, ihre Mannschaft konnte doch unmöglich ohne sie zum Betriebsausflug fahren.

„Es gibt noch eine dritte Möglichkeit“, fiel ihr dann ein. „Du buchst einfach für mich mit. Und falls ich wirklich noch nicht zurück bin, dann ist es eben Pech und ich zahle die Kosten trotzdem.“
„Meinst du?“, fragte er zweifelnd. „Betriebswirtschaftlich gedacht ist das nicht besonders klug.“

Mona musste schmunzeln, Marc dachte bereits als Unternehmer. Aber sie war bekannt dafür, schnelle Entscheidungen zu treffen, wog noch einmal kurz ab und entschied sich gegen sein Argument. „Doch, so machen wir es!“

Laurence

Konzentriert, aber langsamer als gewohnt, schnitt Laurence Paprika und Zwiebeln klein, viertelte Tomaten und schälte frischen Knoblauch. Nachdem die Zwiebeln und der Knoblauch im heißen Öl glasig gebraten waren, fügte er das restliche Gemüse hinzu und rührte nachdenklich um.

Die Stunden im *Maisôn de la Délicatesse*, der Spaziergang im Umland und die Fahrt hallten in ihm nach. Mona hallte in ihm nach. Er fühlte sich wohl in ihrer Gesellschaft. Sie war unkompliziert und fröhlich, aber unter der Oberfläche schimmerte so viel mehr durch. So offen sie schien, er hatte das Gefühl, dass sie die wirklich dunklen Kapitel ihrer Vergangenheit verschwieg. So wie er. Allerdings tat sie das vermutlich aus anderen Gründen. Dann fiel ihm wieder ein, dass er sie eingeladen hatte, ihn zu Céline zu begleiten. Ungläubig schüttelte er den Kopf. Manchmal verstand er sich selbst nicht mehr. Außer Amélie hatte er noch nie jemanden zu seiner Schwester mitgenommen. Warum ausgerechnet Mona? Er wollte doch nichts, was einer Freundschaft auch nur ähneln könnte, ins Leben rufen! In ihm wallte der Wunsch auf, dass Nila und Vincent nun zeitnah zurückkehren würden, damit das gewohnte Leben wieder seinen Gang gehen konnte. Mona würde nach Hamburg zurückreisen, und er könnte seine Kontakte mit ihr bis dahin wieder auf das übliche Mindestmaß zurückschrauben. Der Gedanke war einerseits beruhigend. Andererseits verursachte er einen Stich, der ihn unvorbereitet traf und ihn erneut den Kopf schütteln ließ. Das wurde ja immer schlimmer! Grimmig nahm er sich vor, in Zukunft vorsichtiger zu sein. Auf keinen Fall durfte er Mona zu nah an sich heranlassen. Energisch begann er Thymian und Rosmarin kleinzuhacken.

Er war gerade dabei, die Kräuter in den Ziegenfrischkäse zu rühren, als Mona den Kopf in die Küche steckte.

„Die Gerards lassen fragen, ob sie für heute Abend noch einen Gast dazu buchen dürfen? Eine Freundin ist überraschend in die Gegend gekommen." Sie lächelte ihn entschuldigend an. Es war reichlich spät für eine Anmeldung zum Abendessen, was sie natürlich wusste.

„Für das normale Menü?", fragte er zerstreut und sah sie nur kurz an.

Sie nickte. „Ich weiß, es ist viel zu spät, und wir sind eigentlich auch ausgebucht ..."

„Nein, kein Problem." Er hob den Kopf nicht noch einmal von der Arbeit. Trotzdem wusste er, dass sie irritiert war, als sie nach einem knappen „Danke" die Küchentür von außen schloss.

Mona war verwirrt. Und ein bisschen ärgerlich. Sie hatte eindeutig genug von Männern mit widersprüchlichen Signalen! Gehörte das nicht zu den Dingen, die sie sich nach der Trennung von Chris geschworen hatte? Während sie zurück an die Rezeption stapfte, beruhigte sie sich wieder. Sie reagierte eindeutig über. Laurence war schließlich kein potenzieller neuer Beziehungspartner, sondern schlicht und einfach ein Kollege. Zudem noch auf Zeit. Der Anrufbeantworter des Hotels blinkte. Seufzend hörte sie ihn ab. Eine deutsche Familie, die bereits zu Gast hier gewesen war, bat um Buchung für das nächste Jahr. Mona lächelte. Sie konnte gut verstehen, wenn Menschen, die das wundervolle Hotel ausprobiert hatten, wiederkommen wollten. Als sie die Rückruftaste betätigte, kam ihr in den Sinn, dass sie längst wieder in Hamburg in ihrer Praxis stehen würde, wenn die deutsche Familie im nächsten Sommer eincheckte. Ein seltsam schmerzhaftes Ziehen breitete sich in ihrem Innern aus. Sie hatte keine Zeit, dem Gefühl nachzuspüren, da meldete sich bereits der Feriengast. Freundlich und professionell besprach Mona die Buchung und tippte anschließend eine Nachricht an Nila.

Läuft bei euch. Wie es aussieht, wird das nächste Jahr auch nicht ruhiger als dieses!

Sie endete mit einem lachenden Smiley.

Nilas Antwort kam prompt.

Wusste ich ja, dass du unser Haus bestens weiterführst!

Ein Herzchen vervollständigte die Nachricht.

Mona wollte das Handy gerade zur Seite legen, als eine weitere Nachricht eintraf. Sie war sicher, dass Nila noch etwas eingefallen war, aber sie sollte sich täuschen.

Bitte, rede wenigstens noch einmal mit mir! Ich vermisse dich so sehr ...

Drei Herzchen folgten. Die Worte von Chris erwischten sie kalt. Ihre Knie wurden weich, und sie musste sich für einen Moment an der Rezeption abstützen.

Benommen fuhr sie sich mit einer Hand über die Augen, ihr war schwindelig. Verdammt, reiß dich zusammen!, befahl sie sich wütend. Er schaffte es tatsächlich immer noch, sie aus dem Konzept zu bringen. Dabei hatte sie doch gedacht, längst weiter zu sein.

In Monas inneren Kampf hinein trat Jacques mit einem strahlenden Lächeln durch die Haustür. Er sah sofort, dass etwas nicht stimmte.

„Mona, Liebe, was ist geschehen? Schlechte Nachrichten aus Italien?" Der alte Franzose eilte zu Mona und legte ihr eine Hand auf den Arm.

Plötzlich brannten Tränen in ihren Augen. „Nein, mein Ex-Freund ...", sagte sie kläglich.

„Ach herrje, Sie armes Ding.“ Jacques nahm sie in den Arm. Für einen Moment lehnte Mona sich dankbar an ihn. Tränen liefen ihre Wangen hinab. Sein leicht herbes Rasierwasser kitzelte in ihrer Nase, aber sie genoss die väterliche Wärme, die der alte Nachbar ausstrahlte. Schließlich riss sie sich zusammen und löste sich von ihm. Es fehlte noch, dass Gäste um die Ecke kamen und die stellvertretende Hotelchefin weinend in den tröstenden Armen des alten Nachbarn erlebten.

„Geht es wieder?“, fragte Jacques mit besorgtem Blick.

Mona nickte, straffte die Schultern und wischte die Tränen ab. „Ich weiß auch nicht, wo das plötzlich herkommt. Ein schwacher Moment nach einem ereignisreichen Tag.“ Sie zog eine Grimasse.

„Das ist wohl bei jeder Trauer und jedem Kummer so. Es kommt in Wellen und Schüben. Der Schmerz um den Verlust meiner Lisanne holt mich von Zeit zu Zeit auch wieder ein. Aber das Gute ist, er verebbt auch wieder. Und ich weiß ja, dass sie oben auf mich wartet.“ Jacques lächelte. Auf seinem Gesicht zeichnete sich Schmerz und Glück gleichermaßen ab.

„Bei Trauer verstehe ich das ja“, murmelte Mona und schniefte wieder. Der Gedanke, selbst solch eine Liebe zu finden, die über den Tod hinausging, ließ sie gleich wieder weinerlich werden. Bislang reichte es bei ihr offensichtlich nur für Typen wie Chris. Schluss jetzt!, befahl sie sich streng. Sie hasste es, so weinerlich zu sein. Normalerweise war sie das auch nicht. Dabei war sie auf einem so guten Weg gewesen. Der Abgrund hatte sie in Ruhe gelassen und sie wähnte sich in Sicherheit. Die früheren Nachrichten von Chris hatten sie doch auch nicht so erschüttert. Was war denn jetzt auf einmal mit ihr los?

„Der Verlust von Ihrer Frau ist sicher nicht zu vergleichen mit meinem doofen Liebeskummer. Lisanne ist bestimmt jede Träne wert, aber mein Ex-Freund ...“ Mona machte eine wegwerfende Geste, während sie langsam ruhiger wurde.

„Wenn das Herz leidet, dann leidet es. Nicht immer ist das rational zu erklären“, sagte Jacques tröstend.

„Ich weiß auch nicht, was heute mit mir los ist. Dabei war ich so froh über die erlösenden Nachrichten aus Italien, hatte einen schönen Ausflug ins Hinterland ...“ Mona schüttelte über sich selbst den Kopf.

„Wie geht es eigentlich den Manôts?“, wollte Jacques wissen.

„Auch nicht so gut. Die Kinder liegen mit Grippe flach, Luc hat sich den Knöchel verstaucht und soll sich schonen. Die arme Sûzanne muss sich gerade um alles allein kümmern.“

„Oje, so was kommt ja immer ungelegen. Aber Sûzanne ist eine toughe Frau, das schafft sie.“

Mona nickte. Sie überlegte, ob sie den alten Nachbarn auf Laurence ansprechen sollte. „Kennen Sie Laurence ebenso gut wie Vincent?“, fragte sie schließlich zögernd.

Jacques hob leicht eine Augenbraue. „Nein, so gut nicht. Vincent ist ja praktisch bei uns aufgewachsen. Laurence kam auch manchmal vorbei, aber das ist natürlich nicht zu vergleichen. Er war ein netter Junge, viel ruhiger als Vincent. Hielt sich immer eher im Hintergrund.“

„Es ist nur ...“, Mona brach ab. Jacques wartete ab, während er sie fragend ansah.

„Ich weiß auch nicht, irgendwie werde ich aus seinem Verhalten nicht schlau. Wir verstehen uns wirklich gut, und manchmal erzählt er ganz freimütig aus seiner Vergangenheit. Und dann wieder ...“ Sie hob die Schultern, sah Jacques ratlos an.

„Und dann ist er verschlossen wie eine Auster“, fasste der alte Franzose wissend zusammen.

„Genau! Das trifft es!“ Mona schmunzelte. Der Vergleich passte hervorragend.

„Ja, so war er schon immer. Allerdings verstärkte sich das, als ...“ Jetzt war es Jacques, der den Satz nicht vollendete.

Mona hielt kurz die Luft an.

Es dauerte eine Weile, bis Jacques weitersprach. „Ich denke, es ist besser, Sie fragen ihn selbst.“ Seine Stimme war sanft und ein Ausdruck von Mitleid trat in seine Augen.

Mona atmete langsam aus. Zögernd nickte sie. Es war wahrscheinlich unfair, den Nachbarn mit ihren Fragen über den Koch zu löchern. Aber es war zu verlockend gewesen, von ihm etwas zu erfahren, das Laurence freiwillig nicht preisgab.

„Mal sehen“, sagte Mona unentschlossen. „Vielleicht ist es besser, wenn ich ihn nicht zu sehr bedränge. Wir haben ja ein nettes, kollegiales Verhältnis.“

Paris

Laurence

Vor zehn Jahren

„Hast du irgendwo meine rote Jacke gesehen?" Amélie sah sich suchend um, bevor sie hektisch in dem Berg aus Wäsche wühlte, der wild durcheinandergewürfelt auf ihrem großen Ehebett lag.

Auf seine zuvor gestellte Frage war sie nicht eingegangen, als hätte sie diese nicht gehört. Laurence schüttelte ungläubig den Kopf. Zum ersten Mal in ihrer fünfjährigen Ehe hatte er das Gefühl, seine Frau nicht mehr zu kennen.

„Aber du hast versprochen, an unserem Hochzeitstag zu Hause zu sein!", wiederholte er. Entschlossen, sie diesmal nicht damit durchkommen zu lassen, sich unangenehmen Themen einfach zu entziehen. Ihm gefiel sein vorwurfsvoller Ton selbst nicht, aber irgendetwas war in diesem Moment mit ihm passiert. Anstatt mit ihm zu reden, kümmerte sie sich um ihre bescheuerte rote Jacke.

„Wir holen es nach, Chéri. Versprochen!" Sie warf ihm einen kurzen entschuldigenden Blick mit einem noch kürzeren Lächeln zu, bevor sie sich weiter ihrer Suche widmete.

Fassungslos starrte er sie an. Amélie war genauso wunderschön wie an dem Tag, als sie geheiratet hatten. Womöglich sogar noch schöner. Das Kindliche war in den letzten fünf Jahren aus ihrem Antlitz verschwunden, aber der Anblick ihrer ebenmäßigen Züge mit den hohen Wangenknochen, der kleinen geraden Nase und den großen grünen Augen, die von langen schwarzen Wimpern umrahmt waren, ließen sein Herz noch immer höherschlagen, wenn er sie ansah. Sie selbst oder immer öfter nur Fotos von ihr, wenn sie wieder einmal beruflich unterwegs war. Ihre Karriere als Fotografin war in den letzten Jahren steil nach oben gegangen. Begonnen hatte sie ihre Arbeit mit Landschaftsfotografie. Eine Leidenschaft, die Laurence mit ganzem Herzen teilte. Er war mit Amélie an die atemberaubendsten Orte der Welt gereist. Kanada, Lappland, Schottland, Irland, die Galapagos-Inseln ... Die Liste ließe sich beliebig fortsetzen. Wann immer Laurence die Zeit fand, begleitete er sie. Jede Reise und somit jeden Urlaub vom Restaurantbetrieb im *L'étoile* hatte er bei seinem Chef hart erkämpft. Es war stets eine Gratwanderung zwischen seinem eigenen Willen zum Erfolg und dem Wunsch, so viel Zeit wie möglich mit seiner Frau zu verbringen. Bis sie vor einem Jahr einen abrupten Schwenk in ihrer Biografie gemacht hatte. Statt Natur hatte es ihr plötzlich die Modebranche angetan. Da Amélie sich bereits einen Namen über die Landesgrenzen hinweg erarbeitet hatte, war es kein Wunder, dass sie es auch in diesem Bereich bis ganz nach oben schaffte. Eine Überraschung war allenfalls, wie schnell ihr auch das gelungen war. Aber ihr Ehrgeiz kannte keine Grenzen – das und ihr umwerfender Charme, mit dem sie jeden um den Finger wickelte. Die Tatsache, dass sie von ihrer Attraktivität mit jedem Model mithalten konnte, war nur ein winziges Mosaiksteinchen, das ihren Erfolg vielleicht zusätzlich begünstigte.

Anfangs hatte Laurence sich an ihrem neuen Wirkungskreis nicht gestört. Auch wenn ihn die oberflächliche Modebranche langweilte und er kaum nachvollziehen konnte, dass Amélie die atemberaubenden Momente in der Natur für den Modezirkus eingetauscht hatte, stand er in ihrer Entscheidung voll hinter ihr.

Vielleicht hegte er damals auch die klitzekleine Hoffnung, dass sie sich durch den Wechsel öfter sehen konnten. Immerhin war Paris *die* Modehauptstadt. Aber er sollte sich irren. Falls möglich, war sie seitdem noch häufiger auf Reisen. Zumal ihre gemeinsamen Reisen dadurch ein jähes Ende genommen hatten. Ein einziges Mal war er zu ihr nach New York gereist. Die Stadt hatte ihn begeistert, aber auch schnell ermüdet. Und er hatte sie größtenteils allein erkunden müssen. Amélie war von Termin zu Termin gehetzt. Immer strahlend, aber das unruhige Flackern wich kaum noch aus ihrem Blick. Ein einziges romantisches Abendessen war das Highlight seiner Reise gewesen. Danach hatte er nie wieder versucht, sie an einem der Orte, an dem sie ein Shooting hatte, zu besuchen. Sie hatten nicht darüber gesprochen. Es war einfach klar gewesen, dass es keinen Sinn machte. Zunächst hatte Laurence sich damit abgefunden. Er liebte Amélie und sie liebte ihn, das wusste er. Ihrer Liebe konnten die vielen Trennungen nichts anhaben. Was einst Gewissheit war, fühlte sich aber bald wie ein trotzig vorgetragenes Mantra an, das er sich selbst immer öfter predigen musste.

Ein leiser Schrei von Amélie riss Laurence aus seinen Gedanken.

Triumphierend zerrte sie eine knallrote Jeansjacke unter einem Wäschestapel hervor. Amélies Augen blitzten. „Wo ein Wille ist, findet sich auch meine rote Jacke wieder!" Sie lachte und entblößte dabei ihre wunderschönen weißen Zähne, bei denen kein Zahnarzt nachgeholfen hatte, wie Laurence wusste.

Und wo ein wirklicher Wille ist, da wird auch ein Hochzeitstag gefeiert, fügte Laurence in Gedanken hinzu. Resigniert. Bitter. Sich den Umständen fügend. Oder einfach nur feige, dachte er mit einem unguten Gefühl, das ihn in letzter Zeit immer häufiger befiel.

23.

Mona traute ihren Augen nicht, nachdem sie schlaftrunken ans Fenster ihres gemütlichen Zimmers getappt war, die Gardine zurückgezogen hatte und nach draußen blickte. Regentropfen perlten an der Scheibe hinab. Der Himmel war grau verhangen und die Sonne hatte sich ins Nirgendwo verabschiedet.

„Das gibt's doch nicht", murmelte sie, während sie langsam wacher wurde und weiter nach draußen starrte. Natürlich gab es auch in der Provence im Sommer Regen. Gar nicht so selten, wie sie von Nila wusste. Aber irgendwie hatte Mona geglaubt, das schöne Wetter seit ihrer Ankunft auch für ihren weiteren Aufenthalt gepachtet zu haben. Ein schwaches Grinsen schlich sich auf ihre Lippen. Sie war vom Wetter bislang einfach verwöhnt gewesen. Deshalb hatte sie gedacht, graues Regenwetter in Hamburg gelassen zu haben. Aber das war natürlich Blödsinn. Chris hatte sie ja auch nicht vollkommen in ihrer Heimatstadt gelassen. Wobei ... Nach ihrem letzten kleinen Rückfall hatte sie sich wieder gut gefangen und es erneut geschafft, ihn weitgehend aus ihren Gedanken zu verbannen.

Mona kämpfte kurz mit sich, ob sie in Anbetracht des regnerischen Wetters aufs Laufen verzichten sollte. Der innere Schweinehund flüsterte ihr zu, dass sie sich dann noch für eine Stunde zurück ins Bett verkrümeln konnte. Fast gab sie dem verführerischen Gedanken nach. Bis ihr bewusst wurde, dass sie sich durch das Laufen tatsächlich fitter und besser gewappnet für den anstrengenden Tag fühlte. Seufzend drehte sie sich um und griff zu ihren Sportsachen.

Seit ihrem Ausflug zu den Manôts waren drei Tage vergangen. Seitdem hatte sie Laurence nicht mehr morgens am Strand getroffen. Jeden Tag hatte sie sich aufs Neue verboten, ihn darauf anzusprechen. Er war freundlich zu ihr, wahrte aber unverkennbar eine Distanz, die sie sich nicht erklären konnte. Ihr Wunsch, hinter seine Fassade zu blicken, wurde immer größer. Erst recht nach den Andeutungen von Jacques. Während Mona sich anzog und in ihre Turnschuhe schlüpfte, gestand sie sich ein, dass auch die Möglichkeit, Laurence heute Morgen am Strand zu treffen, eine Rolle in ihrer Entscheidung gegen das Bett spielte.

„Was ist das nur?", murmelte sie genervt vor sich hin, während sie eine Basecap aufsetzte und ihrem Spiegelbild eine Grimasse schnitt. Warum fiel es ihr bloß so schwer, die Distanz, die Laurence offensichtlich wünschte, zu akzeptieren? Sie war doch keineswegs an ihm als Mann interessiert! Ihr Herz schlug prompt schneller. Verdammt! Oder doch …? Nein, es konnte und durfte nicht sein, dass sie sich erneut in einen unerreichbaren Mann verliebte! Der Gedanke ließ sie kurz erstarren. Blödsinn, entschied sie schnell und verließ hastig ihr Zimmer.

Der Strand war menschenleer und durch den Regen nass, aber noch nicht zu aufgeweicht, sodass Mona darauf sogar besser laufen konnte als sonst auf trockenem Boden. Während sie etwas halbherzig ihre Dehnübungen absolvierte, blickte sie auf das aufgewühlte Meer. Ein frischer Wind blies ihr um die Nase und verscheuchte den letzten Rest Müdigkeit im Handumdrehen. Schließlich trabte sie locker los. Laurence traf sie heute garantiert nicht. Der Gedanke löste einen seltsamen Zwiespalt aus. Einerseits war sie nach ihrem beunruhigenden Gedanken von eben, ob sie womöglich dabei war, sich in ihn zu verlieben, froh darüber. Andererseits machte er sie traurig, was sie aufs Neue erschreckte. Nein, rief sie sich resolut zur Ordnung. Sie mochte Laurence als Kollegen. Er war ein angenehmer Mensch. Beinahe gebetsmühlenartig zählte sie seine unverfänglichen Vorzüge auf. Wie schon so oft. Sie schloss ihr Gedankenspiel – auch nicht zum ersten Mal – damit, dass sie vermutlich verwirrt wegen seines seltsamen Verhaltens war. Mit Verliebtheit hatte es jedenfalls nichts zu tun. Basta.

Je länger Mona lief, desto ruhiger wurde sie innerlich wieder. Sie musste einfach aufhören, sich unnötige Gedanken über Laurence und seine Geheimnisse zu machen. Jetzt, da Chris immer mehr in wohltuende Ferne rückte, da würde sie sich keinesfalls gleich auf neue Probleme einlassen. Dafür war sie schließlich nicht nach Südfrankreich gekommen. Sie wollte wieder zu sich finden. Ihre Stärke wiederentdecken. Damit war sie auch dank ihrer neuen Aufgabe im Hotel auf einem guten Weg. Das war der letzte bewusste Gedanke, bevor sie sich ganz auf ihren Laufrhythmus und die Umgebung konzentrierte.

Mona hatte keine Ahnung, wie lange sie bereits gelaufen war, als ein Ruf sie aufschreckte. Ein Mann, der weiter landeinwärts als sie, die direkt neben Wasser joggte, war auf ihrer Höhe angekommen und winkte.

Mona stoppte abrupt. Ihr wurde trotz des frischen Windes heiß und sie spürte, wie ihr das Blut ins Gesicht schoss.

„Bonjour", krächzte sie. Auf eine Begegnung mit Laurence war sie nicht vorbereitet gewesen. Unsicher sah sie zu ihm rüber.

„Frau Kollegin, ich hätte Sie fast nicht erkannt!" Laurence grinste, während sein Blick an ihr hinab wanderte. Ihre nackten Beine waren mit nassem Sand gesprenkelt, Shorts und T-Shirt klebten an ihrem Körper.

„Du hast auch schon mal gepflegter ausgesehen!", konterte Mona spitz und musste gleich darauf lachen. Laurence Laufkleidung war ebenso durchnässt wie ihre und seine dunklen Haare klebten in eigenwilliger Kreation am Kopf. Wenigstens das war ihr erspart geblieben. Ihre Frisur war gebändigt durch einen Pferdeschwanz und zusätzlich geschützt durch die Basecap. Laurences braune Augen leuchteten. Er schien sich über die Begegnung zu freuen.

Plötzlich war es wieder so herrlich leicht und unkompliziert zwischen ihnen, stellte Mona verwundert fest.

„Läufst du mit mir zurück?" Laurence lief langsam auf sie zu.

„Gerne, wenn dir meine Aufmachung nicht zu peinlich ist", scherzte sie.

„Wer bin ich, der aus seinem Glashaus mit Steinen wirft?", erwiderte er theatralisch und mit zuckenden Mundwinkeln.

„Es ist mir eine Ehre." Der letzte Satz passte zu ihrem Geplänkel, dennoch meinte Mona, eine unerwartete Ernsthaftigkeit aus den Worten zu hören.

„Dann los!" Sie sprintete los, bevor sie den Gedanken vertiefen konnte.

„Wer Letzter ist, deckt den Frühstückstisch!", rief Laurence und spurtete Mona hinterher.

Als sie seinen Atem hinter sich hörte, erhöhte sie noch einmal das Tempo.

„Also, ich decke den Tisch garantiert nicht!", japste sie über die Schulter. „Bin schließlich die Chefin!"

„Das werden wir noch sehen", drohte er und zog geschmeidig an ihr vorbei.

„Na, warte ...", keuchte sie und mobilisierte die letzten Kraftreserven.

Florenz

Nila

Der Blick aus dem Panoramafenster der Caféteria der Privatklinik war wunderschön und beruhigend. Letzteres war vermutlich vom Landschaftsarchitekten, der die Planung des klinikeigenen Parks gemacht hatte, gewollt. Nichts schien dem Zufall überlassen worden.

Nilas Blick schweifte über die herrlichen Rosenbeete, die eingebettet zwischen prächtigen alten Bäumen, in zarten Rosa, Weiß- und Violetttönen verschwenderisch blühten. Patienten in Rollstühlen oder auf Krücken wurden von Pflegern oder Besuchern bei ihrer Runde durch die Grünanlage begleitet. Einmal mehr dachte Nila, wie froh sie sein konnten, dass sowohl Rénee als auch Giuseppe in diesem besonderen Haus behandelt wurden.

„Schön, oder?“, fragte Vincent, der Nilas Blick gefolgt war.

„Hm.“ Sie nickte versonnen. „Aber noch viel schöner ist, wie sich in den letzten Tagen alles entwickelt hat.“

„Es war eine großartige Idee, dass du optisch wieder die alte Rénee hervorgezaubert hast“, sagte er anerkennend und bedachte sie mit einem liebevollen Blick.

„Danke“, antwortete sie schlicht. „Aber lass das *alt* Maman lieber nicht hören.“ Nila grinste. „Außerdem glaube ich, dass es nur ein kleines Mosaiksteinchen zur Änderung ihrer Haltung war. Viel wichtiger war sicher der Grund, dass nun Giuseppe auf ihre Hilfe angewiesen ist und nicht länger sie auf seine.“

Vincent nickte. „Das kann Maman auf jeden Fall besser.“ Er musste lachen, als Jeanne, die auf seinem Schoß saß, mit dem älteren Herrn am Nebentisch zu schäkern begann.

„Sie weiß schon jetzt, wie man die Männerwelt für sich gewinnt.“

„Das hat sie von ihrer Großmutter!“

„Ich bin nicht sicher, ob wir da so weit in der Familie zurückgehen müssen.“ Vincent grinste Nila frech an.

„Ich konnte das noch nie“, behauptete sie empört, während ihre Augen vergnügt funkelten.

„Dann hab ich mich wohl wegen deiner Kratzbürstigkeit in dich verliebt“, schlug er vor.

„Schon eher“, antwortete sie zufrieden. Wieder etwas ernster fügte sie hinzu: „Es ist schon verblüffend, wie schnell Maman sich in den wenigen Tagen erholt hat. Darauf hätte ich kaum zu hoffen gewagt."

„Kein Wunder, sie nimmt ja jede Physio-Stunde, die sie kriegen kann."

„Um danach wieder zu Giuseppe zu eilen", ergänzte Nila. Sie sah auf ihre Armbanduhr. „Eigentlich müsste Maman gleich hier sein."

„Mal sehen, ob sie sich dieses Mal an unsere Verabredung erinnert", brummte Vincent vielsagend.

„Ach komm, sie hat uns nur gestern einmal versetzt. Ich finde es gut, dass sie jetzt wieder nur Augen für Giuseppe hat."

„Ja, ich ja auch", stimmte er zu. „Was meinst du denn, wann du wieder zurück nach Frankreich musst?"

„Du willst uns also loswerden?" Sie sah ihn gespielt empört an.

„Meine beiden Mädels? Niemals! Ich denke nur an deine Freundin, die vielleicht froh ist, endlich die Verantwortung wieder abzugeben." Vincent sah Nila fragend an.

Sie schüttelte leicht den Kopf. „Also, laut Monas Aussagen macht es ihr bislang nicht das Geringste aus. Und dass sie den Laden am Laufen hält, daran habe ich keine Sekunde gezweifelt."

„Okay, dann kümmern wir uns gerne weiter zusammen um unsere Pflegebedürftigen."

„Wie bitte? Pflegebedürftige?", fuhr eine strenge Stimme dazwischen.

Rénee stand wie aus dem Nichts plötzlich kerzengerade an ihrem Tisch und sah strafend von einem zum anderen.

Nila zuckte zusammen, und hätte sie nicht ein winziges amüsiertes Flackern in den Augen ihrer Schwiegermutter gesehen, hätte sie prompt ein schlechtes Gewissen überkommen.

„Der Pflegebedürftige", korrigierte Nila. „Wenn man dich so ansieht, brauchst du wahrlich keine Unterstützung mehr." Sie ließ den Blick wohlwollend an ihrer Schwiegermutter hinabgleiten. Rénee trug ein weinrotes Seidenkleid und um den Hals ein Tuch in einem etwas helleren Rot. Sie hatte sich wieder an Schuhe mit halbhohen Absätzen herangewagt, wie Nila feststellte. Make-up und Frisur harmonierten tadellos.

„Hast du dich selbst geschminkt?", fragte Nila interessiert.

„Ja", antwortete Rénee stolz. Dann senkte sie die Stimme. „Nur bei den Haaren hat mir die Schwester ein kleines bisschen geholfen."

Die beiden Frauen lächelten sich verschwörerisch zu.

„Wie geht`s Giuseppe?", warf Vincent ein.

„Besser als gestern. Jetzt ist der Arzt gerade bei ihm. Aber ich habe ihm versprochen, dass ihr drei später noch bei ihm reinschaut."

„Natürlich", sagten Nila und Vincent wie aus einem Mund.

„Wenn es so gut weiterläuft, dann kann seine Reha bald beginnen. Glücklicherweise findet diese ja hier im Haus statt." Rénee ließ sich würdevoll auf dem Stuhl nieder, den Nila, die aufgestanden war, ihr anbot.

Die Kellnerin kam an ihren Tisch und fragte, ob Rénee einen Wunsch habe.

„Espresso. Doppelt", verlangte Rénee resolut.

„Maman", sagte Vincent warnend.

„Okay, einfach." Rénee seufzte und warf ihrem Sohn einen genervten Blick zu.

„Ich weiß nicht, ob Espresso überhaupt schon das Richtige für dich ist." Vincent klang resigniert.

„Aber ich!", rief Rénee und nickte der Kellnerin zu. „Mein Sohn ist Gott sei Dank nicht mein Vormund."

Die Kellnerin lachte unsicher, warf noch einmal einen prüfenden Blick zu Vincent, der den Kopf schüttelte und die Schultern hob. Es war klar, wer das kleine Gemützel gewonnen hatte. Es war nicht der besorgte Sohn.

„Für Sie noch etwas?"

„Nein, danke." Nila und Vincent lehnten gleichzeitig ab.

„Maman, du musst immer noch auf dich achten. Und Espresso ist jetzt nicht als Heilmittel für Bluthochdruck bekannt", wagte Vincent einen letzten Versuch.

„Papperlapapp. Mein Blutdruck war bei der Messung heute Morgen wunderbar. Und ich wüsste nicht, dass ein kleiner Espresso bislang irgendjemanden getötet hätte." Renée verschränkte die Arme vor der Brust und strahlte demonstrativ Jeanne an, die offenbar das Interesse an dem Herrn am Nachbartisch verloren hatte und nun zu ihrer Großmutter wollte. Sie streckte die Speckärmchen bereits in deren Richtung und stieß ein forderndes Krähen aus.

Vincent gab sich seufzend und endgültig geschlagen.

Der Besuch bei Giuseppe verlief schön und entspannt. Nila und Vincent waren überrascht, welch erstaunliche Verbesserungen es seit seinem Herzinfarkt bereits gab. Der Patient war nicht mehr leichenblass mit diesem Blauschimmer auf der Haut, stattdessen wirkte er beinahe so frisch und lebendig wie vor seinem Herzinfarkt. Auch Giuseppes Ärzte zeigten sich sehr mit ihm zufrieden, alle Werte lagen im grünen Bereich. Wenn es so gut weiterlief, sollte er zeitnah von der Intensivstation auf eine normale Station verlegt werden. Giuseppe hatte sich sehr über den Besuch von Nila und Vincent gefreut, auch wenn er seine Aufmerksamkeit immer wieder auf Rénee richtete und verliebt *„mia Cara"* flüsterte, was sie mit einem leicht verlegenen Lächeln beantwortete.

Die ganze Familie war heilfroh, dass das Schlimmste offenbar hinter ihnen lag.

Jetzt waren Nila und Vincent gerade in die Finca zurückgekehrt. Während Vincent noch Einkäufe in der Küche verstaute, kümmerte Nila sich im Wohnzimmer um Jeanne. Die Kleine lag auf ihrer Kuscheldecke auf dem Fußboden und betrachtete verzückt die Rassel, die sie in ihrer kleinen Hand hielt. Nila saß daneben und beobachtete ihre Tochter. Einmal mehr überkam sie tiefe Dankbarkeit für dieses Geschenk. Jetzt, da die Sorgen um Rénee und Giuseppe deutlich geringer geworden waren, konnte sie sich wieder ungetrübt an ihrer kleinen Tochter erfreuen.

In Nilas Gedanken hinein klingelte ihr Handy, das auf dem Wohnzimmertisch lag. Nila erhob sich und griff danach.

„Mona!", rief sie erfreut. „Wie sieht es bei euch aus?"

„Bei uns ist alles im Lot. Ich wollte eigentlich wissen, wie es bei euch läuft!"

„Wunderbar. Giuseppe macht Fortschritte, die selbst die Ärzte in Erstaunen versetzen und Rénee nimmt jede Physio-Stunde, die sie kriegen kann."

„Sieh mal einer an." Mona pfiff durch die Zähne. „Wie sich die Dinge doch wandeln können."

„Gott sei Dank! Rénee ist praktisch wieder die Alte und Giuseppe ist auf dem besten Weg dorthin, auch wenn es in seinem Fall sicher noch einige Zeit dauern wird. Aber nun erzähl, wie geht es dir?"

„Ach, ich kann nicht klagen. Der letzte innere Chris-Rückfall liegt schon einige Tage zurück, und mit meiner Arbeit hier komme ich inzwischen klar, als hätte ich es gelernt." Mona lachte, aber es klang etwas gequält.

„Aber irgendetwas stimmt doch nicht", sagte Nila sofort. Sie spürte, dass ihre Freundin etwas auf dem Herzen hatte.

„Ach, es ist eigentlich nichts ... nur ... Ich werde aus Laurence nicht so richtig schlau. Wir verstehen uns wirklich gut, aber immer wieder passiert es, dass er sich scheinbar ohne Grund vollkommen zurückzieht. Als hätte ich unwissentlich eine Grenze überschritten ... Ich weiß auch nicht, aber das belastet mich." Mona brach seufzend ab.

„Oh." Nila atmete hörbar aus. „Etwas zurückhaltend ist er immer, aber das Verhalten, wie du es beschreibst, kenne ich so nicht von ihm. Allerdings habe ich auch kaum Zeit, mir über unseren Koch den Kopf zu zerbrechen." Plötzlich wurde Nila bewusst, wie Mona ihre Worte auch verstehen könnte. „Damit meine ich natürlich nicht, dass du weniger zu tun hast ..."

„Keine Sorge, ich habe dich schon richtig verstanden. Du hast tatsächlich deutlich mehr um die Ohren! Immerhin musst du dich noch um Jeanne kümmern, und einen Mann hast du schließlich auch." Mona verstummte kurz, dann kam sie auf das eigentliche Thema zurück. „Ach, wahrscheinlich interpretiere ich viel zu viel in die Situation mit Laurence hinein. Es fühlt sich nur fast so an, als wären wir inzwischen befreundet. Wir gehen morgens manchmal zusammen laufen, reden in den Pausen oder nach Feierabend. Er hat sich sogar meinen Liebeskummer-Quatsch angehört, ohne sichtlich zu ermüden. Und dann ... Dann ist er plötzlich wie ausgewechselt. Einmal waren wir nachts zusammen im Meer schwimmen, das war total lustig. Bis er den Ausflug plötzlich beendet hat und ans Ufer ist, als sei er auf der Flucht. Als hätte sich ein Schalter umgelegt ..."

„Das ist wirklich seltsam. Aber es hört sich für mich so an, als solltest du am Ball bleiben. Wenn ich es mir recht überlege, gebt ihr ein schönes Paar ab!"

„Blödsinn!", rief Mona eine Spur zu schnell und zu laut, wie ihr selbst prompt bewusst wurde.

Nila lachte am anderen Ende hell auf. „Oh oh ..." Mehr sagte sie nicht, aber das war auch nicht nötig.

„Weißt du etwas über seine ..."

Nila wartete verwundert. „Hi Laurence", hörte sie Mona mit hoher Stimme sagen. Nila biss sich auf die Lippen und schmunzelte in sich rein. Was auch immer ihre Freundin sie hätte fragen wollen, es war offensichtlich nicht für Laurence` Ohren bestimmt.

„Unsere Angestellten brauchen mich", flötete Mona, bevor das Gespräch abbrach.

Nachdenklich setzte Nila sich wieder zu ihrer Tochter auf den Fußboden.

24.

Verdammt! Mona konnte es kaum glauben, dass es ihr wieder nicht gelungen war, von Nila mehr über Vincents Vergangenheit zu erfahren. Jacques wollte ihr ausnahmsweise keine Hilfe sein. Vermutlich aus guten Gründen, und sie verstand ihn ja. Aber jedes Mal, wenn sie Anlauf nahm, ihre beste Quelle Nila zu befragen, kam etwas dazwischen. Es war wie verhext!

Unzufrieden trommelte Mona mit den Fingerspitzen auf dem Gartentisch, an dem sie saß. Der Regen hatte jetzt am frühen Nachmittag endlich aufgehört. Sie sah zum Himmel, an dem die Sonne versuchte, sich durch die Wolken durchzukämpfen. Noch war nicht klar, ob sie sich würde durchsetzen können. Mona genoss es allerdings schon, wieder im Trockenen nach draußen zu können. Der stete Regen hatte sich den ganzen Tag konsequent übers Land verteilt. Erst in heftigen Schauern, später übergehend in einen sanften Landregen.

Nachdenklich ließ Mona den Tag Revue passieren. Nach ihrem überraschenden Treffen mit Laurence morgens am Strand hatte sich seine gelöste Stimmung den Tag über gehalten. Nach ihrem Telefonat mit Nila, bei dem sie von ihm unterbrochen worden war, hatten sie gemeinsam mit Alice und Jacques zu Mittag gegessen. Es gab ein schlichtes italienisches Rezept. Spaghetti in Knoblauchöl, garniert mit Ziegenkäse und kleinen, wunderbar intensiv schmeckenden Tomaten. Anschließend war jeder wieder seiner Arbeit nachgegangen. Bis Mona sich nun zu einer kleinen Nachmittagspause entschieden hatte. Von Laurence war weit und breit nichts zu sehen. Sie ging davon aus, dass er zur Pause nach Hause gefahren war. Plötzlich hielt Mona inne und entschied, nicht länger über Laurence grübeln zu wollen. Entschlossen reckte sie ihr Gesicht in die Sonne.

Paris

Laurence

Vor drei Jahren

Laurence stand am bodentiefen Fenster ihrer Pariser Altbauwohnung und blickte in die Nacht, die in der französischen Hauptstadt nie wirklich dunkel wurde. Er war gerade erst nach Hause gekommen nach seiner anstrengenden Schicht im *L'etoile*. Heute hatten die Extrawünsche der Gäste überhaupt kein Ende nehmen wollen. Aber vielleicht kam es ihm auch nur so vor, weil er so erschöpft war. Früher hatte ihn das nie gestört, aber in letzter Zeit spürte er seine Müdigkeit bei der Arbeit immer stärker. Er war erst Mitte dreißig, aber nach fünfzehn Jahren Spitzengastronomie merkte er seinem Körper die Strapazen an. Seine rechte Schulter schmerzte oft und an das Ziehen im Rücken hatte er sich als Dauerzustand beinahe gewöhnt. Schlimmer als die ersten körperlichen Spuren waren allerdings die seelischen Belastungen, die ihn zunehmend quälten. Er

liebte das Kochen und hätte die nervenaufreibenden
Jahre im *L'etoile* nicht missen mögen. Dennoch spürte
er immer dringender den Wunsch nach Veränderung.
Würde er noch für das Arbeiten im *L'etoile* brennen,
dann könnte er die körperlichen Baustellen besser aus-
blenden, das wusste er. Aber es funktionierte zunehmend schlechter.

Seufzend goss er sich ein Glas Rotwein ein und ließ
sich auf das teure Ledersofa fallen. An die Farbe des
Möbelstücks hatte er sich nach dem Kauf wochenlang
nicht gewöhnen können. Türkis. Im Traum wäre Laurence nicht eingefallen, sich für ein Sofa in Türkis zu
entscheiden. Aber die Einrichtung der großen Wohnung hatte er bereitwillig Amélie überlassen. Zum einen war es ihm tatsächlich nicht allzu wichtig, zumal
er ohnehin wenig Zeit in der Wohnung verbrachte. Zumindest nicht im wachen Zustand. Die meiste Zeit verbrachte er im Restaurant und wenn er nach Hause
kam, fiel er todmüde ins Bett. Im Übrigen hätte er gegen
die Wünsche seiner Frau ohnehin keine reelle Chance
gehabt, sich durchzusetzen. Und er musste zugeben,
dass Amélie in Sachen Innenarchitektur eindeutig das
bessere Händchen besaß. Bei der Einrichtung passte alles zusammen. Die wenigen knalligen Farbakzente wie
das Sofa harmonierten bestens mit den dezenten Farb-
tönen der langen Vorhänge, Lampen und Kissen, die in
Cremeweiß gehalten waren. Die modernen großen Bilder an den Wänden waren überwiegend abstrakte
Kunst und sorgten mit ihren teils kräftigen Farben
ebenfalls für geschickten Kontrast. Die Künstler, die
dafür verantwortlich zeichneten, gehörten alle zu A-

mélies Freundeskreis, was die horrenden Preise allerdings nicht gedrückt hatte. Geld war glücklicherweise ohnehin schon lange kein Thema mehr bei ihnen. Seit er die Küchen-Leitung im L´etoile übernommen hatte, war sein Gehalt drastisch gestiegen, und Amélie verdiente inzwischen Unsummen als Fotografin. Laurence machte sich nicht viel aus diesem Umstand. Nachdem die erste harte Zeit in Paris hinter ihnen lag, in denen sie jeden Cent dreimal umdrehen mussten und sich sowohl Amélies als auch sein Einkommen Stück für Stück gesteigert hatte, war er froh und dankbar gewesen. Ab einem gewissen Punkt, an dem es nicht mehr um ein sorgenfreies, sondern zunehmend um ein luxuriöses Leben ging, wurde ihm das Geld immer unwichtiger. Im Gegensatz zu seiner Frau, die nicht müde wurde, es auszugeben. Laurence störte das nicht. Alles, was Amélie glücklich machte, machte auch ihn glücklich. Dachte er. Bis er merkte, dass Amélie von Jahr zu Jahr rastloser und unglücklicher wirkte. Wobei er sich bis heute nicht sicher war, ob er mit dieser Einschätzung überhaupt richtig lag. Nachdenklich nahm er einen Schluck aus seinem Weinglas und lehnte sich auf dem weichen Sofa zurück. Er dachte nicht oft über seine Ehe nach. Vielleicht weil er früh gelernt hatte, Dinge, die nicht zu ändern sind, einfach zu akzeptieren. Amélie hatte schon immer diesen extremen Hunger nach Leben gehabt. Eine Eigenschaft, die er anfangs nicht nur faszinierend fand, sondern ihm auch einen Teil von sich selbst spiegelte. Damals, als er zwanzig war. Aber im Laufe der Jahre wurde sein Hunger kleiner. Stattdessen spürte er immer öfter den Wunsch anzukommen. In einem Leben, das sinnvoller und letztlich einfacher war. Das genaue Gegenteil von dem, was Amélie sich zu wünschen schien. Aber er liebte sie, wollte nach wie vor ein gemeinsames Leben mit ihr. Auch wenn sie sich viel zu selten sahen. Wenn sie von ihren langen Reisen zurückkam, war er glücklich. Freute sich, nach der Arbeit nach Hause zu kommen, wo sie ihn erwartete. Manchmal. Wenn sie nicht gerade auf einer der Partys ihrer vielen Freunde und Bekannten war. Amélie fotografierte nach wie vor begeistert Models, jettete von Stadt zu Stadt und vermisste ihre frühere Arbeit als Landschaftsfotografin nicht. Laurence hingegen ging Paris immer mehr auf die Nerven. Ihm gab es immer weniger, dieses glamouröse, teure Leben. Er sehnte sich danach, in die Provence zurückzukehren. Vielleicht nach Les Issambres oder zumindest in die Nähe davon. In Nizza verbrachte Amélie gerne gelegentlich ein paar Tage. Letztes Jahr waren sie gemeinsam für eine Woche dort gewesen. Auf Luxus und Glamour musste sie nicht verzichten, aber Nizza konnte Amélie nicht lange fesseln. Sie waren einen Tag früher als geplant nach Paris zurückgekehrt.

Aktuell war Amélie in Dubai. Wann sie zurückkommen würde, stand noch nicht fest. Laurence seufzte und fuhr sich durch die Haare, die dringend eines neuen Schnitts bedurften. Er schloss für einen Moment die Augen. So sehr sich alles in ihm dagegen wehrte, aber er musste bald ein ernsthaftes Gespräch mit seiner Frau führen. So, wie es jetzt lief, konnte es unmöglich länger bleiben.

25.

Mona hatte gerade ihre Pause beendet, als sie Laurence und Jacques durch den Garten auf sich zukommen sah. Beide waren in eine angeregte Unterhaltung vertieft und bemerkten sie zunächst nicht. Mona betrachtete das ungleiche Paar und musste lächeln. Wüsste man es nicht besser, könnte man den kleinen alten Franzosen mit der Baskenmütze und dem freundlichen, faltigen Gesicht für den Großvater des großen, dunkelhaarigen Mannes mit dem ernsten Gesichtsausdruck neben sich halten.

In diesem Moment sagte Jacques etwas und kicherte, woraufhin auch Laurence lachte. Sofort verschwand das Ernste, leicht Melancholische aus seinen Zügen. Monas Lächeln vertiefte sich. Wie anders er wirkte, wenn er lachte. Laurences und Monas Blick trafen sich. Beinahe hätte sie verlegen weggesehen. Erst im letzten Moment schaffte sie es, seinem Blick standzuhalten und unbefangen zu winken. Beide Männer winkten zurück. Jacques hocherfreut, wie es aussah. Und Laurence … Er machte ebenfalls den Eindruck, sich zu freuen, sie zu sehen, wie Mona zögernd feststellte. Was dazu führte, dass ihr Herz schneller schlug.

„Liebe Mona, wohlverdiente Pause?" Jacques blieb vor ihr stehen und bedachte sie mit einem warmen Blick.

„Gerade beendet", antwortete Mona und stand mit einem Seufzen auf. „Jetzt, wo das Wetter wieder so schön ist …" Sie deutete zum Himmel, an dem sich die Wolken immer mehr gelichtet und einer inzwischen wieder strahlenden Sonne Platz gemacht hatten. „… muss die Chefin leider zurück an die Arbeit." Sie hob bedauernd die Schultern.

„Trösten Sie sich, uns geht es auch nicht anders. Bis eben haben wir in meiner Garage gewerkelt, und nun will ich mir noch das undichte Fenster in Zimmer drei vornehmen."

„Oh ja, das ist gut", sagte Mona. „Heute Morgen hat es dort ganz schön reingeregnet. Nur gut, dass das Zimmer noch bis übermorgen frei ist. Und was war mit Ihrer Garage?"

„Ach, das Tor ließ sich nicht mehr richtig schließen. Allein habe ich es leider nicht hinbekommen, aber dank der Hilfe dieses tatkräftigen jungen Mannes …" Jacques klopfte Laurence auf den Rücken. „… ist jetzt alles wieder im Lot."

„Das ist schön." Mona machte sich gerade daran, Jacques zu folgen, der Richtung Terrassentür schritt, als Laurence sie am Arm festhielt. Überrascht sah sie ihn an.

„Ähm, ich wollte dich etwas fragen." Laurence erwiderte ihren Blick nur kurz, bevor er ihn auf seine Schuhspitzen richtete.

„Ja?", fragte Mona interessiert. Täuschte sie sich oder war er gerade verlegen?

„Du hattest doch gesagt, dass du mich begleiten möchtest, wenn ich das nächste Mal zu Céline fahre. Also … morgen wahrscheinlich. Falls du Lust hast …"

Endlich hob er den Blick wieder. Tatsächlich konnte Mona jetzt Verlegenheit in seinen Augen erkennen.

„Gerne", sagte sie schnell, bevor er womöglich einen Rückzieher machen konnte.

„Okay. Wir würden dann am späten Vormittag starten und das Mittagessen hier ausfallen lassen. Ich esse meist mit Céline gemeinsam. Das Essen dort ist gar nicht übel, und die Betreuer sind sehr gastfreundlich Besuchern gegenüber."

„Gerne. Ich freue mich!" Mona strahlte.

„Ich mich auch", murmelte er, bevor er ins Haus verschwand.

Mona sah ihm nachdenklich hinterher.

Den restlichen Tag ging Mona nicht mehr aus dem Kopf, wie verlegen Laurence gewirkt hatte, als er die Einladung zu einem Besuch bei seiner Schwester wiederholt hatte. Und sie musste darüber grübeln, was Nila leichtfertig gesagt hatte. Dass sie und Laurence ein schönes Paar wären. An diesem Nachmittag verrichtete Mona ihre Arbeit seltsam mechanisch. Selbst die Gespräche mit Gästen, die vom Strand zurückkehrten, um sich in ihren Zimmern noch ein wenig auszuruhen, bevor sie sich für das Abendessen zurechtmachten, führte sie fast abwesend. Inzwischen fühlte sie sich in ihrer Rolle als Hotelchefin allerdings tatsächlich so sicher, dass sie bei belanglosem Geplänkel nicht mehr ihre volle Konzentration brauchte. War da tatsächlich mehr zwischen Laurence und ihr? Sie schüttelte zum wiederholten Mal den Kopf. Nein, das konnte nicht sein! Sie war ganz bestimmt nicht in die Provence geflüchtet, um sich neu zu verlieben. Sie war hier, um endgültig einen Schlussstrich unter ihre Beziehung zu

Chris zu ziehen, wieder zu sich finden, um dann mit neuer Kraft und Frische nach Hamburg zurückzukehren.

Dann unterlief ihr der erste Fehler, den sie glücklicherweise kurz darauf bemerkte. Vielleicht sollte sie doch lieber einen Rückzieher machen und den Ausflug morgen absagen. Nein, entschied sie dann. Das wäre doch zu albern. Außerdem würde ihr so schnell garantiert keine glaubwürdige Ausrede einfallen. In ihre Gedanken hinein klingelte ihr Handy, das vor ihr auf der Rezeption lag. Chris. Ohne lange nachzudenken, nahm sie das Gespräch an.

„Hallo Chris", sagte sie forsch. Am anderen Ende blieb es zunächst still. Sie ahnte, dass er völlig perplex war, dass sie abhob, anstatt seine Anrufe wie üblich zu ignorieren.

Den Gefallen als Erste weiterzusprechen, tat sie ihm nicht. Es bereitete ihr ein gewisses Vergnügen, ihn sich hilflos mit dem Handy am Ohr vorzustellen, unfähig Worte zu formulieren. Einzig seinen Atem hörte sie, der mühsam klang.

Schließlich schien er sich so weit gefasst zu haben, dass seine Stimme ihm wieder gehorchte.

„Mona, Baby, es ist so schön, deine Stimme zu hören."

„War es das?", fragte sie, durchaus bereit, das Gespräch direkt wieder zu beenden.

„Du fehlst mir so ..."

Diese verdammte, weiche Stimme! Mona spürte, dass ihre Haltung sich veränderte. Mist, sie hätte nicht drangehen dürfen!

„Wo steckst du überhaupt? Marc verweigert jede weitere Auskunft. Er hat etwas von Auszeit genommen gefaselt …“

„Ist das wichtig, wo ich bin?“ Mona hörte selbst, dass ihre Stimme sich plötzlich krächzend anhörte.

„Aber natürlich ist das wichtig, wo du bist! Und vor allem: Wann kommst du zurück?“

„Das weiß ich noch nicht. Außerdem ist es für dich nicht wichtig, wo ich bin. Zwischen uns ist alles gesagt!“ Nun zitterte ihre Stimme auch noch. Wütend biss sie sich auf die Lippe, bis sie Blut schmeckte.

„Mona, Liebling, das meinst du doch nicht so. Ich bin fast verrückt vor Sorge! Klar, du hast allen Grund, wütend auf mich zu sein.“

Mona stieß ein bitteres Lachen aus. „Danke, dass ich deine Erlaubnis habe, wütend zu sein.“

Was mache ich hier eigentlich, fragte sie sich? Ich diskutiere völlig sinnfrei mit dem Mann, der mich, ohne zu zögern, in der Hölle zurückgelassen hat. Sehnsucht und Wut rangen in ihr um die Vorherrschaft. Bevor ein Gefühl die Oberhand bekommen konnte, kam Jacques die Treppe herunter. Mona legte schnell die Hand aufs Telefon.

„Das Fenster ist wieder in Ordnung!“, rief Jacques fröhlich. „Ich mache jetzt Feierabend.“

„Danke“, sagte sie mit einem Lächeln und deutete auf das Telefon, das sie immer noch mit der Hand abschirmte. Chris sollte nicht anhand des in Französisch geführten Gesprächs Rückschlüsse auf ihren Aufenthaltsort schließen können.

„Oh, Sie telefonieren“, flüsterte Jacques und zog schuldbewusst den Kopf ein.

„Kein Problem, das ist nur privat.“ Sie winkte ab. Und vollkommen unnötig, fügte sie in Gedanken hinzu. Der alte Nachbar hob die Hand zum Gruß und ging davon.

„Ruf mich nicht mehr an, Chris!“ Endlich schaffte sie es, virtuell den Hörer aufzulegen. Kopfschüttelnd pfefferte Mona danach das Handy über die Rezeption und stemmte die Hände in die Hüften.

Sie schwankte unverändert zwischen Wut und Traurigkeit. Düster gestand sie sich ein, dass sie keineswegs über Chris hinweg war. Sonst könnte er sie doch nicht mehr so aufwühlen. Oder doch? Schicksalsergeben wartete sie auf den Abgrund vor sich. Er zeigte sich nicht. Hm, dachte sie. Anscheinend bin ich zumindest weiter als bei meiner Ankunft. Und ich bin dabeigeblieben, dass ich nicht mehr will, auch wenn es vielleicht nicht die Wahrheit ist.

26.

Die Nacht war unruhig gewesen. Seltsame Träume wechselten sich ab mit schlaflosen Abschnitten, die Mona grübelnd verbrachte. Aus den Träumen blieben ihr nur Fragmente, die sie vergeblich versuchte, zu einem sinnvollen Ganzen zusammenzusetzen. Ihre Mutter hatte darin ebenso mitgespielt wie Georg, Laurence und Chris. Eine wüste Mischung, die bei Licht betrachtet kaum Sinnvolles bieten konnte. Mona hatte Simone zusammen mit Georg in der Küche stehen und kochen gesehen. Plötzlich war es jedoch nicht mehr ihr Ex-Stiefvater, den sie im Traum sah, sondern Laurence, der mit ihrer Mutter Hand in Hand arbeitete. Am Tisch saßen Mona und Chris, die darauf warteten, dass das Essen fertig wurde. Sie hatte noch viele weitere Dinge geträumt, aber diese Szene war die einzige, die die Nacht überdauert hatte und an die sie sich noch immer erinnerte. Was sie damit anfangen sollte, erschloss sich ihr aber jetzt im halbwegs wachen Zustand genauso wenig wie in der Nacht. Mit geschlossenen Augen blieb Mona noch eine Weile liegen. Dann fiel es ihr wieder ein. Heute würde sie mit Laurence zu Céline fahren. Schlagartig war sie hellwach und öffnete die Augen. Ein Gefühl der Vorfreude machte sich in ihr breit.

Mona sah wieder Laurence` verlegenes Gesicht vor sich. Prompt musste sie lächeln. Sie setzte sich auf und schwang die Beine über die Bettkante. Die helle Morgensonne schien ins Zimmer, das Wetter war wie gemacht für einen kleinen Ausflug. Während die Gedanken in ihrem Kopf hin und her sprangen, ging sie zum Fenster hinüber und zog die Gardinen zurück. Nachdenklich sah sie hinunter in den friedlichen Garten, in dem sich noch kein Gast und auch sonst niemand zu dieser frühen Stunde verirrt hatte. Wenn sie die widersprüchlichen Gefühle für Laurence beiseiteschob, war die Aussicht auf ein paar Stunden außerhalb des Hotels erfrischend. So gern Mona die Vertretung von Nila übernommen hatte, so verlockend fand sie dennoch eine kleine Auszeit. Auf die kleine, besondere Schwester von Laurence war sie gespannt. Mona überlegte kurz, ob sie das Laufen heute Morgen ausfallen sollte. Aufgrund der unruhigen Nacht fühlte sie sich nicht besonders fit. Schließlich entschied sie sich trotzdem dafür. Mit Laurence war sie wie üblich nicht fest verabredet, aber wie immer war es gut möglich, dass sie sich über den Weg liefen. Natürlich wollte sie ihr Training nicht seinetwegen diszipliniert durchführen, sondern weil sie wusste, dass sie sich danach besser fühlen würde. Zumindest redete sie sich das erfolgreich ein, während sie in ihre Sportsachen schlüpfte.

Mona war etwas früher dran als gewöhnlich. Trotzdem schien der Strand heute bevölkerter als sonst zu sein. Eine Gruppe von Frauen im mittleren Alter kam ihr entgegengelaufen. Anscheinend war es bei ihnen Pflicht, sich möglichst bunt anzuziehen. Mona hatte das Gefühl, als käme ihr die gesamte Farbpalette des Universums entgegen. Die Leggings und Oberteile leuchteten in Pink oder Neongrün, Sonnengelb oder einem kräftigen Orange. Einige trugen Schweißbänder um die Stirn und beim Näherkommen konnte Mona tatsächlich vier Beine entdecken, die in Stulpen steckten. Mona musste grinsen. Sie hatte nicht einmal gewusst, dass es die noch gab. Spontan dachte Mona, dass die Läuferinnen direkt von Jane Fonda für ein Video engagiert werden könnten.

Die Damen schienen nicht besonders sportlich, dafür aber mit einem eisernen Willen und einem sonnigen Gemüt ausgestattet zu sein. Sie lachten und alberten herum und stachelten sich gegenseitig an, nicht schlappzumachen. Ihre gute Laune wirkte ansteckend.

„Bonschur!", erklang es fast einstimmig und sehr fröhlich, als die Gruppe auf Monas Höhe war.

„Bonjour", grüßte sie freundlich zurück. Die Damen waren Deutsche, wie Mona nicht nur am Akzent, sondern jetzt auch am Geschnatter erkannte. Kurz überlegte sie, sich als Landsmännin erkennen zu geben, verwarf die Idee aber gleich wieder. Anstatt sich auf einen womöglich längeren Plausch einzulassen, wollte sie lieber die meditative Laufzeit nutzen, um fit in den Tag zu starten.

„Très bien!", rief sie den Damen zu, streckte einen Daumen in die Höhe und lief winkend vorbei. Eine Läuferin antwortete mit fröhlichen Worten, die französisch klangen, Mona aber trotzdem nicht verstand. Lachend lief Mona weiter.

Kurze Zeit später kam ihr wieder ein Jogger entgegen. Sie kniff die Augen zusammen. Es könnte Laurence sein. Frisur und Haarfarbe stimmte, und der Mann war

groß und schlaksig ... Aber er war es nicht, wie sie feststellte, als er näherkam. Er war rund zehn Jahre älter
und sah verkniffen aus. Mona beschloss, den Stich der
Enttäuschung zu ignorieren.

27.

„Können wir?" Laurence stand in Jeans und T-Shirt vor der Rezeption, wo Mona gerade ein Telefonat beendet hatte.

„Klar, ich sage nur schnell Jacques Bescheid." Sie griff erneut zum Telefon und tippte die Nummer des Nachbarn ein, die sie inzwischen auswendig kannte. Er meldete sich sofort.

„Geht es los?"

Mona grinste. „Ja, wenn es jetzt passt, wäre das großartig!

„Ich bin gespannt auf deine kleine Schwester", sagte sie zu Laurence, nachdem sie das Telefon wieder auf die Station gelegt hatte. Einmal mehr war sie dankbar für Jacques Zuverlässigkeit und seinen unermüdlichen Einsatz.

„Du wirst Céline mögen", versprach Laurence. Dann lachte er. „Es gibt nämlich niemanden, der sie nicht ins Herz schließt."

Jacques schien geflogen zu sein, denn er betrat bereits die Eingangshalle. Ein breites Lächeln im Gesicht, Baskenmütze auf dem Kopf, trat er näher und salutierte.

„Zu Ihren Diensten, Madame!"

„Jacques, Sie sind und bleiben ein Schatz! Ich wüsste nicht, wie dieses Hotel ohne Sie klarkommen sollte." Mona lächelte ihn dankbar an.

„Ach was", winkte er ab. „Das bisschen Telefondienst und ein wenig die Gäste bespaßen, mache ich doch mit links!"

„Ich weiß", sagte Mona. „Das ist ja das Schöne!"

„Viel Spaß mit deiner Schwester. Bestell ihr bitte Grüße von mir", sagte Jacques zu Laurence.

„Das mache ich, da freut sie sich." Laurence warf Mona einen auffordernden Blick zu.

Sie schnappte sich ihre Handtasche und stand auf. „Bis später, Jacques!"

Mona wollte gerade auf Vincents SUV zugehen, als Laurence sie stoppte. „Falsches Fahrzeug", sagte er.

Überrascht drehte sie sich um.

Er wies mit dem Kopf zur Hauswand, wo seine schwarze Vespa im Schatten einer großen Kastanie stand.

„Wir fahren Motorroller?" Sie sah ihn entgeistert an.

„Ich weiß, du bist schwerere Geschütze als mein bescheidenes Gerät gewöhnt. Aber es gibt nichts Schöneres, als auf einer Vespa am Meer entlangzufahren." Er grinste.

Mona nickte langsam. Es war nicht so, dass es unter ihrer Würde lag, auf einem Motorroller mitzufahren, aber ihr wurde tatsächlich einen Moment heiß bei der Vorstellung, Laurence so nah zu sein ...

„Madame ..." Laurence reichte ihr einen schwarzen Helm. Erst jetzt sah Mona, dass zwei Schutzhelme am Lenker gebaumelt hatten.

Sie zwang sich zu einem Lächeln und griff zu.

Nachdem Laurence aufgestiegen war, nahm sie hinter ihm Platz. Sie spürte seine Oberschenkel an ihren, sein Rücken blieb wenige Zentimeter von ihr entfernt, da sie reflexartig zu den hinteren Haltegriffen langte. Trotzdem führte die unvermeidbare Nähe schon wieder dazu, dass sich ihre Körpertemperatur zu erhöhen schien. Sie biss sich auf die Lippen und setzte schnell den Helm auf.

„Bereit?", rief Laurence über die Schulter.

Sie streckte einen Arm aus und machte das Daumen-Hoch-Zeichen.

Dann startete er den Motorroller. Knatternd fuhren sie langsam vom Hotelgelände. Zunächst blieben Monas Hände eisern am hinteren Griff. Erst als sie die Küstenstraße erreichten und das Mittelmeer tiefblau neben ihnen schimmerte, legte Mona ihre Arme um Laurences schlanke, aber durchtrainierte Mitte. Dabei versuchte sie, sich selbst einzureden, dass sie es ausschließlich wegen der jetzt deutlich höheren Geschwindigkeit tat. Aber natürlich wusste sie, dass das Quatsch war. Laurence fuhr vorsichtig und vorausschauend, und vom Motorradfahren war sie ganz andere Geschwindigkeiten gewohnt.

Es dauerte nicht lange, bis Mona sich an die Nähe zum Fahrer gewöhnt hatte und die Fahrt in vollen Zügen zu genießen begann. Das Meer blitzte verführerisch im Sonnenschein, über den Strand verteilten sich sonnenanbetende Menschen, Kinder spielten im Sand und Jugendliche spielten Beachvolleyball. Das Urlaubsgefühl war trotz der Distanz zum Strand deutlich zu spüren. Mona seufzte leise. Die Verantwortung als Chefin hatte sie im Hotel zurückgelassen. Stattdessen fühlte sie nur noch dieselbe Freiheit, die sie sonst auf ihrem eigenen Motorrad die Welt vergessen ließ. Das Leben war herrlich! Sie legte den Kopf in den Nacken und blickte in den blauen Himmel, der nur von wenigen Schäfchenwolken verziert wurde.

Nach Monas Geschmack war die Fahrt viel zu schnell vorbei. Mit Bedauern stieg sie von der Vespa ab, nachdem Vincent sich einer freien Ecke auf dem kleinen Parkplatz ihres Zielortes gesucht hatte.

Neugierig sah sie sich um. Das große zweigeschossige Haus war hellgelb gestrichen. Das Eingangsportal bildete mit seinem dunklen Holz dazu einen hübschen Kontrast. Vor den weißen Fensterläden blühten violette Petunien in verschwenderischer Pracht. „Hübsch hier", sagte Mona zu Laurence, während sie den Helm absetzte.

„Ja, das finde ich auch. Ich habe die Einrichtung nicht nur aufgrund ihres hervorragenden fachlichen Rufs ausgesucht, sondern auch danach, ob man sich an diesem Ort wirklich daheim fühlen kann."

„Und, tut Céline das?"

„Das kannst du gleich selbst prüfen", antwortete er mit einem Zwinkern.

Mona lauschte. „Ich glaube, ich kann Hühner hören." Das Gegacker war zwar nur schwach zu vernehmen, aber es klang eindeutig.

„Hundert Punkte, Sherlock", neckte Laurence sie und lachte.

Sie warf ihm einen Seitenblick zu. Schon jetzt meinte sie, eine Veränderung an ihm wahrzunehmen. Er wirkte viel entspannter und gelöster, als sie ihn sonst, von einigen Ausnahmen abgesehen, im Hotel erlebte.

„Die Helme können draußen bleiben, hier wird nicht geklaut." Er nahm Monas Helm entgegen und hängte beide über den Lenker der Vespa. „Dann wollen wir mal!" Mit großen Schritten ging er Richtung Eingangstür.

Mona musste sich beeilen, um mit ihm mitzuhalten. Laurence schien es kaum abwarten zu können, seine Schwester zu sehen.

Als sie ins Haus traten, spürte Mona sofort die angenehme Atmosphäre, die drinnen herrschte. Gesprächsfetzen und Gelächter drangen an ihre Ohren. Die Einrichtung des Hauses war schlicht, aber freundlich und in hellen Farben gehalten. Die Diele, in der sie jetzt standen, war nicht besonders groß, aber die zweiflügelige Glastür bot Ausblick auf den dahinter liegenden weitläufigen Wohnbereich.

Laurence blickte auf seine Armbanduhr. „Jetzt ist gleich Mittagspause. Vielleicht ist Céline schon im Gemeinschaftsraum, ansonsten wird sie gleich kommen." Er öffnete rasch die Glastür, und sie betraten den Raum.

Einige Augenpaare richteten sich sofort auf sie. Etwas befangen grüßte Mona in die Runde, was freundlich beantwortet wurde. An den Tischen saßen erst wenige Bewohner – manche stumm wartend, andere lachten und alberten herum.

Die Mitarbeiter erkannte Mona unschwer an deren Kleidung. Sie alle trugen weiße Jeans und türkisfarbene Poloshirts.

Eine junge Mitarbeiterin, deren unverschämt dicke, blonde Haarpracht von einem ebenfalls türkisfarbenen breiten Band aus dem Gesicht gehalten wurde, stand sofort auf, als sie Laurence erkannte. Mit ausgestreckten Armen lief sie auf ihn zu.

Ihre Augen leuchteten, als beide die obligatorischen angedeuteten Wangenküsse tauschten. Schlagartig erhielt Monas gute Laute einen Dämpfer. Als sie kurz in sich hineinhorchte, konnte sie den Grund nicht glauben. Natürlich war sie *nicht* eifersüchtig auf eine junge Frau, die Laurence` Schwester betreute, nur weil sie wunderhübsch war und ihn offensichtlich anhimmelte. Mona war grundsätzlich nicht eifersüchtig auf jemanden, der mit ihrem Kollegen flirtete. Dafür hatte sie schließlich weder Grund noch Recht. Während ihres kleinen Zwiegesprächs mit sich selbst hatte sie die beiden trotzdem keine Sekunde aus den Augen gelassen. Sie unterhielten sich angeregt, wobei die Mitarbeiterin den größten Teil bestritt. Mona fühlte sich zunehmend überflüssig, was vor allem an dem Blick lag, den Claudine – so verriet es ihr Namensschild – ihr zwischendurch zuwarf. Wenn hier jemand eifersüchtig ist, dann diese junge Dame, dachte Mona und ihre Stimmung besserte sich.

„Ich habe heute eine gute Freundin mitgebracht, das ist Mona. Céline wird sich sicher freuen." Laurence deutete auf Mona.

„Claudine ist Célines persönliche Betreuerin. Die beiden verstehen sich blendend", fuhr er im Plauderton fort.

„Angenehm", sagte Mona mit einem besonders strahlenden Lächeln.

Claudine antwortete nicht minder strahlend. Aber was das Blitzen ihrer graublauen Augen anging, wusste Mona sofort Bescheid. Sieh mal einer an, dachte sie. Auch wenn Laurence scheinbar kein Liebesleben besitzt, an einer schmachtenden Verehrerin fehlt es ihm nicht. Allerdings war sie nicht sicher, ob Laurence das bemerkte. Er war zwar freundlich zu der jungen Pflegerin, aber es schien ihm nicht aufzufallen, dass sie offenbar schwer verliebt in ihn war.

„Oh, da kommt ja unsere Prinzessin!", rief Claudine und klatschte in die Hände. Mona hatte den Eindruck, als wäre die Betreuerin froh über die Ablenkung.

Neugierig blickte Mona zur Tür. Eine Gruppe junger Menschen strömte in den Raum. Eine kleine Frau mit dunklen Locken sah zu ihnen hinüber und stürmte los.

Unter lautem Jubeln warf sie sich in Laurences Arme. Mona betrachtete die Szene mit einem Lächeln. Es war unschwer zu erkennen, wie sehr Bruder und Schwester aneinanderhingen. Ihr wurde warm ums Herz.

„Céline, du erdrückst mich!", japste Laurence, aber sein Blick hing verklärt an der kleinen Person in seinen Armen. Céline sagte nichts, kuschelte sich nur noch ein bisschen enger an ihn. Es dauerte einige Zeit, bevor sie schließlich von ihm abließ, allerdings nicht, ohne ihn fest an die Hand zu nehmen.

„Céline, darf ich dir Mona vorstellen? Mona ist die beste Freundin von Nila, meiner Chefin. Im Moment leitet sie das Hotel und ich dachte, sie hat mal eine kleine Auszeit verdient. Deshalb habe ich sie mit zu dir genommen."

Céline betrachtete Mona eine Weile aufmerksam, dann nickte sie unmerklich. Ihre dunklen Augen glichen denen ihres Bruders, auch die Haarfarbe teilten sie sich. Ansonsten konnte Mona nur noch eine ähnliche Nase feststellen, mehr äußerliche Gemeinsamkeiten erkannte sie an den Geschwistern nicht. Laurence, groß gewachsen und schlank, war von der Statur das

Gegenteil seiner Schwester, an der alles rund und weich wirkte. Céline trug ein Sommerkleid mit fröhlichem Blumenmuster und ein Blütenkranz verzierte ihr Haar. Sie sah einfach süß aus. Am auffälligsten fand Mona allerdings die Ausstrahlung der jungen Frau. Sie schien von innen zu leuchten. Vor Lebensfreude und vor Liebe.

„Ich freue mich, dich kennenzulernen“, sagte Mona herzlich. Céline nickte wieder. Ihre dunklen Augen ruhten unvermindert auf Mona. „Schön“, sagte Céline plötzlich und nickte bekräftigend.

Ratlos sah Mona zu Laurence.

„Meine Schwester spricht nicht in langen Sätzen, dafür hat sie meist keine Zeit. Und findet es vielleicht auch unnötig.“ Er schmunzelte. „Wenn ich übersetzen darf: Céline freut sich auch, dich kennenzulernen. Außerdem findet sie dich schön.“

Céline nickte zufrieden. Dann setzte sie sich langsam und anmutig auf einen der Stühle.

„Und jetzt ist es Zeit zum Essen“, ergänzte Laurence.

Céline nickte wieder. Vergnügt sah sie von Mona zu ihrem Bruder. Dann knuffte sie ihn in die Seite.

28.

Das Mittagessen lag hinter ihnen und Laurence hatte einen Spaziergang über das Gelände vorgeschlagen. Céline war begeistert aufgesprungen. Mona war überrascht, wie schnell sich die junge Frau sofort nach dem reichhaltigen Essen bewegen konnte. Sie selbst hatte kaum die Hälfte geschafft und fühlte sich träge wie ein Bär im Winterschlaf. Laurence hatte nicht zu viel versprochen, das kulinarische Angebot der Einrichtung ließ keine Wünsche offen. Es gab Fleisch, Fisch und vegetarische Gerichte. Zum Nachtisch wurden Blaubeer-crêpes gereicht, die fantastisch schmeckten. Mona hatte sich für ein Zanderfilet mit Blattgemüse entschieden, während Laurence und Céline sich an die fleischfreien Gerichte hielten. Laurence hatte Mona zugeraunt, dass Céline weder Fisch noch Fleisch aß, seitdem sie wusste, dass dafür Tiere sterben mussten. Er hielt es ihr zuliebe genauso, wenn sie zusammen speisten. Claudine hatte Laurence während des Essens immer wieder ins Gespräch verwickelt. Hauptsächlich ging es dabei um Céline und was sie in der letzten Zeit erlebt hatte. Mona hatte interessiert zugehört und ihre Mutmaßung, dass die junge Frau sehr angetan von dem Bruder ihrer Betreuten war, bestätigte sich immer mehr. Inzwischen fand Mona das eher amüsant, zumal

Laurence freundlich, aber ziemlich neutral blieb. Entweder merkte er es wirklich nicht oder es war ihm egal, von Claudine angehimmelt zu werden.

Als eine der Ersten verließen sie nun den Gemeinschaftsraum.

Céline hatte ihren Bruder fest an der Hand, als sie vor das Haus traten. Zu Monas Überraschung griff Céline mit der freien Hand nach ihrer. Céline strahlte sie an und schritt dann flott vorweg. Mona war gerührt. Célines Hand fühlte sich weich und warm an. Ähnlich fühlte sich auch Mona gerade. Es war unglaublich, was für eine positive Energie Laurence` Schwester um sich verbreitete und jeden damit segnete, der in ihrer Nähe war. Dazu brauchte es keine Worte. Céline besaß diese seltene Gabe einfach.

„Die Einrichtung macht einen tollen Eindruck", sagte Mona zu Laurence.

Er nickte. „Ja, etwas Besseres gibt es weit und breit nicht. Dagegen war das Pariser Heim geradezu armselig. Nicht von der Ausstattung, immerhin gehörte es ebenfalls zum gehobenen Segment. Aber hier wird den besonderen Menschen ein völlig anderes Leben geboten. Arbeiten und Leben wird hier übrigens kombiniert."

Nachdem sie das Haus umrundet hatten, blieb Mona überrascht stehen. Vor ihnen erstreckte sich ein riesiger Garten mit mehreren großen Gewächshäusern und weiteren Gebäuden.

„Neben der Hühnerhaltung wird Gemüse angebaut. Zudem gibt es weiter hinten eine kleine Apfelplantage und der Rosengarten, in den wir gleich gelangen, war das Lieblingsprojekt der Gründerin. Sie ist leider vor einigen Jahren verstorben. Das Ganze ist in eine Stiftung übergegangen und wird in ihrem Sinne weitergeführt."

Céline nickte heftig zu den Worten ihres Bruders. Plötzlich rannte sie los.

„Die Hühner", erklärte Laurence mit einem liebevollen Lächeln. „Für sie ist unter anderem Céline zuständig. Und sie ist furchtbar stolz, so eine verantwortungsvolle Aufgabe innezuhaben."

„Deine Schwester ist einfach toll", sagte Mona.

„Ich weiß", sagte er schlicht und mit unverkennbarem Stolz. Dann grinste er. „Liegt in der Familie!"

„Stimmt", sagte Mona, ohne auf seinen scherzhaften Ton einzugehen. Zufrieden sah sie, wie irritiert er plötzlich wirkte. Und nervös. Einen Moment genoss sie seine plötzliche Unsicherheit. Dann erlöste sie ihn. „War nur Spaß!" Mona lachte und rannte ebenfalls los, Céline hinterher.

„Dann ist ja gut!", rief er ihr nach.

Mona war sich nicht sicher, ob sie neben der Belustigung einen Hauch von Enttäuschung heraushörte.

Der Hühnerbereich war mit einem Zaun gesichert und bot der gackernden Schar eine großzügige Rasenfläche, die durch hohe Bäume ringsum teilweise im Schatten lag. Es tummelten sich Dutzende Tiere im Auslauf – Mona schätzte, dass es mindestens fünfzig waren. Die Mehrheit von ihnen zog jetzt in der Mittagshitze den Schattenbereich vor, was sie gut verstand. Es war wieder ein herrlicher Sommertag, und von Tag zu Tag kam der Hochsommer immer mehr in der Provence an.

Mona beschattete ihre Augen mit einer Hand und betrachtete Céline, die geschickt über den Zaun stieg und ihr mit einer Handbewegung signalisierte, ihr zu folgen. Mona tat, wie ihr geheißen, und kletterte ebenfalls über die Absperrung. Vermutlich sah sie dabei nicht annähernd so anmutig aus wie Céline. Auch wenn diese überhaupt nicht sportlich wirkte, war sie schnell und gelenkig, sobald sie sich bewegte.

Céline lächelte Mona selig an und ging dann in die Hocke. Sofort war sie von mehreren Hühnern umringt. Eins davon nahm Céline vorsichtig auf den Arm. Dem Huhn schien das zu gefallen. Es legte seinen Kopf in die Halsmulde der jungen Frau.

„Babette, mein Liebling", flüsterte Céline dem Huhn zu, das jetzt die Augen schloss und die Nähe sehr zu genießen schien.

„Ist sie nicht zauberhaft?", fragte Laurence leise, der hinterhergekommen war.

„Absolut. Ich habe leider keine Geschwister, aber wenn ich mir eine Schwester wünschen würde, dann eine, die so ist wie Céline", antwortete Mona und lächelte wehmütig. Sie hatte sich tatsächlich immer Geschwister gewünscht. Nicht erst, nachdem es mit Simone so schwierig geworden war. Sie erinnerte sich, dass sie noch ganz klein gewesen war, als sie sich eine imaginäre Schwester kreierte und mit ihr alle Geheimnisse geteilt hatte.

„Ich habe es mir auch nie anders gewünscht. Céline brauchte von Anfang an mehr Fürsorge als andere Kinder, aber sie hatte auch von Anfang an dieses Magische an sich, das sofort alle Menschen in seinen Bann zog.

Dafür habe ich ihr gerne die Zeit abgetreten, die meine Eltern für sie benötigten." Laurence räusperte sich.

Unauffällig sah Mona zu ihm rüber. Er sah ernst aus, aber irgendwie auch … glücklich.

Die besondere Stimmung wurde von einer lauten Stimme unterbrochen.

„Wart ihr denn schon bei den Ponys?" Claudine kletterte über den Zaun und kam auf sie zu.

Mona unterdrückte ein Seufzen.

„Nein", sagte Laurence. Und zu Mona gewandt: „Stimmt, die habe ich in meiner Aufzählung, was es hier alles gibt, ganz vergessen."

„Ponys", murmelte Céline selig.

„Die Hühner stehen bei ihr an erster Stelle, aber die Ponys rangieren gleich dahinter", erklärte Laurence.

„Na, dann zeigen wir deiner Freundin doch unsere süßen Shettys." Das Wort *Freundin* hatte sie mit einem winzigen Unterton ausgesprochen. Mona ahnte, dass Claudine darauf brannte, zu erfahren, welche Art von Freundin sie für Laurence war.

„Gerne", sagte Mona strahlend.

„Wollen wir Robert und seine Freunde besuchen?", fragte Laurence Céline sanft.

Seine kleine Schwester nickte begeistert und setzte das Huhn vorsichtig auf den Boden.

Zunächst schritt Claudine forsch vorweg, doch dann überlegte sie es sich offenbar anders, wartete kurz und hakte dann Laurence ein, der Céline an der Hand hielt.

Allmählich fand Mona das Verhalten der Betreuerin nicht nur unprofessionell, sondern nervig. Sie beschloss trotzdem, gute Miene zum bösen Spiel zu machen, und bot Céline ihre Hand an. Rasch schob sich deren kleine, weiche in Monas Hand.

So miteinander verbunden, schritt die kleine Gruppe zur Wiese, die hinter den Gewächshäusern lag. Mona zählte insgesamt fünf Shetland-Ponys. Kaum dort angekommen, machte Céline sich frei, öffnete das Gatter und rannte auf einen kleinen schwarzen Wallach zu. Das Pony kam ihr gemächlich wiehernd entgegen. Dann sah Mona etwas, das sie freute. Laurence entwand sich geschickt Claudines Griff und eilte zu Céline, die ihre Arme jetzt um den Hals des Ponys legte und ihr Gesicht in sein Fell presste. Liebevoll begrüßte auch Laurence das Pferd. Dann drehte er sich zu Mona um, die abwartend stehen geblieben war. „Hast du Angst vor Pferden?"

Sie schüttelte den Kopf und trat näher. „Mit dreizehn war ich mal in den Ferien auf einem Reiterhof. Mehr Erfahrung habe ich zwar nicht, aber damals hat mir das Reiten und der Umgang mit den Pferden großen Spaß gemacht. Wenn ich mich richtig erinnere, waren es dort auch überwiegend Shetland-Ponys, auf denen ich geritten bin." Monas Gedanken schweiften in die Vergangenheit. Das waren noch Zeiten! Nila und sie zusammen in den Ferien, zum ersten Mal ohne Eltern. Aus heutiger Sicht musste Mona darüber lachen, aber damals fühlte es sich an wie ein riesengroßes Abenteuer und pure Freiheit. Auch wenn der Reiterhof kaum mehr als eine Stunde von ihrem Zuhause entfernt gelegen hatte und die dortigen Betreuer sie natürlich im Blick behielten, war es einfach toll gewesen! Und sie rechnete es ihrer Mutter hoch an, dass sie ihre

Sorgen, die sie zweifelsohne plagten, für sich behielt und Mona fahren ließ.

Jetzt streichelte sie über den Rücken von Robert, der sie dabei aus sanften, dunklen Augen betrachtete. Mona spürte, dass das Pony eine liebe Seele war. Aus den Augenwinkeln bemerkte sie, wie Claudine unruhig wurde. Scheinbar wusste sie nicht so recht, was sie tun sollte.

„Wir kommen hier gut allein klar", sagte Laurence plötzlich in Richtung der Betreuerin. „Du hast doch sicher irre viel zu tun", fügte er hinzu. Vermutlich um den Worten ihre Schärfe zu nehmen. Zusätzlich lächelte er gewinnend.

„Aber lass Céline nicht reiten ..." Zwischen Claudines Augen erschien eine steile Falte. Ihr Lächeln behielt sie bei, aber es wirkte gezwungen.

„Natürlich nicht, das geht doch nur in Begleitung der Reitlehrerin", erwiderte er freundlich.

„Okay." Claudine wirkte noch einen Moment unschlüssig, dann gab sie sich einen Ruck. „Â bientôt!"

Céline winkte ihrer Betreuerin fröhlich, Mona nickte ihr zu.

„Ich glaube, von den Ponys kommen wir so schnell nicht weg", mutmaßte Laurence mit Blick auf Céline, die ihr Gesicht bereits wieder im Pferdefell vergraben hatte und nuschelte: „Mein allerliebster Freund."

Laurence sollte recht behalten. Die restliche Zeit, die ihnen noch zur Verfügung stand, hielten sie sich auf der Wiese bei den Ponys auf. Die Besichtigung des Rosengartens, die Mona versprochen worden war, fiel aus. Aber das störte sie nicht. Sie fühlte sich einfach

wohl in Gesellschaft von Laurence, seiner entzückenden kleinen Schwester und den zutraulichen Ponys.

Viel zu früh sah Laurence mit einem Stirnrunzeln auf
seine Armbanduhr. „Mesdames, ich fürchte, wir müssen uns auf den Rückweg machen, wenn unsere Gäste
heute Abend halbwegs rechtzeitig ihr Abendessen bekommen sollen." Bedauernd hob er die Schultern und
blickte Céline traurig an. Mona ahnte, dass ihm der Abschied schwerfiel.

„Bald?", fragte Céline mit großen Augen. Zum ersten
Mal wirkte sie nicht mehr fröhlich.

„Ganz bald kommen wir wieder!", versprach Laurence und nahm Céline zärtlich in die Arme. Sie
schlang ihre Arme um ihn, als wollte sie ihn nie wieder
loslassen.

Es dauerte eine Weile, bis die beiden sich trennen
konnten. Als sie es schließlich schafften, war Mona erstaunt, von Céline ebenso fest umarmt zu werden.
Plötzlich legte die besondere kleine Frau Mona eine
Hand auf die linke Brust.

„Gutes Herz", sagte sie zufrieden.

„Danke", stammelte Mona. Sie war überrascht und
verlegen.

„Das hat sie bisher zu niemandem gesagt, soweit ich
weiß." Laurence hob eine Augenbraue und schüttelte
leicht den Kopf.

29.

Die kleine Auszeit hatte Mona gut bekommen. Sie fühlte sich frisch und mit neuer Energie versorgt, als sie von der Vespa abstieg. Die leichte Wehmut, die beim Abschied von Céline aufgekommen war, hatte sich schnell verflüchtigt. Zurück blieb nur das schöne Gefühl, das sich nach einem wunderbaren Erlebnis einstellt.

Mona nahm den Helm ab. „Danke, dass du mich mitgenommen hast. Es war sehr schön mit Céline!"

„Freut mich, wenn es dir gefallen hat. Meine kleine Schwester war sehr angetan von dir!" Laurence schmunzelte.

„Sie ist wirklich zauberhaft. Fällt dir der Abschied von ihr nicht immer sehr schwer?"

„Es geht." Er zuckte die Achseln. „Ich bin daran gewöhnt. Das Gute bei Céline ist, dass sie praktisch über kein Zeitgefühl verfügt. Wenn wir uns wiedersehen, weiß sie nicht, ob zwei Tage oder zwei Wochen vergangen sind. Sie lebt immer im Augenblick. Und Gott sei Dank fühlt sie sich in der Einrichtung sehr wohl. Sie wird gut umsorgt und hat ihren Spaß, wie du gesehen hast."

„Oh ja, den hat sie!" Mona lächelte vergnügt in sich rein, während sie neben Laurence auf das Hotel zuschritt.

„Hoffentlich war Jacques nicht überfordert“, sagte sie, als sie bei der Eingangstür angekommen waren.

„Ach, ich glaube, ihm macht es immer Spaß, wenn er der Alleinherrscher ist.“ Laurence lachte.

Als sie in die Eingangshalle traten, war der Kurzurlaub jäh vorbei. Mehrere Gäste umringten die Rezeption, hinter der Jacques mit geröteten Wangen stand und wild gestikulierend im Gespräch war.

Laurence und sie tauschten noch einen Blick, der besagte, dass sie die Pflicht wieder eingeholt hatte, dann eilte er in Richtung Küche und Mona schlüpfte hinter die Rezeption. Ein Strahlen flog über das Gesicht des alten Franzosen.

„Mona, Gott sei Dank! Familie Melville möchte gleich wieder für den nächsten Sommer buchen, aber der Kalender und ich stehen auf Kriegsfuß! Das Ding lässt mich einfach nicht ins nächste Jahr.“ Anklagend deutete Jacques auf den Laptop.

Mona blieb kurz das Herz stehen. Nila hatte ihr gesagt, dass der alte Nachbar dafür keinesfalls zuständig war, und sie selbst hatte es ihm vorsichtig ebenfalls mehrfach untersagt. Aber sie ahnte, dass es ihn fuchste, weil er damit nicht umgehen konnte. Wahrscheinlich war sie mit ihrer Ansage nicht deutlich genug gewesen. Na, zum Abstürzen hat er den Laptop wohl nicht gebracht, dachte sie beklommen.

„Danke, Jacques“, sagte sie sanft. „Ich kümmere mich darum. Wir hätten längst zurück sein sollen, aber wir haben ein wenig die Zeit vergessen.“ Mona lächelte entschuldigend.

„Das macht doch nichts. Hauptsache, Sie hatten einen schönen Ausflug!“

„Oh ja, den hatten wir. Und wenn Sie nicht immer so lieb wären, hier die Stellung zu halten, würde ich außer diesen vier Wänden gar nichts zu sehen bekommen. Vielen Dank noch mal!“

Er winkte erwartungsgemäß ab. „Dann gehe ich mich jetzt mal und sehe draußen nach dem Rechten!“ Er wirkte erleichtert, als er davon schlurfte.

„Ein goldiger Mensch“, sagte Madame Melville, eine hochgewachsene, elegante Mittfünfzigerin zu ihrem Mann, der gelangweilt neben ihr stand. Monsieur Melville war Manager einer großen Autofirma, zehn Zentimeter kleiner als seine Frau und überließ alle privaten Entscheidungen ihr, wie Mona längst wusste. Die beiden machten auf sie den Eindruck eines seit Jahrzehnten eingespielten Teams. Madame Melville war gesprächig und stets an allem interessiert, während ihr Gatte sich im Hintergrund hielt, meist ein Auge aufs Handy gerichtet. Mona vermutete, dass er selbst im Urlaub den Manager nicht ablegen konnte.

„Ja, das ist Jacques“, stimmte Mona Madame Melville zu. „Ich wüsste nicht, wie das Hotel ohne ihn auskommen sollte. Aber mit digitalen Geräten wird er keine Freundschaft mehr schließen.“

„Wir hätten uns ja auch geduldet, bis Sie zurück sind, aber er wollte uns so gern helfen.“ Madame Melville runzelte die Stirn.

„Dann schauen wir mal.“ Konzentriert blickte Mona auf den Bildschirm. Das Programm funktionierte normal. Jacques hatte es nur nicht geschafft, in der Buchung ins nächste Jahr zu gelangen. Sie atmete erleichtert aus. Das hätte noch gefehlt, dass hier etwas schiefging, nur weil sie lieber mit dem Koch einen Ausflug machte, anstatt sich um ihre Pflichten zu kümmern.

„So, Madame Melville, wann möchten Sie denn nächstes Jahr anreisen?"

Der weitere Tag blieb stressig, und Mona hatte bald für sich entschieden, so rasch keinen weiteren Ausflug mit Laurence zu machen. Auch wenn der Besuch bei Céline schön gewesen war, aber ihre Pflichten im Hotel gingen vor. Schließlich war sie dafür verantwortlich, dass hier alles reibungslos klappte und Nila bei ihrer Rückkehr alles in geordneten Bahnen vorfand. Im Nachhinein blieb auch das schlechte Gewissen Jacques gegenüber. So fleißig und einsatzbereit er auch war, sie durfte nicht vergessen, dass er Mitte achtzig war und er mit seinen Aufgaben nicht überfordert werden durfte.

Jetzt war Mona dabei, die letzten Tische im Speiseraum abzuräumen. Die Gäste waren inzwischen – satt und zufrieden wie immer – auf ihre Zimmer gegangen oder zu einem abendlichen Spaziergang aufgebrochen. Die externen Besucher waren ebenfalls längst vom Hof gefahren. Mona liebte diese Zeit, wenn die Arbeit getan war und sie den Tag langsam ausklingen lassen konnte.

Mit etwas Glück stand auch Laurence der Sinn nach einem Feierabendschluck. In den Händen die letzten Gläser, lief sie in die Küche. Laurence stand an der Spüle. Er war eifrig dabei, eine kupferne Pfanne zu säubern. Als er sie hörte, drehte er sich mit einem Lächeln um. „Speiseraum fertig?"

Sie nickte und stieß einen Seufzer aus. „Gott sei Dank! Heute merke ich meine Füße mal wieder besonders."

Mona zog eine Grimasse. „Bin eben nicht mehr die Jüngste.“

„Möchte die alte Frau einen Feierabendschluck auf der Terrasse?“ Sein Lächeln vertiefte sich und seine Augen blitzten frech.

„Mit dem noch viel älteren Kollegen? Immer gerne!“ Sie bemühte sich, ihr Lächeln mehr keck als strahlend ausfallen zu lassen, hegte allerdings den Verdacht, dass ihr das nur bedingt gelungen war.

„Bier?“

Sie zögerte. Dachte daran, dass Laurence Céline zuliebe auf Fleisch verzichtete, wenn sie dabei war.

„Du kannst wirklich trinken, was du möchtest. Es stört mich nicht im Geringsten“, sagte Laurence mit Nachdruck.

„Okay, dann ist mir nach diesem ereignisreichen Tag nach einem schönen Rotwein!“

„Zu Befehl, Madame!“ Er salutierte grinsend.

„Soll ich dir helfen?“

„Non! In zwei Minuten auf der Terrasse! Ich verschwinde noch mal kurz in den Weinkeller.“

Sie salutierte zurück und verließ mit einem seltsamen Kribbeln im Bauch die Küche.

Langsam durchquerte sie erst die Eingangshalle, dann den leeren Speiseraum und trat nach draußen. Die Terrasse empfing sie menschenleer und still. Mona atmete tief die samtige Nachtluft ein, die nach Meer und Pinien schmeckte, und ließ sich seufzend an einem der Tische nieder.

Längst hatte die Dämmerung eingesetzt, was die Aussicht in Monas Augen noch spektakulärer machte. Der bläulich-schwarze Himmel zusammen mit den Lichtern rund um die Küste und auf dem Meer, wo Boote und Schiffe ihr Licht aussandten, begeisterte sie immer wieder aufs Neue. Weiter unten im Garten war der Ausblick noch besser. Mona beschloss, Laurence gleich dorthin zu lotsen. Heute wollte sie alle schönen Erlebnisse, die sich boten, auskosten. Plötzlich hörte sie eine warnende Stimme im Kopf. Es durfte nicht *zu* schön werden. Vor allem nicht mit Laurence ... So seltsam wie er sich mitunter verhielt, und so schweigsam, wie er über seine Vergangenheit war, konnte es nur in einer weiteren Enttäuschung münden, falls daraus mehr werden sollte. „Blödsinn!", stieß sie aus. Natürlich würden sie ihre kollegiale Beziehung nicht ändern. Dafür gab es auch keinerlei Anzeichen.

„Was ist Blödsinn?", fragte Laurence, der in der Terrassentür stand.

Mona fuhr herum. Sie spürte, wie ihr das Blut ins Gesicht schoss. „Ähm ..." Fieberhaft suchte sie nach einer glaubwürdigen Erklärung. „Ach, es ist nichts", stotterte sie nach einer Weile. „Ich dachte nur gerade, dass wir Jacques heute nicht alles allein hätten überlassen sollen. *Blödsinn* galt meinem schlechten Gewissen." Sie lachte eine Spur zu laut. „Wobei, ich denke, mein Gewissen hat wahrscheinlich recht."

Laurence sah sie prüfend an, sagte aber zunächst nichts. Schließlich reichte er ihr ein Weinglas. „Madame, ein exquisiter Rotwein, wie bestellt. Aber verraten Sie dem Chef des Hauses besser nichts davon, dass ich an seine besten Vorräte gegangen bin." Er setzte sich. „A ta santé!", prostete er ihr dann mit seiner Cappuccino-Tasse zu.

„Santé!" Mona trank einen Schluck und nickte anerkennend. „Schöne Grüße an den Chef des Hauses! Das nenne ich mal einen wirklich guten Tropfen." Sie lachte. „Obwohl ich eigentlich gar keine Ahnung von Weinen habe, aber immerhin kann ich sagen, dass er grandios schmeckt."

„Ich glaube, das war okay heute", griff Laurence das Thema wieder auf. „Jacques hat mir vorhin noch verraten, dass er es genießt, mal der Chef von allem zu sein."

„Ich weiß, das sagt er. Aber vielleicht ist es trotzdem zu egoistisch ..."

„Bereust du Céline kennengelernt zu haben?"

„Was? Nein! Natürlich nicht! Deine Schwester ist zauberhaft, und der Ausflug war wirklich schön." Mona trank einen weiteren Schluck von ihrem Wein. Denn heute sammle ich gute Erlebnisse, fügte sie in Gedanken hinzu.

„Wenn ich bei Céline bin, ist mein Tag gleich heller", sagte er weich.

Sie sah zu ihm rüber. Laurence wirkte nachdenklich und irgendwie glücklich. „Das ist treffend formuliert. Ich finde auch, dass sie eine faszinierende Ausstrahlung hat. Du kannst dich glücklich schätzen, eine so besondere Schwester zu haben."

„Ja, das tue ich."

Für eine Weile blieb es still. Mona überlegte, ob sie sich noch einmal an privatere Themen von Laurence herantasten sollte. Aber es war gerade alles so harmonisch, und etwas in ihr sträubte sich, das aufs Spiel zu setzen.

„Wollen wir noch ein Stück gehen?", fragte sie schließlich stattdessen.

„Gern", sagte Laurence, trank seinen Rest Cappuccino aus und stand auf.

Mona tat es ihm gleich, nahm aber ihr Weinglas mit auf den Rundgang. Zunächst wanderten sie schweigend über den weitläufigen Rasen, der nur noch von einem Halbmond und einigen am Rand drapierten Lampen erleuchtet wurde. Die üppig blühenden Blumen in den Beeten waren nur noch zu erahnen. Plötzlich hörten sie ein Geräusch, das verdächtig nach Weinen klang.

Mona blieb abrupt stehen. „Hörst du das?", flüsterte sie.

Laurence nickte. Er deutete nach vorn in die Dunkelheit. „Ich glaube, es kommt von einer der Sitzgruppen."

Wie auf Kommando schlichen beide in die Richtung. Das Weinen, gemischt mit Schluchzen, wurde lauter. Schließlich sahen sie eine zusammengekauerte Gestalt auf einer Bank.

„Hallo, können wir Ihnen helfen?" Mona trat beherzt auf die Frau zu, die sie schnell erkannte: Madame Melville.

„Oh, entschuldigen Sie. Ich dachte, um diese Zeit ist niemand mehr im Garten."

„Das macht doch nichts", sagte Mona sanft. „Geht es Ihnen nicht gut?"

„Doch, doch", versicherte Madame Melville schnell. „Nur ein kleiner Ehestreit. Bitte vergessen Sie, mich hier so gesehen zu haben." Mit diesen Worten sprang sie auf und eilte in Richtung Haus.

Verstört sah Mona ihr hinterher. Die Managergattin hatte einen vollkommen aufgelösten Eindruck auf sie gemacht. Wenn Mona sich in der Dunkelheit nicht getäuscht hatte, war ihr Gast nicht nur verzweifelt, sondern wirkte, als ob ihr gerade der Boden unter den Füßen weggezogen worden war. Diesen Ausdruck hatte sie auch nach all den Jahren nur zu deutlich vor Augen. Genauso hatte ihre Mutter ausgesehen, als Georg Knall auf Fall aus ihrem Leben verschwunden war.

„Zwei Möglichkeiten: Entweder sie hat die Nase voll davon, dass er auch im Urlaub im Arbeitsmodus bleibt, oder Monsieur hat eine junge Geliebte", stellte Laurence trocken fest.

„Hm, möglich." Mona rief sich das stets etwas gelangweilte Gesicht von Monsieur Melville ins Gedächtnis. Wenn seine Frau nur wütend war, weil er auch im Urlaub zu viel arbeitete, würde das nicht zu dem Eindruck passen, den Madame Melville auf Mona gemacht hatte. „Ich tippe eher auf junge Geliebte", sagte sie schließlich.

„Was sein Leben auch nur vorübergehend bunter machen würde." Laurence verzog das Gesicht. „Bei vielen Menschen ist es ja die erste Wahl, sich eine Affäre zuzulegen, um ihrem langweiligen Dasein etwas mehr Feuer und Glanz zu geben. Funktioniert meiner Meinung nach auf Dauer eher selten." Laurence ging langsam weiter.

Mona hob eine Augenbraue. Sie war erstaunt – und vielleicht auch erfreut -, dass er zu diesem Thema offensichtlich die gleiche Meinung hatte wie sie.

„Wir sollten uns den Abend nicht von den Eheproblemen anderer Leute vermiesen lassen. Es war so ein schöner Tag, da sollten wir ihn auch gebührend ausklingen lassen." Laurence blieb abrupt stehen, als er an der Brüstung angekommen war, die den Garten vor dem Abhang, der zum Meer führte, schützte. Mona war gerade abgelenkt von der Aussicht und prallte gegen ihn.

„Hoppla!" Laurence drehte sich um.

Mona sah ein seltsames Funkeln in seinen Augen. War das einfach nur Belustigung, weil sie mit ihm zusammengestoßen war? Ihr Herz schlug plötzlich schneller und ihr Mund wurde trocken. Sie standen sich so dicht gegenüber, dass sie Laurence` Atem an ihrer Wange spürte. Keiner von ihnen machte Anstalten, den Abstand zu vergrößern. Stattdessen sahen sie sich einfach nur an. Die Atmosphäre schien mit einem Mal elektrisch aufgeladen zu sein, und in Monas Kopf herrschte eine eigenartige Leere. Das Weinglas glitt ihr aus der Hand und landete unbeschadet im Gras, was sie nur am Rande bemerkte.

Laurence zögerte für einen Moment sichtbar, aber dann fanden sich ihre Lippen zu einem zarten Kuss. Monas Gedanken hatten noch immer Pause, als ihre Arme sich wie von selbst um Laurence schlangen, der sie fester an sich zog. Der Kuss wurde leidenschaftlicher, und Mona fragte sich einen winzigen Moment, was sie da eigentlich gerade tat. Schnell schaltete sich ihr Kopf wieder aus, und sie genoss einfach das überwältigende Gefühl, wenn zwei Körper zu einem zu werden schienen.

30.

Mona erwachte mit einem Ruck. Das Gefühl in ihr erinnerte sie an früher, als sie noch ein Kind gewesen war. An die besonderen Tage, wo sie stets mit dem Wissen erwacht war, dass etwas Wunderbares bevorstand. Vor allem am Heiligabend oder an Geburtstagen war sie mit dieser Plötzlichkeit in den Tag gestartet. Die Vorfreude auf das Kommende ließ sie dann förmlich aus dem Bett springen.

Diesen Impuls verspürte sie jetzt auch, gab ihm aber zunächst nicht nach. Zuerst musste sie das Gefühl zuordnen, denn eins wusste sie: Es war weder Heiligabend, noch hatte sie Geburtstag. Die Erinnerung brach Sekunden später über sie herein. Der Kuss! Die unendlich sanften Lippen von Laurence, der sie mit einer Zärtlichkeit geküsst hatte, dass ihr schwindlig wurde. Prompt fühlte sie sich wieder genauso wie letzte Nacht. Sie hatten sich ewig geküsst, und wäre es nach Mona gegangen, hätte der Kuss nie geendet. Aber irgendwann hatte Laurence sie sanft von sich geschoben.

„Ich glaube, dabei belassen wir es erst mal", hatte er zögernd gesagt und sie mit diesem intensiven Blick angesehen, der verriet, wie schwer es auch ihm fiel, sich von ihr zu lösen. Stumm hatte sie genickt, unfähig zu sprechen. Im Übrigen war sie schwer damit beschäftigt, sich auf ihren puddingweichen Beinen zu halten.

Dann hatte er noch einmal nach ihrer Hand gegriffen und sie kurz gedrückt. Mona wäre fast das Herz aus der Brust gesprungen. Bei der Erinnerung an diesen Moment tat es das beinahe schon wieder. Mit einem breiten Lächeln stand sie schließlich auf und griff summend zu ihren Sportsachen. Was auch immer da gestern Abend zwischen Laurence und ihr passiert war – sie war bereit, damit fortzufahren.

Aus einem bedeckten Himmel fiel schon wieder ein leichter Sprühregen. Das Wetter konnte Monas Stimmung nicht dämpfen, und das Lächeln schien inzwischen auf ihren Lippen fest zementiert. Ebenso hatte sie das Summen nicht unter Kontrolle, das ihr normalerweise selbst auf die Nerven gegangen wäre, aber sie würde früh genug wieder in den Alltagsmodus wechseln. Im Moment wollte sie das Gefühl, die ganze Welt umarmen zu wollen, weiter genießen. Ob Laurence ihr gleich begegnete? Bei dem Gedanken setzte sich ein Schmetterlingsschwarm in ihrem Bauch in Bewegung. Kurz wurde Mona schwindelig. Wieder spürte sie den Wunsch, Nila anzurufen. Am liebsten hätte sie das gestern Nacht noch getan, aber mit Blick auf die Uhr und unter Berücksichtigung der sicher immer noch belastenden Situation mit Renée und Giuseppe hatte sie schnell davon Abstand genommen. Jetzt war sie auf dem Weg zum Strand und hatte ihr Handy gar nicht dabei. Vielleicht sollte sie erst einmal herausfinden, wie es mit ihr und Laurence nun weiterging.

Heute Morgen war am Strand weniger los als gestern, obwohl der Regen lange nicht so heftig war. Mona war es nur recht. So konnte sie bei den wenigen Menschen schneller prüfen, ob einer von ihnen Laurence war. Es dauerte nicht lange, als sie ihn tatsächlich auf sich zulaufen sah. Ihr Herz setzte einen Moment aus, und kurz bekam sie keine Luft. Wie sollte sie ihm nur begegnen? Ein Kuss! Der machte sie natürlich nicht automatisch zu einem Paar. Aber – normale Kollegen waren sie auch nicht mehr ... Verflixt, wie sollte es bloß weitergehen? Vielleicht hätte sie doch lieber auf das Laufen verzichten und Laurence erst im Hotel treffen sollen. Müßig, jetzt war es sowieso zu spät ...

Mona spürte, dass ihr Lächeln schief verrutschte. Nur mit Mühe schaffte sie es, den Blick nicht abzuwenden. Es beruhigte sie allerdings zu sehen, dass Laurence ebenfalls verlegen wirkte.

„Bonjour", grüßte er, als er auf ihrer Höhe angekommen war und sich eine feuchte Haarsträhne aus der Stirn strich. „Ausgeschlafen?"

Mona nickte. Ihr Sprachzentrum war noch nicht bereit, die Arbeit aufzunehmen, was vermutlich nicht an der frühen Stunde lag.

„Laufen wir ein Stück zusammen?"

Wieder schaffte Mona nur ein Nicken. Na, das könnte ja heiter werden, wenn es so weiterging. Dass ihre Sprachlosigkeit an diesem Morgen ihr kleinstes Problem war, wusste sie nur wenige Augenblicke später. Sie hatte keine Ahnung, warum sie plötzlich umknickte und der Länge nach hinschlug. Und sie konnte sich vor allem nicht erklären, warum sie es nicht rechtzeitig geschafft hatte, sich abzustützen, sodass sie mit dem Kopf auf etwas Hartem aufschlug.

Die Verwirrung kam prompt, die Schmerzen hingegen trafen zeitverzögert ein. Zunächst schoss ein heißer Schmerz durch ihren Knöchel. Wenig später gesellte sich ein dumpfes Stechen in ihrem Kopf dazu.

„Mona, geht es dir gut?" Laurence beugte sich mit entsetzt geweiteten Augen zu ihr herunter.

„Hm", nickte sie. Diese Bewegung hätte sie lieber nicht machen sollen. Ein schmerzerfülltes Stöhnen drang über ihre Lippen.

„Verdammt, das sieht aber anders aus!" Laurence ging in die Hocke und sah sie besorgt an. „Du blutest", murmelte er dann.

Instinktiv griff Mona sich an den Kopf und ertastete an ihrer Schläfe etwas Klebriges. Fassungslos starrte sie auf ihre blutigen Finger, als sie die Hand heruntergenommen hatte. „Das gibt`s doch nicht! Wer haut sich denn den Schädel im Sand auf?" Sie verzichtete auf ein Kopfschütteln, wohl wissend, dass das eine neue Schmerzwelle provoziert hätte.

„Derjenige, der den einzigen Stein im Umkreis von zehn Kilometern trifft", sagte Laurence trocken. „Ich bringe dich ins Krankenhaus." Er hielt ihr eine Hand hin. „Meinst du, dass du aufstehen kannst?"

„Bestimmt. Aber ich glaube nicht, dass ich ins Krankenhaus muss, Hotel reicht erst mal." Sie ergriff seine Hand und ließ sich langsam hochziehen. Der lädierte Knöchel blieb von der Bewegung verschont, weil sie akribisch darauf achtete, nur das andere Bein zu belasten, aber ihr Kopf nahm ihr die Lageänderung ernstlich übel.

„Mir ist schwindelig", sagte Mona und biss die Zähne zusammen. Und schlecht war ihr auch …

„Ich sag doch: Krankenhaus", brummte Laurence.

Mona rollte mit den Augen, obwohl sie bereits ahnte, dass er recht hatte.

„Aber deswegen musst du ja nicht leichenblass werden. Ich bin hier die Patientin", scherzte Mona, als sie irritiert sah, wie Laurences Kiefermuskeln hervortraten. Ihm schien die Sache tatsächlich mehr zuzusetzen als ihr. Wieder verkniff sie sich ein Kopfschütteln. Nach weiteren Scherzen war ihr nicht zumute, während sie auf Laurence gestützt vom Strand humpelte. Vielleicht konnte er kein Blut sehen. Das wird es sein, dachte sie, bevor sie sich darauf konzentrierte, die Schmerzen in Knöchel und Kopf so gut es ging auszublenden, um sich auf den nächsten Schritt zu konzentrieren.

Fassungslos starrte Mona vor sich hin. Sie saß in der Notaufnahme des örtlichen Krankenhauses und wartete auf die Untersuchung. Wie es aussah, waren noch etliche Patienten vor ihr dran. Da sie nicht zu den absoluten Notfällen gehörte – wofür sie dankbar war -, musste sie sich natürlich gedulden. Aber das war es nicht, womit sie haderte. Es war Laurence, um den ihr Denken kreiste. Er hatte sie noch in die Notaufnahme gebracht, aber sobald sie auf einem Stuhl Platz genommen hatte, war er gegangen. Es täte ihm leid, aber er könne sich nicht in Krankenhäusern aufhalten, waren seine knappen Worte gewesen, bevor er verschwunden war. Zunächst glaubte Mona an einen Scherz, aber inzwischen war ihr klar geworden, dass er nicht zurückkehren würde.

„Das kann er doch nicht bringen", murmelte sie vor sich hin. Niemand achtete auf sie, jeder hier war mit sich selbst beschäftigt. Wie sollte es denn jetzt weitergehen? Sie hatte nicht einmal ihr Handy bei sich. Sonst könnte sie Nila anrufen, und sie bitten zurückzukommen. So wie Monas Kopf schmerzte, ging sie davon aus, sich eine Gehirnerschütterung eingehandelt zu haben. Vom lädierten Knöchel, der mindestens schlimm verstaucht war, einmal abgesehen. Mit diesen Blessuren konnte sie unmöglich in den nächsten Tagen ihren Dienst versehen. Es war vollkommen ausgeschlossen, dass der arme Jacques so lange ihren Dienst übernahm, bis sie wieder fit war.

Mona lehnte sich seufzend auf dem harten Plastikstuhl zurück. Im Moment konnte sie nichts tun, als darauf zu warten, dass sie zur Untersuchung aufgerufen wurde. Das konnte noch dauern, wie sie düster ahnte.

31.

Mona hatte Glück, sie war in einem Zweibettzimmer untergebracht. Als sie nach schier endloser Wartezeit endlich dran gewesen war, hatte sie dem jungen Arzt, Dr. Duvigneau, versucht zu erklären, dass sie schnellstmöglich wieder arbeitsfähig sein müsse. Er hatte nur milde gelächelt und sie ins MRT wegen ihrer Kopfverletzung und zum Röntgen ihres Knöchels geschickt. Als das Ergebnis vorlag, hatte er zufrieden genickt. „Leichte Gehirnerschütterung, wie ich es mir gedacht habe. Der Knöchel ist verstaucht, aber es ist nichts gebrochen. Sie haben Glück gehabt! Trotzdem muss ich darauf bestehen, Sie für ein paar Tage hierzubehalten.“

„Aber ich muss zurück ins Hotel, das ich zurzeit leite!“, hatte Mona verzweifelt gesagt. „Ich kann unmöglich bleiben!“

„Sie können unmöglich in diesem Zustand arbeiten, tut mir leid.“ Mit diesen Worten hatte er sie einer Krankenschwester übergeben, die sie zu ihrem Zimmer begleitete.

Hier lag sie nun und zermarterte sich den schmerzenden Kopf, wie es weitergehen sollte. Die Schwester hatte ihr Schmerzmittel angeboten, die Mona aber kategorisch ablehnte. Sie nahm nie Tabletten, und daran sollte ihr kleiner Sportunfall nichts ändern. Wobei sie inzwischen schon unsicher war, ob das die richtige Entscheidung gewesen war. Vielleicht sollte sie sich gleich die volle Dröhnung und zusätzlich Schlaftabletten geben lassen. Anschließend wollte sie erst wieder aufwachen, wenn sie fit genug war, ins Hotel zurückzukehren. Und Laurence wieder zu begegnen. Mit einem Mal überkam sie eine Riesenwut. Was war bloß in ihn gefahren, dass er sie in dieser Situation einfach im Stich ließ? Sie fand einfach keine schlüssige Erklärung, warum er sich so mies verhielt. Zumindest keine, die ihn in ein gutes Licht rückte.

„Verdammt…" Sie biss die Zähne zusammen und starrte vor sich hin.

„Schmerzen?", fragte eine freundliche Stimme aus dem Nachbarbett.

Mona hatte die junge Frau nur kurz gegrüßt, als sie ins Zimmer gebracht worden war. Danach war sie ausschließlich mit sich selbst beschäftigt gewesen. „Es geht", winkte sie jetzt ab.

„Was ist mit Ihnen passiert?"

„Sportunfall. Ich war am Strand joggen. Es gehört ziemliches Können dazu, sich beim Sturz in den Sand gleich noch den Kopf aufzuschlagen. Ich habe wohl den einzigen Stein in Les Issambres erwischt. Das muss man erst einmal schaffen!" Sie grinste schief.

„Aua", sagte die junge Frau mitfühlend.

„Und Sie?"

„Nicht der Rede wert. Blinddarm-OP. Ist aber schon ein paar Tage her, ich werde morgen entlassen."

„Wie schön für Sie", sagte Mona neidisch. „Ich bin übrigens Mona."

„Freut mich, ich bin Nicole."

Mona musterte die Frau etwas genauer. Offenes, freundliches Gesicht, das von hellbraunen, halblangen Haaren umrahmt wurde. Ihre braunen Augen strahlten Wärme aus.

„Das ist schade, dass Sie morgen schon weg sind. Aber es freut mich wirklich für Sie." Mona lächelte gequält. Sie wollte auch morgen zurück ins Hotel ... oder besser noch sofort.

„Danke, ich freue mich auch, endlich wieder nach Hause zu kommen. Das Krankenhauspersonal ist wirklich sehr nett und bemüht, aber natürlich ist überall die Zeit knapp. Niemand ist wirklich gerne hier, oder?"

„Nein." Mona schüttelte kurz den Kopf, hielt aber sofort inne, als sich der Schmerz prompt verstärkte. „Vielleicht hätte ich die Schmerztabletten doch annehmen sollen ..."

„Klingeln Sie doch einfach, das lässt sich ja nachholen."

„Ja, keine schlechte Idee. Aber vielleicht warte ich besser noch das Mittagessen ab. Ich habe heute noch nichts gegessen. Tabletten als Frühstück nimmt mir mein Magen ganz bestimmt übel." Mona schnitt eine Grimasse.

Nicole nahm ihr Handy vom Nachttisch. „Das Essen müsste in einer Viertelstunde kommen."

„So lange schaffe ich es noch." Mona schloss die Augen. Plötzlich war sie todmüde. Bevor sie noch darüber nachdenken konnte, war sie bereits eingeschlafen.

Mona schreckte hoch. Im ersten Moment hatte sie keine Ahnung, wo sie war und woher die Geräusche stammten, die sie aus dem Tiefschlaf gerissen hatten. Langsam sortierte sie sich. Ihr Kopf schmerzte wie nach einer durchfeierten Nacht, und plötzlich fiel ihr alles wieder ein. Der Sturz, Laurence` unmögliches Verhalten, die Anweisung des Arztes, dass sie im Krankenhaus bleiben müsse. Die Geräusche ordnete sie als Letztes ein. Das Geschirrklappern des Wagens, auf dem das Mittagessen in die Zimmer geschoben wurde. Natürlich. Nadine, nein, Nicole vom Nachbarbett hatte es ja angekündigt. Mühsam rappelte sie sich auf, konnte dabei ein schmerzerfülltes Stöhnen nicht unterdrücken.

„Es wird doch Zeit für eine Tablette", sagte Nicole mitfühlend.

Mona blickte ihre Mitpatientin an und verzog das Gesicht. „Ich fürchte auch."

Das Essen wurde von einer großen, rundlichen Frau mit einem freundlichen Gesicht serviert.

Mona bedankte sich mit einem Lächeln und wusste beim ersten Blick auf den Teller, dass die Krankenhausmitarbeiterin, die das Essen serviert hatte, bereits der angenehmste Teil gewesen war. Sie warf ihrer Bettnachbarin einen Blick zu, die mit einem resignierten Schulterzucken reagierte.

Nicole rümpfte kurz die Nase, dann sagte sie spöttisch: „Mach dir keine Illusionen. Die Mahlzeiten hier sind weniger dazu angetan, uns Patienten zu stärken, als vielmehr uns so schnell wie möglich aus dem Haus zu treiben. Ich kann dir gar nicht sagen, wie sehr ich mich darauf freue, dass morgen mein Freund wieder für mich kocht! Er ist ein begnadeter Koch."

Mona spürte einen neidischen Stich. Oh ja, das konnte sie verstehen! Für sie war ja in letzter Zeit auch fantastisch gekocht worden. Zwar nicht von ihrem

Freund, sondern von ihrem Kollegen, der so wunderbar küssen konnte ... Schnell verscheuchte sie den Gedanken an den umwerfenden Kuss gestern Abend wieder.

Misstrauisch schob Mona das undefinierbare Stück Fleisch und das zerkochte Gemüse auf ihrem Teller mit der Gabel hin und her.

„Bloß nicht zu lange prüfen. Rein mit der Menge, die man zum Überleben braucht und fertig!" Nicole lachte und schob sich die erste Gabel mit Essen in den Mund.

„Okay." Mona nickte tapfer. An das Fleisch traute sie sich nicht heran, aber eine Portion Kohlrabi und Wurzeln probierte sie tapfer. Es schmeckte nicht schlecht, denn dafür hätte es überhaupt Geschmack gebraucht. Kauen musste sie auch nicht, schlucken reichte. Der einzige Gedanke, der sie dazu verleitete, noch einige Bissen zu nehmen, war die Aussicht auf eine Schmerztablette. Im Moment war der Schmerz in ihrem Knöchel ihr Hauptproblem. Ihr Kopf schien sich etwas beruhigt zu haben.

Zum Nachtisch gab es Schokoladenpudding mit einer dickflüssigen Vanillesoße. Monas Magen zog sich beim Anblick der kleinen Schale erschrocken zusammen. Trotzdem nahm sie auch hiervon einige Löffel. Dann gab sie auf und klingelte nach der Schwester. Zeit für Drogen!

Nach der Einnahme eines Schmerzmedikaments war Mona erneut in einen tiefen Schlaf gefallen. Als sie wach wurde, fühlte sie sich nicht mehr so verwirrt wie nach ihrem ersten Nickerchen. Sie erinnerte sich viel zu genau an das, was geschehen war. Der Unfall am Strand ... Laurence ...

„Geht´s dir etwas besser?“, fragte Nicole aus dem Nachbarbett sanft.

„Ich glaube ja“, antwortete Mona zögernd. Solange sie sich nicht rührte, schien alles gut zu sein. „Wie spät ist es?“

„Sechzehn Uhr. Aber das spielt hier ja sowieso keine Rolle.“ Nicole grinste. Mona stöhnte. Nein, im Krankenhaus war die Uhrzeit nicht wichtig. Aber im Hotel steuerten sie jetzt auf das Abendgeschäft zu. Wer sollte ihren Part übernehmen? Ihr wurde ganz flau im Magen. Und sie konnte nicht eingreifen! Sie lag hier zur Untätigkeit verdammt und konnte nicht einmal telefonieren!

32.

Ein leises, zaghaftes Klopfen ertönte an der Zimmertür. Mona erstarrte. Laurence? Die Hoffnung schoss wie eine Flamme in ihr empor. Und verlosch umgehend. So wie er sich verhalten hatte, würde er jetzt bestimmt nicht reumütig hier aufkreuzen. Auch wenn sie sich nichts mehr als das wünschte, wie ihr klar wurde.

„Herein!", rief Nicole mit munterer Stimme.

Wie gebannt starrte Mona auf die Tür, die sich langsam öffnete. Mit einem Ausdruck von Besorgnis in den wasserblauen Augen, einem milden Lächeln auf den Lippen, einem Strauß Rosen in der einen und einer Tasche in der anderen Hand, erspähte Mona Jacques. Freude und Enttäuschung mischten sich prompt in ihrem Innern.

„Jacques", flüsterte sie und musste die Tränen, die ihr in die Augen stiegen, zurückdrängen. Sie streckte die Arme aus. Jacques eilte zu ihrem Bett, ließ die Tasche zu Boden sinken und ergriff ihre Hand. Seine andere hielt noch immer den Blumenstrauß fest.

„Mona, Liebes! Was machen Sie denn für Sachen? Wie geht es Ihnen?"

„Ach, schon wieder ganz gut", entschied sie sich für die halbe Wahrheit. Die Schmerztabletten und ihr Schläfchen hatten tatsächlich dafür gesorgt, dass sie sich um Längen besser fühlte als bei ihrer Ankunft im

Krankenhaus. Von *ganz gut* zu reden, war noch etwas übertrieben, wenn sie ehrlich war, doch sie wollte Jacques nicht weiter beunruhigen. Er wirkte so schon mitgenommen genug.

„Oh, das ist schön." Nicht ganz überzeugt, wie es schien, musterte er sie prüfend. „Was ist denn genau passiert?"

„Was hat Laurence denn erzählt?"

Jacques sah sie mit einem merkwürdigen Ausdruck in den Augen an. Dann zuckte er die Schultern. „Nicht viel, aber er ist fürchterlich mitgenommen."

Mona entfuhr ein kleines, bitteres Lachen.

„Nun erzählen Sie schon, Kindchen. Ich kann mir keinen Reim auf die Sache machen. Und ich mache mir Sorgen um Sie!"

„Ach, es ist halb so wild. Ich bin ganz blöd beim Joggen gestolpert und noch blöder gestürzt. Man sollte ja meinen, dass sich Leute in meinem Alter besser abstützen können, aber der Reflex hat irgendwie versagt." Mona lachte, aber es klang kläglich.

„Na ja", fuhr sie fort. „Mein Knöchel ist verstaucht und ich habe mir eine Gehirnerschütterung zugezogen. Aber das wird schon wieder. Ich habe schließlich einen Dickkopf!" Sie grinste und legte vorsichtig eine Hand auf das Pflaster an ihrer Schläfe.

Jacques sah sie liebevoll an und streichelte ihre Hand. Fast hätte Mona gebeten, er solle nicht so mitfühlend sein, sonst würde sie gleich in Tränen ausbrechen. Sie wusste genau, warum sie so empfindlich reagierte. Das lieblose Verhalten von Laurence steckte ihr noch tief in den Knochen. Von ihm hätte sie sich die Anteilnahme gewünscht, die jetzt Jacques zeigte. Gerade nach gestern Abend warf Laurence` Reaktion sie komplett aus der Bahn.

„Und Laurence?", fragte Jacques sanft.

„Pfft ..." Jetzt konnte Mona die Tränen nicht länger zurückhalten. Jacques reichte ihr ein Taschentuch und wartete geduldig ab, während sie sich die Nase putzte und darum kämpfte, ihre Fassung wiederzuerlangen. Schließlich atmete sie tief durch und sagte dann: „Laurence hat mich noch zur Anmeldung hier gebracht, dann ist er wie der Blitz weg. Als seien Furien hinter ihm her." Wut und Enttäuschung wallten erneut in ihr auf.

Jacques nickte langsam. „Ich glaube, er verbindet mit Krankenhäusern Schreckliches. Auch wenn das keine Entschuldigung ist, aber es erklärt es vielleicht."

„Wegen seiner Eltern?", fragte Mona, die sich an seine schlimme Familiengeschichte erinnerte.

„Vielleicht." Jacques klang plötzlich ausweichend.

Mona starrte ihn an. „Aber wieso ...?"

Der alte Franzose schüttelte leicht den Kopf. „Das kann ich Ihnen leider nicht sagen." Er sah sie um Verständnis bittend an.

„Warum nicht?" So leicht würde Mona nicht aufgeben. Sie wollte jetzt endlich die Wahrheit wissen! Und sie spürte, dass sie nah dran war.

„Sie müssen ihn selbst fragen, Mona. Bitte, ich habe es versprochen ..."

Mona erkannte die Qual in den Augen des alten Mannes. Sie wusste, dass er ihr gern helfen wollte, das aber offensichtlich nicht durfte, wenn er seine Loyalität Laurence gegenüber nicht gefährden wollte.

Sie seufzte schwer und sackte in sich zusammen. So würde sie nicht weiterkommen. Wenn es um Laurence und seine Vergangenheit ging, prallte sie gegen Mauern. Ob sie jemals die Wahrheit erfahren würde?

„Schauen Sie, die habe ich für Sie geschnitten. Aber bitte verraten Sie mich nicht bei Nila." Jacques lächelte verschwörerisch.

Mona durchschaute sein Ablenkungsmanöver sofort, tat ihm aber den Gefallen, das Thema zu wechseln. „Die Rosen sind wunderschön! Das wäre nicht nötig gewesen, aber trotzdem vielen Dank! Sie erinnern mich an die Rosen im Vorgarten des Hotels, aber diese hier sind noch viel schöner!" Sie lächelte verschwörerisch zurück und bemerkte seine Erleichterung. Es tat ihr leid, ihn im Zwiespalt zu wissen. Sie hätte gern mehr über Laurence` Beweggründe erfahren, aber Mona wusste, wann sie verloren hatte.

„Wie geht es denn jetzt im Hotel weiter?", fragte sie nach einer Weile.

„Ach, da machen Sie sich mal keine Sorgen. Für heute ist Alice eingesprungen. Und ich habe das hier dabei." Er griff in die Tasche, die er mitgebracht hatte, und zog ein Handy hervor. „Ich dachte, das würden Sie vielleicht gern hier haben. Und ich habe ein paar Kleidungsstücke aus Ihrem Zimmer geholt. Ich hoffe, das war in Ordnung ..."

„Mein Handy! Jacques, Sie sind ein Engel, aber das wissen Sie ja! Und ja, natürlich durften Sie mir Sachen zum Wechseln mitbringen. Das ist sehr lieb!" Mona strahlte. So schwer gerade alles war, aber die Aussicht, wieder mit der Welt in Kontakt treten zu können, fühlte sich großartig an. Und dass Jacques in ihrem

Zimmer und an ihren Schrank gegangen war, störte sie nicht im Geringsten. Im Gegenteil, sie war froh, nicht ewig das Krankenhaus-Nachthemd tragen zu müssen.

„Wir haben gedacht, wir überlassen es Ihnen, ob und wann Sie Nila informieren wollen."

„Ich werde Nila heute noch anrufen. Bis ich wieder arbeiten kann, dauert es zu lange, als dass Sie und Alice meinen Part übernehmen könnten." Mona traf diese Entscheidung, ohne lange nachzudenken. Bei Nila war das Schlimmste überstanden, und sie hatte ein Recht darauf, über die Ereignisse rund um ihr Hotel informiert zu werden.

Jacques nickte. „Das ist wohl das Beste."

„Ich freue mich übrigens sehr, dass Sie hier sind." Mona bedachte ihn mit einem liebevollen Blick.

„Ich mich auch", gab er ernst zurück. „Und morgen komme ich wieder!"

„Versprochen?"

„Hoch und heilig!"

Nila

Florenz

„Noch ein Glas Wein, Chérie?" Vincent deutete auf die Flasche, die vor ihnen auf dem Tisch stand. Gerade hatten Nila und er das Abendessen auf der Terrasse beendet. Es war ein herrlicher Sommerabend, und die samtweiche Luft der Toskana erinnerte Nila an die Provence. Für einen Moment spürte sie Heimweh nach ihrem Zuhause.

„Danke." Sie winkte ab. „Ich brauche morgen wieder einen klaren Kopf. Und ich muss gleich endlich bei Mona anrufen."

„Wann willst du zurück?"

„Ich denke, bald. So dringend werde ich hier nicht mehr gebraucht. Den Rest schaffst du allein, oder?"

„Muss ich wohl." Vincent seufzte. „Ihr werdet mir sehr fehlen. Aber ja, es wird wohl Zeit, dass du deine Freundin von der Verantwortung befreist." Vincent nahm einen Schluck aus seinem Weinglas. Dann lächelte er. „Vielleicht kommen die alten Herrschaften bald auch ohne mich zurecht."

„Ja, möglich. Aber noch ist ein bisschen Unterstützung für Maman sicher nicht verkehrt." Nilas Handy, das auf dem Tisch lag, vibrierte. „Oh, wie aufs Stichwort: Mona!" Sie ging dran. Vincent gab ihr ein Zeichen und ging ins Haus.

„Hey, Süße!"

„Hallo, wie ist es bei euch?"

„Bestens. Giuseppe macht weiter Fortschritte, und Renée kommt mit ihrer jetzigen Rolle als seine Betreuerin wunderbar zurecht. Ihre Physio absolviert sie immer noch eifrig. Es sieht also gut aus, sodass ich bald zurückkommen kann."

„Das ist gut."

Erst jetzt fiel Nila auf, wie anders ihre beste Freundin klang. Ungewohnt schwach, von der üblichen sprühenden Energie war nichts zu spüren ... „Was ist los?", fragte sie alarmiert.

„Kleiner Sportunfall, ich liege im Krankenhaus."

„Oh mein Gott! Wie geht es dir denn?"

„Mit den Drogen, die sie hier ausgeben, schon wieder ganz gut.“ Mona lachte, aber es hörte sich gequält an.

„Was genau hast du denn?“

„Böse verstauchter Knöchel und eine Gehirnerschütterung.“

„Oh weia. Wie ist das denn passiert?“

Mona seufzte. „Ich weiß es selbst nicht genau. Beim Joggen mit Laurence am Strand bin ich umgeknickt und beim Fallen mit dem Kopf auf einem Stein aufgeschlagen. Na ja, wird schon wieder. Aber der Arzt will mich unbedingt ein paar Tage hierbehalten. Und das Hotel …“

„Um das Hotel mach dir mal keine Sorgen, sieh nur zu, dass du wieder gesund bist!“ Nila stockte. „Wieso hast du dich nicht abgestützt beim Fallen?“

„Ich möchte nicht darüber sprechen …“

„Hm …?“ Nila war irritiert.

Mona gab einen Laut von sich, der an etwas wie Lachen erinnerte. „Na ja, so etwas passiert einem eigentlich erst im fortgeschrittenen Alter … Bislang habe ich mich für jung und fit gehalten. Aber wie man sieht …“

Nila grinste. „Fein, du kannst schon wieder Witze machen.“

„Kannst du bald zurückkommen?“, fragte Mona leise.

„Darüber habe ich eben mit Vincent gesprochen. Meine Anwesenheit wird hier nicht mehr dringend benötigt, ich wollte ohnehin bald nach Hause kommen. Nun ist die Sache ja noch einmal eine andere. Ich kümmere mich sofort um den Flug!“

„Das ist wirklich kein Problem?“

„Nein, überhaupt nicht! Ich bin ja froh, dass du mir so lange den Rücken freigehalten hast. Jetzt ist es wichtig, dass du wieder gesund wirst."

Mona stieß einen Seufzer der Erleichterung aus.

„Gibt es noch etwas anderes, das passiert ist?", fragte Nila.

„Laurence und ich haben uns geküsst." Mona hatte geflüstert. Anscheinend hatte sie Sorge, dass jemand mithörte.

„Soso", sagte Nila zunächst nur. Wirklich überrascht war sie nicht. Sie ahnte schon länger, dass sich zwischen ihrer Freundin und ihrem Mitarbeiter etwas anbahnte.

„Soso? Ist das alles?", fragte Mona fassungslos.

Nila lachte. „Ich musste kurz darüber nachdenken. Also zunächst: Ich bin nicht besonders überrascht."

„Bist du nicht?", fiel Mona ihr ins Wort.

„Nö. Irgendwie hatte ich so etwas schon geahnt. Und ich finde es gut! Ihr passt, glaube ich, sehr gut zusammen!"

„Tun wir nicht!", widersprach Mona vehement.

„Warum denn nicht?"

„Ich habe dir ja schon gesagt, dass ich aus ihm nie so richtig schlau werde. Einerseits haben wir fast etwas wie Freundschaft gepflegt, andererseits hat er sich mehrmals abrupt zurückgezogen. Ohne dass es einen nachvollziehbaren Anlass gab. Und jetzt ..." Mona holte tief Luft. „Und jetzt hat er mich einfach meinem Schicksal überlassen."

„Er hat dich verletzt am Strand zurückgelassen?", rief Nila entsetzt.

„Nein, so schlimm nicht. Aber er hat mich praktisch ins Krankenhaus geschubst und ist dann förmlich davongerannt! Als sei der Leibhaftige hinter ihm her.“

„Oh ...“ Nila strich sich eine Haarsträhne aus dem Gesicht, während sie das Gehörte sacken ließ. „Das hätte ich nicht von Laurence gedacht“, sagte sie schließlich. „Hat er sein Verhalten irgendwie erklärt?“

„Nein, nichts. Jacques hat mich heute Nachmittag besucht. Ich habe ihm davon erzählt und er meinte nur, Laurence verbindet Schreckliches mit Krankenhäusern. Weißt du etwas darüber?“

„Leider nein. Es gab einen Schicksalsschlag in Laurence` Leben, aber ich weiß nichts Näheres. Vincent hat damals etwas angedeutet, aber es ist wohl so, dass Laurence nicht darüber sprechen möchte. Ich habe das so akzeptiert. Um ehrlich zu sein, hatte ich auch so viel im Kopf, als wir mit dem Hotel gestartet sind. Und ich war einfach froh, dass sich das mit Laurence ergeben hat.“

„Könntest du deinen Mann fragen, was es damit auf sich hat?“

„Ich kann es versuchen. Aber so oder so, solltest du versuchen, noch einmal mit Laurence zu sprechen.“

Mona lachte bitter. „Wie denn? Ich glaube nicht, dass er morgen hier mit Blumen aufkreuzt wie mein treuer alter Freund Jacques.“

„Jacques ist zauberhaft, oder?“

„Ja, absolut! Warum können nicht junge Männer ebenso sein?“

„Vielleicht, weil ihnen die Altersweisheit fehlt?“, schlug Nila vor.

„Also meinst du, ich sollte mein Männerschema ändern und

mich lieber jenseits der achtzig umschauen?"

„Kannst ja mal drüber nachdenken", sagte Nila und lachte.

„Okay, werde ich tun!"

Zum ersten Mal hörte Nila die alte Mona heraus. Sie seufzte erleichtert. Es wurde Zeit, dass sie nach Hause fuhr und sich um ihre beste Freundin kümmerte.

„Gute Besserung, Süße. Und gib die Hoffnung nicht auf, dass sich alles zum Guten wendet. Ich bin, so schnell es geht, wieder bei dir!"

„Danke", sagte Mona und klang wieder so schwach wie zu Beginn des Gesprächs.

Nila beendete das Telefonat und blieb nachdenklich eine Weile auf der Terrasse sitzen. Dann stand sie auf und ging ins Haus. Sie musste mit Vincent sprechen und herausfinden, welches Drama sich im Leben ihres Kochs abgespielt hatte, bevor er die Küchenleitung ihres Hotels übernahm.

33.

Mona fühlte sich nach dem Gespräch mit Nila etwas besser. Die Aussicht, dass ihre Freundin sofort den Rückflug nach Frankreich buchen wollte, nahm ihr eine große Last von den Schultern.

„Gute Nachrichten?", fragte Nicole, die gerade dabei war, ihre Sachen aus dem Schrank zu räumen und in ihre Tasche zu verstauen. Sie hielt im Tun inne und sah Mona aufmerksam an.

„Ja. Meine Freundin nimmt den nächsten Flug nach Hause. Eine Sorge weniger!" Mona ließ sich erleichtert in die Kissen sinken. Im Groben wussten die Bettnachbarinnen inzwischen über das jeweilige Leben der anderen Bescheid. Mona hatte von der schwierigen Trennung von Chris berichtet und von ihrer spontanen Übernahme der Hotelleitung. Nur die Sache mit Laurence hatte sie in ihrer Schilderung übersprungen. Weniger, weil ihr das zu privat erschien, sondern weil ihr die Worte hierzu fehlten. Sie konnte es ja selbst nicht einordnen. Wie sollte sie es da einer Fremden erklären? Auf jeden Fall fand Mona es schade, dass Nicole morgen schon gehen würde.

„Das freut mich für dich", sagte Nicole und bedachte Mona mit einem freundlichen Blick.

Bevor Mona antworten konnte, klingelte ihr Handy, das noch immer auf der Bettdecke lag. „Meine Mutter", murmelte sie.

Nicole nickte und widmete sich wieder ihrer Kleidung.

„Hey Mam!" Während Mona sich meldete, überlegte sie fieberhaft, ob sie ihrer Mutter von den neuesten Ereignissen erzählen sollte. Rasch entschied sie sich dagegen. Gefährlich war ihr Zustand nicht, und Simone würde sich bloß unnötig sorgen.

„Mona, Liebes! Ich höre ja gar nichts von dir. Langsam mache ich mir Sorgen. Wie geht es dir?"

„Alles gut so weit", log Mona ohne allzu schlechtes Gewissen. „Nur viel Arbeit im Hotel. Aber Nila kommt in den nächsten Tagen zurück."

„Oh, das ist schön!" Simone hielt sich nicht länger mit dem Thema auf. „Ich habe Neuigkeiten, Schatz!", platzte sie heraus.

„Hast du das Haus gekauft?" Mona legte sich bequemer hin.

„Was? Nein, noch nicht, aber wir werden es wohl tun."

„Wir?" Mona setzte sich auf.

„Ja, weißt du, Liebes, genau darüber wollte ich ja mit dir sprechen. Ich werde heiraten."

„Du wirst was?" Mona war sich für einen Moment sicher, dass die Tabletten, die sie genommen hatte, Halluzinationen auslösten.

„Heiraten, Liebes", flötete Simone. „Du glaubst gar nicht, wie aufgeregt ich bin! Und ich wollte sichergehen, dass du zum festgelegten Termin zu uns kommst."

„Wann ist es denn so weit?“ Mona war überrascht, wie normal ihre Stimme klang.

„Am 22. Oktober. Also noch genug Zeit, dass du den Termin für uns reservierst.“ Simone lachte ein glockenhelles Lachen, von dem Mona sicher war, es in der Intensität noch nie von ihrer Mutter gehört zu haben.

„Das lässt sich einrichten.“ Mona glaubte immer mehr an Nebenwirkungen der Tabletten. Anders konnte es nicht sein!

„Fein, Schatz! Damit geht mein Wunsch in Erfüllung. Nie im Leben könnte ich ohne dich vor den Traualtar treten. Aber vielleicht schaffst du es ja schon vorher, uns zu besuchen. Ich würde mich so freuen!“

„Ich werde sehen, was sich machen lässt“, versprach Mona halbherzig. „Ich muss jetzt leider weiterarbeiten. Wir hören uns, Mam!“

Als sie sich verabschiedet hatten, fiel Mona auf, dass sie nicht wusste, wie der Mann, den ihre Mutter heiraten wollte - ihr ... *Stiefvater* ... - überhaupt hieß.

Das Leben im Krankenhaus erwachte früh. Mona war noch benebelt von der Schlaftablette, die sie sich hatte geben lassen. Ihr Plan war aufgegangen: Sie hatte tief und traumlos durchgeschlafen. Besonders erholt fühlte sie sich zwar nicht, aber zumindest war ihr eine Nacht des Grübelns erspart geblieben.

Nach dem Frühstück, das nicht besser schmeckte als die Mahlzeiten am gestrigen Tag, wurde Nicole von ihrem Freund - einem großen, muskulösen Mann mit einem sanften Gesicht - abgeholt. Mona war traurig, die nette Bettnachbarin so schnell wieder zu verlieren. Wer wusste, wer dafür nachrücken würde?

Nicole umarmte sie zum Abschied vorsichtig und wünschte ihr eine schnelle Genesung, damit sie ebenfalls bald das Krankenhaus verlassen konnte.

„Alles Liebe für dich!" Mona winkte noch einmal, dann wurde die Tür hinter Nicole und ihrem Freund geschlossen, und sie blieb allein zurück.

Die Wirkung der Schlaftablette ließ immer mehr nach, und bald trafen sie die Ereignisse des gestrigen Tages wieder mit voller Wucht. Der Unfall am Strand ... Laurence ... Jacques – sein Besuch das einzig Schöne am gestrigen Tag – ihre Mutter, die im September, nein, Oktober!, heiraten wollte ... Mona spürte, dass dieser Punkt sie fast mehr aus der Bahn warf als alles andere. Es kratzte an etwas, das tief in ihrem Innern verschlossen gewesen war und jetzt mit aller Macht an die Oberfläche drängte. Nach dem morgendlichen Trubel inklusive der Morgenvisite, die kurz gehalten wurde – Mona wusste, dass sie ein leichter Fall im Krankenhausgeschehen war -, kehrte nun wieder Ruhe in ihrem Zimmer ein. Eine Ruhe, die Mona überhaupt nicht gefiel. Jetzt war sie mit ihren Gedanken allein, ob sie wollte oder nicht. Der Zeitpunkt war gekommen, da sie sich mit einigen Dingen beschäftigen musste.

Vor fünfzehn Jahren

Es war drei Tage nach Georgs plötzlichem Auszug, als Mona sich mit Freundinnen am Elbstrand in Övelgönne verabredet hatte. Eigentlich wollte sie ihre Mutter in deren Zustand nicht allein lassen, aber Simone hatte darauf bestanden, als sie von dem geplanten Ausflug Wind bekommen hatte. „Du musst wirklich nicht die ganze Zeit hier sitzen und Händchen halten. Geh Liebes, hab Spaß!“ Sie hatte tapfer gelächelt, aber ihre verweinten Augen sprachen eine andere Sprache.

So war Mona, wenn auch mit einem mulmigen Gefühl, losgezogen. Erst alberten die Mädels am Wasser herum, tauschten den neuesten Klatsch aus, gaben sich Schminktipps (denen Mona geduldig lauschte, ohne den Impuls zu haben, sie selbst anzuwenden), und später entschieden sie, es sich in einem kleinen Café mit Blick auf die Elbe gemütlich zu machen. Sie hatten das Lokal gerade betreten, da traf es Mona wie ein Faustschlag. Georg saß an einem der Tische. Vor sich ein Glas Cola und gegenüber eine dunkelhaarige Frau, mit der er über den Tisch hinweg Händchen hielt. Mona konnte sich zunächst nicht rühren. Wie gelähmt blieb sie im Eingang stehen, als hätte sie der Blitz getroffen. Während ihre Freunde sich einen Tisch suchten, der groß genug für alle war, blieb Mona weiterhin stehen und starrte mit angehaltenem Atem auf die Szene, die sich vor ihren Augen abspielte, und die surrealer nicht sein konnte. Georg, ihr Stiefvater, der, seit sie denken konnte, an der Seite ihrer Mutter gewesen war, saß nun hier und himmelte eine andere Frau an. Vor allem ließ er sich anhimmeln. Die Dunkelhaarige verschlang ihn förmlich mit Blicken. Schlagartig schien der Boden unter Monas Füßen zu schwanken. Die alten Holzbohlen, mit denen das Café ausgestattet war, entwickelten ein seltsames Eigenleben. Verwandelten sich in Bohlen, die auf einem Schiff verbaut waren. Und das Schiff befand sich auf hoher, stürmischer See. Mona wurde übel, während sie den Blick nicht von Georg abwenden konnte. Noch hatte er sie nicht entdeckt, rechnete wohl auch nicht damit, sie hier anzutreffen. Die Gedanken rasten durch ihren Kopf. Er hatte gelogen. Natürlich hatte er gelogen, als er Simone versichert hatte, es gäbe keine andere Frau in seinem Leben. Mona wusste, dass ihre Mutter sich daran klammerte, dadurch noch eine Chance für ihre Beziehung sah, wenn es doch niemand Neues in Georgs Leben gab. Mam sitzt jetzt zu Hause und weint sich die Augen aus dem Kopf … eine unbändige Wut schoss in Mona empor. Die Wut war es, die sie aus ihrer Starre riss. Sie holte endlich wieder Luft und marschierte mit weichen Knien, aber entschlossen auf Georgs Tisch zu. Kurz bevor sie ankam, blickte er plötzlich in ihre Richtung. Da, wo gerade noch Herzchen in seinen Augen geleuchtet hatten, blitzte nun Erschrecken und ein schlechtes Gewissen auf.

„Na, Georg, alles schön bei dir?" Ihre Stimme klang erstaunlich ruhig, schien aber aus Eiswürfeln zu bestehen.

Ihr Ex-Stiefvater regte sich nicht, starrte Mona nur hilflos an. Seine Begleiterin wurde unruhig, sah von einem zum anderen, strich sich erst nervös die Haare aus dem Gesicht, dann über Georgs Arm. Immerhin besaß er so viel Anstand, ihre Hand wegzuschieben.

„Wir konnten uns ja gar nicht richtig verabschieden bei deinem plötzlichen Auszug. Dabei wollte ich dir doch noch etwas mit auf den Weg geben", fuhr Mona fort. „Wir sind besser dran ohne dich, du mieser kleiner Verräter!" Mit diesen Worten griff sie zu Georgs Glas, das glücklicherweise noch bis zum Rand gefüllt war, und goss ihm den Inhalt seelenruhig über den Kopf. Er schrie auf, während seine Begleiterin aufsprang und ihn hektisch mit Servietten abtupfte. Mit erhobenem Kopf ging Mona zurück zum Tisch ihrer Freundinnen, die das Geschehen mit offenen Mündern verfolgt hatten, und sagte laut: „Wisst ihr Leute, ich glaube, hier sind wir in zu schlechter Gesellschaft. Lasst uns ein anderes Café suchen, wo die Gäste mehr Stil besitzen!"

Das taten sie. Die Stimmung blieb den Nachmittag über trotz des Wechsels der Location gedrückt.

Mona bemerkte, wie Nila sie immer wieder besorgt musterte. „Alles in Ordnung", versicherte sie ihrer Freundin und lächelte. Nein, nichts war in Ordnung. Etwas in ihr war zerrissen, und das führte zu diesem schwankenden Untergrund, egal, wo sie gerade war. Ein Stück Vertrauen in das Leben und vor allem in die Menschen war unwiederbringlich verloren gegangen. Da änderte die Cola-Aktion nur wenig dran, auch wenn Georgs fassungsloser Gesichtsausdruck zumindest eine winzige Genugtuung bedeutete.

34.

Laurence

„Du musst mit Mona sprechen", sagte Jacques eindringlich. Er saß am Küchentisch und sah Laurence bei der Vorbereitung des Menüs zu.

Laurence antwortete nicht. Sein Blick blieb starr auf den Lachs gerichtet, den er gerade filetierte. Nur das Mahlen seiner Kieferknochen deutete darauf hin, dass er den alten Mann sehr wohl gehört hatte.

„Laurence, sie hat ein Recht auf die Wahrheit!"

„Und dann? Es ändert doch nichts!" Laurence ließ das Messer sinken. Der Ausdruck in seinen Augen, mit dem er Jacques ansah, spiegelte Verzweiflung und Abwehr.

„Doch, es ändert etwas. Für Mona. Dann weiß sie wenigstens, dass dein Verhalten nichts mit ihr zu tun hat."

Laurence lachte bitter. „Und das macht die Sache besser?"

Jacques hob die Schultern. „Das weiß ich nicht, aber ich kann nicht mitansehen, wie sie sich den Kopf deinetwegen zermartert."

„Ich hätte es nie so weit kommen lassen dürfen", sagte Laurence leise. Der Gedanke verfolgte ihn bereits seit vorgestern Abend, als er Mona geküsst hatte. Falsch, korrigierte er sich still. Den Gedanken habe ich bereits, seitdem Mona die Hotelleitung übernommen hat.

„Aber vielleicht ist es gar nicht verkehrt …“ Weiter kam Jacques nicht, Laurence stoppt ihn mit einer Handbewegung und einem warnenden Blick.

„Ich weiß, ich habe dir versprochen, nie wieder über damals und über Amélie zu sprechen. Vincent hat es dir ebenso versprochen, und wir haben hilflos zugesehen, wie du in deinen Selbstvorwürfen ertrinkst. Aber vielleicht …“

„Nein!“ Laurences Stimme war scharf. „Zum letzten Mal: Ich kann nicht über Amélie sprechen, und auch nicht darüber, warum ich so lebe, wie ich lebe. Céline und die Arbeit hier waren die einzigen Gründe, dass ich es überhaupt geschafft habe, das Handtuch nicht endgültig zu werfen. Aber mehr ist, verdammt noch mal, nicht drin!“ Er holte tief Luft und sah Jacques mit einer Mischung aus Wut und Verzweiflung an. „Jetzt geh bitte, Jacques!“

Laurence

Amélie war seit zwei Tagen für einen Zwischenstopp wieder zu Hause. Seitdem hatten sie es geschafft, beinahe ohne Pause zu streiten. Laurence wunderte sich, woher er noch immer die Kraft dafür nahm. Die ewigen Streitereien zermürbten ihn, saugten ihm die Kraft aus den Knochen. Sie führten nirgendwo hin, außer in eine tiefe, hoffnungslose Erschöpfung, die seine beruflichen Pflichten immer beschwerlicher machte.

Laurence wusste seit einiger Zeit, dass es jemand anderen in Amélies Leben gab. Beweise hatte er keine, aber er spürte es in jeder Faser seines Körpers. Dass Amélie es abstritt, machte die Sache noch schlimmer und ihn schier wahnsinnig. Von Trennung hatte noch keiner von ihnen gesprochen, dennoch schien es die einzig logische Konsequenz zu sein, dass es darauf hinauslaufen würde. Hinauslaufen musste. In ihrer Ehe gab es schon lange keine glücklichen Momente mehr. Trotzdem machte jeder von ihnen einen Bogen um das Offensichtliche.

Wann genau hatte es angefangen, dass sich die Stimmung zwischen ihnen so drastisch verschlechterte? Während Laurence sich vergeblich bemühte, den passenden Schlips zu seinem Smoking zu binden, versuchte er sich diese Frage zu beantworten. Weihnachten? Obwohl erst einige Monate her, war das Fest in seiner Erinnerung nur noch grau und schemenhaft auszumachen. Essen mit seinen Schwiegereltern, der Besuch bei Céline, den Amélie zum ersten Mal mit einer fadenscheinigen Begründung umgangen hatte. Eine Weihnachtsparty mit Amélies Freunden. Sie trug ein hautenges Kleid mit silbernen Pailletten und die neuen Diamant-Ohrringe, die er ihr zu Weihnachten geschenkt hatte. Amélie war für ihn wie immer die schönste Frau des Abends. Keins der anwesenden Models konnte mit ihr mithalten, wie er fand. Die vielen bewundernden Blicke der männlichen Gäste bestätigten seine Annahme.

Gab es da schon Anzeichen, dass ihre Probleme, die sie seit Jahren vor sich herschoben, eine neue Dimension angenommen hatten? So sehr Laurence sich bemühte, die Frage für sich zu beantworten, er konnte es nicht sagen. Mit einer entnervten Geste riss er sich die verhasste Krawatte herunter und begann einen neuen Versuch, sie zu binden. Ihm widerstrebte es, sich in diese *Uniform* zu pressen, nur um gesellschaftlich nicht aus dem Rahmen zu fallen. Jedenfalls nach Amélies ungeschriebenem Gesetz.

„Wozu das alles?", murmelte er wütend vor sich hin. Der Blick in den Badezimmerspiegel ließ ihn kurz erstarren, er erkannte sich selbst kaum wieder. Tiefe Falten hatten sich um seine Mundwinkel eingegraben, und der verzweifelte, gehetzte Ausdruck in seinen Augen war ihm fremd. Wie weit war es nur mit ihnen gekommen?

Die Tür öffnete sich und Amélie betrat das große Badezimmer. Mit einem Blick erfasste sie die Situation. Wortlos schritt sie zu ihm und vollendete binnen Sekunden das Werk, das ihm partout nicht gelingen wollte. Ein kleines Lächeln zeichnete sich auf ihren knallrot geschminkten Lippen ab.

„Wozu? Damit wir wenigstens perfekt aussehen, wenn wir es schon nicht sind." Amélie wandte sich um. Die Tür fiel leise hinter ihr ins Schloss.

35.

Es war Nachmittag geworden, und Mona war noch immer allein in ihrem Krankenhauszimmer. Sie hatte so gehofft, dass für Nicole eine andere nette Patientin nachrückte. Aber entweder gab es im hiesigen Krankenhaus keinen Bettenmangel oder irgendeine höhere Macht wollte nicht, dass sie sich von ihren Gedanken ablenken konnte. Sich die Zeit mit dem Handy zu vertreiben, hatte sie längst aufgegeben. Zu hartnäckig war das, was in ihr an die Oberfläche drängte. Ihre Mutter wollte heiraten! Man dürfte doch wohl erwarten, dass ich mich freue, hatte sie sich anfangs streng vorgebetet. Schließlich war Simone durch lange, einsame Jahre gegangen. Die ersten Jahre (ja, es waren nicht Wochen oder Monate, sondern tatsächlich etliche Jahre) nach Georgs plötzlichem Auszug hätte sie sich vermutlich eher ins Knie geschossen, als einen Mann an sich heranzulassen. Zumal – so vermutete Mona jedenfalls – sie die Hoffnung, dass Georg reumütig zu ihr zurückkam, nie ganz aufgab. Irgendwann war der Kummer in Simones Augen nicht mehr ganz so überwältigend gewesen, aber sie hatte – wenn auch nur ein einziges Mal, dafür aber umso bestimmter – gesagt, dass sie sich nie wieder auf einen Mann einlassen werde. Für Mona war das nur logisch gewesen. Niemand hätte diese Hölle freiwillig zwei Mal durchschritten. Mona wusste, was das Hauptproblem war. Georg hatte Simones Grundvertrauen in Menschen so schwer erschüttert, dass es unwahrscheinlich erschien, dass es jemals wieder geheilt werden konnte.

Jetzt erschien es Mona wie Verrat an ihr selbst, dass sich ihre Mutter scheinbar doch still und heimlich von ihrer seelischen Verletzung erholt hatte. Vorsichtig ließ sie zum ersten Mal den Gedanken zu, dass auch ihr eigenes Leben nach Georgs Auszug anders verlaufen wäre, wenn es dieses Ereignis nicht gegeben hätte. Mona musste sich damit auseinandersetzen, dass ihr Bild von Männern durch Georgs Handeln und Simones Kummer nachhaltig geprägt worden war. Was, wenn das in ihrer Jugend nicht passiert wäre? Hätte es dann nicht diese lange Reihe von kurzen, stets schwierigen Beziehungen gegeben? Mona hatte immer geglaubt, sich auf der sicheren Seite zu befinden, wenn sie die Spielregeln bestimmte. Beim kleinsten Anlass, dass es Ähnlichkeiten mit Georgs Verhalten gab, trennte sie sich. Eine Unaufmerksamkeit zu viel, ein etwas zu langer Blick zur hübschen Kellnerin – die Liste war lang, warum sie ihre Freunde zum Teufel schickte. Nie trauerte sie ihnen lange nach. Es gab schließlich noch mehr Mütter mit hübschen Söhnen ... Eine wunderbare Strategie, sich nicht der Gefahr auszusetzen, in der Hölle zu landen.

Mona erkannte zum ersten Mal, dass unerreichbare Männer wie Chris eher die Regel als die Ausnahme bildeten. Und bei den anderen, die es vielleicht doch ernst gemeint hatten, fand sie schnell Parallelen zu Georg, die sie zur sofortigen Trennung veranlassten. Denn um nichts in der Welt würde sie in die gleiche Falle tappen wie ihre Mutter. Das zumindest war ihr gelungen. Sie hatte sich nicht in einer jahrelangen Beziehung darauf verlassen, dass Worte wie *für immer und ewig* auch tatsächlich galten. Mona hatte immer lange vorher Gründe gefunden, das Ganze zu beenden. Nun, da sie meinte, ein gewisses Muster bei sich entdeckt zu haben, wanderten ihre Gedanken zu Laurence.

Passte auch er in dieses Schema und sie war nur deshalb von ihm fasziniert, weil er melancholisch und geheimnisvoll war? Sich nie ganz zeigte und offensichtlich nicht bereit für eine echte Beziehung war? Mona wurde kalt bei dem Gedanken. Das würde bedeuten, dass sie sich auch von ihm endgültig lossagen musste. So wütend sie noch immer auf ihn war, dass er sie hier alleingelassen hatte, so erschreckend war die Aussicht, nie wieder mit ihm zu sprechen, mit ihm zusammenzuarbeiten, mit ihm laufen zu gehen ... Ihr Herz krampfte sich bei der Vorstellung schmerzhaft zusammen.

Verdammt, sie war doch nach Südfrankreich gekommen, um wieder zu sich zu finden, ins Reine zu kommen. Aber genau das tust du doch gerade, flüsterte eine Stimme in ihrem Innern. Mona schüttelte verwirrt den Kopf. Noch war sie meilenweit davon entfernt, mit sich im Reinen zu sein. Einem Impuls folgend griff sie zu ihrem Handy. Ihre Mutter nahm das Gespräch fast unmittelbar an.

„Liebes! Was gibt es?"

„Erstens: Wie heißt mein neuer Stiefvater überhaupt?", fragte sie ohne Begrüßung.

„Ramon", antwortete Simone hörbar erstaunt. „Es tut mir leid, wenn ich das nicht erwähnt habe."

„Schon gut. Zweite Frage: Wieso konntest du Georg jetzt verzeihen?“

„Wie kommst du darauf, dass ich das getan habe?“

„Hast du nicht?“ Monas Verwirrung nahm zu.

Ihre Mutter lachte leise. „Schatz, es ist etwas anderes passiert. Damals, vor zwei Jahren, als ich im Krankenhaus war und wir nicht wussten, ob ich Krebs habe. Mir ist damals einiges klar geworden. Wichtig war nicht so sehr, dass ich Georg verzeihe – ich musste vor allem mir selbst verzeihen, dass ich zugelassen habe, dass er einen solch großen Einfluss auf unser beider Leben genommen hat. Das war das Wichtigste! Nachdem ich das geschafft hatte, war mir Georg plötzlich vollkommen egal. Natürlich war sein Verhalten erbärmlich, aber ich war es, die zugelassen hat, dass es so elementar mein Leben bestimmte. Damit sollte endgültig Schluss sein. Wir haben schließlich nur ein Leben, und ich habe plötzlich erkannt, dass ich es nicht wirklich lebe. Meine Mauern waren hoch, sie schützten vor neuen Verletzungen, aber letztlich verhinderten sie auch das Leben. Deswegen habe ich mich entschieden, sie einzureißen. Sonst hätte es keinen Ramon gegeben. Ich glaube, dass er ein ehrlicher, guter Mensch ist. Aber sollte ich mich dennoch täuschen, würde ich auch das überleben.“

Mona hatte ihrer Mutter mit großen Augen gelauscht. Das Gesagte stellte ihre Welt noch mehr auf den Kopf.

„Und wem soll ich jetzt verzeihen?“, murmelte sie.

„Was ist denn passiert, Liebes?“ Simones Stimme hatte einen besorgten Klang angenommen.

Für einen Moment spielte Mona mit dem Gedanken, ihre Mutter wie üblich zu schonen. Ausweichen, anstatt darüber zu sprechen, was wirklich in ihr vorging.

Aber wie es aussah, brauchte es diese Rücksichtnahme
gar nicht mehr. Sie begann zu erzählen. Von der Szene
im Café damals. Von dem Schwanken wie auf Schiffs-
bohlen, das sie immer wieder heimsuchte, manchmal
heute noch. Von der Sicherheit in ihrem Innern, die
Georg einfach mitgenommen hatte in sein neues Leben.
Sie erzählte von den vielen Beziehungen, die sie scheinbar immer so mühelos abgehakt hatte. Sie erzählte von
Chris. Und schließlich von Laurence und ihrem Sportunfall ...

Als sie fertig war, hörte sie ihre Mutter leise weinen.

„Mam?", fragte Mona zögernd.

„Es tut mir so leid, Kleines!" Simones Stimme war brü-
chig. „Ich habe immer gedacht, dass du gut mit Georgs
Auszug zurechtgekommen bist. Schließlich hattet ihr
keine besonders innige Beziehung. Es tut mir unendlich leid, dass ich nicht fähig war, deinen Kummer zu
sehen."

Jetzt stiegen auch Mona die Tränen in die Augen.
„Ach, Mam, schon gut. Ich habe mir ja auch die größte
Mühe gegeben, es nicht zu zeigen."

„Trotzdem, ich hätte es merken müssen", beharrte Simone. Eine Weile blieb es still. „Aber weißt du was, Liebes? Wenn dir Laurence wirklich etwas bedeutet, dann
gib jetzt nicht auf. Für mich hört es sich so an, als wenn
du ihm auch wichtig bist. Sprich noch einmal mit ihm.
Vielleicht gibt es ja einen guten Grund, warum er aus
dem Krankenhaus geflüchtet ist."

„Hm", murmelte Mona skeptisch. „Aber ich weiß gar
nicht, ob das im Moment so wichtig ist. Ich habe eher
das Gefühl, dass ich mich endlich mal mit den alten Sachen befassen soll."

„Aber nicht zu lange! Mach bloß nicht denselben Fehler wie ich! Georg ist nur ein schwacher, egoistischer Mensch, dem wir eine viel zu große Bedeutung gegeben haben. Es sind wirklich nicht alle Männer so!"

„Nein, wahrscheinlich nicht", gab Mona ihrer Mutter zögernd recht. „Aber ich glaube, ich muss das alles erst einmal sacken lassen."

„Soll ich kommen, Liebes?"

Mona schluckte. „Quatsch, Mam! Ich habe nur einen verstauchten Knöchel, das wird schon wieder. Kümmere du dich lieber um deine anstehende Hochzeit. Wir machen es andersrum. Ich werde so schnell wie möglich zu dir fliegen!"

„Au ja, das wäre auch toll!", jubelte Simone.

„Nila kommt übrigens zurück. Also werde ich hier nicht mehr lange gebraucht."

„Dann geht es Giuseppe wieder besser?"

„Ja, er ist auf einem guten Weg. Renée kümmert sich gut um ihn, und Vincent bleibt vorerst noch in der Toskana."

„Es wird alles wieder gut", versprach Simone und Mona wusste, dass ihre Mutter nicht nur Renée und Giuseppe meinte.

„Bestimmt", murmelte sie. Ob das auch Laurence und sie betraf, bezweifelte sie zwar, aber vielleicht war das auch gar nicht so wichtig. Sie verabschiedeten sich und Mona legte das Handy nachdenklich auf den Nachttisch. Es gab so vieles, über das sie jetzt in Ruhe nachdenken musste.

36.

Laurence

Eine weitere schlaflose Nacht lag hinter ihm. Jetzt war er schon seit Stunden unterwegs, lief ziellos durch die Straßen von Les Issambres. Wiederholt wurde er von den Bildern verfolgt, die ihn tagsüber schon quälten, nachts aber – ohne Ablenkung von außen – kaum aushaltbar waren. Natürlich hatte Monas Sportunfall alles wieder hochgeholt. Auch wenn sie nicht schwer verletzt worden war und sie auch nicht um ihr Leben kämpfen musste, konnte etwas in ihm das nicht sauber trennen. Sein Verstand wusste es, nützen tat es nichts. An dem schlimmen Unfall, bei dem Amélie ihr Leben verloren hatte, trug er die Schuld, an Monas Sturz sicher nicht. Dennoch, als er sie ins Krankenhaus gebracht hatte, waren die Gefühle in ihm übermächtig geworden. Die gleiche Hilflosigkeit und Panik, das schlechte Gewissen darüber, dass er allein die Schuld an allem trug ... Er hatte es nicht ertragen, konnte nicht anders, als Mona sich selbst zu überlassen und aus dem Krankenhaus zu fliehen. So wie er Amélie damals nicht helfen konnte – obwohl er an ihrem Bett gesessen hatte. Stunde um Stunde - bis ihr Herz den Kampf aufgab. Genauso wenig hatte er jetzt Mona helfen können. Sie war ihm wichtig, viel zu wichtig! Und gerade deshalb durfte das, was sich zwischen ihnen entwickelt hatte, nicht bestehen bleiben. Er würde ihr kein Glück bringen. Wie auch? Wo er selbst an jenem Abend jedes Recht auf Glück verwirkt hatte.

Jacques mahnende Worte kamen ihm in den Sinn. Vielleicht sollte er auf den alten Mann hören und mit Mona sprechen. Sein Vergehen offenbaren. Spätestens dann wollte sie sowieso nichts mehr von ihm wissen. Ja, vielleicht war das der richtige Weg. Bald würde Mona ohnehin wieder nach Deutschland zurückkehren, und er konnte mit dem bisschen Leben weitermachen, das er sich gestattete.

Allein die Vorstellung löste zwei sehr unterschiedliche Gefühle in ihm aus. Eine gewisse Erleichterung darüber, dass der Zwiespalt, in dem er sich seit Monas Auftauchen befand, damit vorüber wäre. Aber es gab auch einen verdammten Schmerz tief in seinem Innern. Er kam von der Stelle, wo aus irgendeinem Grund noch ein Fünkchen Hoffnung überlebt hatte, dass sein Leben doch noch eine Wendung zum Guten nehmen könnte. Aber diesen Schmerz würde er auch überleben. Er atmete tief durch und schlug den Rückweg zu seiner Wohnung ein. Es wurde Zeit, die Vespa zu nehmen und zum Hotel zu fahren.

Das Frühstück nahm Laurence zusammen mit Alice zu sich. Sie aßen schweigend und schnell. Danach besprachen sie noch kurz Monas Aufgaben, die sie wie gestern unter sich aufteilten. Nila sollte mit dem nächsten freien Flieger in Frankreich eintreffen, und gerade Alice war froh, die Sonderbelastung bald wieder loszuwerden.

„Besuchst du Mona heute im Krankenhaus?", fragte Alice unbedarft. Sie wusste nicht, dass Laurence Mona dort sich selbst überlassen hatte, und auch nichts von dem Drama, das sich einst in seinem Leben ereignet hatte.

„Ich glaube nicht, dass ich das schaffen werde", sagte er ausweichend. „Aber Jacques wollte heute zu ihr. Und bald ist ja auch Nila wieder hier."

Alice nickte zerstreut. Ihr war anzusehen, dass sie im Kopf bereits dabei war, ihre Pflichten für den heutigen Tag zu planen.

Laurence war froh, dass er so leicht davongekommen war. Das würde sich früh genug ändern, wenn Jacques auftauchte. „Okay, dann wollen wir mal. Ich sehe an der Rezeption nach, ob es dort schon etwas zu erledigen gibt." Er stand auf und Alice erhob sich ebenfalls.

Als Laurence in der Eingangshalle eintraf, wartete bereits ein junger Mann auf ihn.

„Bonjour", grüßte der blonde Besucher höflich.

Laurence fragte sich, ob er etwas übersehen hatte. Soweit er wusste, wurde erst am Nachmittag eine amerikanische Familie mit zwei Kindern erwartet.

„Ich suche Mona. Ist sie da?", fragte der Mann in schlechtem Französisch und lächelte gewinnend.

Laurence erstarrte. Das konnte nur Chris sein. Der Arzt. Und Ex-Freund von Mona. Er musterte sein Gegenüber gründlich.

Auf den ersten Blick wirkte er attraktiv und selbstsicher, aber Laurence entging nicht, dass ein Augenlid etwas zuckte. So sehr der Mann sich Mühe gab, locker zu wirken, war da etwas in seiner Ausstrahlung, das Laurence verriet, dass hier jemand ganz und gar nicht überzeugt davon war, zu bekommen, was er wollte. Laurences Gedanken rasten, während er langsam den Kopf schüttelte. Alles in ihm sträubte sich, Monas Ex ihren Aufenthaltsort zu verraten.

„Wo ist sie denn?" Die Stimme des Arztes klang nun ungeduldig, seine Miene verfinsterte sich.

Laurence atmete tief durch. Er musste eine Entscheidung treffen. Den Typen hinhalten oder die Wahrheit sagen? Dann siegte die Vernunft oder das, was er gerade dafür hielt.

„Mona hatte einen kleinen Unfall, sie ist im städtischen Krankenhaus." Wenn ich es ihm nicht sage, stehe ich womöglich Monas Glück im Wege, dachte Laurence und biss die Zähne zusammen. Wenn sie ihren Ex hingegen endgültig zum Teufel schicken würde, war das letztlich auch ihre Entscheidung. So oder so ... Er musste dem Schicksal seinen Lauf lassen.

„Oh Gott, was fehlt ihr denn?" Der deutsche Arzt war unter seiner Sonnenbräune blass geworden und hatte im Schreck in seine Muttersprache gewechselt.

„Nichts Schlimmes", brummte Laurence, der sich denken konnte, was die deutschen Worte bedeuteten. Er zeigte auf seinen eigenen Knöchel und tippte an seinen Kopf. „Sie wird bald wieder gesund sein."

„Können Sie mir die Adresse nennen?"

„Selbstverständlich." Laurence schrieb das Gewünschte auf einen Notizzettel.

„Danke!"

Laurence nickte, aber das sah Monas Ex-Freund nicht mehr, er rannte bereits zur Tür.

Entweder wird sie mich dafür hassen oder mir um den Hals fallen, dachte Laurence unsicher. Bevor er den Gedanken vertiefen konnte, schlurfte Jacques ins Haus.

„Wer war das denn? Ein neuer Gast? Der hat mich fast über den Haufen gerannt!" Der alte Mann schüttelte unwillig den Kopf.

„Das war Chris, Monas Ex-Freund", sagte Laurence dumpf.

„Was?" Jacques riss die Augen auf. „Und wo wollte er so schnell hin?"

„Ins Krankenhaus, zu Mona."

„Nein!", rief Jacques entsetzt. „Sag nicht, du hast ihm verraten, wo sie zu finden ist?"

„Doch", gab Laurence kleinlaut zu.

Jacques sah ihn ungläubig an. „Das kannst du Mona doch nicht antun! Junge, das war ein großer Fehler."

Laurence wurde kalt. Ein Fehler. Wahrscheinlich. Aber darauf kam es auch schon nicht mehr an. Die Liste seiner Fehler wurde sowieso immer länger.

37.

„Wann kann ich endlich nach Hause?“, fragte Mona Dr. Duvigneau, der die Morgenvisite durchführte. Flüchtig wurde ihr bewusst, dass sie das Hotel schon als *Zuhause* bezeichnete. Das war es natürlich nicht, aber das ging den Arzt nichts an. Sie fühlte sich tatsächlich schon sehr heimisch im Hotel, wie ihr bewusst wurde …

„Hm. So drei, vier Wochen müssen Sie schon noch bleiben.“

„Was?“ Mona starrte den Arzt an. „Das ist nicht Ihr Ernst!“

Er musterte sie einen Moment ernst, dann verzog sich sein Gesicht zu einem breiten Lächeln. „Nein, natürlich nicht. Haben Sie denn jemanden, der sich um Sie kümmert? Ihr Bein müssen Sie auf jeden Fall noch eine ganze Weile schonen.“

„Witzig“, sagte Mona müde, musste aber grinsen. So viel Humor hätte sie dem jungen Arzt gar nicht zugetraut. „Ja, ich bin nicht auf mich allein gestellt. Eigentlich leite ich im Moment das Hotel meiner Freundin, aber sie ist schon auf dem Rückweg, um wieder zu übernehmen. Ich kann mich also in aller Ruhe auskurieren.“

„Okay, dann würde ich sagen, morgen. Einverstanden?“

„Oh ja!“ Mona strahlte und ließ sich in die Kissen sinken.

„Gut, heute bleiben Sie noch im Bett, und wenn ich Sie morgen entlasse, versprechen Sie mir, sich weiter zu schonen.“

„Selbstverständlich!“, behauptete Mona. Körperlich fühlte sie sich wieder fit, inwieweit sie noch Schonung benötigte, würde sie dann sehen. Aber das musste sie dem freundlichen Mediziner ja nicht auf die Nase binden.

„Aufs Joggen verzichten Sie bitte, bis der Knöchel wieder vollkommen in Ordnung ist. Nicht nur der Schmerz muss weg sein, auch die Schwellung sollte gänzlich verschwunden sein, bevor Sie ihn wieder belasten.“ Er musterte sie jetzt wieder ernster.

„Versprochen!“ Sie hob ihre Hand zum Schwur.

„Gut, wir sehen uns morgen früh noch mal und wenn alles so bleibt, entlasse ich Sie dann.“

„Bekomme ich eigentlich heute wieder Gesellschaft?“ Sie deutete auf das leere Nachbarbett.

„Das kann ich nicht genau sagen, aber ich denke eher nicht.“

Mona wollte gerade antworten, als ein leises Klopfen an der Tür erklang. Jacques, dachte sie erfreut und rief ein fröhliches „Entréz!“

Der Arzt nickte ihr freundlich zu und schritt zur Tür, die gerade geöffnet wurde. Monas strahlendes Lächeln erstarb, als sie den Besucher erkannte. Würde sie noch Medikamente nehmen, hätte sie es sofort auf eine Halluzination in Form von Nebenwirkungen geschoben. Aber sie nahm keine Tabletten mehr. Mit offenem Mund starrte sie den Mann an, der in der Tür stand.

Nila

Florenz

„Vor morgen früh geht auf keinen Fall ein Flieger!" Nila sah von ihrem Handy auf und blickte Vincent, der ihr am Tisch in der Krankenhaus-Cafeteria gegenübersaß, verzweifelt an.

„Das wird das Hotel schon überstehen. Mach dir keine Sorgen, Chérie", sagte Vincent sanft.

„Ich mache mir weniger Sorgen um das Hotel als um Mona", murmelte Nila düster. Es war wie verhext. Da brauchte sie einmal wirklich dringend einen Flug, und ausgerechnet jetzt wurde am Flughafen gestreikt.

„Deine Freundin ist tough, sie wird es noch einen Tag ohne dich schaffen."

„Ja, Mona ist tough. Sehr sogar. Aber sie liegt verletzt im Krankenhaus, und es geht ihr insgesamt nicht gut." Nila überlegte kurz, ob sie ihren Mann in die neuesten Entwicklungen einweihen sollte. „Mona hat sich gerade erst ein wenig von der Trennung von ihrem Ex-Freund erholt. Und jetzt ..." Sie stockte. „Jetzt hat sie sich in Laurence verliebt. Aber das scheint nicht weniger kompliziert zu sein als ihre vorherige Beziehung."

„Mona und Laurence?" Vincent hob überrascht eine Augenbraue.

„Was ist in Laurence` Leben passiert, dass er sich manchmal etwas seltsam verhält?", fragte Nila ihren Mann nun direkt.

Vincent holte tief Luft. „Ich weiß nicht, ob ich darüber sprechen sollte. Ich habe Laurence mein Wort gegeben."

„Aber es geht um meine beste Freundin!" Nila fixierte Vincent mit einem Blick, der ihm klarmachte, dass er ihrem Wunsch besser nachkommen sollte, wenn ihm an seinem ehelichen Frieden etwas lag.

„Also gut", sagte er seufzend. „Ich erzähle es dir, du lässt mir sowieso keine Wahl." Er seufzte erneut. „Laurence hat allen Grund, sich seltsam zu verhalten. Sein Leben ist seit zwei Jahren die Hölle."

Nila beugte sich vor und sah ihren Mann erwartungsvoll an.

38.

„Was zur Hölle tust du hier?" Mona saß kerzengerade in ihrem Krankenhausbett und starrte Chris an, als sei er eine Erscheinung.

„Mona, Babe ..." Seine Stimme war weich wie Butter in der Sonne. Rasch zog er sich einen Stuhl ans Bett, setzte sich und griff nach ihrer Hand. Für einen Moment war sie zu schockiert, um zu reagieren. Seine Hand fühlte sich warm und viel zu vertraut an.

„Es war gar nicht so leicht, herauszukriegen, wo du dich aufhältst. Ich habe es mit Flehen und mit Drohen versucht, aber dein junger Mitarbeiter ist wirklich loyal. Er wollte mir unter keinen Umständen verraten, wohin du geflüchtet bist."

„Ich bin nicht geflüchtet!" Endlich schaffte sie es, ihre Hand wegzureißen. „Ich brauchte einen kleinen Urlaub, das ist alles."

„Du wolltest mich nicht mehr sehen", sagte er leise und ließ den Kopf theatralisch hängen.

„Das will ich auch immer noch nicht! Chris, es ist vorbei. Versteh das doch endlich!" Mona musterte ihn, als sei er ein seltenes Insekt. Gleichzeitig versuchte sie zu ergründen, welches von den vielen Gefühlen, die auf sie einstürmten, das Wichtigste war. Wut? Enttäuschung? Freude, ihn zu sehen? Ärger über seine Dreistigkeit, hier einfach aufzutauchen? Fassungslosigkeit? „Wie hast du es denn rausgefunden, wo ich bin?"

Er grinste. „Ich habe unter deinem Praxisfenster gelauscht. Da hat dein Marc einer Kollegin gesagt, dass er natürlich niemandem verraten würde, dass du in der Provence bist. Der Rest war ein Kinderspiel. So viele Nilas und Vincents mit Hotel gibt es in der Provence nicht." Jetzt tendierte sein Grinsen zur Selbstgefälligkeit.

Wut. Die Wut gewann. Eindeutig. „Es ändert nur nichts daran, dass ich dich nicht mehr sehen will!" Mona verschränkte zornig die Arme vor der Brust. Die lange Abfolge von Trennungen zog in rasantem Tempo vor ihrem inneren Auge vorbei. Jede ausgelöst, weil wieder einmal Lena wichtiger war als sie. So einen Mann wollte sie nicht an ihrer Seite! Sie erkannte es glasklar. Chris war nicht der Richtige, war es nie gewesen. Erleichterung mischte sich in die Wut. Endlich konnte sie wahrhaft mit dem Thema Chris abschließen. Unabhängig davon, ob und wie es mit Laurence und ihr weitergehen würde. Dieses Wissen ließ sie plötzlich eine große innere Freiheit spüren.

„Liebling, das mit Lena ist endgültig vorbei! Ich habe ihr eine Wohnung besorgt, und sie ist vor zwei Tagen ausgezogen." Triumphierend sah er sie an, als er hätte er eine Meisterleistung vollbracht.

„Du hast ihr also eine Wohnung besorgt", wiederholte sie langsam.

„Ja, ich habe eine gekauft. Ist gleichzeitig eine prima Altersvorsorge. Lena hat sie zu einem fast normalen Mietpreis von mir gemietet", erläuterte er stolz.

„Na, da hast du sie ja bestens versorgt." Mona musterte ihn. Ihre Wut war vollständig verflogen. Er merkte selbst jetzt nicht, wie sein Handeln auf sie wirken musste.

„Ja, du weißt doch, wie schwer es ist, in Hamburg etwas Bezahlbares zu finden. Ich konnte sie doch nicht ins Ungewisse ziehen lassen. Bin doch kein Unmensch." Seine Augen blitzten vergnügt.

„Nein, du bist wirklich ein fürsorglicher Mensch."

„Unserem Glück steht jetzt nichts mehr im Wege", fasste er die Situation in seiner Logik zusammen.

„Doch", sagte Mona freundlich. „Du hast eine Kleinigkeit vergessen."

Chris runzelte die Stirn und sah sie fragend an.

„Du hast einmal zu oft Lena an erste Stelle gesetzt. Weißt du, mir ist hier klar geworden, dass ich keinen Mann an meiner Seite möchte, für den ich nicht die absolute Nummer eins bin."

„Aber das bist du doch!", widersprach er eifrig. „Unsere Zeit wird kommen, das habe ich dir immer versprochen. Und jetzt ist sie da!" Wieder griff er nach ihrer Hand.

Diesmal entzog Mona sie ihm ganz langsam. „Chris, es ist zu spät. Mir sind inzwischen ein paar Dinge bewusst geworden, warum ich in der Vergangenheit zu schwierigen Beziehungen geneigt habe. Das will ich nicht mehr. Vielleicht hätten wir wirklich eine Chance gehabt, das ist möglich. Aber die Verletzungen sind zu groß, mir reicht es. Es ist vorbei, geh jetzt bitte!"

Er sah sie mit großen Augen ungläubig an. „Aber ..."

„Kein Aber, Chris. Es ist zu spät für uns."

„Dafür habe ich jetzt Lena rausgeworfen?“ Eine scharfe Falte bildete sich zwischen seinen Augenbrauen.

„Och, sie kommt bestimmt zurück, wenn du sie lieb bittest.“ Mona rollte unschuldig mit den Augen.

„Ich hätte nie gedacht, dass du so kalt sein kannst!“ Chris starrte sie wütend an.

„Guck, wieder was gelernt.“ Um Monas Mundwinkel zuckte es amüsiert.

„Wie man sich in Menschen täuschen kann“, waren seine letzten spitzen Worte, bevor er aufstand und aus dem Zimmer stürmte.

„Na, da hast du es mir aber gegeben“, murmelte Mona und genoss die Erleichterung, die ihr Inneres flutete und einem ersten Lichtschimmer nach einer langen, kalten Nacht am Horizont glich.

Nachdem Chris gegangen war, genoss Mona zum ersten Mal die Untätigkeit, zu der sie verdammt war. Sie wartete nicht mehr sehnsüchtig darauf, dass das Nachbarbett wieder belegt wurde, und sie versuchte auch nicht, sich anderweitig abzulenken. Selbst auf ihre Entlassung wartete sie nicht mehr ungeduldig. Wow, dachte sie überrascht. Wie es aussieht, bin ich tatsächlich gerade dabei, mit mir ins Reine zu kommen. Der Gedanke an Laurence ließ sie zwar etwas wehmütig werden, aber sie war entschlossen, ein letztes Mal mit ihm zu sprechen. Zu versuchen, ihn zum Reden zu bringen. Aber wenn auch das nichts nutzte, würde sie es akzeptieren können. Zum allerersten Mal fühlte sie das, was sie sich früher nur trotzig vorgebetet hatte: Ihr Glück nicht vom Handeln oder Nichthandeln eines

Mannes abhängig zu machen. Alles andere war zweitrangig. Das Gespräch mit ihrer Mutter hatte ein Wunder bewirkt. Auch wenn Mona noch ein bisschen misstrauisch blieb, weil es ihr fast zu einfach erschien. Aber sie hatte das Gefühl, als sei der Rucksack, den sie in der Vergangenheit so bereitwillig auf den Schultern getragen hatte, einfach von ihr abgefallen. War es womöglich so, dass dieser Ballast gar nicht ihr eigener, sondern der ihrer Mutter gewesen war? Plötzlich machte es Sinn. Simone freute sich wieder ihres Lebens, und die Schatten der Vergangenheit rund um Georgs Verrat hatten sich vollständig aufgelöst. So einfach? So einfach! Mit einem breiten Lächeln auf den Lippen griff sie zu ihrem Handy, das mit einem Piepston eine Nachricht ankündigte.

Es tut mir leid, Süße! Es gibt einen verdammten Streik am Flughafen, ich kann frühestens morgen fliegen … Halt durch, bald bin ich bei dir!

Weinende Smileys und einige Herzen beendeten Nilas Nachricht.

Macht nix!

schrieb Mona zurück und endete mit lachenden Smileys. Nila würde ihr nicht glauben, aber sie konnte das, was inzwischen mit ihr geschehen war, unmöglich in ein paar Sätzen erklären. Eine gewisse Sorge stieg allerdings in ihr auf, wenn sie an das Hotel und ihre Kollegen dort dachte. Ein Tag, beruhigte sie sich. Das kriegen sie schon hin …

Sie hatte den Gedanken kaum zu Ende gedacht, da klopfte es erneut an ihrer Tür. „Entréz!" Chris würde wohl nicht die Frechheit besitzen, sie erneut zu belästigen. Obwohl ... Gespannt wartete Mona, wer zu ihr wollte.

„Jacques!", rief sie erleichtert und streckte die Arme aus.

„Mona, Liebe." Der alte Franzose eilte zu ihrem Bett und griff nach ihrer Hand. „Alles in Ordnung?" Die Stirn unter seiner Baskenmütze war sorgenvoll gefurcht.

„Alles gut bei mir!" Sie musterte ihn aufmerksam. „Was ist los, Jacques?"

„Hatten Sie schon Besuch ...?"

„Ja, mein Ex-Freund ist eben gegangen. Woher wissen Sie ...?"

Jacques seufzte und ließ sich auf dem Stuhl nieder, den Chris am Bett stehen gelassen hatte. „Laurence hat es ihm gesagt ... Es tut mir leid, aber als ich davon hörte, war es schon zu spät."

„Och, das ist schon in Ordnung", sagte Mona mit fester Stimme.

„Ja?" Jacques blinzelte überrascht.

Mona schmunzelte. „Ja, das ist es tatsächlich. Wissen Sie, ich hatte ein langes Telefonat mit meiner Mutter, bei dem ich einiges aus meiner Vergangenheit klären konnte. Wahrscheinlich hatte auch meine Beziehung zu Chris damit zu tun. Es war sogar ganz gut, dass ich ihm noch einmal persönlich sagen konnte, dass es vorbei ist."

„Ach." Jacques kratzte sich am Kinn und schwieg eine Weile. „Das ist schön", sagte er schließlich.

„Ja. Übrigens, wie es aussieht, werde ich morgen entlassen!" Sie strahlte den alten Mann an.

„Oh, das ist großartig!" Ein Leuchten erhellte seine
Augen. Gleich darauf dämpfte ein Schatten die Freude.
Er räusperte sich. „Ich habe versucht, mit Laurence zu
sprechen. Aber ..." Er schüttelte den Kopf.

„Das macht nichts, Jacques. Aber danke, dass Sie es
versucht haben. Wissen Sie, mir ist inzwischen einiges
klar geworden. Unter anderem, dass ich nicht mehr
versuchen werde, unmögliche Beziehungen am Leben
zu erhalten. Ich werde noch einmal das Gespräch mit
Laurence suchen, aber wenn er mir dann immer noch
nicht die Wahrheit sagen will, dann kann ich das akzeptieren." Mona lächelte. Mit leichter Wehmut, aber
auch entschlossen. Sie meinte das, was sie sagte, sehr
ernst.

„Verstehe." Jacques schob seine Baskenmütze ein
Stück nach hinten. „Laurence ist ein feiner Kerl. Seien
Sie gnädig mit ihm, er hat eine Menge hinter sich."

„Ja, aber solange er nicht bereit ist, mit mir darüber
zu sprechen, hat es keinen Sinn, darüber nachzudenken, ob es mit uns weitergehen kann." Monas Stimme
war leiser geworden. „Übrigens kommt Nila voraus-
sichtlich morgen zurück. Momentan wird am Flughafen gestreikt, aber sie hofft, dass sie morgen fliegen
kann. Dann kann Nila das Hotel wieder übernehmen.
Ich warte noch meine Genesung ab, aber danach fahre
ich nach Hause und nehme mein Leben wieder auf."

„Schade", murmelte Jacques. „Irgendwie hatte ich gehofft, dass Sie bleiben. So wie einst Nila." Er verzog
traurig das Gesicht.

„Ach, Sie sind so zauberhaft", sagte Mona gerührt.
„Warum sind die jungen Männer nicht ein bisschen
mehr wie Sie?" Sie grinste ihn an.

Jetzt war er gerührt, lächelte verschämt und tätschelte ihre Hand.

39.

Monas Knöchel heilte erstaunlich schnell. Die Schmerzen waren auszuhalten, selbst wenn sie kleine Wege humpelte, und die Schwellung hatte sich deutlich reduziert. Nur die Farben, die sich rund um die Verstauchung gebildet hatten, waren unverändert faszinierend anzusehen. Ein dunkles Rot bildete die Basisfarbe, die von bräunlich-grün-violettfarbenen Schatten begleitet wurde. Dr. Duvigneau war mit dem Heilungsprozess grundsätzlich ebenso zufrieden wie Mona. Vor allem, da die Kopfschmerzen und auch die Übelkeit gänzlich verschwunden waren.

„Es sieht noch etwas … abenteuerlich aus." Der Arzt grinste. „Das wird noch einige Zeit so bleiben, aber Sie sind auf einem guten Weg. Es spricht daher nichts dagegen, dass Sie uns nun verlassen. Ihre Papiere lasse ich fertig machen. In zehn Minuten können Sie sich am Empfang melden."

„Schön! Danke!" Mona schwang die Beine über die Kante des Krankenhausbetts.

„Aber trotzdem alles ruhig angehen lassen. Versprochen?"

„Versprochen!" Sie hob die Hand zum Schwur, musste aber grinsen.

Dr. Duvigneau grinste zurück, hob kurz drohend den Zeigefinger und verließ dann mit federnden Schritten das Krankenzimmer. Sie wussten beide, dass weitaus schwerere Fälle auf ihn warteten.

Fast wehmütig schaute Mona sich im Zimmer um, bevor sie ihre wenigen Habseligkeiten zusammensuchte. Nicht, dass sie traurig war, das Krankenhaus zu verlassen, aber sie hatte in diesem Raum so wichtige Erkenntnisse gewonnen, dass ihr das Refugium irgendwie ans Herz gewachsen war. Trotzdem war sie froh, als sie per Handy ein Taxi bestellte.

Florenz

Nila

„Endlich! In drei Stunden geht mein Flieger!" Nila sah strahlend in die kleine Runde. Sie saß mit Tochter, Mann und Schwiegermutter in der Krankenhaus-Caféteria.

„Schön", brummte Renée und blickte nicht von ihrem Café au Lait auf.

Nila und Vincent wechselten einen Blick. Auf Vincents Stirn bildeten sich feine Falten.

„Maman, alles in Ordnung?", fragte Nila vorsichtig.

„Jaja!" Renée blickte auf. „Kannst du uns einen Moment allein lassen, Vincent?"

„Natürlich!" Auf Vincents Gesicht zeichnete sich Überraschung ab. „Ich nehme Jeanne mit, wir erkunden mal wieder den Park." Er streckte die Arme aus und Nila reichte ihm seine Tochter.

„Also." Renée sah Nila dankbar, aber auch mit einer Spur Wehmut an. „Ich wollte dir von Herzen Danke sagen."

„Wofür?", fragte Nila ehrlich verwundert.

„Dafür, dass du mein Leben wieder in die Spur gebracht hast." Mit einer Handbewegung stoppte sie Nila, die gerade zu einer Erwiderung ansetzen wollte. „Ich weiß, dass ihr alle glaubt, dass Giuseppes Herzinfarkt der alleinige Auslöser für meinen Sinneswandel war, aber das stimmt nicht. Ohne euch hätte ich wohl nicht die Kraft dafür gefunden. Und wärst du nicht mit Schminkkoffer und Co. angerückt, hätte ich nicht geglaubt, dass die alte Renée noch in mir steckt. Danke, Nila!" Sie bedachte ihre Schwiegertochter mit einem liebevollen Blick. „Natürlich bin ich auch für Vincents Unterstützung dankbar, aber das ist nicht dasselbe."

„Maman, das habe ich gerne getan! Dafür musst du mir nicht danken", wehrte Nila ab. Für sie war es eine Selbstverständlichkeit, was sie getan hatte.

„Muss ich nicht, will ich aber!" Renée lächelte. Dann wurde sie wieder ernst. „Weißt du, ich konnte mich einfach nicht damit abfinden, jetzt schon zum Pflegefall zu werden. Irgendwie gab es in meinem Kopf nur diese beiden Extreme. Entweder gesund wie früher oder Pflegefall." Sie seufzte und lehnte sich auf ihrem Stuhl zurück. „Inzwischen ist mir klar geworden, dass es auch noch etwas dazwischen geben kann, das auch nicht schlecht ist."

„Ich verstehe. Aber weißt du, Maman, ich glaube, es fehlt nicht mehr viel, und du bist wieder komplett die alte Renée."

„Dank meiner wunderbaren Physiotherapeutin kann das sein. Aber selbst wenn es so bleibt, wie es jetzt ist, kann ich damit gut leben! Ich weiß, dass ich immer auf euch zählen kann, und Giuseppe braucht mich schließlich."

„Oh ja, das tut er. Ohne dich ist er verloren." Nila grinste. „Also kann ich beruhigt fahren?"

„Und ob! Ein paar Tage bleibt Vincent ja noch. Giuseppe und ich kommen zu euch nach Frankreich, sobald sein Zustand es zulässt. Also ja: Sieh zu, dass du zurück ins Hotel kommst!"

„Das mache ich, Maman!"

„Und richte ganz liebe Grüße an Mona aus!"

Nila stand auf, um ihre Schwiegermutter zu umarmen.

„Ich wusste gleich, dass ich mit dir die beste Schwiegertochter der Welt bekomme", flüsterte Renée ihr ins Ohr.

40.

Die Reifen des Taxis knirschten auf dem Kies, als der Fahrer scharf vor dem Hotel abbremste. Mona zahlte. Sie gab nur ein mittleres Trinkgeld, da die Fahrweise des Taxifahrers vorsichtig ausgedrückt halsbrecherisch gewesen war. Sie war froh, das Ziel überhaupt lebend erreicht zu haben.

„Merci!" Der bärtige Fahrer nickte ihr knapp zu, und sie stieg vorsichtig aus dem Wagen aus. Jede unachtsame Bewegung strafte ihr Knöchel sofort mit einem stechenden Schmerz, was sie tunlichst vermeiden wollte. Sie schnappte sich ihre Tasche vom Rücksitz und humpelte dann auf die Eingangstür zu.

Mona fühlte sich noch immer beschwingt, aber als sie vor der Tür ankam, verharrte sie einen Moment. Ihre Erkenntnisse waren schön und gut. Aber würde sie es auch schaffen, diese im wahren Leben umzusetzen? Gleich würde sie Laurence gegenüberstehen. Sie holte tief Luft und trat dann ins Haus.

Die Halle war leer.

Mona zögerte kurz, dann humpelte sie entschlossen in die Küche.

Laurence drehte sich langsam vom Herd um, als sie den Raum betrat. „Hallo." Er lächelte gequält.

„Hallo." Sie schlurfte zum Küchentisch und setzte sich auf einen der Stühle.

„Wie geht es dir?" Laurence musterte sie prüfend.

„Prima. Und dir?"

Er verzog das Gesicht, ohne zu antworten. „Es tut mir leid", sagte er nach einer Weile, in der die Stille dabei war, ohrenbetäubend zu werden.

Mona nickte. Zu einfach wollte sie es ihm auch nicht machen.

„Es tut mir wirklich leid", wiederholte er. „Aber ich schaffe es einfach nicht, in Krankenhäusern zu sein."

„Hm." Mona wartete ab.

„Ich weiß, es ist schwer zu verstehen. Aber vielleicht kannst du mir verzeihen …"

„Dafür müsste ich erst einmal wissen, warum du mich dort einfach im Stich gelassen hast." Plötzlich war ihre Stimme sanft geworden, ohne dass sie das beabsichtigt hatte.

Der Ausdruck in seinen dunklen Augen war jetzt so gequält, dass sie kurz davor war abzuwinken. Aber wenn sie das tat, würde sie die Wahrheit niemals erfahren. Egal, was danach geschah, sie wollte es wissen!

„Also gut", sagte er leise. „Ich erzähle es dir."

Paris vor zwei Jahren

Laurence

Er hatte vorher gewusst, dass dieser Abend kein schöner werden würde. Die Stimmung zwischen Amélie und ihm war während der Fahrt aus Paris hinaus – falls möglich – noch eisiger geworden. Warum hatte er überhaupt zugestimmt, sie auf die Geburtstagsparty

von Léon Granter, einem der größten Filmproduzenten
Frankreichs, in sein Landhaus in Orgerus zu begleiten?
Während Laurence mit zusammen gebissenen Zähnen
den Wagen durch die herbstlich-nassen Straßen
lenkte, fehlte ihm die Antwort auf die Frage. Klammerte er sich immer noch an den kleinsten Zipfel, der
einen Fortbestand ihrer Ehe versprach? Vermutlich.
War das auch Amélies Grund gewesen, ihn zu dem
Empfang mitzunehmen? Das wollte er gern glauben,
aber sein Gefühl sagte ihm, dass es ihr eher darum ging,
nach außen etwas zu spiegeln, das es schon lange nicht
mehr gab. Wie hatte sie vorhin so schön gesagt? Wenn
es schon nicht perfekt ist, dann soll es wenigstens so
aussehen ...

Sein Unbehagen wuchs weiter, als sie auf dem großzügigen Vorplatz der Landhausvilla ausstiegen. Luxuskarossen, die preislich vermutlich im sechsstelligen
Bereich angesiedelt waren, parkten in Reih und Glied.
Sein Auto der mittleren Preisklasse machte sich im
Vergleich geradezu ärmlich aus. Das störte Laurence
wenig, aber er wusste, was für die meisten Gäste an diesem Abend wichtig war: sehen und gesehen werden.
Zusätzlich vielleicht das ein oder andere Geschäft abwickeln. Ihn langweilte das alles schrecklich. Feierlichkeiten dieser Art fühlten sich für ihn dekadent und
grauenhaft langweilig an. Verlorene Lebenszeit, wie er
bei vorangegangenen Anlässen jedes Mal gedacht
hatte. Trotzdem war er jetzt hier. Neben seiner wunderschönen Frau, die auf ihren High Heels sicher auf den
Eingang zuschritt.

Wenn dieser Abend nur schon vorbei wäre! Laurence
verkniff sich ein Seufzen und betrat angespannt die

Villa. Schwarz gekleidete Bedienstete mit Dauerlächeln im Gesicht huschten umher und boten Champagner an. Gegen seine sonstige Art griff er sofort zu und leerte das erste Glas in einem Zug.

Auftritt Léon Granter. Flankiert von zwei hübschen, blonden Mädchen, die unter zwanzig zu sein schienen, kam er die Treppe in die riesige Eingangshalle hinunter. Auf dem Gesicht des großen, bulligen Mannes im Smoking lag ein breites Grinsen, das Laurence einen Schauer über den Rücken schickte. Der Albtraum konnte beginnen. Amélie verschwand gleich darauf in einer festen Umarmung des Produzenten, die sie leise aufschreien ließ. Laurence konnte ihr albernes Lachen hören, sie brauchte keine Hilfe. Er griff zum nächsten Glas Champagner. Diese stürzte er zwar nicht in einem Zug hinunter, aber von langsamem Genießen konnte auch keine Rede sein. Als das Glas leer war, spürte er einen leichten Schwindel und war bereit, dem Geburtstagskind ebenfalls zu gratulieren. Dabei ertrug er das aufdringliche Rasierwasser des Mannes, seine schalen Sprüche und die gierigen Blicke, die er Amélie ungeniert zuwarf. Laurence schaltete auf Autopilot. Irgendwie musste er diesen Abend im Kreis von Amélies vielen Freunden, die nicht seine waren, überstehen.

Mit dem dritten Glas Champagner zog er sich auf die riesige Terrasse zurück. Aber trotz des kühlen Abends war er nicht der Einzige, der diese Idee gehabt hatte. Auch draußen tummelten sich Stars und Sternchen – und solche, die sich dafür hielten. Die Stimmung war drinnen wie draußen ausgelassen, für Laurence Empfinden beinahe hysterisch.

„Suchen Sie Ihre Frau?", fragte plötzlich eine Stimme neben ihm.

Überrascht drehte er sich zur Seite. Die Dame, die ihn angesprochen hatte, sprengte das Durchschnittsalter. Sie musste an die achtzig sein. Trotz ihres eindeutig gelifteten Gesichts war ihr Alter unschwer an ihrer gesamten Ausstrahlung zu erkennen. Die alte Frau kam Laurence vage bekannt vor. Wenn er sich nicht irrte, hatte er vor vielen Jahren einmal einen alten Film mit ihr gesehen. Damals war sie jung und schön gewesen. Aus ihren stark geschminkten Augen sah sie Laurence an. In ihrem Blick erkannte er nicht nur Mitleid, sondern vor allem Sensationsgier.

„Eigentlich nicht. Ich wollte nur etwas frische Luft schnappen", murmelte er abwehrend.

„Sie ist mit André in den Garten verschwunden." Sie deutete in den Garten, der von einigen kunstvollen Lampen erleuchtet wurde.

„Aha", sagte er und griff sich vom Tablett einer Kellnerin ein neues Glas Champagner.

„Wenn ich Sie wäre, würde ich mal nachsehen." Mit einem schwer zu deutenden Lächeln auf den knallrot geschminkten Lippen wandte sie sich ab.

Laurence wollte nicht nachsehen. Er wollte in Ruhe seinen Champagner trinken. In Anbetracht der Umstände gefiel es ihm immer besser, dass sich die Welt ein bisschen schneller zu drehen schien. Dadurch müsste der Abend doch eigentlich schneller vorbeigehen, sinnierte er.

Nachdem er noch ein weiteres Glas Champagner geleert hatte (das vierte, fünfte? Er wusste es nicht ...), sah er Amélie durch die Bäume auf sich zukommen. Also eigentlich sah er weniger seine Frau als ihr goldglitzerndes Kleid, das auf ihn zuschwankte, ihn in den Augen blendete und seinen Schwindel verstärkte. Er kniff die Augen zusammen. Als er sie wieder öffnete, merkte er, dass es nicht das goldene Kleid war, das schwankte, sondern er selbst.

„Verdammt", murmelte er benommen. Plötzlich widerte ihn sein eigener Zustand an. Normalerweise war sein Alkoholkonsum sehr moderat, er trank selten mehr als ein oder zwei Gläser Rotwein zum Feierabend oder zu einem guten Essen. Eine solche Menge Champagner war er nicht gewohnt. Erschwerend kam hinzu, dass seine letzte Mahlzeit ein schnelles Frühstück gewesen war und somit viele Stunden zurücklag.

„Hattest du Spaß?", lallte er, als Amélie ihm gegenüberstand.

„Mein Gott, du bist ja betrunken!", zischte sie ihn wütend und ungläubig an. Ihre grünen Augen loderten vor kaum unterdrückter Wut.

„Na, anders ist es hier ja auch nicht zu ertragen", nuschelte er.

„Ich bringe dich jetzt nach Hause!", fauchte Amélie und packte ihn am Arm.

„Nein, lass uns noch ein bisschen Spaß haben. Vielleicht holen wir noch André dazu", schlug er mit verwaschener Sprache vor und versuchte, ihr seinen Arm zu entziehen.

„Wir gehen!" Sie hielt ihn eisern fest, während sie ihn durch die Menge dirigierte.

Als sie vor ihrem Auto angekommen waren, hielt Amélie die Hand auf. „Den Schlüssel!" Ihre Stimme bebte vor Wut.

„Dss... Ich kann fahren“, behauptete er lallend.

„Den Schlüssel!“, wiederholte sie, Feuer in den grünen Augen.

„Also gut, aber nur dieses Mal“, gab er sich geschlagen.

„Ein nächstes Mal wird es nicht geben!“ Mit diesen Worten riss Amélie den Schlüssel an sich, öffnete die Fahrertür und glitt auf den Sitz.

Laurence hatte Mühe, die Tür zu öffnen. Nachdem er es schließlich geschafft hatte, fiel er wie ein Mehlsack auf den Beifahrersitz.

„Isch glaube, das hat keinen Sinn mehr mit uns ...“ Sein Gehirn war vernebelt, aber plötzlich hatte er diesen klaren Satz darin gefunden und ohne nachzudenken ausgesprochen.

„Ausnahmsweise gebe ich dir recht.“ Amélie legte krachend den Rückwärtsgang ein und gab Gas. Ein leichter Sprühregen benetzte die Frontscheibe, und sie stellte den Scheibenwischer an.

„Dann lassen wir uns also scheiden?“ Er versuchte, die Tragweite seiner Worte zu verstehen, aber es wollte ihm nicht gelingen. Scheidung. Das war etwas für andere Leute. Für ihn war Heiraten mit *immer und ewig* gleichbedeutend. Es fühlte sich falsch an, dass das auf einmal etwas mit ihm und Amélie zu tun haben sollte. Und es fühlte sich richtig an. In seinem Kopf verknoteten sich die Gedanken. Ein Wirrwarr, aus dem er nicht herausfand.

„Vielleicht hätten wir niemals heiraten sollen.“ Amélies Stimme war kühl. Anders als sonst.

Eine Stimme, die Laurence nicht kannte. Aber hatte er sich nicht in letzter Zeit immer wieder gefragt, ob er Amélie überhaupt noch kannte? Wieder gerieten die

Worte in seinem Kopf durcheinander, vermischten sich, dehnten sich aus. Platzten in einer dunklen Wolke, die sich in Rauch und Verwüstung ausbreitete.

„Wir sind beide schon lange nicht mehr glücklich." Amélies Stimme war weicher geworden. „Wahrscheinlich sind wir einfach zu verschieden. Wir sollten damit aufhören, uns gegenseitig das Leben schwer zu machen."

Er warf ihr einen Seitenblick zu. Die Straßenlaternen warfen zuckende Schatten auf ihre ebenmäßigen Züge. Amélie strahlte eine tiefe Entschlossenheit aus, die er nur zu gut kannte.

Sie schaltete einen Gang runter und bog dann auf die Landstraße ab. Der Regen verstärkte sich, während Laurence plötzlich nüchtern wurde. Die Erkenntnis traf ihn wie ein Schlag, seine Frau hatte recht. Es war vorbei.

Die Gedanken in seinem Kopf wurden langsamer, verdrehten sich nicht mehr. *Es war vorbei.* Er wollte etwas sagen, ihr antworten, aber seine Kehle war wie zugeschnürt. Dann war es zu spät. Keiner von ihnen hatte den Wagen gesehen, der von einer gegenüberliegenden Straße mit hoher Geschwindigkeit auf die Landstraße zuraste. Amélie hatte keine Chance auszuweichen, zu bremsen oder überhaupt irgendetwas zu tun. Der Knall war ohrenbetäubend, als sich das fremde Auto in ihres bohrte. Laurence versank in einer gnädigen Dunkelheit, in der es keine Gedanken mehr gab.

41.

„Verstehe, du bist betrunken ins Auto gestiegen", sagte Mona tonlos. Jetzt war ihr klar, warum er so vehement Alkohol für sich ablehnte. Noch kannte sie zwar das Ende der Geschichte nicht, aber es war klar, dass es kein gutes war.

„Was? Nein!" Zum ersten Mal hob Laurence den Kopf und sah ihr ins Gesicht. Verzweiflung zeichnete seine Gesichtszüge, jetzt gemischt mit Empörung. „Ich habe es wohl kurz versucht, aber Amélie war stocknüchtern und hat mir natürlich nicht den Schlüssel gegeben. Sie ist gefahren."

Mona nickte erleichtert. „Was ist dann passiert?", fragte sie vorsichtig.

Laurence sprang auf und stellte sich ans Küchenfenster. Seine Schultern bebten. Es dauerte eine Weile, bis er schließlich weitersprach. „Dann nahm das Unglück seinen Lauf. Ein verrückter Raser mit Drogen im Blut hat uns die Vorfahrt genommen. Amélie hatte keine Chance zu reagieren. Als ich wieder zu mir kam, waren die Rettungskräfte bereits vor Ort. Ich war nur kurz bewusstlos. Das Einzige, das ich abbekommen hatte, waren eine Gehirnerschütterung und eine Prellung vom Airbag. Aber Amélie ..." Er brach ab und schüttelte den Kopf.

Mona stand auf. Alles Blut war aus ihrem Kopf gewichen, ihr gesamter Körper fühlte sich seltsam taub an. Langsam ging sie auf Laurence zu und legte ihm eine Hand auf den Rücken. Er reagierte nicht auf die Geste, sondern starrte weiter in den Garten. Der Kummer umgab ihn wie eine feste Materie.

„Sie hat noch gelebt, weißt du? Ich bin mit ihr im Krankenwagen in die Klinik gefahren. Die Ärzte haben sie sofort operiert, aber man hat mir danach wenig Hoffnung gemacht, dass sie wieder aufwachen wird. Ihre inneren Verletzungen waren einfach zu schwer. Äußerlich ... äußerlich sah sie aus wie ein Engel, nicht der geringste Kratzer ..." Er biss die Zähne so fest aufeinander, dass die Haut weiß wurde. „Zwei Tage habe ich an ihrem Bett gesessen. Dann ist sie eingeschlafen." Laurences Kopf sackte nach vorn. „Ich konnte nichts tun ..." Ein Seufzen, das wie ein Schluchzen klang, drang aus seiner Kehle.

„Oh Gott, es tut mir so leid", sagte Mona rau. Sie war auf einen Schicksalsschlag in Laurence` Leben vorbereitet gewesen, aber damit hatte sie nicht gerechnet.

„Seitdem ertrage ich es nicht mehr, in Krankenhäusern zu sein." Seine Stimme war nur noch ein Flüstern.

Mona legte die Arme um ihn. Erst erstarrte er, dann schlang er seine Arme um sie.

Still standen sie minutenlang eng umschlungen einfach nur da.

„Ich verstehe jetzt, warum du mich im Krankenhaus allein gelassen hast", sagte Mona schließlich. Die Wut über sein Verhalten war vollständig verflogen.

„Dann verstehst du sicher auch, warum das mit uns keine Zukunft hat." Laurence' Stimme war hart geworden. Abrupt löste er sich aus ihrer Umarmung und trat einige Schritte zurück.

„Was? Nein! Ich verstehe, dass es immer noch schwer für dich ist, den Verlust deiner Frau zu verkraften, aber ..." Weiter kam sie nicht, da unterbrach er sie.

„Verstehst du nicht? Es geht nicht um Trauer. Es geht um Schuld! Ich bin schuld an Amélies Tod!"

„Aber du konntest doch nichts für den Raser! Ich dachte, du seist betrunken gefahren, aber wenn Amélie selbst gefahren ist und stocknüchtern war ..." Mona runzelte die Stirn, versuchte das Gehörte zu verarbeiten.

„Was ist daran nicht zu verstehen?", fragte er schneidend und starrte sie an, als sei sie sein Feind. „Wenn ich nicht betrunken gewesen wäre, dann wäre ich gefahren! Mich hätte es treffen sollen! Amélie war so voller Leben, sie hatte so viele Pläne ..." Mit einer verzweifelten Geste fuhr er sich durch die Haare, verschränkte dann die Arme vor der Brust.

„Aber du konntest doch nicht wissen ..." Mona verstummte, die Gedanken rasten durch ihren Kopf. Was war das für eine verquere Logik, mit der sich Laurence seit Jahren durchs Leben quälte? Und vor allem: Wie könnte das geändert werden?

„Weißt du, ich hatte während meiner Zeit im Krankenhaus eine wichtige Erkenntnis", begann sie sanft.

Er sah sie fragend, aber voller Abwehr an.

„Ich habe mir auch viele Jahre das Leben unnötig schwer gemacht. Ich glaube, ich weiß jetzt sogar, warum ich immer nur kurze, schwierige Beziehungen hatte. Auch Chris gehört in diese Kategorie."

„War er bei dir?", fragte Laurence dumpf.

„Ja." Mona nickte. „Es war gut, dass du ihm verraten hast, wo ich bin. So konnte ich es ein für alle Mal klären, dass unsere Beziehung beendet ist."

„Das tut mir leid."

Durch Monas Herz fuhr ein Stich. Es tat ihm leid, dass sie Chris endgültig in die Wüste geschickt hatte? Sie war davon ausgegangen, dass er sich darüber freuen würde.

„Ich habe dir ja mal erzählt, dass meine Mutter und mein Stiefvater Georg sich getrennt haben, als ich fünfzehn war", fuhr sie unbeirrt fort. „Das hat bei mir mehr ausgelöst, als ich wahrhaben wollte. Ich habe Georg für seinen Verrat verachtet. Ihn rigoros aus meinem Leben gestrichen. Aber ich habe dabei versäumt, mir anzusehen, welche Schäden die Trennung der beiden bei mir angerichtet hat."

„Welche?" Laurence sah sie mitfühlend an, seine Abwehr schien Pause zu machen.

„Nun, Georg hat Simone und mich leichter ausrangiert als ein paar alte Schuhe. Ex und hopp. Er wollte ein aufregenderes Leben. Das Leben mit Simone – mit uns – war ihm zu eintönig geworden."

Laurence nickte langsam. „Verstehe."

„Meine Mutter war danach nicht mehr dieselbe. Georg hatte ihr Vertrauen in Männer so nachhaltig erschüttert, dass sie nie wieder eine Beziehung eingehen wollte."

„Und das hat sie auch nicht", murmelte Laurence.

„Nein." Mona schwieg einen Moment. „Bis jetzt. Sie heiratet im Oktober."

„Oh, aber das ist doch gut!"

„Ja, es ist sehr gut. Für mich war es ein heilsamer Schock. Meine Mutter hat endlich erkannt, dass ein Wicht wie Georg nicht ihr weiteres Leben beeinflussen darf." Ein schiefes Grinsen heftete sich an Monas Lippen. „Na ja, und nun – keine fünfzehn Jahre später – haben wir beide den Rucksack, den Georg uns aufgeladen hat, abgestreift. Dabei habe ich immer gedacht, dass ich das Richtige gelernt hatte. Ich wollte niemals mein Glück vom Handeln oder Nichthandeln eines Mannes abhängig machen. Allerdings habe ich übersehen, dass ich mich im tiefsten Innern aus genau diesem Grund nie auf eine wirkliche Beziehung eingelassen habe." Mona atmete tief durch. „Das hat sich nun geändert." Sie sah Laurence an. Wusste, dass sie ihm gerade ihr Herz auf einem Silbertablett anbot.

Für einen Moment verschmolzen ihre Blicke ineinander. Aber dann ging ein Ruck durch Laurence, und seine Miene verschloss sich.

„Ich finde es großartig, dass du die Vergangenheit jetzt so gut einordnen kannst. Ich bin sicher, dass dir bald der Richtige über den Weg laufen wird", sagte er beiläufig.

Mona wurde blass. „Aber du könntest auch deine Sichtweise verändern."

Laurence seufzte schwer und schüttelte dann den Kopf. „Du hast keine Schuld auf dich geladen. Dein Schicksal ist in keiner Weise mit meinem zu vergleichen. Du hast nur einem Wicht zu viel Bedeutung beigemessen. Das lässt sich ändern, wie man sieht. Ich hingegen habe meine Frau getötet. Erzähl mir nicht, dass man danach noch das Recht auf ein glückliches Leben hat."

Mit diesen Worten wandte er sich ab und ging mit steifen Schritten zur Küchentür.

Wie erstarrt blickte Mona ihm hinterher. Es gab noch so vieles, was sie ihm sagen wollte. Aber sie war nicht sicher, ob sie dafür noch Gelegenheit bekommen würde. Das Endgültige in seinem Blick hatte sie umgehauen. Jetzt wusste sie also Bescheid. Er hatte recht gehabt. Sein Schicksal war nicht mit ihrem zu vergleichen.

42.

Irgendwann war Mona aufgestanden und hatte sich einen Kaffee gemacht. Innerlich blieb sie wie erstarrt. Geistesabwesend hob sie die Deckel aller Töpfe hoch. Das Essen darin sah aus, als wäre das Abendmenü bereits fertig. Andernfalls könnte sie daran auch nichts ändern. Nicht nur, weil ihre Kochkünste mäßig waren, sondern vor allem, weil sie überhaupt nicht in der Lage wäre, sich auf irgendetwas zu konzentrieren. Von der Hochstimmung, mit der sie die Klinik verlassen hatte, war nicht viel übrig geblieben. Auch wenn sie bereit war, Laurence` Entscheidung zu akzeptieren, änderte das nichts daran, dass sie unendlich traurig war. Jetzt, da sie seine Vergangenheit kannte, umso mehr. Sie verstand nicht, dass Laurence sich jedes weitere Glück im Leben verbot, weil seine Frau bei diesem tragischen Unfall gestorben war. Aber irgendwie konnte sie es doch verstehen. Er hatte ja recht, wenn er glaubte, dass er gestorben wäre, wenn er nicht getrunken und somit selbst gefahren wäre. Trotzdem hatte er nichts falsch gemacht. Schließlich konnte er nicht wissen, dass ein drogenumnebelter Raser ihren Weg kreuzen würde. Man könnte es auch Schicksal nennen, dass es eben nicht ihn treffen sollte. Andererseits hatte er Amélie vermutlich sehr geliebt, und aus dem Blickwinkel konnte sie es besser nachvollziehen, dass er sich die

Schuld an dem Tod des geliebten Menschen gab. Mona hätte so gerne weiter mit ihm darüber gesprochen, hätte so gerne irgendetwas gesagt oder getan, dass ihm die Schuld von den Schultern nahm. Aber sie ahnte auch, wie viel Kraft es ihn gekostet haben musste, überhaupt über dieses dunkle Kapitel in seinem Leben zu sprechen. Mona mochte sich nicht vorstellen, wie schwer es für ihn sein musste, tagtäglich mit dieser Schuld zu leben, ohne sie mit irgendjemandem zu teilen.

Abwesend griff sie zu ihrer Kaffeetasse und trank einen Schluck. Sie verzog das Gesicht, der Inhalt war längst kalt. Seufzend erhob sie sich wieder und setzte sich einen neuen Kaffee auf.

Als dieser dampfend vor ihr stand, traf sie eine Entscheidung. Sie würde Laurence vorerst in Ruhe lassen. Vielleicht überdachte er seine Haltung noch einmal. Wenn nicht, könnte sie ohnehin nichts daran ändern. Wie es aussah, stand ihrer baldigen Heimreise nichts mehr im Weg. Sie würde noch die Heilung ihres Knöchels abwarten und Nila in ihren Möglichkeiten unterstützen, aber danach gab es keinen Grund mehr, länger in der Provence zu bleiben. Die Mission, mit der sie hergekommen war, war erfüllt. Sie hatte die Sache mit Chris für sich geklärt. Der Abgrund war verschwunden, und sie hatte sogar mehr Erkenntnisse gewonnen, als sie je erwartet hatte. Instinktiv wusste sie, dass ihr nicht mehr die Gefahr drohte, auf Chris – oder Männer wie ihn – jemals wieder hereinzufallen.

Mona trank ihren Kaffee aus und humpelte dann in die Eingangshalle zur Rezeption. Ein paar Dinge könnte sie sicher im Sitzen verrichten.

Schnell stellte Mona fest, dass sie Mühe hatte, sich zu konzentrieren. Ein paar Dinge hatte sie bereits erledigt, aber ihre Gedanken schweiften immer wieder zu Laurence und ihrem Gespräch. Seufzend klappt sie den Laptop zu. Es ergab keinen Sinn mehr, mit der Arbeit fortzufahren. Sie würde vermutlich mehr Fehler machen, als Sinnvolles zustande bringen.

Gedankenverloren tippte sie mit einem Kugelschreiber an ihre Lippe. Was für ein furchtbares Drama … Und sie konnte nichts tun, sie wusste es ja. Dennoch …

Als die Haustür aufgestoßen wurde, schreckte Mona aus ihren Gedanken. Sekunden später ging ein Strahlen über ihr Gesicht.

„Nila!" So schnell sie konnte, stand Mona auf und eilte der Freundin entgegen.

Minutenlang lagen sich die Freundinnen in den Armen, bis Jeanne in ihrem Kinderwagen schließlich protestierte.

„Schön, dass du wieder da bist!" Aufmerksam musterte Mona Nila, die etwas erschöpft wirkte, aber in ihrem luftigen Sommerkleid und den offenen roten Haaren wie immer perfekt gestylt aussah.

„Ja, ich freue mich auch! Sag, wie geht es dir?", wollte Nila sofort wissen.

„Ach, körperlich ganz gut. Ich kann noch keinen Sprint hinlegen, aber um durch die Gegend zu humpeln, reicht es!" Mona grinste leicht.

„Und sonst?" Nila hob eine Augenbraue und musterte Mona.

„Ich weiß jetzt, was bei Laurence passiert ist." Sie holte tief Luft.

„Ich auch", sagte Nila.

„Was sagst du dazu, dass er sich die Schuld daran gibt, dass seine Frau bei dem Unfall gestorben ist?" Mona humpelte zum Stuhl, langsam begann ihr Knöchel vom Stehen zu schmerzen.

„Ich weiß nicht." Nila zögerte. „Vom objektiven Standpunkt betrachtet, ist das natürlich Quatsch, aber emotional gesehen ..." Sie hob die Schultern und nahm Jeanne aus dem Kinderwagen.

„Wollen wir sonst in die Küche gehen und ich setze uns schnell einen Kaffee auf? Hier ist es im Moment ja ruhig."

Mona hatte die Worte kaum ausgesprochen, da kam Madame Melville die Treppe herunter.

„Ich kümmere mich um den Kaffee oder soll ich lieber hier übernehmen?" Nila sah ihre Freundin fragend an.

„Schon gut, ich erledige das."

Nila begrüßte kurz den Gast, der abwesend nickte.

„Madame Melville, was kann ich für Sie tun?", fragte Mona freundlich.

„Können Sie bitte unsere Rechnung fertig machen? Wir reisen heute noch ab."

„Oh, ich dachte, Sie fahren erst morgen ... Aber klar, kein Problem, ich kümmere mich darum." Mona bemühte sich darum, die Frau nicht allzu neugierig anzustarren. Sie sah gepflegt aus wie immer, aber Mona erkannte an den geröteten Augen und der fleckigen Haut im Gesicht, dass Madame Melville nicht besser aussah als an jenem Abend, als sie die Frau weinend im Garten angetroffen hatte. Danach schien sich zunächst alles normalisiert zu haben. Das Ehepaar Melville hatte am Frühstück und am Abendessen teilgenommen und wirkte wieder wie sonst. Offenbar war das nur vorübergehend gewesen.

„Wir lassen uns scheiden, da können wir genauso gut gleich abfahren", sagte Madame Melville und presste die Lippen zusammen. Sie sah Mona nicht direkt an.

„Das tut mir sehr leid", murmelte Mona, unsicher, ob sie noch mehr sagen sollte.

„Das muss es nicht. Dieser Urlaub sollte die letzte Chance für unsere Ehe werden, aber es funktioniert nicht." Madame Melville verzog das Gesicht und musste sich einen kurzen Moment sammeln, bevor sie weitersprach. „Inzwischen glaube ich, dass es besser ist, wenn wir uns trennen." Die Frau straffte sichtlich die Schultern und blickte Mona jetzt an. In ihre Verzweiflung hatte sich Entschlossenheit gemischt. „Das Ende einer Ehe ist nicht das Ende der Welt!", verkündete sie dann.

„Das ist eine gesunde Einstellung. Ich wünsche Ihnen von Herzen alles Gute!"

„Danke. Können Sie uns in einer Stunde ein Taxi bestellen?"

„Ja, selbstverständlich, ich kümmere mich darum. Die Rechnung mache ich auch sofort fertig. Soll ich die Buchung für das nächste Jahr stornieren?"

„Ja, bitte. Als wir buchten, hatten wir gerade einen hoffnungsvollen Moment ... Aber wie man sieht, war das zu vorschnell gewesen." Madame Melville wandte sich ab und ging zur Treppe. Dort drehte sie sich noch einmal um. „Es lag übrigens nicht an der Unterkunft, dass es nicht geklappt hat. Der Service hier ist hervorragend. Vielleicht komme ich irgendwann noch mal allein her." Mit einem wehmütigen Lächeln im Gesicht stieg sie die Treppe hinauf.

Mona machte die Rechnung fertig und humpelte dann hinüber in die Küche. Sie blieb in der Tür stehen und schnupperte.

„Koffein, genau das Richtige!"

Nila stand an der Arbeitsplatte, Jeanne auf dem Arm.

„Magst du sie übernehmen?"

„Klar!" Mona trat auf Nila zu und streckte die Arme aus.

„Wenn du magst, teilen wir uns in der nächsten Zeit die Arbeit so. Du schonst deinen Knöchel und betüddelst gelegentlich meinen Wonneproppen. Den Rest übernehme ich ab sofort wieder. Einverstanden?"

„Damit wäre wohl sogar Dr. Duvigneau, mein Klinik-Arzt, einverstanden." Mit einem Lächeln nahm sie Jeanne an sich, die einen Juchzer ausstieß.

„So, und nun erzähl!", verlangte Nila, nachdem sie sich um den Küchentisch versammelt hatten, dampfenden Kaffee vor sich.

43.

„Warum hast du damals bloß so wenig über die Situation mit Simone gesprochen? Ich hatte keine Ahnung, dass Georg solch eine Verwüstung nach sich gezogen hat. Offenbar bei euch beiden." Nila sah Mona betroffen und mit leisem Vorwurf an.

„Das weiß ich auch nicht so genau", gestand Mona kleinlaut. „Ich glaube, das war zu groß für mich, um es zu bewältigen. Verdrängung schien die einzige Möglichkeit zu sein. Im Grunde war mir das bis jetzt selbst nicht bewusst."

Nila nickte langsam. „Ja, ich glaube, das verstehe ich. Vielleicht ist es gar nicht viel anders, als Laurence` Art, mit dem Verlust seiner Frau umzugehen."

„Doch", widersprach Mona. „Ich hatte immerhin keine Schuldgefühle, ich konnte nur die Dinge nicht richtig einordnen. Laurence hingegen wird von seiner vermeintlichen Schuld aufgefressen. Darüber niemals zu sprechen, stelle ich mir viel schlimmer vor."

„Aber wie soll es nun weitergehen?", fragte Nila ratlos.

„Vermutlich gar nicht. Laurence hat sich klar geäußert. Er erlaubt sich auch weiterhin kein glückliches Leben. Das ist seine Entscheidung, an der ich leider nichts ändern kann. Und wenn ich eine Erkenntnis für mich gewonnen habe, dann die, dass ich keine Männer mehr ändern will." Mona streichelte über Jeannes Köpfchen. Das Baby wirkte müde, aber es riss immer wieder die Augen auf, um bloß nicht einzuschlafen.

„Hm. Eigentlich eine gute Haltung. Aber ich finde es sehr schade, dass es mit euch vorbei ist, bevor es richtig angefangen hat. Ich denke nach wie vor, dass ihr beide gut zueinander passt." Nila sah Mona vielsagend an.

Mona zuckte die Achseln. „Na, vielleicht geschieht ja doch noch ein Wunder. An Wunder zu glauben, verbiete ich mir natürlich nicht." Sie grinste.

„Und wie fühlst du dich damit?", fragte Nila vorsichtig.

„Ganz okay. Oder sagen wir so: Ich weiß, dass ich damit zurechtkommen werde. Klar bin ich traurig, aber meine Welt geht nicht unter. Anders als bei Chris, wo ich das Gefühl hatte, in einen tiefen Abgrund zu stürzen, wenn er nicht bei mir ist. Es klingt vielleicht pathetisch, aber ich fühle mich zum ersten Mal wirklich frei. Ich weiß jetzt, was ich will: eine glückliche Beziehung führen. Aber ich renne mir nicht mehr den Kopf an irgendwelchen Mauern ein."

„Im Hinblick auf deine gerade erst überstandene Gehirnerschütterung sicher besser", gab Nila trocken zurück.

Mona lachte.

„Wo steckt Laurence überhaupt?", fragte Nila.

„Keine Ahnung." Mona hob die Schultern. „Nach unserem Gespräch ist er gegangen. Aber eigentlich müsste er bald zurück sein." Sie blickte auf ihre Uhr. „Menü scheint zwar vorbereitet zu sein, aber zum Abendgeschäft ist er immer rechtzeitig hier."

„Hm." Nila sah Mona mit einem seltsamen Ausdruck in den Augen an. In dem Moment klingelte ein Handy.

„Oh, das ist meins!" Nila griff zu ihrem Telefon, das auf dem Tisch lag.

„Chèri!", rief sie ins Handy. Kurz darauf runzelte Nila die Stirn und lauschte auf das, was ihr Mann am anderen Ende sagte.

Mona beobachtete ihre Freundin, etwas gefiel ihr nicht an deren Gesichtsausdruck. Gespannt wartete sie darauf, dass das Gespräch beendet wurde.

„Schlechte Nachrichten", sagte Nila schließlich.

„Giuseppe?", rief Mona besorgt.

„Nein." Nila schüttelte den Kopf. „Laurence. Er hat sich bei Vincent auf unbestimmte Zeit abgemeldet."

„Er macht Urlaub?", fragte Mona verblüfft.

„Auszeit. Unbezahlter Urlaub auf unbestimmte Zeit." Nila kaute an ihrer Lippe. „Es scheint so, dass Laurence dir im Moment nicht unter die Augen treten will."

„Verstehe", sagte Mona bedrückt. „Es muss ihm ziemlich schlecht gehen, wenn er seine Küche hier im Stich lässt."

„Vincent kommt morgen auch nach Hause. Wir müssen uns nur heute um alles allein kümmern."

„Okay", meinte Mona tonlos. Auch wenn ihre Entscheidung feststand, Laurence` Verhalten so zu akzeptieren, wie es war, wurde ihr Herz schwer angesichts der neuen Tatsachen. Er wollte sie nicht einmal mehr sehen. Wartete vermutlich ab, bis sie die Provence verlassen hatte und zurück nach Hamburg gereist war. Es tat weh, daran gab es nichts zu rütteln.

„Okay, wir beide rocken den Laden schon. Und Jacques haben wir ja auch noch!" Mona lächelte Nila tapfer an.

Laurence

Nachdem Laurence das Hotel Hals über Kopf verlassen hatte, war er stundenlang auf seiner Vespa durch die Gegend gefahren. Dabei war es ihm ganz egal, wohin ihn sein Weg führte. Hauptsache weg. Weg vom Hotel, weg von seinen Pflichten. Und vor allem weg von Mona. Er ertrug es nicht mehr, in ihr hübsches Gesicht mit den offenen, klaren Augen zu blicken. Er ertrug ihre Anteilnahme an seinem Schicksal nicht, weil er das schlicht nicht verdiente. Noch weniger das leise Angebot, ihre Beziehung zu vertiefen. Er würde nichts lieber tun als das. Aber es war unmöglich! Wie könnte er sich einfach ein neues, glückliches Leben aufbauen, während Amélie, die das Leben so sehr geliebt hatte und gar nicht genug davon bekommen konnte, durch seine Schuld nicht mehr auf dieser Welt war? *Du kannst auch deine Sichtweise ändern*, spukten Monas Worte immer wieder durch seinen Kopf.

Aber seine Sichtweise war die einzig richtige! Hätte er sich nicht volllaufen lassen, wäre er bei dem Unfall gestorben. So hätte es eigentlich sein sollen. Davon war er nie abzubringen gewesen. Das hatten einige Menschen damals versucht und hatten auf Granit gebissen. Die beiden letzten waren Vincent und Jacques gewesen. Die Einzigen in Les Issambres, die die genauen Unfallumstände kannten. Ihre Bemühungen waren für ihn so unerträglich, dass er damit gedroht hatte, wieder fortzugehen, falls sie ihn nicht in Ruhe ließen. Das wollten beide nicht, und so hatten sie ihm nicht nur das Versprechen gegeben, ihn nie wieder auf Amélie anzusprechen, sondern auch Stillschweigen allen anderen Menschen gegenüber lobten.

Laurence, der jetzt wieder in seiner Wohnung angekommen war, setzte sich aufs Sofa. Zögernd blickte er zu dem Foto von Amélie auf der Anrichte. Was würde sie zu ihm sagen, wenn sie noch sprechen könnte? Diese Frage stellte er sich so direkt zum ersten Mal. Würde sie ihn wirklich beschimpfen und darauf bestehen, dass er kein Recht mehr hätte, sein Leben zu genießen? Zum ersten Mal kratzten leise Zweifel an dieser Gewissheit. Er hielt dem Blick aus Amélies Augen deutlich länger stand als sonst.

44.

Die Aufteilung der Arbeit des Abendgeschäfts war schnell und unkompliziert vonstattengegangen. Jacques hatte sich sofort bereit erklärt, das Aufwärmen des Menüs zu übernehmen, Nila wollte sich wie üblich ums Servieren kümmern – die erste Stunde mit Unterstützung von Alice, die ganz selbstverständlich nach ihrer eigentlichen Schicht ein weiteres Mal ins Hotel kommen wollte. Für Mona blieb nur die Aufgabe, es sich mit Jeanne in deren Kinderzimmer gemütlich zu machen und sie für die Nacht vorzubereiten.

Jetzt war die Kleine nach dem Vorlesen diverser Geschichten endlich eingeschlafen. Zeit, drüben im Hotel nach dem Rechten zu sehen. Mona nahm das Babyfon in die Hand und schlich leise aus dem Zimmer.

Die kurze Strecke vom Haus hinüber ins Hotel schaffte sie locker, wie sie erfreut feststellte. Der Knöchel heilte vorbildlich. Als sie in die Halle trat, lauschte sie kurz. Es war wie erwartet recht ruhig. Das große Abendgeschäft schien geschafft. Mona humpelte weiter zum Speiseraum.

Nila drehte sich um. „Feierabend!" Mit einem Lächeln, aber sichtbar erschöpft, schob sie sich eine Haarsträhne aus dem Gesicht. „War Jeanne brav?"

„Die Kleine hat sich vorbildlich verhalten und mir andächtig gelauscht. Jetzt schläft sie selig." Mona ging auf ihre Freundin zu.

„Wunderbar! Mädelsgespräch bei Wein und Mondlicht auf der Terrasse?", fragte Nila mit einem Blitzen in den Augen.

„Unbedingt!" Mona nickte heftig. Das war jetzt genau das Richtige!

„Gut, ich besorge uns einen besonderen Tropfen. Humpel du schon mal vor!"

Mona hob scherzhaft drohend den Zeigefinger. „Das ist Diskriminierung!"

„Stimmt! Das Leben ist ungerecht."

Mona lachte. „Ach, es ist schön, dass du wieder da bist!"

Nila wurde ernst. „Ja, das finde ich auch. Nicht nur, weil ich froh bin, dass meine Hilfe bei Renée und Giuseppe nicht länger benötigt wird, sondern auch, weil ich mein Leben hier doch ganz schön vermisst habe."

„Los, besorg den Sprit, darauf trinken wir!"

„Ich eile!" Nila ging los.

Mona begab sich in ihrem neuen, gemächlichen Tempo auf die Terrasse. Sie freute sich auf den Plausch mit ihrer besten Freundin, aber für einen Moment fühlte sie Wehmut. Die Abende mit Laurence gehörten wohl endgültig der Vergangenheit an. Nachdenklich nahm sie an einem der Tische Platz.

„So, ich habe hier ein ganz besonderes Schätzchen." Nila trat aus dem Haus, eine Weinflasche und zwei Gläser in den Händen.

„Oh ja, der ist gut, den kenne ich", sagte Mona mit Blick auf die Flasche.

„Ach ja?“ Nila hob überrascht eine Augenbraue. „Den
hält Vincent eigentlich unter Verschluss für ganz besondere Gelegenheiten. Also für wichtige Mädelsge-
spräche zum Beispiel.“ Sie zwinkert Mona zu.

„Oh Mist, jetzt habe ich Laurence verraten ...“ Mona
presste in gespielter Verzweiflung eine Hand gegen den
Mund. „Vielleicht irre ich mich auch, aber ich glaube,
es war diese Sorte, die er mir bei einem unserer Feier-
abendgespräche angeboten hatte. Und ich sollte nichts
verraten ...“

„Wenn ich es weiß, ist es nicht so schlimm. Aufpassen
müssen wir nur, dass Vincent davon keinen Wind bekommt“, flüsterte Nila verschwörerisch und schenkte
ein.

„Santè!“, prostete Nila Mona zu.

„Auf euer schönes Zuhause und auf das Leben!“, ergänzte Mona.

Sie tranken.

„Oh ja, das ist derselbe Wein!“ Mona verdrehte genießerisch die Augen.

Nila setzte sich und wurde ernst. „Und nun sag, Süße,
wie geht es dir damit, dass Laurence sich verabschiedet
hat?“

„Hm.“ Mona hob die Schultern und überlegte. „Es
macht mich schon traurig, dass er sich so entschieden
hat. Es tut mir leid für ihn, dass er in seiner Schuld gefangen bleiben will, und es tut mir leid für uns.“ Eine
leise Traurigkeit bohrte sich für einen Moment in ihr
Herz. „Womöglich hätte etwas Großes aus uns werden
können“, sagte sie schließlich und seufzte.

„Wer weiß, vielleicht braucht er auch nur etwas Abstand und überdenkt seine Haltung noch", sagte Nila tröstend.

„Vielleicht. Aber sagte ich schon, dass ich meine Zeit nicht mehr damit verschwende, mir Gedanken über schwierige Männer zu machen?" Mona sah Nila mit einem festen Blick an.

Nila nickte langsam. „Okay. Sag mal, was hältst du davon, wenn wir morgen Catherine, meine Lieblings-Boutique-Besitzerin, besuchen? Sobald Vincent zurück ist, könnten wir beide uns für eine Weile aus dem Staub machen und nach Herzenslust shoppen." Nila sah Mona erwartungsvoll an.

„Gar nicht so schlecht die Idee. Ich bin zwar keine Shopping-Queen, aber ich habe auch schon gedacht, dass es nicht schaden könnte, wenn ich mir ein, zwei weitere Sommerkleider zulege."

„Wir können auch nah am Laden parken, dann brauchst du nicht so weit laufen."

Mona winkte ab. „Ach, kleine Strecken schaffe ich schon ganz gut."

„Super, also gebongt?" Nila strahlte.

Mona nickte. Dann blickten beide wie auf Kommando in den sternenklaren Himmel, an dem sich ein gelber Mond zeigte.

„Die letzte Zeit, die ich noch bei euch habe, bevor ich zurück nach Hamburg fliege, werde ich jedenfalls genießen!" Mona lächelte breit. Das war nicht nur dahingesagt, sie meinte es ernst. Ein weiteres Mal spürte und genoss sie die innere Freiheit, seitdem ihr die Sache mit Georg bewusst geworden war und eine grundlegende Veränderung in ihr ausgelöst hatte. Das Leben war

wunderschön! Ob mit oder ohne passenden Mann an
ihrer Seite.

45.

Die Nacht war lang geworden, aber am nächsten Morgen fühlte Mona sich trotzdem ausgeschlafen und erholt. Die zwei – oder vielleicht auch drei – Gläser Wein waren ihr gut bekommen und ihr Kopf war klar und schmerzfrei, als sie aus dem Bett stieg und unter die Dusche ging.

Nun war sie also vorbei, ihre Zeit als stellvertretende Hotelchefin. Eine leichte Wehmut schwang in der Erkenntnis mit, aber Mona war auch klar, dass es für sie keine Lebensaufgabe wäre. Sie hatte es wirklich gern gemacht, beruflich mal etwas ganz anderes zu probieren, aber langsam begann sie ihre eigentliche Arbeit mit den Patienten zu vermissen. Das war es, wofür sie geboren war. Nila ging darin auf, ihre Gäste zu bewirten, für Mona war es nur eine interessante Erfahrung gewesen.

Weiter geht`s, dachte Mona, als sie die Dusche aufdrehte und sich gründlich mit Duschgel einschäumte.

Eine Viertelstunde später ging sie (das Humpeln wurde immer weniger) mit feuchten Haaren ins Hotel hinüber.

Sie fand Nila in der Küche vor, wo sie das Frühstück vorbereitete.

„Bonjour, Süße!" Nila sah ihr entgegen. „Gut geschlafen?" Sie musterte Mona aufmerksam.

„Bestens! Was kann ich tun?“, fragte Mona voller Tatendrang.

„Wenn du unbedingt helfen willst, dann schneide das Obst.“ Nila deutete auf die große Schale, in der sich Ananas, Bananen, Äpfel und Blaubeeren auftürmten. „Deine eigentliche Aufgabe – Jeanne – schläft übrigens noch selig.“

„Fein.“ Mona griff zu einem Messer. „Weißt du schon, wen wir zum Frühstück erwarten?“

„Alice und Jacques. Jedenfalls haben beide das gestern noch versprochen. Und meinen Mann.“ Nila sah auf ihre Armbanduhr. „Er müsste ungefähr in einer halben Stunde ankommen.“ Ihre Augen leuchteten.

„Oh, schön!“ Mona begann, die Ananas aufzuschneiden.

„Auszeit!“, jubelte Nila und gab Gas.

Mona musste sich kurz am Haltegriff des Fiats festhalten, um nicht durch den Wagen geschleudert zu werden. Sie lachte.

„Dafür, dass du gestern erst zurückgekommen bist, freust du dich aber erstaunlich schnell, deiner Arbeit wieder zu entkommen!“

„Ach wo, ich freue mich nur so sehr, endlich wieder ungestört mit dir Zeit verbringen zu können. Wer weiß, wie lange mir das noch vergönnt ist, einfach so mit dir zum Shoppen zu Catherine zu fahren. Du bist wahrscheinlich schneller wieder auf dem Weg nach Hamburg, als ich gucken kann.“ Nila warf Mona einen Seitenblick zu, bevor sie auf die Hauptstraße bog.

„Ein bisschen bleibe ich dir schon noch erhalten. Aber du hast recht, ewig kann ich nicht mehr bleiben.“ Mona schob ihre Sonnenbrille vom Kopf auf die Nase, da die strahlende Vormittagssonne sie blendete. „Ich muss später unbedingt Marc anrufen. Es kommt mir vor, als sei es Ewigkeiten her, dass ich mit ihm telefoniert habe. Er denkt bestimmt schon, dass ich verloren gegangen bin.“

„Solange er sich nicht meldet, scheint alles in Butter zu sein. Du wirst das Ruder früh genug wieder übernehmen. Jetzt genieße lieber noch deine Zeit bei uns. Schließlich hast du bislang nur gearbeitet, anstatt mal auszuspannen.“

„Auch wieder wahr!“ Mona lehnte sich entspannt zurück und blickte aus dem Seitenfenster auf die vorüberfliegende Landschaft. Ja, sie wollte bald wieder Patienten behandeln. Aber sie spürte, dass es auch nicht schlimm wäre, wenn es noch ein bisschen dauern würde. Ein paar freie Tage wollte sie sich noch gönnen.

Schnell war die Fahrt vorbei und Nila parkte in der Nähe des Marktplatzes von Les Issambres. Gemeinsam stiegen sie aus, und Nila dirigierte Mona zum Laden von Catherine.

„*D'Occaison Haute Couture* hat sich längst zum Geheimtipp gemausert“, erläuterte Nila. „Und das zu Recht, du wirst sehen.“

„Ich bin gespannt!“ Neugierig blickte Mona in das Schaufenster des kleinen Ladens. Einige Stücke waren dort an Schaufensterpuppen ausgestellt. Zwei der gezeigten Kleider gefielen Mona auf Anhieb.

„Schau mal, das Rote. Das ist chic, oder?“ Sie schob die Sonnenbrille auf den Kopf.

„Très chic!“ Nila nickte zustimmend. „Aber warte ab, was es drinnen noch alles gibt.“ Sie stieß die Ladentür auf, und ein helles Glöckchen verkündete ihre Ankunft.

Mona trat ein und blickte sich gespannt um. Der kleine Laden verströmte einen ganz eigenen Charme. Die Kleidung war liebevoll in Regalen und auf Ständern drapiert. Mona mochte die Atmosphäre auf Anhieb. Shoppen gehörte wahrlich nicht zu ihren Lieblingsbeschäftigungen und große Kaufhäuser waren ihr ein Gräuel. Aber hier in dem liebevoll eingerichteten kleinen Geschäft fühlte sie sich sofort wohl.

„Nila!" Eine blonde Frau, ungefähr in ihrem Alter, stürzte auf Nila zu und umarmte sie stürmisch. „Du warst ja schon ewig nicht hier, ich habe dich vermisst!"

„Oh Catherine, das ist eine lange Geschichte. Ich habe Mona mitgebracht, meine beste Freundin. Du erinnerst dich an sie? Ihr müsstet euch von unserer Hochzeit kennen." Nila trat einen Schritt zurück und deutete auf Mona.

„Bien sûr! Das ist ja schön, ein Freundinnen-Shopping-Tag!" Catherine zog Mona in ihre Arme, die obligatorischen angedeuteten Wangenküsse folgten.

„Mona mag shoppen nicht besonders, aber mit einem Einkauf bei dir war sie einverstanden." Nila grinste.

„Hier gefällt es mir tatsächlich sehr!" Mona blickte sich bewundernd um. „Man hat gar nicht das Gefühl, in einem Geschäft zu sein."

„Oh, das ist ein schönes Kompliment. Was suchst du denn?" Catherines Blick glitt prüfend an Mona hinab. Offenbar schätzte sie bereits die Größe.

„Ach, ich weiß noch nicht genau, aber das eine oder andere Sommerkleid könnte ich wohl gebrauchen."

„Hm." Catherine nickte. „Eher die sportliche Variante?", fragte sie im Hinblick auf Monas Jeans und T-Shirt.

„Hauptsache leicht. Ich habe das Gefühl, der südfranzösische Sommer kommt gerade erst in Fahrt." Mona lachte. „Ich habe im Schaufenster ein weinrotes Kleid mit Spaghettiträgern gesehen."

„Oh ja, das ist ein Traum, gestern erst reingekommen. Ich hole es sofort!" Catherine war bereits auf dem Weg zum Schaufenster, als sie sich noch einmal umdrehte. „Möchtet ihr zur Einstimmung etwas trinken? Café? Sekt?"

Mona schüttelte den Kopf, aber Nila sagte: „Auch wenn es noch Stunden zu früh für Alkohol ist, aber unsere kostbaren gemeinsamen Stunden haben eigentlich einen winzigen Schluck Sekt als Auftakt verdienst. Was meinst du?" Sie sah Mona vergnügt an.

„Okay, du hast recht. Das dürfte das erste Mal in meinem Leben sein, dass ich um diese Zeit Alkohol trinke. Aber wirklich nur einen winzigen Schluck!"

„Wartet, bin sofort zurück!" Catherine verschwand in einem hinteren Raum, während Nila und Mona in der Verkaufsware zu stöbern begannen.

Einen Moment später wurden ihnen halb volle Sektgläser in die Hand gedrückt. „Wie gewünscht, nur eine kleine Menge." Catherine zwinkerte. „Auf euch, Mädels!"

Nila und Mona prosteten sich zu und tranken, während Catherine sich erneut auf den Weg zum Schaufenster machte. Geschickt zog sie der Schaufensterpuppe das Kleid aus.

„Deine Größe!" Catherine drückte Mona das Sommerkleid in die Hand und nahm ihr das Sektglas ab. „Ich glaube, es wird perfekt passen!"

„Ich bin gespannt." Mona betrachtete das Kleid, dass ihr zunehmend gefiel.

„Sie braucht noch Schuhe", murmelte Nila, die bereits auf die entsprechenden Regale zusteuerte.

„Ich glaube, ich habe die passenden." Zielsicher griff Catherine zu einem Paar Sandaletten mit ziemlich hohen Plateau-Sohlen. „Was meinst du?" Sie hielt Mona die Sandaletten aus weichem Stoff hin.

„Sehr schön, aber sie sind ziemlich hoch! Ich trage sonst immer flache Schuhe", murmelte Mona skeptisch.

„Aber dieses Kleid braucht Absätze!", rief Catherine mit Nachdruck.

„Also gut, ich probiere das Kleid und die Schuhe an." Mona verschwand in die Umkleidekabine.

„Du siehst umwerfend aus!", riefen Nila und Catherine wie aus einem Mund, als Mona nach einer Weile wieder hinaustrat.

„So sieht man endlich mal deine tolle Figur, sonst ahnt man sie höchstens! Du solltest so etwas viel öfter tragen", sagte Nila bewundernd. „Und der weiche, fließende Stoff ist einfach toll!"

„Ja, und ihr habt recht, zu diesem Kleid passen keine flachen Schuhe. Außerdem ist es möglich, dass ich nicht aus dem richtigen Grund sonst flaches Schuhwerk bevorzugt habe."

Nila sah sie überrascht an.

„Georg", murmelte Mona, der das erst in diesem Moment klar wurde. „Ich glaube, ich habe das von früher übernommen."

Catherine blickte etwas ratlos von einer zur anderen.

„Verstehe", sagte Nila. „Simone durfte nie hohe Schuhe tragen, das habe ich damals mal mitbekommen."

„Genau! Es wird Zeit, dass ich ausprobiere, ob *ich* hohe Absätze mag!" Schlagartig zehn Zentimeter größer, blickte Mona prüfend in den bodentiefen Spiegel in der Umkleidekabine. Was sie sah, gefiel ihr. Das wadenlange rote Kleid mit dem fließenden Stoff umschmeichelte ihren Körper und die cremefarbenen Sandaletten mit der Plateausohle aus Kork rundete das Bild perfekt ab.

„Die Luft hier oben ist super", scherzte sie.

„Magnifique!", schwärmte Catherine und Nila nickte zustimmend.

„Moment, etwas fehlt noch!" Catherine trat zu einem Ständer, an dem Tücher und Schals hingen. Nach kurzem Suchen fand sie, was sie wollte: einen hauchdünnen Schal aus cremeweißer Seide. Sie reichte ihn Mona, die ihn sich um den Hals drapierte.

„Perfekt!" Mona hob einen Daumen.

Catherine lächelte zufrieden.

„Ich fühle mich wie neu", sagte Mona lächelnd und drehte sich vorsichtig um die eigene Achse. „Aber mit den Schuhen muss ich wirklich noch etwas warten." Es war weniger die Höhe der Plateau-Sohlen, die sie störte, sondern das Riemchen, das an ihrem immer noch geschwollenen Knöchel drückte.

„Noch Sekt?"

Nila und Mona schüttelten beide entschieden den Kopf.

„Ich muss noch fahren, mehr als den kleinen Schluck darf ich auf keinen Fall", meinte Nila.

„Und mir reicht es um diese Zeit auch." Mona plumpste auf einen Stuhl und zog sich die Sandaletten aus. „Freiheit für den Knöchel, noch braucht er die leider." Sie lachte und zeigte auf ihre offenen Gesundheitslatschen, die sich gerade wesentlich angenehmer trugen.

„Aber wir schauen noch weiter, ja?" In Nilas Augen glänzte unverändert Shopping-Fieber.

„Unbedingt, so schnell verlassen wir diesen wunderbaren Laden nicht!", versprach Mona und stand auf.

Als Catherine sie schließlich verabschiedete, waren Mona und Nila beide mit diversen Papiertüten beladen. Nila hatte ein nachtblaues Abendkleid ergattert, und Mona hatte insgesamt drei Kleider, eine weite Hose im Marlene-Stil und diverse T-Shirts gefunden. Einen kurzen Disput hatte es zwischen den Freundinnen an der Kasse gegeben, als Nila nicht davon abzubringen gewesen war, die gesamte Rechnung zu übernehmen.

„Das ist nur eine winzige Wiedergutmachung für deine unschätzbare Hilfe im Hotel, also keine weitere Diskussion!", hatte Nila schließlich im strengen Chefinnen-Tonfall und mit drohender Miene die Sache für sich entschieden.

In bester Laune traten sie nun in den hellen Sonnenschein hinaus.

„Hach, das war fein! Ich mutiere doch noch zur Shopping-Queen." Mona hielt ihr Gesicht blinzelnd in die Sonne. Das Leben fühlte sich leicht und schön an.

„Ich habe dir nicht zu viel von Catherines Laden versprochen, oder?" Nila lächelte zufrieden.

„Nein, wenn sogar mir das Einkaufen Spaß macht, dann heißt das wirklich was." Mona lachte.

„Schade, dass wir jetzt langsam zurückmüssen. Dabei könnte ich unsere kleine Auszeit noch ewig ausdehnen.“ Nila seufzte. „Aber ich kann Vincent auch nicht zu lange allein lassen. Immerhin hat er auch noch Jeanne an der Backe ...“ Sie zog eine Grimasse.

„Klar, wir machen uns auf den Weg. Vielleicht kommen wir ja noch mal her, bevor ich die Heimreise antrete.“ Mona schob ihre Sonnenbrille auf die Nase.

„Na, ob wir das hinkriegen?“, fragte Nila zweifelnd. „Es sei denn, du bleibst doch für immer hier.“

Monas gute Laune bekam prompt einen kleinen Dämpfer. Das wäre allenfalls eine Option, wenn es mit ihr und Laurence nicht sofort wieder ein Ende gefunden hätte.

Nila bemerkte den Schatten, der über Monas Gesicht glitt.

„Alles wird gut“, versprach sie und drückte mit der freien Hand Monas Arm.

Mona nickte stumm, dann straffte sie sich. „Hey, wir nutzen die Zeit, die wir noch gemeinsam haben. Und ich sehe zu, dass ich ganz schnell wieder bei euch Urlaub mache.“

„Das ist ein Wort!“

Sie schlenderten in Richtung von Nilas Auto. Als sie um eine Straßenecke bogen, prallte Mona beinahe mit einem Mann zusammen. Dann erkannte sie ihn.

„Laurence“, keuchte sie und starrte ihn mit großen Augen an. Wenn sie mit irgendetwas nicht gerechnet hätte, dann damit, ihm hier zufällig über den Weg zu laufen.

Laurence wirkte ebenso verstört, fing sich aber als Erster.

„Gut, dass ich dich treffe“, sagte er zu Mona, nachdem er Nila zugenickt hatte.

„Ja?“ In ihren Schreck mischte sich Verwunderung.

„Ich würde gerne noch einmal in Ruhe mit dir sprechen.“

Nila nahm Mona die Tüten ab und machte ein Zeichen, dass sie zum Auto vorgehen wollte.

„Aha“, machte Mona, nachdem sie allein waren.

„Hast du Lust, heute Abend mit mir essen zu gehen?“ Unsicherheit spiegelte sich in seinem Blick.

„Mit dir essen gehen?“, wiederholte Mona verdattert und kam sich völlig bescheuert vor.

„Ich möchte nicht, dass wir so auseinandergehen.“ Er sah sie mit einem intensiven Blick an.

„Oh.“ Sie senkte den Kopf und blickte auf ihre Füße. Die Gedanken rasten durch ihren Kopf. Was sollte sie tun? Ihn fragen, welchen Sinn das hätte? Das würde er ihr hier auf der Straße vermutlich nicht sagen. Und sie wollte es wissen. Unbedingt wollte sie das.

„Holst du mich um 18 Uhr ab?“ Sie hob den Blick und wusste, dass ihre Miene undurchdringlich war.

Ein kleines Lächeln erhellte sein Gesicht. „Sehr gerne.“ Dann wandte er sich auf dem Absatz um und ging davon.

„Was wollte er?“, fragte Nila sofort, nachdem Mona ins Auto gestiegen war.

„Wir gehen heute Abend zusammen essen“, sagte Mona tonlos.

„Oh.“ In Nilas Gesicht arbeitete es.

„Er möchte noch einmal mit mir reden“, schob Mona hinterher.

„Mehr hat er nicht gesagt?“, rief Nila und starrte Mona verwundert an.

„Nein.“ Mona blickte auf ihre Hände, die verkrampft im Schoß lagen. „Ich verspreche mir nicht allzu viel davon. Vermutlich möchte Laurence nur, dass wir freundschaftlich auseinandergehen. Schließlich ist es ja möglich, dass wir uns bei euch irgendwann wieder über den Weg laufen.“

„Ich weiß nicht“, sagte Nila skeptisch. „Ich habe das Gefühl, da steckt eher dahinter, dass er dich nicht gehen lassen will.“

„Ja, genau. Und wenn sie nicht gestorben sind ...“ Mona verzog spöttisch das Gesicht.

„Na, wir werden sehen.“ Nila sah Mona vielsagend an, dann startete sie den Motor.

Die hohen Sandaletten waren keine Option gewesen, wie Mona schnell feststellte. Der Schmerz durch den Riemen am Knöchel war einfach zu unangenehm gewesen. Zumal sie nicht gewillt war, das nur der Schönheit wegen auszuhalten. Das, was Laurence ihr sagen wollte, hatte ganz sicher nichts mit ihrem Schuhwerk zu tun.

So stand sie nun in ihrem neuen roten Kleid und ihren bequemen Gesundheitslatschen vor dem Spiegel in Nilas Schlafzimmer und betrachtete ihr Spiegelbild.

„Du siehst absolut fantastisch aus!“, sagte Nila zufrieden.

„Vor allem untenrum“, antwortete Mona trocken und zeigte auf ihre Latschen, aus denen unlackierte Fußnägel hervorlugten. Sie hatte sich vehement dagegen gewehrt, ausnahmsweise Nagellack zu benutzen. Das

Einzige, das Nila an ihr verwenden durfte, war dezentes Make-up. Um genau zu sein, bestand dieses aus Wimperntusche und einem zarten Lipgloss. Mehr hatte Nila nicht benutzen dürfen. Mona fand es schon sehr entgegenkommend, dass Nila ihre Haare mit einem Lockenstab frisieren durfte.

„Ich bin so aufgeregt!" Nila klatschte in die Hände.

„Gut, dann muss ich es ja nicht sein", sagte Mona. Aber das leichte Rot auf ihren Wangen, das definitiv nicht von Rouge stammte, sprach eine andere Sprache.

„Am liebsten würde ich Mäuschen spielen", fuhr Nila unbeirrt fort.

„Kannst du aber nicht, deine Gäste warten", gab Mona lakonisch zurück.

„Sehr schade! Aber ich will später jede Einzelheit hören. Verstanden?"

„Na klar, Chefin." Mona grinste.

„Ich glaube, ich höre eine Vespa." Nila spitzte die Ohren, trat ans geöffnete Fenster und blickte nach draußen. „Jawoll, dein Date ist soeben vorgefahren!"

„Das ist kein Date", murmelte Mona und rieb sich die Hände, die verdächtig feucht geworden waren.

„Ich hoffe, Laurence ist damit einverstanden, Vincents Auto zu nehmen. Du kannst unmöglich deine Frisur unter dem Helm ruinieren!", sagte Nila streng.

Mona seufzte. „Siehst du, deshalb bevorzuge ich meinen Naturlook."

„Ja, aber nicht heute Abend." Nila klang fröhlich und aufgeregt, als sei sie es, die gleich zu einem romantischen Dinner ausgeführt werden würde. „Vielleicht sollten wir ihn noch ein Weilchen warten lassen", sinnierte sie.

Mona zeigte ihr prompt einen Vogel. „Quatsch! Wir wissen ja nicht mal, ob es sich wirklich um ein Date handelt. Ich gehe jetzt runter!"

„Na gut", gab Nila sich geschlagen.

Gemeinsam machten sie sich auf den Weg nach unten. Sie waren gerade am Fuße der Treppe angekommen, als die Türklingel ertönte.

„Willst du?" Nila sah zur Tür.

Mona nickte und ging öffnen.

Als sie Laurence erblickte, rutschte ihr Herz mehrere Etagen tiefer. Seine Haare waren zerzaust – ein offensichtlicher Helm-Schaden, den Nila Mona ersparen wollte. Er trug zur dunklen Jeans ein weißes Hemd und war frisch rasiert. Ein leichter Duft, den Mona noch nie bei ihm wahrgenommen hatte, erreichte ihre Nase, und sie hätte nicht sagen können, ob es dieser angenehmen Duftnote geschuldet war oder seinem verlegenen Lächeln, das ihr schwindelig wurde. Vielleicht waren es auch seine dunklen Augen, die sie mit einem merkwürdigen Ausdruck ansahen.

„Wow, du siehst umwerfend aus", sagte er leise.

„D... danke", stotterte sie und wusste nicht, wohin sie blicken sollte. Ihm länger direkt in die Augen zu schauen, war keine gute Option. Zu groß schien plötzlich die Gefahr, sich darin zu verlieren und nie wieder herauszufinden. Trotzdem schaffte sie es nicht, den Blick von ihm zu lösen. Er konnte oder wollte ebenfalls nicht woanders hinschauen.

„Das tut sie, und damit das so bleibt, solltet ihr Vincents Wagen nehmen. Ich bin nämlich nicht damit einverstanden, dass Monas Locken durch einen Helm zerstört werden", meldete Nila sich resolut aus dem Hintergrund.

Mona schreckte zusammen und kam unwillig wieder in der Wirklichkeit an.

Mit einem breiten Grinsen drückte Nila Laurence den Autoschlüssel in die Hand und drängte sich an beiden vorbei nach draußen. „Ihr dürft zwar einen freien Abend genießen, aber manche von uns müssen arbeiten und sich um die Gäste kümmern. Viel Spaß euch!" Nila lief winkend und mit einem vergnügten Lächeln im Gesicht den Weg zum Hotel hinüber.

46.

Wir fahren zu einem Geheimtipp, war das Einzige, das Laurence Mona verraten hatte. Sie hatte es dabei belassen und nicht nachgehakt. Vielleicht, weil sie zu beschäftigt damit gewesen war, möglichst flach zu atmen, damit Laurences Aftershave ihre Sinne nicht noch mehr verwirren konnte, als sie es ohnehin schon waren. Die knappe halbe Stunde Fahrt legten sie fast schweigend zurück.

Jetzt hielt Laurence vor einem kleinen Landhaus, das wie ein Wohnhaus wirken würde, wenn nicht ein Schild davor baumelte: *Chez Marianne & Pierre.*

„Die beste Küche in der Provence, einfach und dennoch großartig", versprach Laurence und sah Mona lächelnd von der Seite an.

Sie lächelte verhalten zurück. „Klingt gut."

„Dann wollen wir mal." Laurence löste seinen Sicherheitsgurt und öffnete die Fahrertür. Mona tat es ihm gleich. Als sie ausstieg, war er schon ums Auto herum und hielt ihr die Tür auf.

„Merci!" Sein Gentleman-Benehmen sorgte nicht gerade dafür, dass sie sich entspannen konnte. Sie war schrecklich neugierig auf das, was er ihr sagen wollte, und gleichzeitig dachte sie, dass sie es vielleicht lieber gar nicht wissen wollte ...

Nebeneinander schritten sie auf die alte Eingangstür
aus dunklem Holz zu. Er öffnete und ließ ihr dann den
Vortritt.

Mona trat in einen Vorraum, von dem ein Gastraum
mit geöffneten Flügeltüren abging. Nur wenige Tische
waren dort besetzt.

Eine ältere Frau in einem geblümten Kleid mit
Schürze stürzte auf sie zu.

„Laurence!" Sie begrüßte ihn innig und sah dann interessiert zu Mona.

„Marianne, es ist schön, mal wieder bei euch zu sein.
Darf ich dir Mona vorstellen?"

Die Wirtin verteilte auch bei Mona ihre Wangenküsse und lächelte sie dann herzlich an. „Schön, dass
Sie bei uns sind. Wollt ihr draußen sitzen?"

Laurence sah fragend zu Mona. Sie nickte. „Gerne."

Marianne ging durch den Speiseraum vorweg und
trat auf die Terrasse, auf der fast alle Tische belegt waren. Anstatt sie aber an einen der noch freien Plätze zu
dirigieren, ging die Wirtin tiefer in den Garten hinein.
Eingefasst in eine Hecke befand sich dort noch ein ein-
zelner kleiner Tisch mit zwei Stühlen.

„Unser bester Platz, bitte sehr!"

Laurence und Mona setzten sich.

„Möchtet ihr schon etwas trinken?" Marianne sah sie
aufmerksam an.

„Einen trockenen Rotwein und ein Wasser, bitte."
Mona hatte sich spontan entschieden, keine übertrie-
bene Rücksicht auf Laurence zu nehmen.

„Und für mich bitte ein alkoholfreies Bier", sagte er locker.

„Kommt sofort!“ Die Wirtin verschwand nach einem wohlwollenden Nicken.

„Ich war heute bei Céline, sie lässt dich ganz herzlich grüßen.“

„Oh, danke.“ Na, da wird Claudine, die Betreuerin, sich aber gefreut haben, dass ich nicht dabei war, fügte sie in einem Anflug von Sarkasmus still hinzu. Und ärgerte sich gleichzeitig, dass sich ein winziger Stich der Eifersucht in ihr Herz bohrte.

„Céline war sehr traurig, dass du nicht mit warst. Sie besteht darauf, dass ich dich das nächste Mal wieder mitbringe.“

Mona hob überrascht eine Augenbraue. Bevor sie etwas sagen konnte, servierte Marianne aber schon die Getränke. Zusätzlich hatte die Wirtin ein Holzbrett dabei, auf dem mit Kreide die heutigen Gerichte aufgeschrieben waren.

„Sucht euch was Schönes aus, ich bin gleich wieder bei euch.“ Marianne entfernte sich erneut.

Mona griff nach ihrem Weinglas. Froh, sich nun an etwas festhalten zu können. „Auf einen schönen Abend!“, prostete sie Laurence zu.

„Darauf trinken wir!“

Als Laurence sein Bierglas wieder abgestellt hatte, kam es Mona so vor, als wenn er plötzlich nervös wurde. Sollte sie ihm helfen oder ihn einfach zappeln lassen? Er kaute auf seiner Unterlippe und schien nach Worten zu suchen.

„Warum wolltest du mit mir essen gehen?“, platzten die Worte aus ihr heraus, ohne dass sie gewusst hätte, ihrem Hirn dafür den Auftrag gegeben zu haben.

„Weil …“ Er brach ab und raufte sich die Haare.

Eindeutig, er war nervös! Aber war das nun ein gutes oder schlechtes Zeichen? Mona trank schnell noch einen Schluck von dem Rotwein, der zwar nicht an Vincents beste Tropfen heranreichte, aber eine ehrliche, kräftige Note besaß.

„Weil ich nicht möchte, dass du *so* abreist." Er schluckte. „Weil ich überhaupt nicht möchte, dass du abreist", präzisierte er.

Mona sah ihn mit großen Augen sprachlos an.

„Möchtest du nicht?", wiederholte sie ratlos.

„Nein." Er griff über dem Tisch hinweg nach ihrer Hand und legte seine darauf.

„Mir ist einiges klar geworden", sagte Laurence, nachdem sie eine wunderbare Bouillabaisse mit einem frisch gebackenen Landbrot verspeist hatten. Als hätten sie sich still darauf geeinigt, lag das eigentliche Thema des Abends während des Essens auf Eis.

Mona tupfte sich den Mund mit ihrer Stoffserviette ab und sah ihn auffordernd an. Jetzt wurde es ernst. So oder so ...

„Ich möchte so nicht weiterleben." Laurence fuhr sich mit der Hand durch die Haare. „Das Problem ist nur ..." Er brach ab und holte tief Luft.

In Mona verschloss sich alles. Sie hatte die Nase voll von Problemen. Und sie war nicht gewillt, sich erneut in den Sog von Schwierigkeiten anderer ziehen zu lassen. Sie nahm gerade Anlauf, ihm das um die Ohren zu hauen, als er weitersprach. „Ich möchte mit dir zusammen sein. Oh ja, das möchte ich." Er sah ihr dabei tief in die Augen, was ihr einen Schauer über den gesamten Körper schickte.

„Aber …“ Ein schmerzlicher Ausdruck blitzte in seinen Augen auf.

„Aber du kannst nicht, weil du deine Frau zu sehr geliebt hast und noch immer nicht über ihren Tod hinweg bist“, vollendete Mona den Satz für ihn. Ihre Stimme klang so bitter, wie sie sich plötzlich fühlte.

„Was?“ Er riss erstaunt die Augen auf. „Nein, so ist es nicht!“

„Ach nein?“ Mona kippte den Rest in ihrem Glas mit einem Zug herunter.

„Nein, so ist es wirklich nicht“, wiederholte er leise. „Das ist es ja, warum mich meine Schuld erdrückt. Unsere Ehe war längst am Ende. Und hätte ich rechtzeitig den Mut gefunden, entsprechend zu handeln, würde Amélie sicher noch leben. Sie war einer der lebenslustigsten Menschen, die ich kenne. Dagegen ist mein Leben schrecklich langweilig.“

„Vielleicht, aber deshalb ist es doch nicht weniger wert …“, murmelte Mona, noch immer unsicher, was er ihr eigentlich sagen wollte.

„Aber das habe ich zwei Jahre lang geglaubt. Du hast mich zum Umdenken gebracht. Das Problem ist nur …“, begann er erneut. „Ich will meine Vergangenheit wirklich bewältigen. Aber ich kann das nicht in einem einzigen Moment hinter mir lassen, so wie du die Sache mit deinem Stiefvater. Ich fürchte, bei mir wird es seine Zeit brauchen. Vielleicht schaffe ich es nicht ohne professionelle Hilfe.“ Er sah sie flehentlich an. „Kannst du dir vorstellen, mich auf diesem Weg zu begleiten?“

Gedanken rasten in atemberaubender Geschwindigkeit durch Monas Kopf. „Fragst du mich gerade, ob ich mit dir gehen will?“, fragte sie dann und prustete los.

Erst sah er sie verblüfft an, dann schien ihm aufzugehen, wie sie es meinte, und er stimmte in ihr Lachen mit ein.

„Sie dürfen die Freundin jetzt küssen", flüsterte Mona, schwankend zwischen Heiterkeit und einem besonderen Ernst.

Das ließ sich Laurence nicht zwei Mal sagen. Er sprang auf und kam um den Tisch herum. Langsam erhob sich auch Mona.

Zunächst küsste er sie nicht, sondern nahm sie nur fest in die Arme. Sie spürte seinen schnellen Herzschlag und seufzte leise. Endlich fanden seine Lippen ihre. In dem Kuss lag ein so großes Versprechen, wie es Mona in ihrem ganzen Leben noch nicht gemacht worden war.

Epilog

Anfang Dezember

Mona blickte von ihrem Laptop auf, als sie den Schlüssel in der Haustür hörte.

„Hey", sagte Laurence mit weicher Stimme, als er ins Wohnzimmer trat. Ein warmes Lächeln, das fast immer auf seinen Lippen lag, wenn er sie ansah, brachte wie üblich ihr Herz dazu, ein kleines bisschen schneller zu schlagen.

Nach einem zärtlichen Begrüßungskuss löste sie sich von ihm. „Schau, ich glaube, ich habe die perfekten Praxisräume für mich gefunden!" Sie drehte den Laptop so, dass er die Anzeige sehen konnte.

„Laden mit drei Räumen, Ortskern, Miete 800 Euro, zum ersten Februar frei", las er vor. Laurence betrachtete die Fotos der Anzeige. „Sieht toll aus und ist gleich um die Ecke. Dann sollten wir keine Zeit verlieren. Ruf an!"

„Moment", sagte Mona.

Laurence sah sie überrascht an. „Aber das klingt perfekt!"

„Eben. Deshalb möchte ich, dass du mich kneifst!" Sie grinste und hielt ihm ihren Arm hin.

Es passierte von Zeit zu Zeit, dass sie das verlangte, denn es geschah immer wieder, dass sie nicht glauben konnte, wie sich ihr Leben seit dem Sommer verändert hatte.

Nach ihrem Date bei Marianne und Pierre hatte ihr gemeinsamer Weg begonnen. Es war nicht immer leicht gewesen – und war es zuweilen immer noch nicht -, aber Laurence hatte sein Versprechen gehalten. Er wollte seine Vergangenheit hinter sich lassen und mit Mona neu anfangen. Dennoch hatte Laurence insofern recht behalten, als er seine Schuldgefühle – so unsinnig sie auch sein mochten -, nicht in einem einzigen Moment ablegen konnte. Allerdings hatte er Wort gehalten und sich wenige Tage nach ihrem Gespräch professionelle Hilfe gesucht. Seitdem ging er einmal in der Woche zur Therapie und hatte bereits große Fortschritte gemacht.

„Okay, da du ja manchmal auf Gewalt stehst", sagte er feixend und kniff ihr sanft in den Unterarm.

„Gut, danke, jetzt kann ich anrufen!" Sie griff zu ihrem Handy und wählte die angegebene Nummer. Zwei Minuten später hatte sie einen Besichtigungstermin vereinbart.

„Wir können in einer Stunde vorbeikommen", verkündete sie strahlend.

„Prima! Und jetzt zeige ich dir, was ich für uns besorgt habe." Mit einem verschmitzten Grinsen ging Laurence zurück in den Flur. Mit einem herzförmigen Tannenkranz kam er zurück. Lichterketten funkelten und der vorweihnachtliche Schmuck leuchtete in einem satten Rot.

„Zu kitschig?", fragte er vorsichtig.

„Überhaupt nicht! Der muss unbedingt seinen Platz draußen an unserer Haustür bekommen." Ja, früher wäre Mona so etwas vielleicht zu kitschig gewesen, aber inzwischen war sie milder mit diesen Dingen.

„Gut, dann kümmere ich mich mal darum." Im Rausgehen murmelte er: „Hat sie wirklich *unsere* Haustür gesagt ...?"

„Hat sie!", rief Mona ihm lachend hinterher.

Nachdem im Sommer die Entscheidung gefallen war, dass sie in der Provence bleiben würde, hatte sie durch einen glücklichen Zufall diese Erdgeschosswohnung in einem alten Haus mitten in Les Issambres gefunden. Laurence` Mansarde lag nur wenige Schritte entfernt, und es war ihnen beiden klar, dass es zu früh gewesen wäre, um sofort zusammenzuziehen. Das änderte allerdings nichts daran, dass er trotzdem fast immer bei ihr war. Ihre Wohnung in Hamburg hatte Mona sofort gekündigt und nur wenige Möbel von dort nach Frankreich mitgenommen. Den Rest der Einrichtung hatte sie hier gekauft. Marc war wie erhofft, nicht abgeneigt gewesen, ihre Praxis zu übernehmen, und sie waren sich schnell einig geworden.

Es fügt sich wirklich alles, dachte Mona fast ehrfürchtig. Im Innern spürte sie auch jetzt keine Zweifel, dass sie die Zusage für die Räume bekommen würde. Zeitlich passte es haargenau, denn Mona hatte eine befristete Stelle als angestellte Physiotherapeutin in einem Altenheim übernommen, die Ende Januar auslief.

Seitdem sie für sich beschlossen hatte, ihre schlechten Erfahrungen mit Georg hinter sich zu lassen, schien sie das Glück gepachtet zu haben. Am meisten freute sie sich, dass auch Simone auf Ibiza, inzwischen als frisch verheiratete Frau, ihr Leben weiterhin in vollen Zügen genoss. Zur Hochzeit im Oktober hatte Laurence sie begleitet, und es war einer der schönsten Momente in Monas Leben gewesen, als sie ihre Mutter zum Traualtar geführt hatte.

Kein Wunder, dass ich manchmal gekniffen werden muss, dachte Mona und stand auf, um zu Laurence zu gehen. Das leuchtende Tannenherz war bereits aufgehängt.

„Und, Madame, gefällt es Ihnen?" Laurence zog sie an sich.

Mona sah ihm in die Augen. „Noch besser gefällt mir, wenn bald zwei Namen auf dem Türschild stehen."

„Ihr Wunsch ist mir Befehl", sagte Laurence mit einem Leuchten in den Augen, bevor er sie küsste.